KB117981

THE
EXORCIST

THE EXORCIST: 40th Anniversary Edition
by William Peter Blatty

THE EXORCIST
엑소시스트

윌리엄 피터 블래티
장편소설

조영학 옮김

40TH ANNIVERSARY EDITION

문학동네

일러두기

1. 주석은 모두 옮긴이주다.
2. 본문 중 고딕체는 원서에서 강조한 부분이다.
3. 장편 문학작품은 『 』, 연속간행물 · 영화 및 음악 제목 · 방송 프로그램명 등은 〈 〉로 구분했다.

줄리에게

예수께서 뭍에 오르셨을 때에 그 동네에서 나온 마귀 들린 사람 하나
와 마주치시게 되었다. (……) 그 사람은 여러 번 악령에게 붙잡혀
(……) 쇠사슬과 쇠고랑으로 단단히 묶인 채 감시를 받았으나 번번이
그것을 부수어버리고 (……) 예수께서 "네 이름이 무엇이냐?" 하시자
그는 "군대라고 합니다" 하고 대답하였다.

—루가복음서 8장 27~30절

제임스 토렐로 잭슨은 그 고기 갈고리에 매달려 있었어. 얼마나 무거운지 갈고리가 다 휘었다니까. 거꾸러질 때까지 사흘이나 그러고 있었지.

프랭크 부치에리 (키득거리며) 재키, 자네도 봤어야 했어. 정말로 코끼리 같더라고. 지미가 전기 꼬챙이로 찌르니까……

토렐로 (흥분하여) 갈고리에 걸린 채 펄떡거리더라니까, 재키. 전기 충격을 세게 하려고 물을 뿌렸더니, 그 새끼가 비명을 지르는데……

— FBI가 도청한 코사 노스트라의 전화 녹취록 중
윌리엄 잭슨 살해와 관련된 부분

공산당원들의 행위에는 다른 설명이 불가한 것들이 있었다. 그건 자기 머리에 여덟 개의 못을 박아넣은 사제도 마찬가지다. (……) 그리고 일곱 명의 꼬마와 선생도 있었다. 그들이 하느님께 기도하고 있을 때 병사들이 다가오더니, 한 병사가 총검을 꺼내 선생의 혀를 베어버렸다. 다른 병사는 젓가락으로 혀 조각을 집어 일곱 아이의 귀에 집어넣었다. 그런 사례들을 어떻게 받아들인단 말인가?

— 톰 둘리 박사

다하우
아우슈비츠
부헨발트

차례

프롤로그

이라크 북부.

이글거리는 태양. 이마에 땀이 송골송골 맺혔지만 노인은 손을 녹이기라도 하듯 뜨거운 찻잔을 감싸쥐었다. 불길한 예감을 떨칠 수가 없었다. 그것은 젖은 나뭇잎처럼 등에 오싹하게 달라붙어 있었다.

현장 발굴은 끝났다. 텔*의 지층을 하나하나 체로 거르고 유물을 검사해 꼬리표를 붙이고 운송까지 마쳤다. 목걸이와 펜던트, 장신구, 남근상, 황토로 얼룩진 간석기 막자사발, 유광 단지들. 이례적인 건 없었다. 아시리아의 상아 변기. 그리고 사람. 사람의 뼈들. 우주의 고문을 겪어 바스러질 듯한 잔해를 보면서 한때 그는 물질이

---

* 서남아시아에서 이집트에 이르는 지역에 만들어진 인공 언덕.

란 천상의 하느님에게 가닿으려는 루시퍼의 모색일지도 모른다는 생각을 했다. 이제는 그럴 리 없다는 걸 안다. 감초와 위성류渭城柳 향에 문득 시선을 돌렸다. 양귀비 언덕, 갈대밭, 그리고 공포를 향해 곤두박질치듯 뻗은 울퉁불퉁한 바위투성이 길. 북서쪽에 모술, 동쪽에 에르빌, 남쪽에 바그다드와 키르쿠크, 네부카드네자르*의 사나운 불꽃 용광로가 위치했다. 쓸쓸한 노변 찻집 앞 탁자에 앉은 그는 자세를 바꾸다가 부츠와 카키색 바지에 묻은 풀물 얼룩을 보았다. 차를 홀짝였다. 현장 발굴은 끝났다. 무엇이 시작되고 있는 거지? 막 흙더미에서 발견한 유물처럼 생각을 체로 걸러보았지만 꼬리표를 붙일 수 없었다.

찻집 안에서 씨근거리는 숨소리가 들렸다. 비쩍 마른 주인이 발을 끌며 다가왔다. 슬리퍼처럼 뒤축을 꺾어 신은 러시아제 구두가 먼지를 일으켰고 구겨 신은 뒤축에서 삐걱삐걱 소리가 났다. 주인의 검은 그림자가 탁자 위로 미끄러져왔다.

"카만 차이, 차와가(차 더 드릴까요)?"

카키색 바지의 노인이 고개를 저으며 다 해져 자잘하게 갈라진 끈 없는 구두를 내려다보았다. 삶의 고통의 잔해가 덕지덕지 앉아 있었다. 삼라만상의 잡동사니로군, 그는 담담히 생각했다. 그것은 물질이지만 어쨌든 결과적으로 영혼이다. 영혼과 구두는 그에게

---

* 기원전 6~7세기 신바빌로니아의 2대 왕으로, 구약성서에 따르면 유대인들을 용광로에 던져넣었다.

한 가지 물질의 여러 양상에 불과했다. 좀더 근본적인 물질, 원초적이고 완전히 이질적인 물질.

그림자가 움직였다. 쿠르드인은 해묵은 빚을 받아내기라도 하려는 듯 묵묵히 기다리고 있었다. 카키색 바지의 노인이 고개를 들어, 달걀 껍데기 안쪽의 얇은 막이 홍채에 들러붙은 듯 허옇고 축축한 눈을 들여다보았다. 녹내장. 도저히 좋아하려야 좋아할 수 없는 사내였다. 그는 지갑을 꺼내 너덜너덜하고 구겨진 내용물들 사이에서 동전을 찾았다. 몇 디나르와 이라크 운전면허증과 빛바랜 가톨릭 달력 카드가 들어 있었다. 플라스틱 카드는 십이 년 전 물건으로, 뒷면에 '빈자에게 베풀면 죽을 때 그만큼 가져가리라'라는 문구가 쓰여 있었다. 찻값을 지불하고 팁으로 50필을 상판이 갈라진, 슬픈 빛깔의 탁자에 올려놓았다.

그는 지프로 걸어갔다. 시동 스위치에 열쇠를 밀어넣자 찰칵 소리가 고요 속에 산뜻하게 울렸다. 잠시 그는 생각에 잠긴 채 가만히 먼 곳을 바라보았다. 어른거리는 아지랑이 너머로 천공의 섬처럼 떠다니는, 우뚝 솟아 윗면이 평평한 언덕 도시 에르빌이 불쑥 나타났다. 금가고 부서진 옥상 지붕들이 황톳빛 돌무더기로 이루어진 은총처럼 구름 사이에 자리하고 있었다.

나뭇잎이 등의 살갗에 디 딘딘히 들리붙었다.

뭔가가 기다리고 있었다.

"알라 마아크. 차와가(알라신이 함께하시길)."

썩은 이. 쿠르드인이 방긋 웃으며 손을 흔들었다. 카키색 바지의 노인은 존재의 심연에서 온기를 끌어내어 간신히 손을 흔들며 억지웃음을 지었다. 시선을 돌리니 사방이 어스름해지고 있었다. 그는 시동을 걸고 별나게 생긴 좁은 U자 도로로 들어서서 모술로 향했다. 쿠르드인은 가만히 서서 그 모습을 지켜보았다. 지프가 속력을 올리자 심장이 철렁하며 상실감이 밀어닥쳐 그는 어리둥절했다. 무엇이 떠나갔기에? 이방인이 있을 때는 어떤 기분이었지? 안전감 비슷한 것, 그는 떠올렸다. 보호받고 지극히 안녕하다는 느낌. 이제 그 느낌은 빠르게 이동하는 지프와 함께 희미해졌다. 그는 낯설게도 외로움이 사무쳤다.

유물 목록을 작성하는 고단한 작업은 여섯시 십분에야 마쳤다. 모술의 유물 큐레이터인 볼살이 늘어진 아랍인이 마지막 품목을 원장에 꼼꼼히 기입했다. 잠깐 손을 멈추었다가 펜촉에 잉크를 찍으며 친구를 올려다보았다. 카키색 바지의 노인은 깊은 생각에 잠겨 있었다. 탁자 옆에 서서 양손을 주머니에 넣고 꼬리표를 매단 과거의 메마른 속삭임을 내려다보고 있었다. 큐레이터는 잠시 그를 의아하게 바라보다 다시 장부 기입란에 깨알같이 작고 단정한 글씨를 흔들림 없이 적어내려갔다. 그러다 얼마 못 가 결국 한숨을 내쉬며 펜을 내려놓고 시간을 확인했다. 바그다드행 기차는 여덟시 출발이다. 그는 압지로 장부의 책장을 살짝 누르고는 차를 권했다.

탁자 위 뭔가에서 시선을 떼지 않은 채 카키색 바지의 노인이 고개를 저었다. 아랍인은 막연히 걱정스러워하며 그를 살폈다. 허공에 뭐가 있나? 정말 허공에 뭔가 있었다. 그는 자리에서 일어나 가까이 다가갔다. 뒷목이 어렴풋이 오싹했다. 그의 친구가 마침내 몸을 움직여 부적 하나로 손을 뻗어 멍하니 들어올렸다. 남서풍을 의인화한 악마 파주주의 초록색 돌머리였다. 질병과 기근을 관장하는 신. 머리에 구멍이 뚫려 있다. 주인이 수호신으로 걸고 다녔던 물건이다.

"악에 대항하는 악이죠." 큐레이터가 나직이 말하며 프랑스 과학잡지로 느릿하게 부채질을 했다. 올리브기름 묻은 손으로 만져 표지에 지문이 하나 찍혀 있었다.

그의 친구는 움직이지 않았다. 논평도 없었다. 큐레이터는 고개를 옆으로 기울였다. "뭐 잘못됐습니까?" 그가 물었다.

무응답.

"메린 신부님?"

카키색 바지의 노인은 자신이 마지막으로 찾아낸 유물인 부적에 흠뻑 빠져 듣지 못하는 것 같았다. 잠시 후 그가 부적을 내려놓고 의아한 눈으로 아랍인을 올려다보았다. 방금 이 남자가 뭐라고 한 건가?

"아니에요, 신부님. 아무것도 아닙니다."

그들은 소곤소곤 작별인사를 나누었다.

문 앞에 이르자 큐레이터가 노인의 손을 잡았다. 어느 때보다도 힘이 실린 손길로.

"진심으로 바라는데 신부님이 안 가시면 좋겠습니다."

그의 친구는 차니 시간이니 할일 따위의 구실을 조곤조곤 댔다.

"아니, 아니, 아니요! 그러니까 고향 말입니다!"

카키색 바지 노인의 시선은 아랍인의 입가에 묻은 삶은 이집트 콩 조각에 못박혀 있었다. 하지만 눈은 그보다 먼 곳을 보고 있었다. "고향이라." 그가 되뇌었다.

그 단어가 종말의 울림을 지녔다.

"미국으로 돌아가신다면서요." 아랍인 큐레이터가 덧붙였지만 금세 후회하고 말았다.

카키색 바지의 노인은 상대의 근심어린 검은 눈을 들여다보았다. 어찌 이 사내를 좋아하지 않을 수 있겠는가. "잘 있게." 그가 속삭이고 재빨리 돌아서서 어두워져만 가는 거리로 나섰다. 얼마나 걸릴지도 모를 귀국길로.

"일 년 후에 뵙겠습니다!" 큐레이터가 문간에서 소리쳤다. 하지만 카키색 바지의 노인은 돌아보지 않았다. 아랍인은 작아져가는 노인의 뒷모습을 지켜보았다. 좁은 도로를 기우뚱하니 건너던 그는 하마터면 빠르게 달리는 드로슈키*와 부딪칠 뻔했다. 몸집이 비대하고 늙은 아랍 여자가 몰고 있었는데 얼굴에 검은 베일이 장막처럼 드리워져 어두운 그림자만 아른거렸다. 약속시간에 맞추느라 바삐 달려가는 모양이었다. 친구의 모습은 어느덧 보이지 않았다.

카키색 바지의 노인은 무작정 걸었다. 얼추 도시를 벗어나 변두리를 관통하고 발걸음을 서둘러 티그리스강을 건넜다. 하지만 폐

---

*러시아식 사륜 무개마차.

허에 다가갈수록 발걸음이 느려졌다. 한 걸음 한 걸음 뗄 때마다 미완의 예감이 점점 확실하고 섬뜩한 형체를 띠었기 때문이다.

하지만 그는 알아야 했다. 그래서 대비해야 했다.

탁한 물이 흐르는 코스르강에 가로놓인 나무 널빤지가 그의 무게가 실리자 삐걱거렸다. 그리고 그는 둔덕에 올라섰다. 한때 성문이 열다섯 개나 되었던 니네베*가 아시리아 대군의 보금자리를 걱정했던 바로 그곳이다. 도시는 피비린내나는 운명의 잿더미 속에 묻혀 있었다. 하지만 그가 여기 있었다. 공기 중에 여전히 그의 존재감이 역력했다. 노인의 꿈을 유린한 그 상대의 존재감이.

카키색 바지의 노인은 폐허를 배회했다. 나부 사원. 이슈타르 사원. 그는 자신이 느끼는 불안의 근원을 찾으려 했다. 아슈르바니팔 궁전에서 걸음을 멈추고 원래 자리에 그대로 서 있는 거대한 석고상을 올려다보았다. 삐쭉빼쭉한 날개와 맹금의 발톱, 톡 튀어나온 몽톡한 성기, 흉포한 미소로 팽팽하게 당겨진 입. 악마 파주주.

카키색 바지의 노인은 돌연 기운이 빠졌다.

고개를 떨구었다.

그는 알고 있었다.

그것이 오고 있었다.

그는 흙더미를 바라보았다. 그림자들이 부산했다. 태양이 세상의 가장자리 아래로 떨어지기 시작했고, 도시 외곽을 어슬렁거리

---

* 고대 아시리아의 수도.

는 사나운 개떼가 짖어대는 소리가 어렴풋이 들려왔다. 산들바람이 휙 불어와 한기를 느낀 그는 셔츠 소매를 내리고 단추를 채웠다. 그것은 남서쪽에서 오고 있었다.

그는 서둘러 모술로, 타고 갈 기차로 향했다. 그의 마음은 머지않아 고대의 적에게 쫓기리라는 싸늘한 확신에 둘러싸여 있었다. 아직 얼굴도 모르는 적.

하지만 그의 이름은 알았다.

1부

시작

1장

항성의 폭발이 일으키는 순간적인 파멸의 섬광이 맹인의 눈에는 어렴풋한 잔상으로만 남듯, 공포의 시작은 별다른 주의를 끌지 못한 채 지나갔다. 사실 뒤이어 벌어진 일들로 비명이 터져나오는 가운데 잊혔기도 하고, 어쩌면 공포와 전혀 연관이 없을 수도 있었다. 그것을 판단하기란 어려웠다.

그 집은 셋집이었다. 침울하고 단단해 보였다. 워싱턴 D.C. 조지타운 구역의 담쟁이덩굴로 뒤덮인 식민지풍 벽돌집. 길 건너편은 조지타운대학교 캠퍼스의 일부였다. 뒤쪽으로는 가파른 옹벽의 제방이 혼잡한 M스트리트로 곤두박질쳤고 그 너머가 바로 포토맥강이었다. 4월 1일 새벽, 집은 고요했다. 크리스 맥닐은 침대에 기대어 다음날 촬영할 대사를 점검했다. 딸 리건은 복도 반대편에서, 중년의 관리인 부부 윌리와 칼은 아래층 식료품 저장실 옆방에서 잠들어 있었다. 열두시 이십오분경 크리스는 미간을 찌푸리며 대본에서 고개를 들었다. 두드리는 소리. 이상한 소리였다. 깊고 둔탁하며, 규칙적이고 동시다발적인. 죽은 자가 물건을 두드려 보내는 외계의 신호 같았다.

우습군.

그녀는 잠시 귀를 기울이다가 무시하기로 했다. 하지만 두드리는 소리가 계속 이어지면서 도무지 집중할 수가 없었다. 결국 대본을 침대에 탁 내려놓았다.

맙소사, 신경쓰여 죽겠네.

확인해보기로 했다.

복도로 나가 주변을 살폈다. 아무래도 리건의 방에서 나는 소리 같았다.

얘가 뭘 하는 거지?

조용히 복도를 따라가는 동안 별안간 소리가 더 커지고 빨라졌다. 하지만 문을 열고 방안으로 들어가는 순간 뚝 그쳤다.

도대체 무슨 영문이람?

열한 살짜리 예쁜 딸은 잠들어 있었다. 둥근 눈의 커다란 판다인형을 꼭 끌어안은 채. 푸키. 몇 년째 낮이고 밤이고 품에 끼고서 뜨뜻하고 축축하게 뽀뽀를 해대는 통에 바랜 봉제인형.

크리스는 침대 옆으로 살금살금 다가가 상체를 기울이고 조용히 속삭였다. "리건, 너 깼니?"

규칙적인 숨소리. 깊디깊은 잠.

크리스는 방안을 둘러보았다. 복도의 흐린 조명이 리건의 그림과 조각, 그리고 다른 동물 봉제인형들을 군데군데 희미하게 비추었다.

좋아, 리건. 엄마가 졌다. 그러니 "만우절!"이라고 외쳐보렴!

하지만 크리스도 잘 알고 있었다. 그건 딸답지 않은 행동이었다. 아이는 숫기 없고 소심한 성격이었다. 그럼 누가 장난친 거지? 수면 상태에서 난방관인지 수도관한테 달가닥거리는 소리를 내라고 명령이라도 했다고? 언젠가 부탄의 산속에서, 땅바닥에 쪼그리고 앉아 명상에 잠긴 승려를 몇 시간 동안 지켜본 적이 있었다. 마침내 그가 공중으로 떠오르는 광경을 그녀는 직접 보았다. 하지만 다른 사람에게 그 이야기를 들려줄 때면 어김없이 "어쩌면"이라는 단서를 덧붙였다. 그리고 어쩌면 지금도 그녀의 마음이, 그 지칠 줄 모르고 환각을 지어내는 이야기꾼이 똑똑 두드리는 소리를 꾸며냈을지도 모를 일이었다.

말도 안 돼! 분명히 들었잖아!

돌연 그녀는 천장을 휙 올려다보았다.

그래! 지금도 긁는 소리가 들렸어.

다락에 쥐가, 맙소사, 쥐가 있어!

그녀가 한숨을 내쉬었다. 그랬던 거야. 기다란 꼬리가 달린 설치류들. 쿵, 쿵! 그녀는 묘한 안도감을 느꼈다. 그리고 문득 한기를 느꼈다. 방. 방이 냉골이었다.

그녀는 조용히 창문으로 다가가 확인해보았다. 잠겨 있었다. 라디에이터를 만져보았다. 따뜻했다.

아니, 도대체?

당혹스러워하며 그녀는 침대로 다가가 리건의 뺨을 만져보았다. 언제나처럼 보드라운 피부에 땀이 살짝 배어 있었다.

내가 몸이 안 좋은 건가?

다시 딸을 보았다. 살짝 들린 코끝, 주근깨. 그녀는 충동적으로 허리를 숙여 딸의 뺨에 입을 맞추었다. "사랑해." 그녀는 속삭이고, 자기 방 침대로 돌아와 다시 대본을 집어들었다.

한동안 크리스는 대본을 연구했다. 영화는 〈스미스 씨, 워싱턴에 가다〉를 리메이크한 뮤지컬코미디였다. 서브플롯으로 캠퍼스 봉기가 더해진 장면에 그녀가 출연했다. 폭도들 편을 드는 심리학 선생 역이라지만 마음에 들지 않았다. 이 장면은 말이 안 되잖아! 바보 같긴! 그녀는 전문 지식은 없지만 구호를 진리라고 곧이곧대로 믿지는 않았다. 호기심 많은 어치처럼, 장광설을 끈질기게 쪼아대 그 안에 숨겨진 반짝이는 사실을 찾아내는 게 바로 그녀였다. 그런데 폭도들의 대의명분이라는 게 얼토당토않았다. 어째서? 이제 궁금해지기까지 했다. 세대 차이? 그건 궤변이고 나는 서른둘이야. 이건 그냥 멍청한 소리잖아. 그뿐이야. 이건……!

좋아, 참자. 일주일만.

할리우드에서의 스튜디오 촬영은 다 끝났다. 남은 분량은 조지타운대학교 캠퍼스에서의 야외촬영 몇 장면뿐인데, 내일부터 시작할 예정이었다.

눈꺼풀이 무거우며 졸음이 밀려들었다. 다음 페이지는 귀퉁이가 별나게 찢겨 있었다. 영국인 감독 버크 데닝스. 긴장할 때면 손을 파들파들 떨며 닥치는 대로 대본의 아무 페이지나 가장자리를 가늘게 찢어 조금씩 입에 넣고 입안에서 동그랗게 뭉쳐질 때까지 씹는 버릇이 있었다.

정신 나간 버크, 크리스는 생각했다.

하품이 쏟아져 손으로 입을 가렸다가 대본 가장자리로 다정한 눈길을 던졌다. 물어뜯은 꼴이 된 대본에 다시 쥐 생각이 났다. 놈들은 분명 리듬을 맞추고 있었어. 그녀는 아침에 칼에게 쥐덫을 놓으라고 해야겠다고 생각했다.

손힘이 빠지면서 대본이 미끄러져내렸다. 그녀는 개의치 않았다. 쓰레기 대본. 헛소리뿐이잖아. 더듬더듬 조명 스위치를 찾았다. 됐어. 그녀가 한숨을 내쉬었다. 한동안 꼼짝 않고 잠이 들락말락했다가 맥이 풀린 다리로 이불을 걷어냈다.

더워! 뭐가 이렇게 덥담. 그녀는 어찌된 영문인지 냉골이던 리건의 방을 다시 생각했다. 그리고 불현듯 에드워드 G. 로빈슨과 함께 출연했던 영화 촬영 현장이 떠올랐다. 1940년대 갱스터 영화의 전설적 스타인 그와 같이 등장하는 장면을 찍을 때면 그녀는 어김없이 한기를 느끼며 떨다시피 했다. 그러다 그 늙고 교활한 배우가 그때껏 그녀를 비추는 주 광원 안에 서 있었다는 사실을 깨달았다. 이제 정신이 몽롱한 채로 어렴풋한 미소를 띠었다. 창유리에 안개 같은 이슬이 살짝 맺혀 있었다. 크리스는 잠에 빠졌다. 그리고 너무도 충격적이고 특이한, 아직 발생하지 않았지만 소식을 들은 것만 같은 죽음에 관한 꿈을 꾸었다. 뭔가 울리는 소리가 들리는 가운데 그녀는 헐떡이고 옅어지며 진공 속으로 미끄러져들어가고 있었다. 머릿속에서 생각이 계속 되풀이되었다. 난 죽을 거야, 이 세상에서 사라지게 될 거야, 영원히. 오, 아빠, 제발 좀 말려줘요, 저 사람들이 내 존재를 지우는 걸, 내가 영영 존재하지 않게 되는 걸. 녹아내리고, 풀어지고, 울리고, 그 울림—

전화!

그녀는 벌떡 일어났다. 전화기에 손을 대는데 심장이 방망이질했다. 뱃속이 텅 빈 듯 허전했다. 전화벨이 계속 울렸다.

전화를 받았다. 조감독이었다.

"여섯시, 분장실입니다."

"좋아요."

"기분은요?"

"이제 막 잠자리에 든 것 같은데."

조감독이 키득거렸다. "이따 봐요."

"네. 그래요."

그녀는 전화를 끊고 잠시 가만히 앉아 꿈 생각을 했다. 꿈? 그보다는 반쯤 깨어 있는 상태에서의 자각 같았다. 그 소름 끼치는 명료성. 어슴푸레 빛나는 해골. 비존재. 비가역성. 그런 게 상상일 리 없었다.

맙소사, 말도 안 돼!

그녀는 풀죽어 고개를 숙였다.

하지만 안 될 것도 없지.

화장실에 갔다가 가운을 걸치고 가벼운 발걸음으로 오래된 소나무 계단을 빠르게 내려갔다. 부엌으로, 지글거리는 베이컨이 있는 일상으로.

"아, 잘 잤어요, 맥닐 부인?"

윌리가 오렌지를 짜고 있었다. 우울하고 기운 없어 보이고 눈 밑이 거무스름했다. 칼과 같은 스위스 억양이 남아 있었다. 그녀는 종이타월로 손을 닦고 스토브로 향했다.

"내가 할게요, 윌리." 세심한 크리스는 그녀의 피곤한 안색을 알아챘다. 윌리는 끙 앓는 소리를 내며 다시 개수대로 돌아갔고, 크리스는 커피를 따라 아침 식탁으로 갔다. 자리에 앉아 접시를 내려다본 그녀의 입가에 애정어린 미소가 어렸다. 꽃잎 끝이 붉은 장미가 접시의 흰색에 대비되었다. 리건이다. 내 천사. 크리스가 일하러 나가는 아침이면 리건은 몰래 침대를 빠져나와 부엌으로 내려와서 꽃 한 송이를 엄마의 접시에 갖다두고, 다시 졸린 눈을 비비며 침대로 돌아가곤 했다. 오늘 아침엔 각별히 애달픈 마음에 크리스가 고개를 저었다. 옛 생각이 났다. 처음엔 이름을 고너릴로 지을 생각이었다.* 좋아, 아무렴 어때? 될 대로 되라지. 그 생각에 괜스레 웃음이 나와 그녀는 커피를 홀짝였다. 그리고 다시 접시의 장미꽃을 보다

---

* 고너릴과 리건은 셰익스피어의 희곡 『리어 왕』 속 두 딸의 이름이다.

가 표정이 일순간 어두워졌다. 야윈 얼굴의 초록색 눈에 슬픔이 배어나왔다. 또하나의 꽃이 떠올랐기 때문이다. 아들 제이미. 그는 오래전 세 살 나이에 세상을 떴다. 크리스가 브로드웨이에서 새파란 무명의 코러스 걸이던 시절이었다. 그때 다시는 누구에게도 제이미와 그애의 아버지인 하워드 맥닐에게 쏟았던 만큼 정을 주지 않겠다고 맹세했었다. 죽음의 꿈이 뜨거운 블랙커피 향에 실려 피어오르자 그녀는 장미꽃에서 눈을 들었다. 윌리가 주스를 가져왔다.

크리스는 쥐를 떠올렸다.

"칼은요?"

"여기 있습니다, 사모님."

그가 식료품 저장실 문을 통해 미끄러져들어왔다. 당당하면서도 공손한 사내다. 면도하다가 턱을 벤 자리에 티슈 쪼가리가 붙어 있었다. "부르셨습니까?" 장신에 근육질인 그가 식탁 옆에서 눈을 번득이며 나직이 말했다. 매부리코와 대머리.

"칼, 다락에 쥐가 몇 마리 있나봐요. 쥐덫을 놔야겠어요."

"쥐가 있다고요?"

"그래요."

"하지만 다락은 깨끗한걸요."

"그럼 깔끔한 쥐들인가보죠!"

"쥐가 있을 리 없습니다."

"칼, 어젯밤에 직접 소리를 들었다니까요."

"배관에서 나는 소리 아닐까요," 칼이 캐물었다. "마루일 수도 있고."

"쥐일 수도 있겠죠! 말대답 그만하고 덫 좀 사다줄래요?"

칼이 부산하게 나가면서 대답했다. "알겠습니다. 지금 가죠!"

"아니, 칼, 지금 말고요! 이 시간에 가게문을 열었겠어요?"

"아직 안 열었지." 윌리도 큰 소리로 면박했다.

그래도 그는 떠났다.

크리스와 윌리가 시선을 교환했다. 윌리가 고개를 젓더니 마저 베이컨을 구웠다. 크리스는 커피를 홀짝였다. 이상해. 이상한 남자라니까. 윌리만큼이나 일을 열심히 하고, 성실하고 신중한 사람이다. 그런데도, 그에겐 어쩐지 불편한 구석이 있었다. 그게 뭐지? 은근히 오만한 태도? 아니, 그런 것과는 다르다. 하지만 딱 꼬집어 말할 수는 없었다. 그 때문인지 이 관리인 부부와 벌써 육 년 가까이 함께 살고 있지만 칼은 여전히 가면을 쓰고 있는 것 같았다—숨쉬고 말하는, 해독되지 않는 상형문자. 호들갑스럽게 그녀의 심부름을 하러 가는. 하지만 가면 안에서 뭔가가 움직이고 있었다. 의식이랄지 그의 기제機制가 똑딱똑딱 작동하는 소리를 그녀는 들을 수 있었다. 현관문이 열렸다 닫히는 소리가 났다. "지금 시간에 문 연 데가 어디 있다고." 윌리가 구시렁거렸다.

크리스는 베이컨을 깔짝거리다가 방으로 돌아왔다. 촬영의상인 스웨터와 치마를 걸치고 거울 앞에 서서 진지하게 들여다보았다. 붉은색 단발머리는 늘 산발인데다, 깨끗이 씻은 자그마한 얼굴엔 기미가 가득했다. 그러다 사팔눈을 하고 바보처럼 씩 웃었다. 안녕,

옆집 색시! 당신 남편하고 얘기 좀 할 수 있을까? 아니 애인인가? 기둥서방? 오, 기둥서방이 빈털터리라고? 무뢰배군! 그녀는 혀를 날름 내밀더니 어깨를 축 늘어뜨렸다. 오, 맙소사, 이 무슨 기구한 운명인지! 그녀는 가발가방을 들고 터덜터덜 아래층으로 내려가 곧바로 쌀쌀한 가로수길로 나섰다.

잠시 집 밖에 서서 희망찬 새날의 아침공기를 들이마셨다. 매일 세상이 깨어나는 기적. 상념에 잠긴 얼굴을 오른쪽으로 돌렸다. 집 옆으로 낡고 가파른 돌계단이 M스트리트를 향해 저 아래로 이어졌다. 바로 그 옆에는 카 반*의 예스러운 로코코 양식 벽돌 탑들과, 지중해풍 타일지붕을 얹은 위쪽 출입구가 있었다. 재밌어. 재밌는 거리야. 망할, 그런데 왜 떠나야 하는 거지? 저 집을 사서, 그냥 살아버려? 깊고 우렁찬 종소리가 들려왔다. 조지타운 캠퍼스의 시계탑이었다. 구슬픈 울림이 진흙빛 강물 위에서 메아리치더니, 여배우의 피곤한 심장으로 스며들었다. 그녀는 일터를 향해 걷기 시작했다. 형편없는 눈속임, 허섭스레기를 우스꽝스럽게 흉내내는 지푸라기 인형극을 향해.

캠퍼스 정문을 통과하자 우울감이 덜해졌다. 남쪽 담벼락 근처의 진입로를 따라 늘어선 분장 트레일러들을 마주했을 때에는 훨씬 기분이 나아졌고, 오전 여덟시 첫 촬영이 시작될 무렵엔 완전히

---

* 조지타운 카 반. 19세기 말 승객 터미널과 전차 차고지로 건축되었으며 1950년대 이후 사무실로 사용된 역사적 건물.

회복해서 대본을 갖고 시비를 걸기 시작했다.

"이봐요, 버크, 이 지랄맞은 대본 좀 봐줄래요?"

"오, 대본 가지고 있구나. 그치! 살았다!" 버크 데닝스 감독은 긴 장한 꼬마 요정 같았다. 장난기 가득한 왼쪽 눈을 연신 씰룩이며, 떨리는 손으로 그녀의 대본에서 가느다란 종이 가닥을 정교하게 찢어냈다. "마침 씹을 게 필요했거든."

두 사람이 서 있는 곳은 대학 본부 건물과 마주한 산책로였다. 주변은 엑스트라, 배우, 주요 스태프로 북적였다. 잔디밭 여기저기에 구경꾼들이 점점이 흩어져 있었는데 대개 예수회 소속 교직원들이었다. 카메라맨은 무료한지 『데일리 버라이어티』를 집어들었고, 데닝스는 종이 쪼가리를 입에 넣으며 낄낄거렸다. 그의 입에서 아침 첫잔으로 마신 진 냄새가 희미하게 풍겼다.

"네, 대본을 받으셔서 저도 눈물나게 반갑네요."

음흉하고 비실비실한 오십대 남자. 강한 영국 억양이 매력적이어서 음란하기 짝이 없는 욕설도 딱딱 끊어지는 정확한 발음으로 내뱉으면 우아하게 들렸다. 술에 취하면 금방이라도 너털웃음을 터뜨릴 것처럼 보였는데, 평정심을 잃지 않기 위해 계속 안간힘을 쓰는 듯 비쳤다.

"그래, 이제 말해봐. 무슨 일이야? 뭐가 잘못됐다고?"

문제의 장면은 가상의 대학에서 학장이 연좌농성중인 학생 시위대를 해산시키기 위해 일장연설을 늘어놓는 대목이었다. 크리스는 계단을 뛰어올라 산책로에서 학장의 확성기를 빼앗은 다음, 대학

본부 본관을 가리키며 "저 건물을 박살냅시다!"라고 외치도록 되어 있었다.

"전혀 말이 안 되잖아요." 크리스가 항변했다.

"왜? 너무 간단한데." 데닝스가 거짓말했다.

"오, 그래요? 그럼 설명해봐요, 버키워키. 도대체 왜 건물을 박살내야 하죠? 이유가 뭐예요? 당신 구상이 뭔데요?"

"그래서 날 감옥에 보낼 텐가?"

"아뇨, 그냥 '이유'를 묻는 거예요."

"그야 건물이 거기 있으니까!"

"대본에요?"

"아니, 운동장에!"

"이봐요, 버크. 이 여자는 그런 사람이 아니에요. 캐릭터에 전혀 맞지 않잖아요. 이 여자는 그런 짓 안 한다고요."

"아니, 해."

"아뇨, 안 해요."

"작가를 불러올까? 그놈 지금 파리에 있을 텐데!"

"숨은 거예요?"

"씹질중이야!"

그는 나무랄 데 없는 발음으로 그 단어를 탁 내뱉었다. 밀가루 반죽 같은 얼굴의 여우 눈을 반짝이면서. 그 단어는 고딕 첨탑들을 향해 시원스레 날아올랐다. 크리스는 순간 맥이 풀려 웃어버리고 말았다. "오, 버크. 정말 못 말릴 사람이군요, 세상에!"

"그래." 그는 황제의 지위를 세 번이나 거절했음을 겸허히 인정하는 카이사르라도 되는 양 말했다. "이제 그럼 대본대로 가는 거지?"

크리스는 그 말이 들리지 않았다. 통제선 너머 구경꾼들 사이의 사십대 예수회 신부가 혹여 그 불경스러운 단어를 들었을까봐 당황해서 몰래 힐끔 보았다. 까무잡잡하고 다부지게 생긴 얼굴. 권투선수처럼 얽은, 어딘가 슬픈, 비통이 어린 눈이었지만 그녀를 바라보는 시선은 따스하고 마음을 안심시켰다. 그가 미소를 띠고 고개를 까닥했다. 들었군. 사제는 손목시계를 확인하고 자리를 떴다.

"그대로 갈 거냐고? 물었잖아!"

그녀가 시선을 거두어 감독을 돌아보았다. "네, 그래요, 버크. 그냥 가요."

"고마워서 눈물이 다 나는군."

"아니, 아직 남았어요!"

"오, 맙소사!"

그녀는 그 장면의 마무리에 대해 불평했다. 본관 안으로 달려들어가는 행위가 아니라, 그 직전에 하는 대사로 장면이 고조에 이른다고 느꼈던 것이다.

"득 될 게 없잖아요." 크리스가 말했다. "바보 같기나 하고."

"그래, 맞아. 그렇긴 하지." 버크가 진심으로 동의했다. "하지만 편집자가 꼭 찍어야 한댔어. 그럼 해야지. 알겠어?"

"아뇨, 모르겠어요."

"물론 그렇겠지. 자기 말이 전적으로 옳으니까. 멍청하기 짝이 없지. 바로 다음 장면이," 데닝스가 키득거렸다. "제드가 문을 열고 들어오는 거잖아. 편집자 말이, 그 앞에서 자네가 문 안으로 사라지면 아카데미상 후보는 확실하다는 거야."

"말도 안 돼!"

"내 말이 그 말이야! 그냥 미치고 환장하고 펄쩍 뛰겠다니까! 자, 그러니까 찍지 그래, 응? 최종 편집에서 내가 책임지고 잘라낼 테니까. 필름 썹는 맛은 또 색다를 거야."

크리스가 웃었다. 그리고 수긍했다. 버크는 얼른 편집자를 보았다. 걸핏하면 쓸데없는 논쟁을 벌이는 꾀까다로운 이기주의자는 한창 카메라맨을 괴롭히는 중이었다. 감독이 안도의 한숨을 내쉬었다.

조명을 설치하는 동안 크리스는 계단 밑 잔디밭에서 대기했다. 데닝스를 보니, 불쌍한 촬영기사에게 욕설을 퍼붓고는 흡족해서 눈에 띄게 얼굴이 환해졌다. 스스로의 괴팍한 언동을 한껏 즐기는 듯 보였다. 하지만 크리스의 경험상 그는 술을 마시다가 어느 순간 갑자기 울화통을 터뜨리고 말 것이다. 그게 새벽 서너시라면, 힘있는 사람들에게 전화를 걸어 고약한 말로 지분지분 성질을 돋우기 십상이었다. 중간 시사 때 스튜디오 대표가 데닝스의 셔츠 소맷부리가 약간 닳은 것 같다고 가볍게 말한 것을 두고 데닝스는 새벽 세 시경에 전화로 그를 깨워 "망할 촌놈새끼"라고 욕하고 덤으로 스튜디오 설립자인 그의 아버지까지 "머리가 혜까닥한 늙은이"이며

〈오즈의 마법사〉 촬영장에서 "툭하면 주디 갈런드를 만졌다"라고 매도했었다. 다음날이면 건망증 환자인 척했는데, 그러면서도 자신에게 당한 사람이 간밤의 만행을 자세히 설명해주면 은근히 기뻐했다. 물론 자신에게 유리한 내용이라면 기억해냈을 것이다. 진에 잔뜩 취한 그가 까닭 없이 폭발해서 스튜디오 사무실을 부쉈던 일이 떠올라 크리스는 미소 지으며 고개를 저었다. 나중에 프로덕션 대표가 파손된 기물을 열거한 청구서와 폴라로이드 사진들을 내밀자 그는 능글맞게도 "명백한 가짜야. 피해는 이보다 훨씬, 훨씬 컸어!"라는 말로 일축했다. 그래도 크리스는 그가 알코올중독자나 못 말리는 술꾼이라고 생각하지는 않았다. 그가 술을 마시고 방약무인한 짓을 하는 이유는 사람들이 그런 모습을 기대하기 때문이었다. 그는 스스로의 전설에 부응해 살고 있었다.

그래, 그것도 일종의 불후성일 거야.

그녀는 고개를 돌려 어깨 너머로 조금 전 버크가 외설스러운 말을 내뱉었을 때 미소 지었던 예수회 사제를 찾아보았다. 그는 저멀리 걸어가고 있었다. 맥없이 고개를 숙인 채. 비를 찾아 헤매는 외로운 먹구름 한 조각. 그녀는 성직자를 좋아해본 적이 없었다. 너무 확신에 차 있고, 너무 확고하고. 그런데 저 사람은……

"준비됐어, 크리스?"

"준비됐어요."

"좋아, 다들 조용!" 조감독이 외쳤다.

"카메라 롤!" 데닝스가 명령했다.

"롤!"

"스피드!"

"액션!"

엑스트라들의 환호를 받으며 크리스가 계단을 달려올라갔다. 그 모습을 지켜보면서 데닝스는 그녀가 무슨 생각을 하는지 의아해졌다. 그녀치고는 너무 쉽게 논쟁을 그만두었다. 대사 담당을 돌아보며 의미심장한 눈짓을 보내자 그가 고분고분 다가와 펼쳐진 대본을 내밀었다. 엄숙한 미사에서 사제에게 미사 경본을 건네는 늙은 복사처럼.

간간이 해가 나와 촬영을 진행했지만 네시쯤 되자 하늘이 어두워지면서 넘실거리는 구름이 짙게 끼었다.

"감독님, 어두워지는데요." 조감독이 근심스럽게 하늘을 살폈다.

"그래, 젠장할 온 사방이 흐리군."

데닝스의 지시에 따라 조감독이 그날 촬영을 접었다. 크리스는 걸어서 집으로 향했다. 길가를 구경하면서. 매우 피곤했다. 36번가와 O스트리트가 만나는 모퉁이의 식료품 가게 출입구에서 늙은 이탈리아인 점원이 사인을 해달라며 그녀를 불러세웠다. 그녀는 갈색 종이봉투에 이름과 함께 '행운을 빌어요'라고 적어주었다. N스트리트의 횡단보도에서 기다리는 동안 대각선으로 맞은편에 있는 가톨릭교회가 언뜻 눈에 들어왔다. 홀리 어쩌고저쩌고하는 곳으로 예수회 소속이었다. 존 F. 케네디와 재키가 저곳에서 결혼하고 예배를 드렸다는 이야기를 들었다. 그녀는 그 광경을 상상해보았다.

봉헌 촛불과 주름진 얼굴의 경건한 수녀들 사이의 존 F. 케네디. 그가 고개를 숙여 기도를 올린다. 러시아와의 데탕트를 믿습니다······ 묵주 알을 돌리는 딱딱 소리 속에 아폴로 4호의 성공을 믿사오며······ 부활과 영생을 믿사옵니다一

그래, 그거야. 그런 게 대사라고.

그녀가 바라보고 있을 때 군터 맥주 트럭이 포석도로를 느릿느릿 지나갔다. 차체가 부르르 떨리면서 가슴을 따뜻하게 적셔주는 약속이 들려왔다.

길을 건넜다. O스트리트를 따라 내려가다가 홀리 트리니티 초등학교 강당을 지나는데, 사제 한 명이 그녀를 앞질러 갔다. 나일론 방풍재킷 주머니에 양손을 넣은 채. 젊었고, 무척 긴장했고, 면도를 하지 않았다. 저 앞에서 오른쪽 사유지로 들어갔다. 교회 뒤쪽 안마당에 개방된 곳이었다.

크리스는 사유지 옆에 멈춰 서서 호기심어린 눈으로 그를 지켜보았다. 저 앞에 있는 하얀 목조가옥으로 가는 것 같았다. 낡은 방충문이 삐걱거리며 열리더니 다른 사제가 밖으로 나왔다. 그는 젊은 사제에게 짧게 목례하고는 시선을 내리간 그대로 교회 문을 향해 종종걸음을 쳤다. 목조가옥의 문이 안에서 다시 열렸다. 또다른 사제. 그런데 저 사람은一그래, 그다! 버크가 "씹질중이야!"라고 할 때 미소 짓던 사제! 다만 지금은 심각한 표정이었다. 그는 새로 도착한 사제를 말없이 맞이하며 자애로운 아버지처럼 어깨를 안아주었다. 그가 사제를 안으로 인도했고, 방충문이 천천히, 희미하게 삐걱거리는 소리를 내며 닫혔다.

크리스는 자신의 발을 내려다보았다. 어리둥절했다. 무슨 일이지? 예수회 사제들이 고해성사라도 하는 건지 궁금했다.

희미한 천둥소리. 그녀는 고개를 들어 하늘을 보았다. 비가 내리려나? ……부활과 영생을……

그래, 그래, 알아. 다음주 화요일. 멀리 번개가 하늘을 갈랐다. 이봐, 전화는 하지 마. 우리가 전화할 테니까.

그녀는 코트 깃을 여미고 천천히 걸음을 옮겼다.

차라리 비라도 퍼부었으면.

잠시 후 그녀는 집에 도착해 화장실부터 찾았다. 그리고 부엌으로 들어갔다.

"안녕, 크리스, 잘 끝났어요?"

이십대의 예쁜 금발 여자가 테이블에 앉아 있었다. 샤론 스펜서. 오리건 출신의 사회 초년생이다. 삼 년 전부터 리건의 가정교사이자 크리스의 사무 담당 비서로 일하고 있었다.

"늘 그렇지 뭐." 크리스는 테이블로 한가로이 다가가 메시지를 살피기 시작했다. "뭐 재미있는 일은 없니?"

"다음주에 백악관 만찬에 참석하실 거예요?"

"오, 모르겠네. 넌 어떻게 하고 싶은데?"

"거기 가면 사탕 먹다가도 없힐 것 같은걸요."

"리건은 어디 있지?"

"아래층 놀이방에요."

"뭐하는데?"

"조각해요. 새를 만들고 있을 거예요. 엄마 줄 선물이라던데요?"

"그래, 안 그래도 선물이 필요하던 참이었어." 크리스가 중얼거렸다. 스토브로 가서 뜨거운 커피를 한 잔 따랐다. "그 만찬이라는 건 농담이지?" 크리스가 물었다.

"아니, 진담이에요." 샤론이 대답했다. "목요일이에요."

"큰 행사야?"

"아뇨, 대여섯 명만 모인댔어요."

"야, 좋네!"

그녀는 기쁘기는 했지만 정말로 놀란 건 아니었다. 사람들은 그녀와 어울리고 싶어했다. 택시 운전사, 시인, 교수, 왕. 내 어디가 그렇게 맘에 드는 걸까? 삶?

크리스도 테이블에 앉았다. "공부는 어때?"

샤론이 담뱃불을 붙이면서 인상을 찌푸렸다. "또 수학을 어려워하네요."

"그래? 이상하네."

"네, 그러니까요. 리건이 제일 좋아하는 과목인데."

"하긴 그 '신수학'*이라는 게 난 도무지. 버스 잔돈도 계산 못한다니까. 만일 —"

"안녕, 엄마!"

---

* 1960년대 미국 초중등 교육에 도입된, 집합이론에 기초한 수학.

크리스의 어린 딸이 가느다란 두 팔을 벌리고 부엌문을 지나 그녀에게로 달려왔다. 양 갈래로 땋은 빨간 머리. 보드랍고 환한 주근깨투성이 얼굴.

"아이고, 우리 똥강아지!" 크리스도 활짝 웃으며 딸을 꼭 끌어안고는 분홍빛 뺨에 쪽 소리 나게 뽀뽀를 했다. 갑자기 복받쳐오르는 애정을 주체할 수가 없었다. "음—음—음!" 또다시 뽀뽀 세례. 이윽고 그녀가 딸을 떼어내고 찬찬히 표정을 살폈다. "오늘은 뭐 했어? 신나는 일이라도 있었어?"

"오, 이거저거."

"그러니까, 이거저거 뭐? 응?"

"오, 어디 보자." 리건은 엄마에게 무릎을 맞대고 앞뒤로 천천히 몸을 흔들었다. "음, 당연히 공부했지."

"으흠."

"그림도 그렸고."

"무슨 그림?"

"응, 꽃 그림. 데이지 알지? 전부 분홍색으로 칠했어. 그리고 보자—맞다! 그래, 말도 그렸다!" 아이가 갑자기 흥분하며 눈을 크게 떴다. "엄마도 알지, 강가에서 말 타는 아저씨? 산책하다 그 말을 봤는데, 얼마나 예뻤다고! 엄마, 엄마도 봤어야 했어! 아저씨가 말을 태워줬어! 정말이야! 일 분밖에 안 됐지만."

크리스가 재미있어하며 샤론에게 슬쩍 눈짓을 보냈다. "아저씨가 직접?" 그녀가 한쪽 눈썹을 치켜올리며 물었다. 샤론은 이제 한 가족이나 다름없었다. 영화 촬영 때문에 워싱턴으로 이사왔을 때도 2층 침실을 썼다. 그러다 인근 승마훈련장의 '기수'를 만났고, 크리스는 샤론에게도 혼자만의 공간이 필요하다고 결정을 내려 그녀에게 비싼 호텔의 특실을 얻어주고 비용을 부담했다.

"네." 샤론이 크리스에게 미소 지었다.

"회색 말이었어!" 리건이 덧붙였다. "엄마, 우리도 말 한 마리 사면 안 돼? 아니, 사도 돼?"

"한번 생각해보자꾸나."

"언제 사줄 건데?"

"두고 보재도 그러네. 네가 만든 새는 어디 있니?"

리건이 처음엔 멍한 표정을 짓더니 샤론을 돌아보았다. 그리고 치아교정기가 다 드러나도록 활짝 웃으며 소심하게 그녀를 탓했다. "말했어!" 그러고는 엄마를 보며 키득거렸다. "놀래주려고 했단 말이야."

"너 설마……?"

"길고 우스운 부리가 달린 거야. 엄마가 갖고 싶댔잖아!"

"오, 리건, 우리 천사. 보여줄 거지?"

"아니, 아직 색칠 안 했어. 저녁 언제 먹어, 엄마?"

"배고파?"

"죽겠어."

"세상에, 아직 다섯시도 안 됐는데? 언제 점심 먹었어?" 크리스가 샤론에게 물었다.

"음, 열두시쯤요." 샤론이 대답했다.

"윌리와 칼은 언제 돌아오는데?"

두 사람에게는 오후에 쉬라고 말해두었었다.

"일곱시쯤 올 거예요." 샤론이 대답했다.

"엄마, 우리 핫숍* 가면 안 될까, 응?" 리건이 졸랐다.

크리스는 다정하게 미소 지으며 딸의 손을 들어올려 입을 맞추었다. "얼른 위층으로 올라가서 옷 입어. 그리고 가자."

"와, 엄마 사랑해요!"

리건이 부엌을 달려나갔다.

"얘, 새 드레스 입어!" 크리스가 리건의 등뒤에 대고 외쳤다.

"열한 살로 돌아가실 생각 없어요?" 샤론이 감탄했다.

"글쎄."

크리스가 우편물을 들고 살펴보았다. 필체를 알아보기도 힘든 팬레터들이었다. "지금의 뇌를 그대로 갖고? 기억도 전부?"

"물론이죠."

"됐네요."

"잘 생각해보세요."

크리스는 편지들을 내려놓고 대본을 집어들었다. 에이전트인 에드워드 재리스의 편지가 앞장에 클립으로 깔끔하게 첨부되어 있었다. "당분간 대본 받지 않겠다고 그쪽에 말했던 것 같은데."

---

* 멕시칸 레스토랑 체인점.

"한번 읽어보셨음 해요." 샤론이 말했다.

"오, 그래?"

"전 오늘 아침에 봤거든요."

"그렇게 좋아?"

"기가 막혀요."

"레즈비언임을 깨달은 수녀 역 아냐, 응?"

"아뇨, 연기는 할 필요 없어요."

"이런, 아무리 영화가 발전한다지만, 그건 또 무슨 난데없는 소리야? 왜 그렇게 웃는 건데?"

"크리스한테 연출을 해달래요." 샤론이 담배연기를 내뿜으면서 얼버무리듯 말했다.

"뭐?"

"거기 편지 읽어보세요."

"맙소사, 샤론, 농담하는 거지?"

크리스는 편지에 달려들어서는 눈을 부릅뜨고 허겁지겁 낱말들을 뭉텅뭉텅 읽어나갔다. "……새로운 대본…… 세 편짜리 옴니버스…… 스튜디오는 스티븐 무어 경이…… 제안된 배역을 응낙해주길─"

"그 사람이 나한테 단편을 감독해달래!"

크리스가 양팔을 높이 들며 째지는 환호성을 질렀다. 그리고 양손으로 편지를 가슴에 꼭 끌어안았다. "오, 스티븐, 당신은 천사예요. 그걸 잊지 않았다니!" 아프리카의 촬영장. 술에 취해 접의자에 앉아 바라보았던 주황색으로 물들어가는 일몰의 하늘. "아, 스티븐, 이 바닥은 완전히 사기예요. 배우한텐 다 부질없는 짓거리라고요." "오, 난 마음에 드네." "개수작이에요! 이 바닥에서 일의 관건이 어디에 달렸는지 몰라요? 연출이잖아요! 그러니 당신은 뭔가를 이룬 거예요. 자신의 것이라 할 만한. 제 말은, 온전히 살아 있는 것 말이에요." "음, 그럼 당신도 해요." "시도는 해봤죠, 스티븐. 하지만 아무도 날 쓰지 않을 거예요." "어째서?" "이봐요, 알면서 그래요. 사람들은 내가 '컷'을 외칠 능력도 없다고 생각하는걸요." "음, 내 생각은 다른데."

따뜻한 미소. 따뜻한 기억. 자상한 스티븐……

"엄마, 드레스 어디 있어?" 리건이 층계참에서 외쳤다.

"벽장 안에!" 크리스가 대답했다.

"찾아봤단 말이야!"

"금방 올라갈게!" 크리스가 외쳤다. 그녀가 대본을 넘겨보던 손길을 멈추고 풀죽은 얼굴로 중얼거렸다. "보나마나 이것도 개수작이겠지."

"오, 그렇지 않아요, 크리스! 아니라니까요! 내가 보기엔 정말 좋은 일 같아요."

"이런, 넌 〈사이코〉에도 관객 웃음소리를 입혀야 한다는 애잖니."

"엄마?"

"지금 가! 데이트 있니, 샤론?"

"네."

크리스가 우편물을 가리켰다. "그럼 가봐. 저것들은 내일 아침에 처리하자."

샤론이 일어났다.

"아니, 잠깐만." 크리스는 정정했다. "미안해. 오늘밤 처리해야 할 편지가 하나 있어."

"네, 알았어요." 샤론이 지시사항을 받아쓰는 노트를 향해 손을 내밀었다.

안달하며 칭얼거리는 소리. "엄마아아!"

크리스가 한숨을 내쉬고 일어서며 말했다. "금방 내려올게." 하지만 시간을 확인하는 샤론을 보고 자리를 뜨려다 말았다. 크리스가 물었다. "왜?"

"이런, 저 명상할 시간이에요, 크리스." 그녀가 말했다.

크리스는 짜증이 치밀어 실눈을 떴다. 그래도 그 바탕엔 애정이 깔려 있었다. 육 개월 전 비서는 난데없이 '평정심을 추구하는 구도자'로 변모했다. 로스앤젤레스에서 살 때 자기최면으로 시작해, 그 다음엔 불교의 염불로 나아갔다. 2층 방을 쓰던 몇 주 동안은 집안에 향내가 가득하고 "남묘호렌게쿄"를 맥없이 웅얼거리는 소리가 흘러나왔다. ("크리스, 그냥 그 주문을 계속 외워봐요. 그것만 하면, 소원이 이루어져요. 원하는 모든 걸 이룰 수 있어요.") 그것도 대개 크리스가 대사를 외워야 하는, 예상 밖의 부적절한 시간대에. "텔레비전 틀어도 돼요." 한번은 샤론이 고용인에게 인심 쓰듯 이렇게 말했다. "괜찮아요. 온갖 잡음 속에서도 주문을 외울 수 있거든요."

그런데, 이번엔 초월명상이라니.

"그런 게 정말로 도움이 된다고 믿는 거야?"

"마음의 평화를 가져다줘요." 샤론의 대답이었다.

"알았다." 크리스가 단조로이 대꾸하고는 몸을 돌려 부엌을 나서면서 중얼거렸다. "남묘호렌게쿄."

"십오 분에서 이십 분 정도 계속해보세요." 샤론이 말했다. "크리스한테도 도움이 될 거예요."

크리스는 걸음을 멈추고 적당한 대답을 생각하다가 그만두었다. 2층 리건의 침실로 올라가 곧바로 벽장으로 향했다. 리건은 방 가운데에 서서 천장을 바라보고 있었다.

"뭐하니?" 크리스가 벽장에서 드레스를 찾으면서 물었다. 지난주에 옅은 푸른색의 면드레스를 사서 벽장에 걸어두었었다.

"이상한 소리가 나." 리건이 말했다.

"알아. 아무래도 새 식구가 든 모양이야."

리건이 엄마를 보았다. "응?"

"다람쥐 말이야, 애야. 다락의 다람쥐들." 딸애는 쥐라면 아주 질색을 했다. 생쥐도 마찬가지였다.

드레스는 어디에도 없었다.

"거봐, 엄마. 없지."

"그래, 없구나. 윌리가 세탁하려고 가져갔나보네."

"사라졌어."

"그럼, 남색 드레스를 입으면 돼. 그것도 예뻐."

조지타운 구역의 예술영화 극장에서 낮 시간대에 상영하는, 셜리 템플 주연의 〈위 윌리 윙키〉를 본 다음 자가용을 타고 키 브리지를 건너 버지니아주 로슬린에 있는 핫숍으로 갔다. 크리스는 샐러드를 먹고, 리건은 수프와 사워도 롤 두 개, 프라이드치킨, 딸기 셰이크, 초콜릿 아이스크림을 얹은 블루베리 파이까지 해치웠다. 도대체 저게 다 어디로 들어간담? 크리스는 궁금했다. 저 팔목에? 아이의 몸은 찰나의 희망처럼 실낱같았다.

크리스는 커피를 받아놓고 담뱃불을 붙인 후 오른쪽 창밖의 조지타운대학교 첨탑들을 내다보았다. 그리고 상념에 잠긴 채 침울한 시선을 내려 기만적으로 잔잔한 포토맥강의 수면을 바라보았다. 어디서도 그 아래 위험하리만치 빠르고 세찬 물살이 굽이친다는 낌새는 찾을 수 없었다. 크리스는 자세를 바꾸었다. 저녁나절의 부드럽게 누그러진 빛 속에, 겉보기에 죽은듯 고요한 강이 불현듯 무언가를 꾸미는 것처럼 느껴졌다.

그리고 기다리는 것처럼.

"정말 맛있었어, 엄마."

크리스는 행복한 미소를 짓는 딸아이를 돌아보았다가 빈번히 그러듯 헉하고 숨을 들이켰다. 리건의 얼굴에서 문득문득 하워드가 보일 때면 이따금 가슴이 약간 당기는 듯한 달갑지 않은 통증이 찾아들었다. 빛의 각도 때문에 그런 거야, 그녀는 종종 그렇게 생각하고 넘겼다. 시선을 황급히 리건의 접시로 떨어뜨렸다.

"그 파이는 남길 거야?"

리건이 아래를 보았다. "사탕을 먹었더니 배가 불러서."

크리스가 담배를 비벼 끄며 미소 지었다.

"자, 리건, 집에 가자."

모녀는 일곱시가 되기 전에 집으로 돌아왔다. 윌리와 칼이 먼저 집에 와 있었다. 리건은 엄마에게 줄 조각을 마무리하겠다며 쏜살같이 지하의 놀이방으로 달려갔고, 크리스는 대본을 가지러 부엌으로 향했다. 윌리가 커피를 끓이고 있었다. 거칠게 간 원두를, 뚜껑 없는 냄비에. 그녀는 짜증이 나 부루퉁해 있었다.

"안녕, 윌리, 재미있게 지냈어요?"

"묻지도 마요." 그녀는 펄펄 끓는 냄비 안에 달걀 껍데기 하나와 소금 한 꼬집을 넣었다. 둘이 영화를 보러 갔고, 윌리는 비틀스 영화를 보고 싶었지만 칼이 모차르트에 관한 예술영화를 보겠다고 우겼다는 사연이었다. "끔찍했다니까요." 그녀가 툴툴거리며 불을 줄였다. "머저리 같은 인간!"

"저런, 안됐네요." 크리스는 대본을 겨드랑이에 끼웠다. "아, 참, 윌리, 내가 지난주에 산 리건 드레스 봤어요? 푸른색 면으로 된 건데?"

"네, 리건의 방 벽장에 있어요. 오늘 아침에도 본걸요."

"어디에 뒀죠?"

"거기 그대로 있어요."

"실수로 세탁물 안에 섞여 들어갔을 수도 있잖아요."

"거기 있어요."

"세탁물이랑 같이요?"

"벽장 안에요."

"아니, 없어요. 내가 찾아봤어요."

윌리는 무슨 말을 하려다가 입을 꾹 다물고 커피만 노려보았다. 칼이 들어왔던 것이다.

"안녕하세요, 사모님."

그는 물을 마시러 개수대로 향했다.

"쥐덫은 놨어요?" 크리스가 물었다.

"쥐 없습니다."

"놨어요?"

"그럼요. 하지만 다락은 깨끗해요."

"그래, 영화는 어땠어요, 칼?"

"기가 막혔죠." 그의 목소리는 얼굴만큼이나 단단하고 공허했다.

크리스는 비틀스의 유명한 노래를 흥얼거리며 부엌을 나서다가 몸을 획 돌렸다.

하나만 더!

"쥐덫 구하기는 어렵지 않았나요, 칼?"

등을 돌린 채 칼이 대답했다. "아뇨, 사모님. 문제없었습니다."

"새벽 여섯시에?"

"24시간 마켓에서 팔던걸요."

크리스는 손바닥으로 이마를 살짝 치고는 잠시 칼의 등을 보다가 몸을 돌려 부엌을 나서며 중얼거렸다. "젠장!"

크리스는 여유롭고 안락하게 목욕을 즐긴 후 가운을 찾으러 침실 벽장으로 갔다. 그곳에 사라진 리건의 드레스가 있었다. 벽장 바닥의 옷더미에 아무렇게나 놓여 있었다.

크리스가 옷을 집어들었다. 가격표도 그대로 붙어 있었다.

이게 왜 여기 있지?

크리스는 기억을 되짚어보았다. 그리고 드레스를 사던 날, 자신에게 필요한 물건도 두어 가지 샀던 것을 생각해냈다.

한데 던져뒀던 모양이군.

크리스는 드레스를 리건의 침실로 가져가 옷걸이에 걸어 벽장에 넣었다. 양손으로 허리를 짚고 리건의 옷장을 둘러보았다. 멋져. 멋진 옷들이야. 그래, 리건, 여기를 보려무나. 편지는커녕 전화도 한 통 없는 아빠는 잊어버려.

그녀는 벽장에서 돌아서다가 그만 서랍장에 발가락을 찧고 말았다. 오, 망할, 아파죽겠네. 발을 들어올려 발가락을 문지르면서 보니 서랍장이 원래 자리에서 1미터쯤 벗어나 있었다.

이러니 발을 찧을 수밖에. 윌리가 청소기를 돌린 모양이야.

그녀는 에이전트가 보낸 대본을 들고 서재로 내려갔다.

커다란 퇴창들을 통해 포토맥강을 수놓은 키 브리지와 그 너머 버지니아주 강변까지 내려다보이는 대형 거실과 달리, 서재는 조용하고 내밀한 느낌이었다. 부유한 아저씨들이 모여 밀담을 주고받을 것 같은. 벽돌을 쌓아 만든 벽난로, 벚나무 패널, 옛날 도개교라도 갖다쓴 듯 단단한 목재로 만든 열십자형 들보. 지금 시대가 현대임을 알려주는 물건이라곤 현대식 바와 그 주변에 놓인 스웨이드와 크롬 소재의 의자들, 선명한 색상의 마리메코 쿠션들이 전부였다. 그녀는 푹신한 소파에 자리잡고 편안히 누웠다. 대본 사이에 끼워두었던 에이전트의 편지를 빼서 다시 읽어보았다. 신뢰, 희망, 그리고 박애. 세 편의 단편으로 이루어진 영화로, 각기 출연진과 감독이 달랐다. 그녀가 연출할 단편은 〈희망〉이었다. 제목도 좋았다. 무미건조할지는 몰라도 세련된 제목이라는 생각이 들었다. 나중에 '가치를 바라보는 세 가지 시선' 같은 제목으로 바꿀 수도 있겠지.

초인종이 울렸다. 버크 데닝스. 고독한 남자. 이따금 여기 들렀다. 크리스는 고개를 저으며 애처로운 듯 미소 지었다. 그가 칼의 비위를 긁는 소리가 들렸기 때문이다. 버크는 유독 칼을 싫어해서 툭하면 골리고 괴롭혔다.

"여, 안녕, 술이 어디 있나?" 방으로 들어선 그는 뿌루퉁하게 말하며 곧장 바bar로 향했다. 주름진 레인코트 주머니에 양손을 넣은 채 그녀 쪽으로 눈길도 주지 않고.

이윽고 그가 바 스툴에 앉았다. 짜증 섞인 얼굴, 수상쩍은 눈빛, 어렴풋한 실망의 기색.

"또 먹이를 찾아 헤매다녔나봐요?"

"뭔 소리야?" 그가 코를 훌쩍였다.

"지금도 딱 그 얼굴인데요." 전에 스위스 로잔에서 같이 영화를 촬영할 때도 본 적이 있었다. 첫날 제네바호가 내려다보이는 조용한 호텔에서 묵었는데 크리스는 통 잠을 이루지 못했다. 새벽 다섯

시가 조금 지나 침대를 박차고 일어나선 옷을 입고 로비로 내려가
기로 했다. 커피든 잠 못 드는 동지든 뭐라도 찾을까 싶어서. 엘리
베이터 홀에서 기다리다가 창밖을 흘끗 보니 뻣뻣하게 호숫가를
거니는 감독이 있었다. 겨울의 혹한에 맞서 코트 주머니에 양손을
푹 찔러넣은 채. 로비로 내려왔을 때는 마침 그도 호텔로 들어서고
있었다. "매춘부가 한 명도 안 보여!" 그는 툭 쏘아붙이고는 크리
스는 보지도 않고 쌩하니 지나쳐 엘리베이터를 타고 올라가 자기
층으로, 객실로, 침대로 가버렸다. 나중에 크리스가 우스개로 그 일
을 거론하자 감독은 생사람 잡는다며 펄펄 뛰었다. "자기가 스타라
고 사람들이 다 믿어줄 것 같아?" 그녀를 "헛소리나 중얼중얼하는
미친년"으로 몰아붙이기까지 했다. 그래도 그녀의 기분을 달래야
겠다 싶었는지 "아마도" 다른 사람을 데닝스로 착각했을 거라고
지적하며 진정시켰다. "맞아, 내 고조할머니가 스위스 사람이었으
니까."

크리스는 바 안쪽으로 들어가면서 그에게 그 일을 상기시켰다.

"네, 그 얼굴 말이에요, 버크. 진토닉을 얼마나 마신 거예요?"

"오, 또야? 바보 같은 소리 좀 그만해!" 데닝스가 쏘아붙였다.
"안 그래도 저녁 내내 망할 놈의 다과회에 붙잡혀 있었다고. 교수
놈들 다과회에!"

크리스가 팔짱 긴 팔을 바에 올려놓았다. "어디 있었다고요?" 그
녀가 믿기지 않는다는 투로 말했다.

"오, 그래, 그러니까 실컷 비웃어!"

"그러니까 예수회 사람들하고 다과회에서 떡이 되도록 술을 마셨다는 거예요?

"아니, 그자들은 멀쩡했어."

"그 사람들은 술 안 마셔요?"

"제정신으로 하는 소리야? 그치들은 아예 퍼마셨다고! 내 평생 그런 주당들은 처음 봤어!"

"이런, 진정해요, 진정, 버크! 리건이 있어요!"

"그래, 리건." 데닝스가 목소리를 낮춰 속삭였다. "그래야지! 그나저나 도대체 자네 집에 내가 마실 술은 어디 있는 거야?"

못 말리겠다는 듯 고개를 살짝 저으면서 크리스가 몸을 일으켜 술병과 잔을 꺼냈다. "그래서, 교수들 다과회에서 도대체 뭘 하고 있었던 거예요?"

"망할 놈의 홍보지 뭐긴 뭐야? 자네가 늘 하는 일이잖아. 우리가 캠퍼스 구내를 엉망으로 만들고 있으니, 난들 용·빼는 재주 있나?" 감독이 정색하고 말했다. "오, 그래, 멋대로 비웃어! 자네가 잘하는 게 그것뿐이잖아. 비웃는 것하고 엉덩이 흔들어대는 거."

"난 그냥 여기 서서 미소 짓고 있는 것뿐인데요."

"흥, 지금 누가 좋은 쇼를 만들어야 했는데."

크리스는 손을 뻗어 데닝스의 왼쪽 속눈썹 위의 흉터를 한 손가락으로 슬쩍 쓸었다. 데닝스의 전작을 촬영할 당시, 마지막날 근육질의 액션영화 스타인 척 대런이 혼쭐을 내주겠다며 날린 주먹에 맞아 생긴 것이었다. "옅어지고 있네요." 크리스가 다정히 말했다.

눈썹을 찡그리던 데닝스가 험악한 표정으로 변했다. "메이저 스튜디오랑 다시는 일 못하게 할 거야. 내가 벌써 여기저기 소문내고 다녔어."

"왜 그래요, 버크. 고작 그런 걸로?"

"그 작자는 정신병자야. 돌아도 단단히 돌아서 위험천만하다고! 맙소사, 늙은 개 같아서 평소엔 얌전히 양지에서 낮잠을 자다가도 어느 날 난데없이 뛰어올라 사람 다리를 사납게 물어대잖아!"

"그리고 물론 그가 당신을 때려눕힌 건 감독님이 배우와 스태프들 앞에서 그 사람한테 연기가 '니미 어색하기 짝이 없는 게 씨름선수가 뒤뚱거리는 수준이다'라고 한 거랑 관련있고요?"

"자기, 그건 상스럽잖아." 데닝스가 그녀의 손에서 진토닉을 건네받으면서 정색하고 비난했다. "내가 '니미'라고 하는 건 지극히 자연스럽지만 미국의 연인이 그런 말을 입에 담으면 쓰나. 자, 이제 얘기해봐. 자넨 어때, 춤추고 노래하는 우리 작은 신성新星?"

크리스는 힘없는 얼굴로 어깨를 으쓱해 대답을 대신했다. 그러면서 상체를 숙여 바에 팔짱 낀 팔을 올려놓고 몸을 기대었다.

"자, 말해봐. 우울한 거야?"

"모르겠어요."

"이 삼촌한테 말해보라니까."

"망할, 나도 한잔해야겠어요." 크리스는 벌떡 몸을 일으키고 보드카 병과 유리잔으로 손을 뻗었다.

"오, 최고지! 멋진 생각이야! 그래, 뭔데 그래? 뭐가 문제야?"

"죽음에 대해 생각해본 적 있어요?" 크리스가 물었다.

데닝스가 이맛살을 찌푸렸다. "'죽음'이라고?"

"네, 죽음. 죽음에 대해 정말로 생각해본 적 있어요, 버크? 그게 무슨 의미인지 말이에요. 정말로 무슨 의미죠?"

그녀가 잔에 보드카를 따랐다.

살짝 신경이 곤두선 그가 새된 소리로 말했다. "아니, 몰라! 난 그런 거 생각 안 해. 그냥 죽으면 그만이야. 골치 아프게 그런 얘길 왜 꺼내?"

그녀가 어깨를 으쓱하며 잔에 얼음조각을 떨어뜨렸다. "모르겠어요. 오늘 아침 문득 그런 생각이 드는 거예요. 음, 정확히 말하면 생각한 건 아니네요. 잠에서 깨어나면서 비몽사몽간이었으니까. 등골이 오싹해졌어요, 버크. 세게 한 대 얻어맞은 기분이었어요. 죽음의 의미가 뭔지. 그러니까, 끝 말이에요, 버크, 빌어먹을 완전 끝. 난생처음 들어보는 말 같았어요." 그녀는 옆을 보며 고개를 저었다. "오, 세상에, 얼마나 겁이 나던지! 이 빌어먹을 행성에서 시속 수억 킬로미터로 떨어져내리는 기분이었어요." 크리스가 잔을 들어 입으로 가져갔다. "스트레이트로 한잔해야 할 판이에요." 그녀가 중얼거렸다. 그리고 술을 한 모금 마셨다.

"에이, 쓸데없는 소리. 죽음은 인식이야." 데닝스가 코웃음 쳤다.

크리스가 잔을 내렸다. "나한테는 아니에요."

"이봐, 자네는 죽어도 작품이 남고 자식도 있잖아."

"오, 그딴 소리 집어치워요. 자식이 곧 나는 아니죠!"

"그래, 다행이군. 자네 하나로도 버겁다고."

크리스가 몸을 앞으로 기울였다. 손안의 잔은 허리께에 있고 요정 같은 얼굴은 근심으로 한껏 찌푸려졌다. "내 말은, 한번 생각해봐요, 버크! 존재가 영원히 사라진다는 것. 영원히 그리고—"

"오, 이제 그만해! 시시껄렁한 소리 집어치우고 다음주엔 자네가 다과회에 가서 사람들이 떠받드는 분장으로 매끈하게 손질한 긴 다리를 뽐내보라고! 어쩌면 그놈의 사제들이 안식을 줄지도 모르지!"

그가 잔을 바에 쾅 내려놓았다. "한 잔 더 줘!"

"사제들이 술 마시는 줄은 몰랐네요?"

"세상에, 멍청하긴." 감독이 툴툴거렸다.

크리스는 그를 살펴보았다. 술에 완전히 취한 건가? 아니면 알고 보면 내가 아픈 곳을 건드렸나?

"그 사람들도 고해성사를 해요?" 그녀가 물었다.

"누구?"

"사제들요."

"그걸 내가 어떻게 알아!" 그가 버럭 성질을 냈다.

"아니, 전에 그랬잖아요. 버크도 한때 사제가 되려고—"

데닝스가 손바닥으로 바를 쾅 내리쳐 말을 자르고 목소리를 높였다. "빌어먹을 술 어딨어?"

"그냥 커피 드시지 그래요?"

"멍청한 소리 작작 해. 난 술이 필요해."

"커피 마셔요."

"오, 왜 이래, 자기야." 별안간 데닝스가 사근사근한 목소리로 구슬렸다. "마지막으로 딱 한 잔만."

"왜, 이참에 링컨 하이웨이까지 가게요? 계속 '딱 한 잔만' 이러다보면 금세 가겠네요."

"에이, 그건 꼴사납지. 진짜야. 자네랑은 달라." 부루퉁한 얼굴로 그가 잔을 내밀었다. "자비심은 강요해서 생기는 게 아니오."* 그가 읊조렸다. "아니지. 그건 고든스 드라이진처럼 하늘에서 내리는 거라네. 자, 어서, 한 잔만. 그럼 갈게. 약속해."

"정말이죠?"

"맹세해."

크리스는 그를 살펴보다가 고개를 저으며 진 병을 들었다. "그래요, 그 사제들." 데닝스의 잔에 진을 따르면서 딴생각에 빠져 말했다. "한두 명한테 가서 물어보죠."

"그 작자들은 절대 떠나지 않아." 데닝스가 으르렁거리듯 말했다. 눈이 시뻘게지고 갑자기 더 가늘어지더니 두 눈이 각기 별개의 지옥이 되었다. "더러운 약탈자들이니까!" 크리스는 토닉을 섞어주려 했지만 데닝스는 짜증스레 손을 저어 거부했다. "아니지, 맙소사, 스트레이트로, 여태 기억을 못해? 세 잔째는 언제나 스트레이트야!" 그가 잔을 들어 진을 쭉 들이켜고는 내려놓았다. 그리고 고

---

* 셰익스피어의 희곡 『베니스의 상인』 4막 1장의 대사.

개를 숙여 잔을 들여다보며 중얼거렸다. "하여튼 생각이란 게 없다니까!"

크리스는 주의깊게 그를 살폈다. 이런, 이 아저씨 이러다 정말로 폭발하겠어. 그녀는 화제를 바꾸어 영화 연출을 제안받았다는 얘기를 했다.

"오, 잘됐군." 그대로 잔만 내려다보며 데닝스가 툴툴거렸다. "브라보!"

"솔직히, 좀 겁나요."

말이 끝나기 무섭게 데닝스가 고개를 들어 그녀를 보았다. 아버지처럼 인자한 얼굴로. "쓸데없는 소리 하네. 이봐, 연출에서 어려운 건 아주 어려운 일인 척 보이는 것밖에 없어. 나도 개뿔도 모르고 데뷔했지만, 봐, 여기까지 왔잖아. 마법 같은 건 없어. 그냥 새빠지게 일하고, 촬영 첫날부터 내가 시베리아호랑이의 꼬리를 잡고 있구나 하는 자각을 하면서 계속 가는 거야."

"그건 나도 알아요, 버크. 하지만 이건 실제고, 나한테 제안이 들어왔다고요. 난 정말 우리 할머니 길 건너게 해드리는 것도 자신 없단 말이에요. 그러니까 그 기술적인 문제들은 다 어쩌고요?"

"오, 진정해! 그런 자잘한 부분은 편집자, 촬영감독, 대본 담당이 다 알아서 해. 좋은 놈들만 구하면 돼. 내가 장담하는데, 그럼 편안히 미소 지으면서 작업할걸. 중요한 건 배우들을 다루는 건데, 그 능력이야 탁월하잖아. 자네는 어떤 연기를 원하는지 놈들한테 말해줄 수 있을뿐더러 보여줄 수도 있지."

크리스는 아직도 확신이 없는 얼굴이었다. "그래도," 그녀가 말했다.

"그래도 뭐?"

"음, 기술적인 문제요. 알긴 해야죠."

"예를 들어봐. 자네의 스승한테 예시를 줘봐."

한 시간 가까이 그녀는 인정받는 영화감독인 그를 붙잡고 세세한 부분들 중에서도 가장 바깥쪽 장애물들부터 캐물었다. 영화 연출의 기술적 세부를 다룬 책들은 얼마든지 있지만 그녀는 진득하게 독서하는 데 어려움을 겪었다. 대신 사람들을 읽었다. 천성적으로 호기심이 많은 탓에 사람들을 짜내고 끌어냈다. 하지만 책은 쥐어짤 수가 없었다. 책은 허울만 그럴듯했다. 애매하기 짝이 없는 곳에서도 '따라서'와 '명백히'를 남발하고, 완곡어법은 거의 난공불락 수준이라 집요한 무장해제에도 굴복하는 법이 없었다. "잠깐만, 난 멍청이에요. 다시 한번 말해주겠어요?" 책은 그 의미를 붙잡기도, 꾸무럭거리며 헤쳐나가는 것도, 분석도 안 되었다.

책은 관리인 칼과 비슷했다.

"이봐, 자네한테 정말로 필요한 건 유능한 편집자야." 감독이 말을 마무리하며 키득거렸다. "이 문 장면이랑 저 문 장면이랑 붙는지 아닌지 아는 놈 말이야."

그는 차츰 매력과 기운을 찾아가고 있었다. 이제 위험천만한 폭발 위기도 지난 듯 보였다. 칼의 목소리가 들리기 전까지만 해도.

"실례지만, 사모님. 뭐 더 필요한 게 있으실까요?"

칼이 열린 서재 문 앞에 정중하게 서 있었다.

"오, 안녕, 손다이크?" 데닝스가 낄낄거렸다 "아니, 하인리히인 가? 도무지 헷갈려서 말이야."

"칼입니다."

"오, 물론 그렇겠지. 깜빡했어. 이보게, 칼, 자네가 게슈타포 시 절에 했다는 일이 선전 활동이었던가? 아니면 대민 활동이었던가? 그게 조금 다르거든."

칼은 공손하게 대답했다. "둘 다 아닙니다. 전 스위스인이니까요."

감독이 껄껄 웃었다. "오, 그래, 당연히 칼이지! 맞아! 스위스인 이고! 그럼 괴벨스와 볼링 친 적도 없겠군그래!"

"그만해요, 버크!" 크리스가 꾸짖었다.

"루돌프 헤스와 비행기 타본 적도 없겠고!" 데닝스가 덧붙였다.

침착하고 예사로운 태도로 칼이 크리스를 보며 무심하게 물었 다. "사모님, 필요하신 거라도?"

"버크, 커피 드려요? 어때요?"

"아, 됐어, 집어치워!" 감독이 공격적으로 말했다. 그리고 바에서 벌떡 일어나 서재를 성큼성큼 걸어나갔다. 고개를 숙이고 주먹을 꼭 쥔 채. 곧이어 현관문이 쾅 닫히는 소리가 들렸다. 무표정한 얼 굴로 크리스가 칼을 보며 기력 없이 지시했다. "전화선 뽑아놔요."

"네, 사모님. 다른 건 없습니까?"

"아, 디카페인 커피 좀 갖다줘요."

"그러겠습니다."

"리건은 어디 있죠?"

"지하 놀이방에 있습니다. 불러올까요?"

"그래요. 잘 시간이니까. 아니, 잠깐, 칼, 그냥 둬요. 내가 내려갈게요." 그녀는 새가 떠올라 지하로 내려가는 계단으로 향했다. "디카페인 커피만 가져다줘요."

"네, 사모님."

"그리고 이미 수십 번 말했지만, 버크에 대해선 미안해요."

"개의치 않습니다."

크리스는 발걸음을 멈추고 몸을 반쯤 돌렸다. "알아요. 그래서 그가 더 꼭지가 돈다는 것도."

다시 앞을 보며 크리스는 현관홀로 걸어가 지하실 계단 문을 잡아당겨 열고 아래층으로 내려갔다. "세상에, 이 고약한 냄새라니. 여기서 뭘 하는 거야? 새는 다 만들었어?"

"응, 엄마! 와서 봐! 얼른 내려와! 다 끝났어!"

놀이방은 나무 패널을 두르고 밝게 장식했다. 이젤. 그림. 전축. 놀이용 탁자. 조각용 탁자. 전 세입자의 십대 아들 파티에서 쓰고 남은 빨간색과 흰색의 깃발 장식.

"이런, 진짜 멋지다." 딸이 뿌듯하게 내미는 조각을 보고 크리스가 외쳤다. 아직 채 마르지 않은 새는 '걱정하는 새'를 닮았다. 오렌지색으로 칠하고 부리에만 녹색과 흰색의 가로줄무늬를 그려넣었다. 머리에는 깃털 장식을 붙였다.

"맘에 들어?" 리건이 활짝 웃으며 물었다.

"오, 애야, 당연하지. 정말 예쁘구나. 이름은 붙였니?"

리건이 고개를 저었다. "아직."

"좋은 이름 없어?"

"못 찾겠어." 리건이 양 손바닥을 펴 보이며 어깨를 으쓱했다.

손톱으로 이를 톡톡 두드리면서 크리스는 이맛살을 찌푸리고 고심하는 척했다. "그래, 어디 보자. 뭐가 있나." 중얼거리면서 궁리하다가 별안간 얼굴이 환해지며 말했다. "'벙어리 새' 어때? 응? 그냥 늙은 '벙어리 새'."

리건이 반사적으로 교정기를 낀 입을 손으로 가리며 키득거렸고 힘차게 고개를 끄덕였다.

"좋아, 그럼 만장일치로 '벙어리 새'로 결정합니다!" 크리스가 의기양양하게 선언하면서 조각을 높이 들어 보였다. 조각을 아래로 내리며 덧붙였다. "우선 여기에 뒀다가 완전히 마르면 엄마 방으로 가져갈게."

1미터가량 떨어진 놀이용 탁자에 새를 내려놓던 크리스의 눈에 위저보드가 들어왔다. 그런 게 있다는 것마저 까맣게 잊고 있었다. 그녀는 타인에 대한 호기심 못지않게 자아에도 관심이 많은 사람이었기에 자신의 잠재의식을 드러내는 실마리를 얻을 수 있을까 싶어 샀던 물건이었다. 효과는 없었다. 그것도 샤론과 한두 번, 데닝스와 딱 한 번 시도해본 게 다였다. 데닝스가 플라스틱 플랑셰트를 교묘하게 움직이는 바람에("지금 이거 움직이는 게 자넨가?") 모든 '유령의 메시지'가 음란했는데, 나중에 그는 되레 "망할 악령들!"이라며 탓을 했다.

"너, 위저보드도 갖고 노니?"

"응."

"어떻게 하는지 알아?"

"오, 당연하지. 내가 가르쳐줄게."

리건이 보드 앞에 가서 앉았다.

"음, 이거 하려면 두 사람이 필요하지 않니?"

"아니, 안 그래, 엄마. 나 맨날 혼자 하는걸."

크리스가 의자를 끌어당겼다. "좋아, 이번에는 함께 해보자, 괜찮지?"

머뭇거림. 그러더니, "음—그래." 리건이 손끝을 플랑셰트 위에 살짝 올려놓았다. 그리고 크리스가 손을 놓으려는데 플랑셰트가 갑자기 휙 움직이더니 안 돼No 위치에 가서 멈추었다.

크리스가 리건을 보며 장난스레 미소 지었다. "엄마, 나 혼자 하는 게 좋겠어, 이런 뜻이야? 나랑 하는 게 싫어서 그래?"

"아니, 난 좋아! 하우디 선장이 싫다고 하는 거야."

"무슨 선장?"

"하우디 선장."

"얘야, 하우디 선장이 누구니?"

"음, 그러니까, 내가 질문하면 그가 대답해줘."

"그래?"

"응. 아주 친절해."

크리스는 가슴이 따끔따끔하면서 어렴풋이나마 걱정이 들었지만 애써 아무렇지 않은 척했다. 딸애는 아버지를 깊이 사랑했지만, 정작 부모의 이혼에 별다른 반응을 보이지 않았다. 방에서 남몰래 울었을 수는 있었다. 하지만 분노와 슬픔을 계속 억누르다가 어느 날 둑이 무너지면서 이해할 수 없고 유해한 형태로 감정이 터져나올까봐 크리스는 두려웠다. 그녀는 입술을 오므렸다. 상상의 놀이 친구. 별로 건강하지 못한 것 같았다. 그리고 왜 이름이 '하우디' 지? 아빠, 하워드의 변형일까? 꽤 비슷하군.

"그래, 벙어리 새 이름 정할 때는 그렇게 생각이 안 나서 어려워했으면서, '하우디 선장' 같은 이름은 어떻게 된 거라니? 왜 '하우디 선장'이라고 부르는 거야?"

리건이 키득거렸다. "당연히 그게 이름이니까 그렇지."

"누가 그러던?"

"하우디 선장이."

"그렇겠지."

"그렇다니까."

"또 무슨 얘기를 하지?"

"이런저런 얘기."

"무슨 이런저런 얘기?"

리건이 어깨를 으쓱하며 딴 데를 보았다. "몰라. 그냥 이런저런 얘기."

"예를 들면?"

리건이 다시 엄마를 보며 말했다. "좋아, 그럼 엄마가 직접 봐. 내가 몇 가지 질문을 할 테니까."

"그래, 해보렴."

리건은 베이지색 하트 모양의 플라스틱 플랑셰트에 손끝을 대고서 눈을 꼭 감고 집중했다. "하우디 선장, 엄마가 예쁘다고 생각하지?" 그녀가 물었다.

오 초가 지났다. 다시 십 초.

"하우디 선장?"

미동도 없었다. 크리스는 깜짝 놀랐다. 리건이 '그렇다Yes'라고 표기된 지점으로 플랑셰트를 미끄러뜨릴 거라고 예상했던 것이다. 이게 뭐지? 그녀는 안달했다. 무의식적인 적대? 아버지를 빼앗겼다고 나를 원망하는 건가? 그럼, 뭔데?

리건이 눈을 뜨고 엄한 얼굴로 나무랐다. "하우디 선장, 이건 너무 무례하잖아."

"얘야, 선장님이 주무시는 모양이구나." 크리스가 말했다.

"그런가?"

"그래, 너도 이제 잘 시간이야."

"아아, 엄마!"

크리스가 일어섰다. "자자, 서둘러! 위로, 위로! 하우디 선장한테도 인사하고."

"싫어. 선장은 바보야." 리건이 골이 나서 중얼거렸다.

그녀는 일어나서 엄마를 따라 계단을 올라갔다.

크리스는 딸을 침대에 뉘고 가장자리에 걸터앉았다. "리건, 일요일엔 일이 없어. 하고 싶은 거 있니?"

"응, 엄마. 어떤 거?"

처음 워싱턴에 왔을 때 크리스는 리건에게 친구들을 만들어주려고 무척 애를 썼다. 간신히 주디라는 열두 살 여자애를 한 명 찾아내기는 했다. 하지만 주디네 가족은 부활절을 맞아 여행을 떠났고, 이제는 리건이 또래 친구가 없어 외로움을 느낄까 걱정되었다.

크리스가 어깨를 으쓱했다. "글쎄, 나도 모르겠네." 그녀는 대답했다. "뭐가 좋을까? 차를 몰고 시내 구경 하고 기념물 같은 거 보러 갈까? 그래, 벚꽃이야, 리건! 그게 좋겠다, 올해는 일찍 피었다니까! 벚꽃놀이 갈래?"

"좋아, 엄마!"

"그래, 그러자! 그리고 나서 내일 밤엔 영화 보고?"

"응, 엄마 사랑해!"

리건이 그녀를 와락 끌어안자 크리스도 힘껏 안아주며 속삭였다. "오, 리건, 나도 사랑한단다."

"데닝스 아저씨를 데려가고 싶으면, 그렇게 해도 돼."

크리스가 물러나 어리둥절한 얼굴로 아이를 바라보았다. "데닝스 아저씨?"

"응, 정말이야. 괜찮아."

"아니, 괜찮지 않아." 크리스가 빙긋 웃었다. "얘, 내가 왜 데닝스 아저씨를 데려가고 싶어한다고 생각하는데?"

"음, 엄마가 좋아하잖아."

"그래, 물론 좋아해. 너도 좋아하잖아, 아냐?"

눈을 피하며 리건은 대답하지 않았다. 크리스는 걱정스레 딸아이를 살폈다. "얘야, 왜 그래?" 크리스가 재촉했다.

"엄마, 그 아저씨랑 결혼할 거지, 아냐?"

그건 질문이라기보다 골이 난 채 단정짓는 쪽에 가까웠다.

크리스는 웃음을 터뜨리고 말았다. "맙소사, 당연히 아니지! 도대체 무슨 소리를 하는 거니? 데닝스 아저씨? 어쩌다 그런 생각을 한 거야?"

"하지만 좋아하잖아."

"엄마는 피자도 좋아해. 그렇다고 피자랑 결혼하진 않아! 리건, 아저씨는 그냥 친구야. 그것도 정신 나간 할아버지 친구!"

"아빠만큼 안 좋아해?"

"엄마는 네 아빠를 사랑해. 언제나 사랑할 거고. 데닝스 아저씨가 자주 들르는 건 외로워서란다. 그게 다야. 아저씬 외롭고 별난 친구일 뿐이야."

"에, 내가 듣기로는……"

"들어? 누구한테 무슨 소리를 들었는데?"

딸의 눈에 의심의 빛이 떠올랐다. 망설이던 아이는 그것을 일축하듯 어깨를 으쓱했다. "몰라," 리건이 한숨을 쉬었다. "그냥 그런 생각이 들었어."

"그래, 어리석은 생각이니까 잊어버리렴."

"응, 알았어."

"자, 이제 자."

"아직 안 졸린데. 책 읽어도 돼?"

"물론. 새로 산 책을 읽으렴."

"고마워, 엄마."

"잘 자라."

"엄마도 잘 자."

크리스는 문가에서 키스를 날린 후 문을 닫고 아래층으로 내려갔다. 아이들이란! 도대체 그렇게 황당한 생각을 다 하다니! 어쩌면 리건은 데닝스가 이혼소송의 원인이라고 생각할지도 몰랐다. 그건 하워드가 원한 것이었다. 오랜 별거. 스타의 남편으로서 사는 열등감. 결국 그에게 다른 여자가 생겼다. 하지만 리건이 그런 사정까지 알 수는 없었고, 크리스가 소송을 제기했다는 것만 알고 있었다. 오, 이런 어설픈 심리분석은 그만두고, 리건과 조금이라도 더 오래 있을 궁리나 해야겠다!

크리스는 서재로 돌아와서 〈희망〉의 대본을 읽었다. 중간쯤 읽어가는데 발소리가 들려 고개를 드니 졸음에 겨운 리건이 손가락 관절로 눈가를 비비며 그녀 쪽으로 오고 있었다.

"이런, 애야, 왜 그래?"

"정말 이상한 소리가 나, 엄마."

"네 방에서?"

"응. 노크 소리 같은데 잠을 못 자겠어."

도대체 쥐덫을 어디다 놓은 거야!

"엄마 방에서 자렴. 가서 살펴볼게."

크리스는 리건을 침실로 데려가 침대에 눕혔다. 리건이 물었다. "잠들 때까지 텔레비전 봐도 돼?"

"네 책은 어디 있는데?"

"못 찾았어. 봐도 돼?"

"그래, 보렴."

크리스는 침대 협탁에서 리모컨을 집어 채널을 맞추었다. "소리, 이 정도면 되지?"

"응, 엄마. 고마워."

크리스는 침대에 리모컨을 두었다.

"그래. 보다가 졸리면 끄고 자는 거다? 알았지?"

크리스는 불을 끄고 복도를 지나 초록색 카펫이 깔린 좁은 계단을 올라갔다. 다락으로 이어지는 통로다. 그녀는 다락문을 열고 더듬더듬 스위치를 찾아 불을 켠 다음 페인트칠을 하지 않은 다락으로 들어갔다. 몇 걸음 나아가 멈춰 서서 천천히 주위를 둘러보았다. 소나무 바닥에는 스크랩한 기사와 편지들이 담긴 상자들이 차곡차곡 쌓여 있었다. 아무것도 없었다. 쥐덫 외에는. 쥐덫은 총 여섯 개고 미끼가 놓여 있었다. 티끌 하나 없이 깔끔한 공간이었다. 하물며 공기도 깨끗하고 시원했다. 다락은 난방이 안 되니 당연히 온수관도 라디에이터도 없었다. 지붕에 쥐구멍도 없었다. 크리스는 한 걸음 나아갔다.

"여긴 아무것도 없습니다." 등뒤에서 목소리가 들렸다.

크리스가 놀라서 펄쩍 뛰었다. "오, 맙소사!" 그녀가 숨을 몰아쉬며 한 손을 펄떡거리는 가슴에 얹은 채 재빨리 돌아섰다. "세상에, 칼, 다시는 그러지 마요!"

그는 두 단 아래 다락 계단에 서 있었다.

"죄송합니다. 하지만 보셨죠? 깨끗합니다."

아직도 가쁜 숨을 쉬며 크리스가 힘없이 말했다. "말해서 뭐해요. 네, 깨끗하네요. 고마워요. 대단해요."

"고양이가 더 나을 겁니다."

"뭐에요?"

"쥐 잡는 것 말입니다."

대답도 기다리지 않고 몸을 돌린 칼은 계단을 내려가 금세 시야에서 사라졌다. 잠시 크리스는 문가를 바라보았다. 칼이 은연중에 무례하게 굴었던 건가 싶었다. 종잡을 수가 없었다. 그녀는 다시 몸을 돌려 똑똑 두드리는 소리의 원인을 찾아보았다. 각진 지붕을 올려다보았다. 커다란 나무들이 거리에 그늘을 드리우고 있었다. 대부분이 울퉁불퉁 뻗어나가고 넝쿨에 휘감겨 있었다. 그 가운데서도 우람한 참피나무 한 그루의 가지가 집의 앞면에 삼분의 일 가까이 살짝 닿아 있었다. 결국 다람쥐들인가? 분명 그럴 거야. 아니면 나뭇가지거나. 최근 밤에 바람이 많이 불었으니까.

"고양이가 더 나을 겁니다."

크리스가 다시 문가를 돌아보았다. 시건방진 인간 같으니. 그러더니 돌연 장난기가 동한 개구쟁이의 표정을 띠었다. 그녀는 리건의 침실로 내려가 뭔가를 집어들고 다시 다락으로 올라갔다. 그리고 일 분 후 자기 침실로 돌아왔다. 리건은 잠들어 있었다. 그녀는 딸을 원래의 침실로 데려가 침대에 뉘고 잘 덮어주었다. 그리고 자기 침실로 돌아와 텔레비전을 끄고 잠자리에 들었다.

다음날 아침까지 집은 유독 조용했다.

아침식사를 하면서 크리스는 칼에게 지나가는 말로 어젯밤 쥐덫이 튀는 소리를 들은 것 같다고 했다.

"한번 가서 볼래요?" 크리스는 커피를 마시면서 〈워싱턴포스트〉를 들여다보는 척하다가 가벼이 말을 던졌다. 칼은 말없이 다락을 살펴보러 올라갔다. 몇 분 뒤 크리스는 2층 복도를 지나다가 다락에서 내려온 그와 마주쳤다. 앞만 보고 아무 내색 없이 걸어가는 그의 손에는 커다란 미키 마우스 인형이 들려 있었다. 그가 쥐덫에 물린 주둥이를 빼낸. 두 사람이 지나칠 때 크리스는 그가 중얼거리는 소리를 들었다. "누가 장난을 친 모양이군."

크리스는 침실로 들어가 가운을 벗고 일하러 갈 채비를 했다. 살며시 중얼거리면서. "그래, 어쩌면 고양이가 더 나을지도 모르지. 그것도 훨씬."

그녀는 온 얼굴을 찡그리며 씩 웃었다.

그날 촬영은 순조로웠다. 아침 느지막이 샤론이 촬영장으로 찾아와, 촬영 막간에 분장 트레일러에서 크리스와 함께 업무를 처리했다. 에이전트에게 보내는 답장(대본에 대해 고려해보겠다), 백악관에 참석 회신, 하워드에게 리건의 생일에 전화하는 것을 잊지 말라고 당부하는 전보, 비즈니스 매니저에게 일 년쯤 쉬어도 괜찮을지 물어보는 전화, 4월 23일 디너파티 계획.

그날 초저녁에 크리스는 리건을 영화관에 데려갔고 다음날은 빨간색 재규어 XKE를 몰고 명소들을 돌아다녔다. 국회의사당, 링컨기념관, 벚꽃. 간단히 요기하고 강을 건너 알링턴 국립묘지와 무명전사의 묘를 방문했다. 리건은 엄숙해지더니, 나중에 존 F. 케네디의 무덤 앞에선 아련하면서도 슬퍼 보이기까지 했다. 그녀는 '꺼지지 않는 불꽃'을 잠시 바라보다가 말없이 크리스의 손을 잡았다. 그리고 억양 없는 목소리로 말했다. "엄마, 사람은 왜 죽어야 하는 거야?"

그 질문은 엄마의 영혼을 꿰뚫었다. 아, 리건, 너도? 너마저? 안 돼! 하지만 도대체 무슨 말을 할 수 있단 말인가? 거짓말? 그럴 수는 없었다. 그녀는 자신을 올려다보는 딸의 얼굴을 보았다. 눈에 눈물까지 어린 얼굴을. 엄마의 생각을 감지한 걸까? 전에도 종종 그런적이 있었다. "애야, 사람은 살다보면 힘들어지는데," 그녀가 부드럽게 답했다.

"하느님은 왜 그렇게 만들었지?"

크리스는 딸아이를 물끄러미 바라보기만 했다. 당혹스러웠다. 난감했다. 무신론자인 그녀는 리건에게 종교에 대해 가르친 적이 없었다. 부모로서 솔직하지 않은 태도라고 생각했기 때문이다. "하느님 애기는 누가 했니? 그녀가 물었다.

"샤론."

"오."

아무래도 한마디해야겠다.

"엄마, 하느님은 왜 우리를 힘들게 만드는 거야?"

딸의 여린 눈 속 고통을 내려다보면서 크리스는 항복하고 말았다. 자신의 신념까지 말해줄 수는 없었다. 거기엔 아무 의미도 없다고 믿었다. "음, 시간이 지나면 하느님은 우리를 그리워한단다, 리건. 우리가 돌아오길 바라는 거야."

리건은 입을 꾹 다물어버렸다. 집으로 돌아오는 차 안에서 한마디도 하지 않더니, 그날 내내 그리고 월요일까지 걱정될 정도로 시무룩하게 지냈다.

화요일, 리건의 생일을 맞아 기이한 침묵과 슬픔의 주문도 풀리는 듯했다. 크리스는 아이를 촬영장에 데려갔다. 촬영이 끝난 다음 배우와 스태프들이 생일 축하 노래를 부르며 열두 개의 초를 꽂은 케이크를 내왔다. 술에 취하지만 않으면 언제나 친절하고 자상한 남자 데닝스가 조명을 다시 밝히더니, 리건이 촛불을 불어 끄고 케이크를 자르는 모습을 촬영했다. "스크린테스트"를 하는 거라며 나중에 리건을 스타로 만들어주겠다는 약속까지 했다. 리건도 밝아졌고, 심지어 즐거워 보였다. 하지만 저녁식사와 선물 개봉이 끝난 후부터 그 기분도 시들해졌다. 하워드에게서 축하의 말 한마디 없었던 것이다. 크리스가 로마에 전화를 넣어봤지만, 며칠째 방을 비웠고 따로 연락처도 남기지 않았다는 호텔 직원의 말만 들었다.

또 요트를 타고 어딘가 나가 있는 모양이었다.

크리스가 대신 변명을 했다.

리건은 고개를 끄덕이고, 마음을 가라앉히고, 핫숍에 가서 셰이크를 먹자는 엄마의 제안에 고개를 저었다. 그리고 아무 말 없이 지하 놀이방으로 내려가 잠잘 시간까지 올라오지 않았다.

다음날 아침 크리스가 눈을 뜨니, 리건이 비몽사몽인 채로 옆에 누워 있었다.

"얘, 도대체…… 너 왜 여기 있는 거야?" 크리스가 키득거렸다.

"침대가 흔들려서."

"요런, 거짓말쟁이." 크리스는 딸에게 입을 맞추고 이불을 끌어 올렸다. "더 자렴. 아직 이른 시간이야."

아침인 줄 알았던 그것은 끝없는 밤의 시작이었다.

2장

황량한 지하철 플랫폼 가장자리에 서서 그는 우르릉거리는 열차 소리를 듣고 있었다. 그 소리는 그를 항상 따라다니는 고통을 진정시켜주었다. 그의 맥박처럼. 침묵 속에서만 들리는 소리. 가방을 다른 손으로 바꿔들고 터널 아래쪽을 보았다. 점점이 박힌 조명들. 빛은 절망으로 이끄는 이정표처럼 어둠 속으로 이어져 있었다.

기침소리. 그는 왼쪽을 돌아보았다. 회색 수염이 가슬가슬 돋은 부랑자가 자기가 싸놓은 오줌 웅덩이에 퍼질러앉아 있다가 상체를 일으키고 있었다. 잔뜩 얽고 슬픈 얼굴 위 흰자위가 누런 눈이 사제에게 고정되어 있었다.

사제는 시선을 피했다. 저자는 다가와 우는소리를 할 것이다. 이 늙은 복사놈 좀 도와줍쇼, 신부님. 네? 토사물이 말라붙은 손으로 어깨를 짚으며, 다른 손으로 성모가 새겨진 '기적의 패'를 찾아 주머니를 뒤적거리리라. 수많은 고해성사와 함께 그 숨결에 실려 한데 뿜어져나올 술과 마늘과 케케묵은 대죄들의 지독한 악취, 그리고 질식할 듯한…… 질식할 듯한……

사제는 부랑자가 일어나는 기척을 들었다.

오지 마!

발소리.

아, 하느님, 제발!

"안녕하슈, 신부님."

그는 움찔했다. 맥이 빠졌다. 돌아볼 수가 없었다. 악취와 공허한 눈에서 그리스도를 다시 찾아볼 엄두가 나지 않았다. 고름과 피똥의 그리스도를. 존재할 리 없는 그리스도를. 그는 보이지 않는 상장喪章이라도 단 듯 저도 모르게 소매를 매만졌다. 그리고 또다른 그리스도를 어렴풋이 떠올렸다.

"나도 천주교도입죠, 신부님!"

달려들어오는 열차의 희미하게 우르릉거리는 소리. 그리고 발을 헛디디는 소리. 그는 부랑자를 돌아보았다. 금방이라도 까무러칠 듯 비틀거리고 있었다. 앞뒤 생각할 겨를 없이 사제는 순식간에 달려갔다. 그를 붙잡아 벽에 붙은 벤치로 데려갔다.

"나도 천주교도입죠." 부랑자가 웅얼거렸다. "천주교도, 네."

사제는 그를 달래 뉘고 열차를 보았다. 재빨리 지갑에서 1달러 지폐를 꺼내 부랑자의 재킷 주머니에 집어넣었다. 그러다 거기에 두면 잃어버릴 수도 있겠다는 생각이 들었다. 다시 지폐를 꺼내 오줌에 젖은 바지 주머니에 쑤셔넣고 얼른 가방을 챙겨 열차에 올라탔다. 구석 자리에 앉아 종점까지 자는 척했다. 지하철에서 내린 후에는 포덤대학교까지 한참을 걸었다. 부랑자에게 내준 것이 택시비였다.

방문자용 기숙사로 가 숙박부를 작성했다. 데이미언 캐러스라고 적고 그 이름을 살펴보았다. 뭔가 이상했다. 녹초가 된 그는 예수회 사제의 약자인 'S. J.'를 떠올리고 이름에 덧붙였다. 와이걸 홀에 방을 얻고 한 시간 뒤 마침내 잠들었다.

다음날은 미국 정신의학회 모임에 참석했다. 대표 연사로서 「영성 발달의 심리학적 양상」이라는 논문을 발표했다. 강연이 끝난 후 몇몇 정신과의사와 함께 약간의 술과 음식을 즐겼다. 돈은 그들이 냈다. 사람들과 일찍 헤어졌다. 어머니를 뵈어야 했다.

지하철역에서 올라와 맨해튼의 이스트 21번가에 위치한 허물어져가는 적갈색 사암 아파트로 걸어갔다. 검은 참나무 현관문으로 이어지는 계단 옆에서 잠시 걸음을 멈추었다. 그곳에서 놀고 있는 아이들에게 눈길이 머물렀다. 꾀죄죄하고 옷차림이 초라한 아이들. 갈 곳 없는 아이들. 그는 몇 번이나 퇴거당했던 일을 떠올렸다. 굴욕적인 기억들. 7학년 때는 여자친구를 데리고 집으로 돌아오는 길에 모퉁이에서 기대에 자 쓰레기통을 뒤지는 어머니와 마주쳤있다. 캐러스는 천천히 계단을 올라갔다. 요리하는 듯한 냄새가 났다. 따뜻하고, 습하고, 썩어 문드러지면서 나는 들쩍지근한 냄새. 어머니의 친구인 코이렐리 부인의 작은 아파트를 방문했던 일이 떠올랐다. 그녀는 고양이 열여덟 마리와 함께 살고 있었다. 난간을 잡고 올라가는데 갑자기 진이 빠졌다. 죄의식으로 인한 것이었다. 어머니를 남겨두고 떠나선 안 되었다. 그것도 홀로. 4층 층계참에서 주머니 속 열쇠를 꺼내 구멍에 꽂았다. 4C, 어머니의 아파트. 문이 마치 쓰린 상처라도 되듯 조심스럽게 열었다.

어머니는 환호와 키스로 그를 반갑게 맞이했다. 부랴부랴 커피를 끓이기 시작했다. 거무튀튀한 안색. 짧고 비틀린 다리. 그는 부엌에 앉아 어머니의 이야기를 들었다. 우중충한 벽과 더러운 바닥이 뼛속 깊이 사무쳤다. 집은 돼지우리 같았다. 사회보장연금. 그리고 매달 외삼촌이 보내주는 돈 몇 푼.

어머니도 식탁에 앉았다. 이 부인은 어떻고, 누구누구 삼촌은 어떻고 하는 이야기들. 이민자의 억양은 여전했다. 그는 어머니의 눈을 피했다. 슬픔의 우물들, 하루종일 창밖만 내다보는 눈을.

어머니를 떠나지 말았어야 했어.

어머니는 영어를 읽고 쓸 줄 몰랐다. 그래서 나중에 그는 어머니의 부탁으로 편지를 몇 통 썼다. 그다음 지직거리는 플라스틱 라디오의 튜너를 손보았다. 뉴스와 린지 시장이 그녀의 세계였다.

그는 욕실로 갔다. 누렇게 바랜 신문들이 타일 위에 펼쳐져 있었다. 욕조와 세면대는 녹 얼룩이 졌고, 바닥에는 낡은 코르셋 하나가 놓여 있었다. 소명의 씨앗들. 그는 이것들을 피해 신의 사랑으로 달아났지만, 이제 그 사랑도 차갑게 식어버렸다. 밤이면 그것이 길을 잃고 약하게 우는 바람처럼 심장 속을 횡횡 지나가는 소리가 들렸다.

열한시 십오 분 전, 그는 어머니에게 작별 키스를 하고 되도록 빨리 돌아오겠다고 약속했다.

라디오를 뉴스 방송에 맞춰놓았다.

와이걸 홀의 숙소로 돌아오자마자 그는 예수회 메릴랜드 관구장에게 쓸 편지에 대해 생각했다. 요전에 그의 소원訴願을 다루었던 사제로, 그때 캐러스는 뉴욕 관구로의 전근을 요청했었다. 어머니와 좀더 가까이 있고 싶어서였다. 상담 임무 면제와 교수직도 부탁했는데, 전자의 경우 그 일에 "부적합"하다는 이유를 들었다.

메릴랜드 관구장이 그를 불러 이야기를 나누었을 당시 캐러스는 연례 시찰로 조지타운대학교에 머물고 있었다. 불만이나 고충이 있는 사람에게 비밀보장하에 소명 기회를 준다는 점에서 그야말로 군대 감찰관과 아주 유사한 방식이었다. 관구장은 데이미언 캐러스의 모친 문제에 대해선 고개를 끄덕이며 공감을 표했으나, 업무의 '부적합성' 문제는 캐러스의 기록을 들어 반박했다. 하지만 캐러스는 굴하지 않았고, 조지타운대학교 총장인 톰 버밍햄을 찾아갔다. "단순히 정신의학 차원의 문제가 아닙니다, 톰. 알잖습니까. 그들의 문제 중 일부는 소명으로, 또 삶의 의미로 귀결됩니다. 모든 문제가 섹스 때문은 아니란 말입니다. 그건 신앙의 문제고, 저는 마냥 모르는 척하기가 힘듭니다. 제겐 너무 큰 짐이에요. 제발 벗어나게 해주세요."

"문제가 뭔가?"

"톰, 저는 믿음에 회의가 듭니다."

총장은 그가 회의에 빠진 이유를 캐묻지 않았다. 그 점에 대해선 캐러스도 고맙게 생각했다. 자신의 대답이 정신 나간 소리로 들릴 게 뻔했기 때문이다. 음식을 씹고 배변하는 욕구. 어머니의 예수성심 성월*, 악취가 나는 양말. 탈리도마이드 부작용으로 인한 기형아들. 버스 정류장에 서 있다가 낯선 사람들의 공격을 받아 등유를 뒤집어쓰고 타죽은 어린 복사에 대한 신문기사. 아니, 아니다. 그건 너무 감정적이다. 막연하고 존재론적이다. 보다 근본적인 이유는 하느님의 침묵이었다. 세상에는 악이 실재하고, 그중 대부분은 회의, 즉 선한 의지를 가진 사람들이 겪는 솔직한 혼란에서 비롯된다. 공평한 하느님이 그 혼란을 끝내려 하지 않는다? 끝끝내 스스로를 드러내지 않고 말 한마디 않고?

"주여, 우리에게 표징을 보여주소서……"

나사로의 부활은 까마득한 과거에 일어난 흐릿한 사건일 뿐이다.

오늘날 살아 있는 사람 가운데 그의 웃음소리를 들은 자는 없다.

왜 표징을 보여주지 않는 걸까?

여러 시기마다 캐러스는 그리스도와 함께 살아가길 열망했다. 그리스도를 보고 만지고 눈을 들여다보고 싶었다. 오, 주여, 제가 주님을 보게 하소서! 알게 하소서! 꿈에나마 현현하소서!

그 갈망에 그는 소진되었다.

---

* 아홉 달 동안 매달 첫 금요일 미사에 참석해 예수의 수난을 묵상하고 영성체를 하면 은총의 지위에서 죽음을 맞게 될 거라는 약속.

그는 책상에 앉아 종이에 펜을 댔다. 어쩌면 관구장이 묵묵부답인 건 시간이 없어서가 아닐 수도 있었다. 그보다는 믿음이란 결국 사랑의 문제라고 이해하는 것인지도 몰랐다.

버밍햄 총장은 요청을 고민해보겠다고, 관구장에게 말해주겠다고 했으나 지금껏 아무것도 받아들여지지 않았다. 캐러스는 편지를 쓰고 침대로 향했다.

그는 새벽 다섯시에 느릿느릿 일어났다. 와이걸 홀의 예배당에서 성체를 얻어 방으로 돌아와 미사를 올렸다. "에트 클라모르 메우스 아드 테 베니아트." 그는 번민에 차 중얼거리며 기도를 올렸다. "내 부르짖음이 주님께 이르게 하소서……"* 성체를 들어 축성하면서, 한때 성체성사에서 얻었던 커다란 기쁨을 가슴 아픈 기억으로 떠올렸다. 매일 아침 그러듯, 오래전 떠난 사랑을 예기치 않게 멀리서 일별한 듯한 격통이 또다시 가슴에 전해졌다. 성배 위에서 성체를 쪼겠다. "평안을 너희에게 끼치노니 곧 나의 평안을 너희에게 주노라……" 입안에 성체를 넣고 종이 식감의 절망을 삼켰다. 미사가 끝나자 그는 조심스럽게 성배를 닦아 가방에 넣었다. 그리고 워싱턴으로 돌아가는 일곱시 십분발 기차를 타기 위해 서둘렀다. 검은색 여행가방에 고통을 담고.

---

* 시편 102장 1절.

3장

4월 11일 이른 아침, 크리스는 로스앤젤레스의 주치의에게 전화를 걸어 이 지역의 정신과의사를 추천해달라고 요청했다. 리건 때문이었다.

"어허? 무슨 일이죠?"

크리스가 설명했다. 리건의 생일 다음날―하워드의 전화가 끝내 오지 않았던 그날 이후―딸의 행동과 성격이 급격히 변했다. 불면증, 말대꾸에 걸핏하면 성질을 부렸고, 물건들을 걷어차거나 집어던졌으며, 비명을 질렀다. 음식도 입에 대지 않으려 했다. 게다가 행동도 비정상적이었다. 끊임없이 움직이고 건드리고 빙빙 돌고 두드리는가 하면, 이리저리 달리고 깡충깡충 뛰었다. 숙제는 거들떠보지 않고, 가상의 친구하고만 놀려고 들었다. 관심을 얻으려는 수법이라기에는 너무 별났다.

"구체적으로 어떤 식인데요?" 의사가 물었다.

그녀는 쿵쿵거리는 소리 이야기부터 했다. 다락을 살펴본 그 밤 이후로도 두 번 더 그 소리가 들렸다. 두 번 모두 리건이 방에 있을 때였고, 크리스가 방으로 들어서는 순간 소리가 뚝 그쳤다. 둘째로, 리건이 방안의 물건을 자꾸 잃어버렸다. 드레스, 칫솔, 책, 신발 등. '누가' 가구를 '옮겨놓는다고' 투정도 부렸다. 마지막으로, 백악관에서 만찬이 있었던 다음날 아침. 칼이 리건의 서랍장을 방 저쪽에서 제자리로 돌려놓고 있었다. 크리스가 무얼 하는지 묻자 그는 이전처럼 '누가 장난을 친 모양'이라는 대답만 되풀이하고 더는 말하지 않았다. 하지만 곧이어 부엌에서 만난 리건은 밤에 자는 동안 누가 가구를 모조리 옮겨놓았다며 불평하고 있었다. 마침내 그 일을 계기로 크리스의 의심은 확신이 되었다. 범인은 리건일 수밖에 없었다.

"몽유병 말인가요? 리건이 잠든 상태에서 그랬다고?"

"아뇨, 마크. 깨어 있을 때 한 거예요. 관심을 얻으려고."

크리스는 침대가 흔들린다는 이야기도 했다. 같은 일이 두 번 더 있었고 그때마다 리건은 엄마와 함께 자겠다며 고집을 부렸다.

"물리적인 현상일 수 있어요." 내과의사가 조심스럽게 말했다.

"아니에요, 마크. 내 말은 침대가 흔들린다는 게 아니라, 그애가 그렇다고 말했다는 거예요."

"흔들리지 않는 게 확실한가요?"

"사실 모르겠어요."

"그럼 간대성 경련일 수도 있겠는데." 그가 중얼거렸다.

"뭐라고요?"

"간대성 경련요. 열은 없나요?"

"없어요. 그래서, 어떤 것 같아요?" 그녀가 물었다. "애를 정신 과의사한테 데려가야 할까요?"

"크리스, 아까 숙제 얘기를 했는데, 수학은 어때요?"

"그건 왜 묻죠?"

"곧잘 해요?" 그가 물고늘어졌다.

"엉망이에요. 갑자기 그래요."

"알겠어요."

"그건 왜 묻는 거죠?" 그녀가 다시 물었다.

"음, 그것도 증후군의 일부예요."

"증후군요? 무슨 증후군요?"

"심각한 건 아니에요. 전화로 섣불리 판단해서도 안 되고. 연필 있어요?"

그는 워싱턴의 내과의사 이름을 알려줄 생각이었다.

"마크, 당신이 여기로 와서 진찰해줄 순 없을까요?" 그녀는 감염 증을 오래 앓았던 아들 제이미가 떠올랐다. 당시의 주치의는 새로 나온 광범위항생제를 처방했다. 근처 약국의 약사는 처방전대로 약을 계속 조제해주면서도 우려했다. "불안하게 할 생각은 없습니 다만, 부인, 이 약은…… 시판된 지 얼마 안 됐습니다. 게다가 조지아주에서 어린 남자애들에게 재생불량성빈혈을 일으켰다는 보고가 있었죠." 제이미. 제이미는 죽었다. 그후로 크리스는 의사를 믿지 않았다. 오직 마크만 믿었는데, 그렇게 되기까지도 몇 년이나 걸렸다. "마크, 안 될까요?"

"안 돼요. 하지만 걱정 마요. 최고의 실력자니까. 자, 어서 받아 적어요."

머뭇거림. 그리고 대답. "불러주세요. 이름이 뭐죠?"

그녀는 이름과 전화번호를 받아적었다.

"진찰이 끝나면 나한테 전화하라고 하세요." 의사가 충고했다. "그리고 벌써부터 정신과를 생각하진 말고요."

"괜찮을까요?"

그는 사람들이 정신신체질환*은 쉽게 받아들이면서도, 그 반대로 신체질환이 정신질환처럼 보이는 증상을 야기하는 경우가 많다는 것은 인정하지 않는다며 호되게 비판했다. "자, 이런 경우를 생각해봐요." 그가 예를 들었다. "그런 일은 없겠지만, 당신이 내 의사예요. 그리고 난 두통이 있고 계속 악몽을 꾸며 구토, 불면에 시달리고 시야가 흐려요. 걸핏하면 발끈하고 한시도 실직 걱정에서 놓여나지 못하고. 내가 신경증인 것 같나요?"

"그걸 나한테 물으면 어떡해요, 마크. 난 당신이 신경과민이라는 걸 이미 아는데."

"내가 들려준 증상은 뇌종양이에요, 크리스. 몸을 살피는 것. 그

---

* 심리나 정신의 상태가 몸에 영향을 끼쳐 생기는 병.

게 우선이라는 얘기예요. 다른 건 그후의 문제고."

크리스는 의사에게 전화해 그날 오후로 진료 예약을 잡았다. 이제 재량껏 시간을 쓸 수 있었다. 그녀가 출연하는 분량은 촬영이 다 끝났다. 버크 데닝스는 계속 촬영중으로, 느긋하게 '제2 제작진'을 지휘하고 있었다. 헬리콥터를 타고 상공에서 찍는 도시 경관이랄지 스턴트 연기랄지 주요 배역이 등장하지 않는 장면처럼 덜 중요한 장면들을 전담하는 제작진이었다. 하지만 데닝스는 그런 장면들도 한 컷 한 컷 모두 완벽하기를 원했다.

병원은 알링턴에 있었다. 새뮤얼 클라인. 그는 뿌루퉁한 리건을 검사실에 앉혀놓고, 크리스를 따로 진료실로 불러 간단히 병력을 들었다. 그녀는 그간의 일을 말했다. 의사는 들으면서 고개를 끄덕이고 메모를 많이 했다. 흔들리는 침대를 언급하자 의사가 미심쩍은 듯 인상을 찌푸렸으나 크리스는 계속 말을 이었다.

"마크는 리건의 수학 성적이 엉망인 걸 의미심장하게 여기는 것 같았어요. 그런데 왜 그런 거죠?"

"학교 공부 말인가요?"

"네, 학업. 특히 수학요. 왜 그런 걸까요?"

"먼저 아이를 진찰해보고 말씀드리겠습니다, 맥닐 부인."

양해를 구하고 자리를 뜬 그는 리건을 상대로 소변과 혈액 샘플 채취를 포함한 정밀검사를 실시했다. 소변은 간과 신장 기능을 검사하기 위한 것이었고, 혈액은 당뇨, 갑상선 기능은 물론, 빈혈의 가능성을 알아보는 적혈구 수치와 특수 혈액질환을 확인하는 백혈구 수치까지 여러 가지를 확인해주었다.

검사가 끝나고도 그는 리건과 대화하며 태도를 관찰했다. 이윽고 진료실로 돌아와 처방전을 쓰기 시작했다. "아무래도 과잉운동장애가 있는 것 같습니다." 도중에 그가 말했다.

"네?"

"신경질환의 일종인데, 적어도 우리 판단은 그렇습니다. 어떻게 작용하는지는 아직 밝혀진 바 없지만, 사춘기 초기에 종종 나타나죠. 리건에게는 모든 증상이 보이는군요. 과잉행동, 짜증, 수학 능력 저하 등."

"그래요, 수학. 수학은 왜 그런 건가요?"

"집중력에 영향을 미치기 때문입니다." 그는 조그만 청색 패드에서 처방전을 뜯어 건넸다. "리탈린을 처방했습니다."

"네?"

"메틸페니데이트요."

"아."

"10밀리그램씩 하루에 두 번입니다. 이왕이면 오전 여덟시와 오후 두시가 좋습니다."

그녀는 처방전을 살펴보았다.

"이건 뭐죠? 신경안정제인가요?"

"흥분제입니다."

"흥분제라고요? 그앤 지금도 펄펄 날아다니는데요!"

"리건의 상태는 겉보기와 다릅니다." 클라인이 설명했다. "과잉

보상의 한 형태죠. 우울증에 대한 과잉반응이에요."

"우울증요?"

클라인이 고개를 끄덕였다.

"우울증." 크리스가 다시 말했다. 그리고 시선을 돌려 바닥을 보며 생각에 잠겼다.

"음, 아이 아빠에 대해 말씀하셨는데요."

크리스가 올려다보았다. "아이를 정신과에 데려가야 할까요?"

"오, 아닙니다. 리탈린 복용 후 경과를 두고 볼 생각입니다. 이삼 주 지켜보는 게 좋을 것 같군요."

"그러니까 신경 문제일 뿐이라는 얘긴가요?"

"제 판단에는요."

"그럼 아이가 늘어놓는 거짓말은요? 그것도 없어질까요?"

의사의 대답에 크리스는 당황했다. 의사는 리건이 욕설이나 음란한 말을 하는 걸 들은 적이 있는지 물었다.

"말도 안 돼. 아뇨, 전혀."

"음, 아시겠지만 그건 거짓말을 하는 행위와 아주 비슷합니다. 부인 말씀을 미루어보면 평소답지 않은 행동인데, 어떤 신경장애 는—"

"잠깐만요." 크리스가 그의 말을 가로막았다. "저애가 음란한 말을 한다는 생각은 어떻게 하게 되신 거죠? 그러니까, 지금 그렇게 말씀하신 건가요, 아니면 제가 잘못 알아들은 건가요?"

의사는 잠시 희한하다는 듯 그녀를 바라보다가 조심스럽게 말했다. "네, 아이가 음란한 말을 한다고 말씀드리는 겁니다. 모르셨나요?"

"지금도 무슨 소린지 모르겠어요! 도대체 무슨 말씀을 하시는 거죠?"

"음, 제가 검사하는 동안 끊임없이 그런 말들을 쏟아냈습니다, 맥닐 부인."

"말도 안 돼! 어떤 말들인데요?"

그는 얼버무리는 듯했다. "그게, 따님의 어휘는 아주 광범위했답니다."

"글쎄, 이를테면, 어떤 거요? 그러니까, 예를 들어봐요!"

그가 어깨를 으쓱했다.

"'좆 같아'나 '씨팔' 같은 건가요?"

클라인은 긴장을 풀었다. "네, 그런 단어들도 사용하더군요." 그가 말했다.

"또 무슨 말을 했나요? 구체적으로."

"그, 구체적으로 말씀드리자면, 맥닐 부인, 자기 보지에서 빌어먹을 손을 떼라는 식이었답니다."

크리스가 놀라 숨을 삼켰다. "그런 말을 했어요?"

"뭐, 드문 일은 아닙니다, 맥닐 부인. 전혀 염려하실 필요 없어요. 증후의 일부일 뿐이니까."

구두를 내려다보던 크리스가 고개를 저었다. "도무지 믿을 수가 없군요."

"아마, 자기가 한 말이 무슨 뜻인지도 모를 겁니다."

"네, 그렇겠죠." 크리스가 중얼거렸다. "아닐지도 모르고요."

"리탈린을 써보고," 그가 그녀에게 조언했다. "경과를 지켜봅시다. 이 주 후에 다시 아이를 데리고 오십시오."

그가 책상 위의 달력을 확인했다. "어디 보자, 27일 수요일로 하죠. 괜찮으시겠습니까?"

"네, 좋아요." 침울하니 가라앉은 크리스가 자리에서 일어났다. 처방전을 코트 주머니에 아무렇게나 구겨넣었다. "27일이면 괜찮을 거예요."

"전 당신의 열혈 팬이랍니다." 클라인이 복도로 나가는 문을 열어주며 말했다.

잠시 문가에 멈춰 선 그녀는 고개를 숙이고 검지로 입술을 누르며 고민했다. 그리고 시선을 들어 의사를 보았다. "정말 정신과에 가지 않아도 될까요?"

"글쎄요. 하지만 최고의 설명은 늘 제일 단순한 법이죠. 기다려봅시다. 기다리면서 지켜보는 겁니다." 그가 격려하듯 미소 지었다. "걱정은 떨쳐버리세요."

"그게 돼야 말이죠."

집으로 돌아가는 길에 리건이 의사가 무슨 말을 했는지 물었다.

"네가 초조해하고 있다더구나."

"그게 다야?"

"그게 다야."

크리스는 딸의 말투에 대해선 말하지 않기로 했다.

버크. 분명 버크한테서 주워들었을 거야.

하지만 나중에 샤론한테는 말했다. 리건이 그런 식의 비속어를 쓰는 걸 들은 적이 있는지 물어봤던 것이다.

"아뇨, 없어요." 샤론이 살짝 놀라며 대답했다. "전혀. 최근에도요. 근데 리건 미술 선생이 한마디했던 것 같아요."

"최근에 그랬어?" 크리스가 물었다.

"지난주에요. 하지만 워낙 고상한 척하는 여자라, 기껏해야 '젠장'이나 '우라질' 정도 가지고 그러나보다 하고 말았죠."

"아, 그나저나, 샤론, 애한테 종교 얘기를 하니?"

샤론이 얼굴을 붉혔다.

"아, 조금요. 정말 조금이에요. 그게, 안 할 수가 없어요. 리건이 많이 물어보니까, 그리고, 음……" 그녀가 어쩔 도리가 없다는 듯 어깨를 으쓱했다. "참 어려워요. 얘기를 하다보면, 어떤 걸 거짓이라고 생각하는지 말하지 않고는 제대로 대답할 수가 없더라고요."

"리건한테 다양한 선택지를 줘."

크리스는 예정된 디너파티를 앞두고도 리건이 리탈린을 빼먹지 않도록 극도로 신경을 썼다. 하지만 파티 당일 밤까지도 나아지는 기색은 전혀 보이지 않았다. 오히려 조금씩 악화되는 조짐이 나타났다. 건망증이 심해졌고, 지저분해졌으며, 한번은 구토감을 호소하기도 했다. 관심을 얻기 위한 행동이라는 관점에서 볼 때, 익숙한 수법은 되풀이되지 않았으나 새로운 것이 나타났다. 침실에서 역겹고 불쾌한 '냄새'가 난다는 것이었다. 리건의 고집에 확인해보았지만 크리스는 아무 냄새도 맡지 못했다.

"안 나?" 리건이 어리둥절한 얼굴로 물었다.

"그러니까, 지금 냄새가 난다는 거니?"

"그렇다니까!"

"어떤 냄샌데?"

그녀가 코를 찡긋거렸다. "어, 뭔가 타는 냄새 같아."

"그래?"

크리스가 다시 코를 킁킁거렸다. 이번에는 좀더 세차게.

"엄만 안 나?"

"응, 이제 난다. 잠시 창문 열고 환기하면 될 거야."

사실 크리스는 아무 냄새도 맡지 못했지만, 최소한 병원에 가는 날까지만이라도 미봉책을 쓰기로 마음먹은 것이었다. 그 밖에도 걱정거리가 한둘이 아니었다. 하나가 디너파티 준비였고 또하나는 대본 문제였다. 연출을 맡고 싶은 마음은 굴뚝같았지만, 타고난 조심성 탓에 결단을 못 내리고 있었다. 그사이 에이전트는 매일 전화를 걸어댔다. 그녀는 조언을 구하기 위해 대본을 데닝스에게 주었으며, 그가 읽기만 하고 씹어먹지는 않기를 바라고 있다고 말해주었다.

하지만 무엇보다 큰 고민거리는 세번째였다. 두 건의 투자 실패. 선급이자 방식으로 매입한 전환사채, 그리고 리비아 남부의 원유 시추 프로젝트에 한 투자였다. 둘 다 크리스의 수입에 따른 엄청난 액수의 세금을 피할 목적으로 시작했지만, 그보다 훨씬 심각한 상황에 처하고 만 것이다. 유정은 말라붙었고, 치솟는 금리에 주가는 하락하고 있었다. 그녀의 우울한 비즈니스 매니저가 워싱턴으로 온 것도 바로 그 문제들을 상의하기 위해서였다. 그는 목요일에 도착해, 금요일 내내 크리스에게 차트를 보이며 설명을 늘어놓았다. 결국 매니저의 조언을 따르기로 결정했지만, 그녀가 페라리 구입 문제를 꺼내자 인상을 썼다.

"새 차 말입니까?"

"왜요? 전에 영화 찍으면서 몰아본 적 있어요. 대리점에 편지를 쓰거나 해서 그 사실을 언급한다면, 그 사람들이 좀 싸게 해줄 수도 있지 않겠어요?"

그는 동의하지 않았다. 새 차 구입은 신중하지 못한 선택인 것 같다고 경고했다.

"벤, 지난해 난 80만 달러를 벌었어요. 그런데 지금 그깟 차 한 대 못 산다니! 그게 말이나 돼요? 그 돈은 다 어디로 간 거죠?"

그는 그녀의 자산 대부분이 조세피난처에 있음을 상기시켰다. 그리고 수입에서 빠져나가는 각종 지출 항목들을 나열했다. 연방소득세, 주정부세, 추정 연방소득세, 재산세, 에이전트와 비즈니스 매니저와 홍보 담당자에게 지불하는 수수료 20퍼센트, 영화 복지 기금 1.25퍼센트, 최신 패션을 위한 의상 경비, 윌리와 칼과 샤론과 로스앤젤레스 저택 관리인의 급여, 다양한 여행 경비, 그리고 마지막으로, 다달이 나가는 개인 소비까지.

"올해 영화를 더 찍을 겁니까?" 그가 물었다.

그녀가 어깨를 으쓱했다. "글쎄요. 해야 해요?"

"네, 하는 게 좋을 겁니다."

무릎에 팔꿈치를 얹고 아쉬움 가득한 얼굴을 양손으로 감싼 크리스가 시무룩한 눈으로 비즈니스 매니저를 쳐다보았다. "혼다는 어때요?"

그는 대답하지 않았다.

그날 저녁 늦게, 크리스는 근심거리들을 한쪽으로 제쳐두고 다음날 밤에 있을 파티 준비에 몰두하려 했다.

"앉아서 식사하는 대신 카레 뷔페로 하죠." 그녀가 윌리와 칼에게 말했다. "거실 한구석에 테이블을 놓으면 되잖아요, 응?"

"좋은 생각이십니다, 부인." 칼이 재빨리 대답했다.

"어때요, 윌리? 디저트로 신선한 과일 샐러드를 내놓을까요?"

"네, 기가 막힙니다!" 칼이 대답했다.

"고마워요, 윌리."

그녀가 초대한 사람들의 면모는 다양했다. 버크("맨정신으로 나타나요, 제발!")와 제2 제작진의 젊은 감독 외에, 상원의원(과 부인), 아폴로호 우주비행사(와 부인), 조지타운의 예수회 신부 둘, 이웃 몇 명, 그리고 메리 조 페린과 엘런 클리어리도 불렀다.

메리 조 페린은 통통하고 백발이 성성한 워싱턴의 점술가였다. 크리스는 백악관 만찬에서 그녀와 만나 아주 친해졌다. 근엄하고 가까이하기 어려운 사람일 줄 알았지만 "전혀 점술가 같지 않아요!"라고 면전에서 말할 수 있을 정도로 쾌활하면서 따스하고 진솔한 사람이었다. 엘린 클리어리는 국무부 비서관인 중년 여성으로, 크리스가 러시아를 여행할 때 모스크바의 미 대사관에서 근무했다. 그녀는 여행 도중에 발생한 수많은 곤경과 난관으로부터 크리스를 구해내기 위해 온갖 노력과 수고를 마다하지 않았다. 대부분은 빨간 머리 여자 배우의 거침없는 언행이 빚은 사고였다. 크리스는 몇 년간 그 은혜를 잊지 않고 있다가 워싱턴에 오자마자 그녀에게 연락했다.

"샤론, 신부 중에선 누가 온대?"

"아직 모르겠어요. 대학 총장과 학장을 초대했지만 총장 쪽에선 대리인을 보낼 것 같아요. 비서가 오전 늦게 전화했는데 총장님이 오늘 시외에 볼일이 있을 것 같다네요."

"누굴 보낸대?" 크리스는 호기심을 내색하지 않으며 물었다.

"어디 볼게요." 샤론이 메모 쪽지들을 뒤적였다. "네. 여기 있네요. 보좌인 조지프 다이어 신부래요."

"오."

크리스는 실망한 듯했다.

"리건은 어디 있지?"

"지하실요."

"어쩌면 타자기를 지하실로 가져가야 할지도 몰라. 타이핑하는 동안 애를 지켜볼 수 있도록 말이야. 무슨 말인지 알겠지? 그애를 혼자 오래 두기가 싫어서 그래."

"좋은 생각이에요."

"오케이, 나머진 나중에 하자. 이제 숙소에 돌아가도 좋아. 명상을 하든지 말이랑 놀든지."

계획과 준비를 마치자 크리스는 어느새 리건 걱정으로 돌아왔다. 텔레비전을 보려고 했으나 집중할 수가 없었다. 마음이 안정되지 않았다. 정적이 내려앉고 먼지가 짙게 쌓인 듯한 집도 낯설기만 했다.

자정 무렵, 집안의 모든 것이 잠들었다.

소란은 없었다. 그날 밤은.

4장

그녀는 나팔형 커프스가 달린 긴 소매 윗옷과 바지로 이루어진 라임색 정장을 입고 손님들을 맞이했다. 구두는 격의 없는 자리가 되길 바라는 마음에서 편안한 것으로 골랐다.

제일 먼저 유명 점술가 메리 조 페린이 십대 아들 로버트를 대동하고 왔고, 마지막으로 붉은 얼굴의 다이어 신부가 도착했다. 젊고 체구가 자그마한 신부는 철테 안경 너머 눈에 장난기가 실려 있었다. 그는 문 앞에서 늦어서 미안하다며 사과부터 했다. "적당한 넥타이가 없어서요." 그가 무표정한 얼굴로 크리스에게 말했다. 그녀는 멍하니 그를 바라보다가 이내 웃음을 터뜨렸다. 덕분에 하루종일 의기소침했던 기분이 한결 나아졌다.

술도 효력을 발휘했다. 열시 십오 분 전, 사람들은 거실 여기저기 흩어져 활발하게 대화를 나누며 식사를 즐기고 있었다.

크리스도 김이 나는 뷔페 음식을 접시에 담고 메리 조 페린을 찾아 방안을 둘러보았다. 저기 있군. 그녀는 예수회 학장 와그너 신부와 함께 소파에 앉아 있었다. 크리스와 잠깐 얘기를 나눴던 신부로, 대머리에 기미가 가득했고 태도는 천연덕스러우면서도 사근사근했다. 크리스가 소파로 다가가 커피테이블 앞의 바닥에 책상다리를 하고 앉을 때쯤 점술가가 유쾌하게 킥킥거렸다.

"오, 메리 조!" 학장이 웃으며 포크를 들어 카레 요리 한 점을 입에 넣었다.

"오, 메리 조." 크리스가 따라 했다.

"안녕하세요! 카레가 훌륭하네요!" 학장이 말했다.

"너무 맵지 않나요?"

"전혀요. 딱 좋은걸요. 메리 조가 그러는데, 옛날에 예수회에 영매 신부가 있었답니다."

"그런데 학장님이 안 믿는 거야!" 점술가가 키득거렸다.

"이런, 디스팅구오(그건 아닙니다)." 학장이 정정했다. "다만 믿기 어렵다고 말했죠."

"영매가 그 영매를 말하는 건가요?" 크리스가 물었다.

"그럼, 물론이지." 메리 조가 말했다. "아니, 그 사람은 공중부양까지 했다니까!"

"그 정도는 저도 매일 아침 한답니다." 예수회 학장이 조용히 말했다.

"교령회를 열었나보죠?" 크리스가 페린 부인에게 물었다.

"음, 그래요." 그녀가 대답했다. "19세기에 아주, 아주 유명한 사람이었지. 당시에 사기죄로 유죄 선고를 받지 않은 유일한 심령술사였을 거야."

"아까 말씀드렸듯이 그 사람은 예수회가 아닙니다." 학장이 언급했다.

"세상에, 정말이라니까 그러시네!" 페린이 웃었다. "스물두 살에 예수회에 들어가면서 다시는 영매 노릇을 하지 않겠다고 약속했지만, 프랑스에서 쫓겨나고 말았죠." 그녀가 더 큰 소리로 웃었다. "튈르리 궁에서 개최한 교령회 직후에요. 무슨 짓을 했는지 아세요? 교령회 도중에 왕비한테 그랬다는 거예요. 이제 막 체현體現한 어린아이의 혼령이 그녀를 만질 거라고요. 도중에 사람들이 불시에 불을 다 켰는데," 그녀가 홍소를 터뜨렸다. "그가 맨발을 왕비의 팔에 올려놓고 있지 뭐예요! 상상이 가요?"

예수회 학장이 접시를 내려놓으며 미소 지었다. "부디 더이상 인내심을 시험하지 마시기 바랍니다, 메리 조."

"오, 이보세요, 어느 집안이나 검은 양 한 마리쯤은 있잖아요."

"우린 우리 몫을 모두 메디치의 교황 성하들께 몰아주고 있답니다."

"지도 힌번 경험한 적이 있어요." 크리스가 말을 꺼냈다.

하지만 학장이 말을 가로막았다. "지금 고해성사라도 하실 참인가요?"

크리스가 웃으며 말했다. "아뇨, 전 가톨릭 신자도 아닌걸요."

"이런, 그건 예수회 사람들도 마찬가진데." 페린 부인이 키득거렸다.

"도미니크회의 비방 같으니." 학장이 쏘아붙였다. 그리고 크리스에게 말했다. "미안해요. 무슨 얘기를 하려고 했죠?"

"그게, 정말로 사람이 공중부양을 하는 걸 봤던 것 같아요. 부탄에서요."

그녀는 구체적인 얘기를 들려주었다.

"그게 가능하다고 생각하세요?" 그녀는 이렇게 끝맺었다. "그러니까 정말로요."

"누가 알겠습니까?" 예수회 학장이 대답하며 어깨를 으쓱했다. "중력이 뭔지, 물질이 언제 그 영향을 받는지."

"제가 한마디해도 돼요?" 페린 부인이 끼어들었다.

"안 돼요, 메리 조." 학장이 그녀에게 말했다. "난 청빈서원을 한 몸이에요."

"저도 그래요." 크리스가 중얼거렸다.

"무엇에 대해서요?" 학장은 몸을 앞으로 숙이며 물었다.

"별것 아니에요. 음, 여쭤보고 싶은 게 하나 있어요. 저기 교회 뒤에 있는 작은 오두막 아세요?" 크리스가 어림잡아 방향을 가리켰다.

"홀리 트리니티?" 그가 되물었다.

"네, 맞아요. 그런데, 뭐하는 곳이죠?"

"아, 거기, 검은 미사를 올리는 곳이야." 페린 부인이 말했다.

"무슨 미사라고요?"

"검은 미사."

"그게 뭔데요?"

"부인이 농담하는 겁니다." 학장이 말했다.

"네, 그건 알아요." 크리스가 말했다. "하지만 정말 몰라서 그래요. 검은 미사가 뭐예요?"

"음, 기본적으로는 가톨릭 미사의 변종이죠." 학장이 설명했다. "악마 숭배와 관련있는."

"정말요? 실제로 그런 게 있어요?"

"저도 잘 모릅니다. 파리에서 매년 오만 건 정도의 검은 미사가 행해진다는 통계를 언젠가 들은 적은 있습니다만."

"현대에요?" 크리스가 놀라워했다.

"그렇게 들었답니다."

"그래요, 물론, 예수회 첩보단한테 들으셨겠죠." 페린 부인이 비꼬았다.

"천만에요." 학장이 대꾸했다. "제 안의 목소리들이 말해줬답니다."

여자들이 웃었다.

"LA에는 말이에요." 크리스가 말했다. "사교邪教에 대한 소문이 넘쳐나잖아요. 이따금 그 얘기들이 사실인지 궁금했었죠."

"아, 말씀드렸다시피 전 잘 모른답니다." 학장이 말했다. "하지만 조 다이어 신부라면 알 것 같기도 하네요. 조가 어디 있지?"

학장이 주변을 둘러보았다.

"오, 저기 있군." 그가 그들을 등진 채 뷔페에 서 있는 다른 신부를 턱짓으로 가리키며 말했다. 다이어 신부는 한번 더 자신의 접시에 음식을 수북하게 쌓아올리고 있었다. "이보게, 조?"

젊은 사제가 무표정한 얼굴로 돌아보았다. "절 부르셨습니까, 학장님?"

학장이 가까이 오라고 손가락을 까닥였다.

"곧 가겠습니다." 그렇게 대답한 다이어 신부는 다시 카레와 샐러드를 공략하기 시작했다.

"사제 중에서 유일한 레프러콘*이랍니다." 학장이 자애롭게 말하고 와인을 홀짝거렸다. "지난주에 홀리 트리니티에서 신성모독 사건이 두 번 있었는데, 저 친구 말이 그중 하나가 검은 미사의 사례와 흡사하다더군요. 그러니 그 주제에 관해서라면 저 친구가 아는 게 있을 겁니다."

"교회에서 무슨 일이 있었나요?" 메리 조 페린이 물었다.

"오, 정말 역겨운 일이에요." 학장이 말했다.

"얘기해봐요. 어차피 저녁도 다 먹었는데."

"정말 그러고 싶지 않습니다. 이 일은 정도가 지나쳐요." 그가 난색을 표했다.

"아, 어서요!"

---

* 아일랜드 민화 속 장난을 좋아하는 작은 요정.

"내 마음도 못 읽는다는 얘기예요, 메리 조?" 그가 물었다.

"흠, 읽을 수는 있죠." 그녀가 대답했다. "하지만 저같이 미천한 게 어찌 감히 그 성역에 들어가겠어요!" 그녀가 미소 지으며 대꾸했다.

"음, 이건 정말 비위가 상하는 일인데." 학장이 입을 열었다.

그는 신성모독 사건에 대해 자세히 이야기했다. 첫번째 사건은 늙은 교회지기가 감실 바로 앞의 제단포 위에 인분이 한 무더기 놓여 있는 것을 발견한 것이었다.

"으, 더러워라." 페린 부인이 인상을 찌푸렸다.

"그런데, 두번째는 훨씬 심해요." 학장이 말했다. 그리고 우회적인 표현과 한두 가지 완곡어법을 사용해, 왼쪽 제단의 그리스도 조각상에 흙으로 빚은 거대한 남근이 붙어 있었다고 묘사했다.

"역겹죠?" 그가 말을 맺었다.

크리스가 보기에 메리 조는 정말로 당혹스러워했다. "네, 이제 그만하죠. 물어본 제 잘못이네요. 우리 다른 얘기 합시다."

"안 돼요, 난 재미있는걸요." 크리스가 말했다.

"물론이죠. 전 재미있는 사람이랍니다."

다이어 신부였다. 음식이 수북이 쌓인 접시를 한 손에 든 그가 크리스의 머리 위쪽에서 진지하게 읊조렸다. "아, 잠깐 실례. 곧 돌아오겠습니다. 저쪽 우주인한테서 뭔가를 얻어낼 수 있을 것 같거든요."

"뭘 말인가?" 학장이 물었다.

안경 너머의 눈이 무표정하게 학장을 바라보았다. "달나라 최초의 선교사 자리라거나요?"

다이어만 빼고 모두 웃음을 터뜨렸다.

그는 태연한 얼굴로 농담을 던지는 재주가 기발했다.

"신부님이 적임자 같은데요." 페린 부인이 말했다. "나사에서 신부님을 노즈콘*에 태워줄지도 모르겠어요."

"아니, 저 말고요." 그가 진지하게 그녀의 말을 정정했다. "에모리를 실어 보내려고 노력중이랍니다." 학장을 향해 방백으로 내뱉고는 여자들에게 설명해주었다. "우리 캠퍼스 규율 담당자예요. 아무도 살지 않는 곳이라 좋아할 겁니다. 그분은 조용한 걸 좋아하니까요."

여전히 무표정한 얼굴로 다이어가 거실 저편 우주인을 흘끗 보았다.

"실례." 그는 이 말을 남기고 가버렸다.

페린 부인이 말했다. "저분 맘에 드네요."

"저도요." 크리스가 동의했다. 그리고 학장을 보았다. "그 오두막이 뭐하는 곳인지 아직 말씀 안 해주셨어요." 그녀는 상기시켰다. "대단한 비밀인가보죠? 늘 그곳에 있는 그 신부님은 누구예요? 표정이 좀 어둡다고 할까, 권투선수같이 생겼던데. 어느 분 말하는지 아시죠?"

---

* 로켓의 원뿔형 머리 부분.

학장이 고개를 끄덕이며 고개를 약간 숙였다. "캐러스 신부예요." 그가 안타까워하는 기색을 실어 낮은 목소리로 말했다. 그러더니 와인 잔을 내려놓고 손잡이 부분을 잡고 돌렸다. "어젯밤에 아주 힘든 일을 당했죠, 불쌍한 친구."

"어머, 무슨 일인데요?" 크리스가 물었다.

"그게, 모친께서 돌아가셨답니다."

크리스는 설명할 수 없는 애잔한 슬픔을 느꼈다. "이런, 안됐네요." 그녀가 부드럽게 말했다.

"그도 충격이 큰 모양이더군요." 학장이 말을 이었다. "혼자 지내셨는데, 돌아가시고 며칠 지나서야 발견된 모양이에요."

"아, 끔찍해라." 페린 부인이 중얼거렸다.

"누가 발견했죠?" 크리스가 살짝 눈살을 찌푸리며 물었다.

"아파트 관리인요. 온종일 라디오를 틀어놓아 시끄럽다고 옆집 사람들이 항의하지 않았다면…… 뭐, 여태 몰랐을지도요."

"슬픈 일이네요." 크리스가 조용히 말했다.

"실례합니다, 사모님."

올려다보니 칼이었다. 그는 가느다란 유리잔과 리큐어가 가득한 쟁반을 들고 있었다.

"네, 그냥 여기 내려놔요, 칼."

크리스는 항상 손님들에게 직접 술을 따라주었다. 다른 방식으로는 얻을 수 없는 친밀감을 더해주는 느낌이 들기 때문이었다. "자, 어디 봐요. 우선 두 분부터 따라드릴게요." 그녀는 학장과 페린 부인에게 말하고 술을 대접했다. 그리고 방을 돌아다니며 주문을 받아 기호에 맞는 술을 따라주었다. 한 바퀴 돌 때쯤 사람들도 새롭게 무리를 이루었다. 다이어와 우주인만 예외였는데, 벌써 꽤 친해진 모양이었다. "아뇨, 전 정말 성직자가 아니에요." 크리스는 다이어가 진지하게 말하는 소리를 들었다. 그의 팔은 키득거리느라 들썩이는 우주인의 어깨에 올라가 있었다. "사실은 아주 비정통적인 랍비랍니다."

크리스는 엘런 클리어리와 함께 서서 모스크바에서의 추억담을 나누었다. 부엌에서 낯익은 성난 고함소리가 쩌렁쩌렁 터져나온 건 바로 그때였다.

오, 맙소사! 버크!

버크가 악을 쓰며 누군가를 욕하고 있었다.

크리스는 양해를 구하고 황급히 부엌으로 달려갔다. 데닝스가 칼에게 지독한 욕설을 퍼붓고 있었고, 샤론은 헛되이 그를 달래보려 하고 있었다.

"버크!" 크리스가 외쳤다. "그만해요!"

감독은 아랑곳하지 않고 입가에 게거품까지 문 채 계속 칼을 몰아붙였다. 반면에 칼은 아무 반응 없이 그저 팔짱을 낀 채 잠자코 싱크대에 기대서 있었다. 데닝스를 바라보는 눈에는 흔들림이 없었다.

"칼!" 크리스가 날카롭게 말했다. "좀 나가 있을래요? 어서 나가요! 이분 상태가 어떤지 보면 몰라요?"

하지만 스위스인은 꿈쩍도 하지 않아 결국 크리스가 직접 문 쪽으로 밀어내야 했다.

"나치 돼지새끼!" 데닝스가 그의 등에 대고 외쳤다. 그리고 상냥하게 크리스를 돌아보며 양손을 비볐다. "디저트는 뭔가?" 그가 온화하게 물었다.

"디저트?"

크리스는 손바닥으로 자기 이마를 때리고 말았다.

"이런, 배고프단 말이야." 그가 뾰로통해서 징징거렸다.

크리스가 샤론을 돌아보았다. "갖다줘! 리건은 내가 재울 테니까. 그리고, 버크, 빌어먹을 얌전히 좀 있어요! 저 밖에 신부님들도 있잖아요!"

데닝스가 눈을 부릅뜨고 이맛살을 찌푸리면서 정색한 얼굴로 난데없는 관심을 드러냈다. "오, 자네도 알아차렸어?" 그가 장난기 없이 물었다. 크리스는 고개를 뒤로 젖히고 숨을 내뱉었다. "됐어요!" 그리고 부엌에서 성큼성큼 걸어나갔다.

그녀는 리건이 온종일 시간을 보낸 지하 놀이방으로 딸을 살피러 내려갔다. 딸은 위저보드 놀이를 하는 중이었다. 시무룩하고 멍하고 초연해 보였다. 그래, 최소한 날뛰진 않잖아. 크리스는 곰곰이 생각하다가 딸애에게 기분 전환을 시켜줄 양으로 거실에 데려가 손님들에게 인사를 시켰다.

"어머, 정말 사랑스러운 아이네요!" 상원의원의 부인이 말했다.

리건은 이상할 정도로 예의바르게 행동했지만 페린 부인과는 인사도 악수도 하지 않으려 했다. 그러나 점술가는 웃어넘겼다. "내가 사기꾼인 걸 아나보네." 그녀는 그렇게 말하고 크리스에게 미소지으며 윙크했다. 하지만 그러고는 기이한 눈빛으로 리건을 유심히 살피며 손을 뻗어 맥박을 재듯 아이의 손을 가볍게 잡았다. 리건이 홱 뿌리치고 그녀를 사납게 노려보았다.

"이런, 이런, 아이가 무척 피곤한 모양이야." 페린 부인은 대수롭지 않다는 듯 말했지만, 리건을 뚫어져라 주시하는 눈에는 설명할 수 없는 불안감이 깃들어 있었다.

"요즘 몸이 좀 안 좋긴 해요." 크리스가 양해를 구하듯 중얼거리며 리건을 내려다보았다. "그렇지, 얘야?"

리건은 대답 없이 시선을 떨어뜨렸다.

상원의원과 페린 부인의 아들 로버트에게 아직 리건을 소개하지 못했지만, 크리스는 그냥 그만두는 게 좋겠다고 생각했다. 그녀는 리건을 2층 침실로 데려가 자리에 뉘었다.

"잘 수 있겠어?" 크리스가 물었다.

"몰라." 리건이 몽롱하게 대답했다. 그리고 돌아누워 멍하니 벽을 바라보았다.

"잠깐 책이라도 읽어줄까?"

리건이 고개를 저었다.

"그래, 그럼 잠을 청해보렴."

크리스는 몸을 기울여 딸에게 키스하고 문 쪽으로 걸어가 불을 껐다.

"잘 자, 우리 아가."

크리스가 막 문을 나서려는데 리건이 아주 조용한 목소리로 불렀다. "엄마, 내가 왜 이러지?" 겁에 질린 절망적인 목소리. 너무도 아이답지 않은 말투였다. 크리스는 순간 동요하고 당혹스러웠으나 곧바로 마음을 다잡았다. "음, 전에 말한 그대로란다, 애야. 신경과민일 뿐이야. 몇 주 약을 먹으면 괜찮아질 거래. 자, 이제 자렴, 알았지?"

대답이 없었다. 크리스는 기다렸다.

"알았지?" 크리스가 다시 물었다.

"알았어." 리건이 속삭였다.

크리스는 문득 팔뚝에 소름이 돋은 것을 알아차리고 손으로 문질렀다. 맙소사, 방이 왜 이렇게 싸늘해졌나. 어디 외풍이 들어오나?

크리스는 창으로 다가가 문틈을 살펴보았다. 아무 이상이 없었다. 그녀는 리건을 돌아보았다. "춥지 않니, 애야?"

대답이 없었다.

크리스는 침대 옆으로 다가갔다. "리건 자니?" 그녀가 속삭였다.

감은 눈. 고른 숨소리.

크리스는 발끝으로 걸어 방을 빠져나왔다.

복도까지 노랫소리가 들려왔다. 계단을 내려가며 보니, 젊은 신부 다이어가 거실 전망창 근처의 피아노를 연주하며 발랄한 노래로 주위에 모여든 사람들의 흥을 유도하고 있었다. 그녀가 거실로 돌아갔을 땐 막 〈우리가 다시 만날 때까지〉가 끝난 참이었다.

크리스도 합류하려는데 갑자기 상원의원과 부인이 그녀를 붙잡았다. 둘 다 팔에 코트를 걸치고 있었는데 어쩐지 불안한 모습이었다.

"벌써 가시게요?" 크리스가 물었다.

"아, 미안합니다. 정말로 즐거웠어요." 상원의원이 말을 쏟아냈다. "그런데 마사가 머리가 아프다는군요."

"정말 미안해요. 너무 아파서." 상원의원의 부인이 한탄했다. "양해해줘요, 크리스. 정말 즐거운 파티였어요."

"가신다니 정말 아쉽네요." 크리스가 말했다.

크리스는 두 사람을 문까지 바래다주었다. 등뒤에서 다이어 신부의 목소리가 들려왔다. "혹시, 〈도쿄의 장미여, 당신은 지금 틀림없이 후회하고 있어〉의 가사를 아는 분 있나요?" 그녀는 두 사람과 작별인사를 나누었다. 거실로 돌아오는데 샤론이 조용히 서재를 빠져나오고 있었다.

"버크는 어디 있어?" 크리스가 그녀에게 물었다.

"저기요." 샤론이 고갯짓으로 서재 쪽을 가리키며 대답했다. "이제 막 곯아떨어졌어요. 저, 의원님이 뭐라고 안 했어요? 아무 말도?"

"아니, 방금 갔어."

"차라리 잘됐네요."

"샤론, 그게 무슨 말이야? 무슨 일 있었어?"

"오, 버크." 샤론은 한숨을 내쉬었다. 그리고 신중한 어조로 상원의원과 감독의 조우를 묘사했다. 데닝스가 지나가는 말로 그에

112

게 "내 술잔에 외계인 거시기 털이 떠다니는 것 같다"고 했다는 것이다. 그러고는 상원의원의 아내를 돌아보며 막연히 힐난조로 이렇게 덧붙였다. "내 평생 이런 건 처음 봤습니다! 부인은요?"

크리스는 헉하고 숨을 삼켰지만 계속되는 샤론의 이야기를 들으며 나중에는 킥킥거리고 눈동자를 굴렸다. 상원의원의 난감해하는 반응이 어떻게 데닝스의 터무니없는 분노를 이끌어내어, 감독이 정치꾼들의 존재에 "무한한 감사"를 표하며 그들이 없었다면 "정치인들이 다 그놈이 그놈이지 않았겠냐"는 말까지 하게 되었는지. 발끈한 상원의원이 쌀쌀맞게 자리를 피하는데, 감독은 샤론을 돌아보며 자랑스럽게 말했다. "너도 봤지? 난 욕 한마디 안 했어. 이봐, 내가 꽤 점잖게 놀았다고 생각하지 않아?"

크리스는 웃음을 멈출 수가 없었다. "응, 그래, 자게 놔둬. 하지만 깨어날 때를 대비해서 네가 저기 있는 게 좋겠어. 그래줄 수 있지?"

"그럼요."

메리 조 페린은 거실 구석의 의자에 홀로 앉아 있었다. 생각에 잠긴 그녀는 걱정스러워 보였다. 크리스는 그녀에게 가려다가 마음을 바꿔 대신 다이어 신부가 있는 피아노 쪽으로 향했다. 다이어 신부가 연주를 중단하고 반색하며 크리스를 올려다보았다. "자, 부인, 오늘은 뭘 해드릴까요? 지금 저희는 특별 9일기도를 올리는 중이랍니다."

크리스는 다른 손님들과 낄낄거리며 웃었다. "검은 미사에 대한 최신 정보를 주시면 좋을 듯싶네요." 그녀가 말했다. "와그너 신부님 말로는 신부님이 전문가라던데요."

피아노를 에워싼 손님들이 솔깃해하며 침묵했다.

"아니, 별로 그렇지도 않습니다." 다이어가 피아노 건반을 몇 개 가볍게 두드리며 말했다. "검은 미사에 대해선 왜 물으시죠?"

"그게, 조금 전 몇이서 얘기를 나눴거든요, 그러니까…… 홀리 트리니티에서 어떤 것들이 발견됐는데—"

"아, 신성모독 말씀이군요?" 다이어가 그녀의 말을 끊었다.

우주인이 끼어들었다. "이봐요, 누가 무슨 일인지 얘기 좀 해줘요. 무슨 말인지 모르겠어요."

"그래요," 엘런 클리어리도 나섰다.

다이어가 피아노 건반에서 손을 치우고 그들을 올려다보았다.

"음, 누군가 길 아래 있는 성당에서 신성모독 행위를 저질렀대요." 다이어가 설명했다.

"이런, 뭘 어쨌는데요?" 우주인이 물었다.

"별것 아니에요." 다이어 신부가 충고했다. "그냥 역겨운 짓이었다는 정도로 알고 넘어가면 됩니다."

"와그너 신부님에게 검은 미사와 비슷하다고 말씀하셨다죠." 크리스가 부추겼다. "그래서 어떤 건지 궁금해진 거예요."

"아, 저도 자세히는 모릅니다." 그가 말했다. "사실, 제가 알고 있는 건 대부분 다른 젭Jeb에게서 주워들은 거예요."

"젭이 뭐죠?" 크리스가 물었다.

"예수회인Jesuit의 줄임말입니다. 캐러스 신부님이 바로 그 방면의 전문가죠."

크리스는 정신이 번쩍 들었다. "어머, 홀리 트리니티의 우울한 신부님 말인가요?"

"신부님을 아세요?" 다이어가 물었다.

"아뇨, 그저 그분에 대한 얘기만 들었어요."

"음, 전에 그 주제로 논문도 썼다죠. 정신의학적 측면에서요."

"그게 무슨 뜻이에요?" 크리스가 물었다.

"그게 무슨 뜻이냐는 게 무슨 뜻입니까?"

"그분이 정신과의사라는 말인가요?"

"아, 네, 그럼요. 이런, 죄송합니다. 전 아시는 줄 알고."

"이봐요, 누가 나한테도 얘기 좀 해줘요!" 우주인이 온화하게 다그쳤다. "검은 미사에서 뭘 어쨌다는 거죠?"

다이어가 어깨를 으쓱했다. "그냥 왜곡된 거라고 보면 됩니다. 외설. 신성모독. 정통 미사의 악마적 모방이죠. 하느님 대신 악마를 숭배하고 때로는 인간을 제물로 바치기도 한답니다."

엘런 클리어리는 옅은 미소를 지은 채 고개를 저으며 다른 곳으로 가버렸다. "난 그런 거 무서워서 싫어요."

크리스는 그녀의 반응은 안중에 없었다. "그런데 어떻게 알죠?" 그녀가 젊은 예수회 사제에게 물었다. "그러니까, 검은 미사 같은 게 있다고 해도 거기서 무슨 짓들을 하는지 어떻게 알아요?"

"음, 대부분은," 다이어가 대답했다. "붙들린 사람들의 자백을 통해 알려지는 모양입니다."

"아니, 이봐." 학장이 말했다. 그가 어느새 무리에 합류해 있었다. "그런 자백은 가치가 없어, 조. 그 사람들은 고문을 당했잖아."

"아뇨, 지저분한 얘기만 그런 거죠." 다이어가 덤덤하게 말했다.

어디선가 왁자하니 신경질적인 웃음소리가 일었다. 학장이 손목시계를 보았다. "이런, 전 정말 가야겠군요." 그가 크리스에게 말했다. "내일 아침 달그렌 성당에서 여섯시 미사가 있답니다."

"전 밴조 미사가 있지요." 다이어가 환하게 웃었다. 그때 그의 눈이 크리스의 뒤쪽을 향하더니 놀란 빛을 띠었다. 별안간 그가 진지해졌다. "아, 손님이 온 것 같군요, 맥닐 부인." 그가 고갯짓으로 일깨워주었다.

크리스가 돌아섰다. 그리고 잠옷 바람의 리건이 양탄자에 오줌을 쏴아 쏟아내는 것을 보고는 헉하고 숨을 삼켰다. 리건은 텅 빈 눈으로 우주인을 뚫어져라 쳐다보며 메마른 목소리로 중얼거렸다. "넌 저 위에서 죽는다."

"오, 아가!" 크리스가 비명을 지르며 딸에게 달려갔다. "리건, 얘야, 오, 이리 오렴, 엄마랑 같이 올라가자!"

그녀는 리건의 손을 잡아 이끌고 가면서도, 얼굴이 잿빛이 된 우주인을 돌아보며 떨리는 목소리로 용서를 구했다. "정말 죄송해요! 아이가 요즘 좀 아픈데, 아무래도 몽유병 같아요! 자기가 무슨 말을 했는지도 모른답니다!"

"이런, 우리도 이만 가봐야 할 것 같군요." 다이어가 누군가에게 말하는 소리가 들려왔다.

"아니, 아니에요, 계세요!" 크리스가 황급히 외쳤다. "괜찮아요! 금방 돌아올게요!"

도중에 크리스는 열린 부엌문 앞에서 윌리에게 얼룩이 남기 전에 어서 양탄자를 닦으라고 이르고는, 리건을 2층 자기 침실에 딸린 화장실로 데려가 씻기고 잠옷을 갈아입혔다. "얘야, 왜 그런 말을 한 거야?" 크리스가 거듭 물었으나 리건은 못 알아듣는 듯했다. 텅 빈 눈으로 엉뚱한 소리만 중얼댔다.

크리스가 침대에 뉘고 이불을 덮어주자 리건은 곧바로 잠든 듯했다. 크리스는 잠시 리건의 숨소리를 들으며 기다렸다가 조용히 방을 나왔다.

층계 밑에서 그녀는 서재에서 데닝스를 끌어내는 샤론과 젊은 제2 제작진 감독을 맞닥뜨렸다. 그가 묵고 있는 조지타운 인 특실에 데려다주기 위해 택시를 불러놓은 터였다.

"조심들 해요." 크리스는 양쪽에서 데닝스의 어깨를 부축해 집을 나서는 두 사람을 보며 당부했다. 인사불성의 감독이 "좆까"라고 말하고 안개 속의 택시 안으로 미끄러져들어갔다.

크리스는 거실로 돌아갔다. 그녀는 아직 남아 있는 손님들의 동정을 사며 간단하게 리건의 병을 설명했다. 톡톡 치는 소리를 비롯한 '관심을 얻으려는' 행동들을 언급할 땐 페린 부인이 그녀를 뚫어져라 바라보았다. 한번은 크리스도 돌아보며 그녀의 의견을 기대했지만 아무 말이 없자 얘기를 이어갔다.

"몽유병 증상이 자주 있나요?" 다이어가 물었다.

"아뇨, 오늘밤이 처음이에요. 적어도 제가 아는 한은. 이런 게 과잉행동 같은 건가봐요. 아닐까요?"

"음, 저도 잘 모릅니다." 신부가 말했다. "몽유병이 사춘기 때 흔히 나타난다는 얘기는 들었지만, 그 외엔—" 그가 어깨를 으쓱하고는 말을 끊었다. "글쎄요. 아무래도 주치의한테 물어보는 게 좋을 것 같군요."

남은 대화가 이어지는 동안 페린 부인은 조용히 앉아 거실 벽난로의 불꽃만 바라보았다. 크리스는 우주인의 기분도 그만큼 가라앉아 있다는 것을 알아챘다. 그는 술잔을 내려다보며, 이따금 음, 음, 하는 소리로 주의와 관심을 표했다. 그는 올해 달 탐사가 예정되어 있었다.

"자, 전 정말 새벽 미사가 있어서요." 마침내 학장이 자리에서 일어났다. 그러자 다들 떠나는 분위기가 되었다. 사람들이 모두 일어나 저녁식사와 파티에 대해 감사인사를 했다.

문간에서 다이어 신부가 크리스의 손을 잡고 진지하게 그녀의 눈을 바라보았다. "혹시 부인의 영화들 중에 피아노를 칠 줄 아는 땅꼬마 사제가 나오는 장면이 있을까요?"

"음, 만약 없다면," 크리스가 웃었다. "신부님을 위해 제가 하나 넣을게요."

크리스는 화기애애한 분위기 속에 그를 배웅했다.

마지막으로 떠난 이는 메리 조 페린과 아들이었다. 크리스는 문간에서 이런저런 이야기로 두 사람을 붙들었다. 아무래도 메리 조가 마음에 걸리는 일이 있는데 섣불리 말하지 않는다는 느낌이 들었기 때문이다. 크리스는 그녀를 잡아둘 양으로, 리건이 계속 위저보드를 갖고 놀고 하우디 선장에게 집착하는 것에 대해 의견을 물었다. "그것도 좋지 않은 걸까요?" 그녀가 물었다.

대수롭지 않게 의례적으로 일축해버릴 거라 예상했던 크리스는, 페린 부인이 인상을 찡그리며 시선을 떨어뜨리자 놀라고 말았다. 생각에 잠겨 있는 듯하던 그녀는 그 자세 그대로 밖으로 걸음을 옮겨 현관계단에서 기다리는 아들에게로 갔다.

마침내 그녀가 고개를 들었을 때는 눈빛이 그늘져 있었다.

"나라면 아이한테서 그걸 빼앗겠어." 그녀가 조용히 말했다.

그녀는 아들에게 자동차 열쇠를 건넸다. "보비, 시동을 걸어두렴." 그녀가 일렀다. "날이 춥구나."

그는 열쇠를 받더니 크리스가 나온 영화는 모두 좋아한다고 수줍게 말하고는 길 아래 세워둔 낡은 구형 무스탕을 향해 날래게 걸어갔다.

페린 부인의 눈에는 여전히 그늘이 드리워져 있었다.

"크리스가 날 어떻게 생각하는지는 모르겠는데." 그녀가 천천히 조용조용 말했다. "많은 사람이 날 강신술과 연관해서 생각하지. 하지만 그건 오해야. 그래, 나한테 재능이 있긴 해." 그녀가 말을 이어갔다. "하지만 그건 주술이 아냐. 사실, 나한테는 극히 자연스러운 거야. 난 천주교도로서 우리 모두 두 세계에 한 발씩 디디고 있다고 믿어. 우리가 의식하는 한쪽 발은 시간이지. 하지만 나 같은 별종들은 때때로 다른 발에서 오는 신호를 감지하거든. 그리고 그 발은 영원 속에 있다고 생각해. 그곳에는 시간이란 게 없고, 그래서 미래도 현재도 다 현재야. 그래서 이따금 그 다른 발이 찌르르할 때, 내가 미래를 보게 되는 거겠지. 누가 알겠어? 어쩌면 아닐지도 몰라."

그녀가 어깨를 으쓱했다. "뭐, 어쨌든 그래. 하지만 주술은……"

그녀가 단어를 고르느라 잠시 말을 끊었다. "주술은 조금 달라. 나도 그건 멀리하고 있어. 잠깐 손대는 것만으로도 위험할 수 있다고 생각하거든. 위저보드를 가지고 장난치는 것도 그중 하나고."

이제껏 크리스는 그녀를 분별력이 강한 사람이라고 생각해왔다. 그런데도 지금의 태도는 오싹한 예감을 불러일으켰다. 크리스는 애써 떨쳐버리려 했다.

"이런, 메리 조." 크리스는 미소 지었다. "위저보드가 어떤 건지 몰라요? 기껏해야 개인의 잠재의식일 뿐이잖아요."

"그래, 어쩌면." 페린이 대답했다. "어쩌면 그럴지도 몰라. 모든 게 자기암시일 수도 있겠지. 하지만 지금껏 교령회, 위저보드 따위에 대해 내가 들은 이야기들에서 그건 항상 어떤 문을 여는 걸 가리키는 것 같아. 아, 자기는 영혼의 세계를 안 믿지. 하지만 난 믿어. 그리고 내가 옳다면, 자기가 방금 잠재의식이라고 부른 것이 어쩌면 두 세계를 잇는 다리일지도 몰라. 내가 아는 건 그런 일들이 실제로 일어나는 듯하다는 것뿐이야. 그리고 이 세상 정신병원마다 주술에 손댔던 사람들이 가득하다는 것도."

"농담이죠, 메리 조? 진심으로 하는 말이에요?"

침묵. 그리고 어둠 속에서 다시 차분한 목소리가 울려나왔다. "1921년 바이에른주에 어느 가족이 있었어. 이름은 기억나지 않지만, 모두 열한 명이었지. 신문에서 확인할 수 있을 거야. 교령회를 시도하고 얼마 되지 않아 정신이 나가버렸어. 그들 모두. 열한 명다. 집안에서 한바탕 불을 피우고, 가구를 다 태운 다음엔 어린 딸들 중 석 달 된 아기부터 태우기 시작했어. 때마침 이웃 사람들이 달려들어와 막았지."

"온 가족이," 그녀가 이야기를 맺었다. "정신병원에 수용됐어."

"오, 맙소사!" 크리스는 하우디 선장을 생각하며 숨을 삼켰다. 선장은 이제 위협적인 색채를 띠고 있었다. 정신병. 그거였나? "정신과의사에게 데려가야 한다는 건 진작 알고 있었는데!"

"오, 제발," 페린 부인이 빛 속으로 나오며 말했다. "내 말은 개의치 마. 그냥 의사 지시를 따르도록 해." 안심시키려는 목소리였지만, 크리스에겐 확신이 없는 듯 들렸다. "미래엔 자신 있는데," 페린 부인이 미소 지었다. "현재는 젬병이야." 그녀는 핸드백 안을 뒤졌다. "자, 그런데 내 안경을 어디 뒀더라? 이것 봐, 알겠지? 어디 뒀는지 늘 잊어버린다니까. 오, 바로 여기다 뒀군." 안경은 코트 주머니에 있었다. "예쁜 집이야." 그녀는 안경을 쓰고 집 정면을 올려다보며 말했다. "포근한 느낌을 줘."

"정말 다행이에요! 잠깐이었지만, 집에 귀신이 붙었다고 말하려는 줄 알았어요!"

페린 부인이 시선을 내려 그녀를 흘끗 보았다. 웃음기 없는 얼굴로.

"내가 그런 얘길 왜 하겠어?"

크리스는 친구 생각을 하고 있었다. 베벌리힐스의 유명한 여배우인데 폴터가이스트가 있다고 주장하며 집을 팔아버렸다. 힘없이 웃으며 크리스가 어깨를 으쓱했다. "모르겠어요. 농담이었어요."

"좋고, 친근한 집이야." 페린 부인은 차분한 말투로 크리스를 안심시켰다. "있잖아, 나 전에도 여기 왔었어, 여러 번."

"정말요?"

"그래, 전에는 내 친구 집이었어. 해군 제독이지. 지금도 이따금 편지를 받아. 불쌍하게도 또 배를 타고 바다로 나갔거든. 내가 보고 싶은 게 정말 그 친구인지 아니면 이 집인지 모르겠어." 그녀가 미소 지었다. "하지만 자기가 또 초대해주겠지."

"메리 조, 꼭 다시 찾아줘요. 진심이에요. 정말 매력적인 분이니까요. 있잖아요, 전화 주세요. 다음주에 해주실래요?"

"그럴게. 리건이 어떻게 지내는지도 궁금할 테니까."

"전화번호는 알죠?"

"그럼."

뭐가 잘못된 거지? 크리스는 의아해했다.

점술가의 말투가 약간 불안정했다.

"그럼, 잘 자." 페린 부인이 말했다. "다시 말하지만 멋진 파티 열어줘서 고마워." 그리고 크리스가 대답하기도 전에 길 아래로 서둘러 내려갔다.

크리스는 그 모습을 지켜보다가 천천히 현관문을 닫았다. 문득 걷잡을 수 없이 노곤해졌다. 대단한 밤이었어. 그녀는 생각했다. 대단한 밤.

그녀는 거실로 가서 오줌 얼룩 옆에 무릎을 꿇고 있는 윌리 근처에 섰다. 그녀는 양탄자의 보풀을 닦아내는 중이었다.

"백식초로 닦았어요." 윌리가 구시렁거렸다. "두 번."

"지워져요?"

"글쎄, 아직은. 모르겠어요. 곧 알게 되겠죠."

"아뇨, 마를 때까진 장담할 수 없죠."

그래, 너 참 똑똑하다. 아주 훌륭한 생각이야. 망할 애송이 같으니, 가서 잠이나 자!

"됐어요. 지금은 그냥 둬요, 윌리. 그만 자요."

"아뇨, 마저 끝낼게요."

"알았어요, 그럼. 고마워요. 잘 자요."

"안녕히 주무세요, 사모님."

크리스는 지친 걸음으로 계단을 올라갔다. "아, 카레 훌륭했어요, 윌리." 그녀가 아래쪽을 향해 말했다. "다들 정말 좋아했어요."

"감사합니다, 사모님."

크리스는 리건의 방을 들여다보았다. 여전히 잠들어 있었다. 문득 위저보드가 생각났다. 감춰야 하나? 내다버려? 맙소사, 위저보드 얘기가 나왔을 때 페린이 어찌나 음산하던지. 하지만 가상의 친구를 만드는 게 병적이고 해롭다는 건 크리스도 알고 있었다. 그래, 없애버려야겠다.

여전히, 크리스는 망설이고 있었다. 침대 옆에 서서 리건을 내려다보며 딸이 세 살이었을 적을 떠올렸다. 어느 날 밤, 하워드는 리건이 젖병을 물고 잘 나이가 훨씬 지났다는 판단을 내렸다. 아이가 젖병에 의존적이라는 것이다. 당장 젖병을 빼앗긴 리건은 새벽 네 시까지 악을 쓰며 울어댔고 그후로도 며칠 동안 히스테리를 부렸다. 크리스는 지금도 비슷한 반응이 나올까봐 두려웠다. 아무래도 정신과의사와 상의할 때까지 기다리는 게 좋겠어. 게다가, 곰곰이 생각해보니 리탈린의 약효가 나타나려면 좀더 기다려야 했다. 결국 이대로 두고 보기로 결정했다.

크리스는 방으로 돌아가 지친 몸을 이끌고 침대에 눕기가 무섭게 곯아떨어지고 말았다. 그러다 리건의 비명을 듣고 깨어났다. "엄마, 이리 와봐! 빨리 이리 와봐! 나 무서워!"

"갈게, 리건! 엄마 간다!"

크리스는 복도를 내달려 리건의 침실로 갔다. 훌쩍거리는 소리. 울부짖는 소리. 침대 스프링이 빠르게 위아래로 삐걱거리는 소리.

"오, 애야, 무슨 일이니?" 크리스가 외쳤다.

그녀는 불을 켰다.

하느님 맙소사!

눈물 범벅이 된 얼굴이 공포로 잔뜩 일그러진 채, 리건은 몸이 굳어선 똑바로 누워 두 손으로 좁은 침대 양끝을 붙들고 있었다.

"엄마, 이게 왜 흔들리는 거야?" 아이가 울부짖었다. "멈춰줘! 아, 무서워! 멈춰줘! 엄마, 제발 멈춰달라니까!"

침대 매트리스가 앞뒤로 맹렬하게 요동치고 있었다.

2부

위기

우리가 잠들어 있는 동안,
잊을 수 없는 고통이 한 방울 한 방울 심장 위로 떨어진다.
그 절망 속에서, 우리의 의지에 반해,
신의 경이로운 은총을 통해 지혜가 피어날 때까지.

아이스킬로스

1장

묘비들이 숨막힌다고 아우성치는 혼잡한 묘지 한끝에 그녀는 묻혔다.

미사는 그녀의 생애처럼 쓸쓸하게 치러졌다. 브루클린에 사는 형제들. 외상을 준 길모퉁이 식품점 주인. 그 사람들이 그녀를 창문 없는 세계의 어둠 속에 내려놓는 것을 지켜보며, 데이미언 캐러스는 오랫동안 잊었던 슬픔에 잠겨 흐느꼈다.

"아, 데이미언, 데이미언……"

삼촌 한 사람이 그의 어깨를 감싸주었다.

"괜찮다, 네 어미닌 지금 천국에 있을 거디, 데이미언, 이제 행복할 거다."

오, 주여, 그렇게 해주소서! 아, 주여! 아아, 제발! 오, 주여, 부디 그리해주소서!

그가 무덤가를 떠나지 못하고 서성이는 동안 사람들은 차 안에서 기다려주었다. 어머니가 홀로 남겨진다고 생각하니 그는 견딜 수가 없었다.

펜실베이니아역으로 차를 모는 동안, 그는 삼촌들이 이민자의 어설픈 억양으로 자기들 병에 대해 늘어놓는 말을 들었다.

"……폐기종이라더라…… 담배부터 끊어야 하는데…… 작년엔 정말로 죽는 줄 알았다, 알고 있었냐?"

걷잡을 수 없는 분노가 입 밖으로 터져나오려 했지만 그는 꾹꾹 밀어넣었다. 그러자 너무도 부끄러웠다. 창밖을 내다보았다. 빈민구호소 옆을 지나고 있었다. 혹한의 겨울, 토요일 아침이면 어머니는 그가 침대에 누워 있는 동안 이곳에서 우유와 감자를 얻어 왔다. 센트럴파크 동물원. 여름에 어머니는 그를 그곳에 두고 플라자 광장 앞 분수 근처에서 구걸을 했다. 호텔을 지나칠 때, 캐러스는 오열을 터뜨렸다. 그런 다음 기억을 억누르고, 쓰라린 후회의 눈물을 훔쳤다. 사랑은 왜 이만큼 멀어지기를 기다린 것인지, 그가 관여하지 않아도 되고, 접촉과 희생의 한계가 지갑 속에 넣어둔 인쇄된 미사카드 크기로 줄어드는 순간을 기다린 것인지 그는 생각해보았다. 고인을 기리며……

그는 알고 있었다. 이 슬픔은 케케묵은 것이었다.

조지타운에 돌아왔을 때는 저녁식사 시간이었지만 식욕이 없었다. 그는 곧장 오두막으로 갔다. 예수회 친구들이 들러 애도의 뜻을 표했다. 그들은 잠시 머물렀고, 기도를 약속했다.

열시가 조금 지났을 무렵 조 다이어가 스카치 한 병을 들고 나타났다. 그는 그것을 자랑스럽게 내보였다. "시바스 리갈!"

"그거 살 돈은 어디서 난 거야? 헌금함?"

"말도 안 되는 소리 마세요. 그건 청빈서원을 깨는 짓이잖아요."

"그럼 어디서 났는데?"

"훔쳤죠."

캐러스는 미소 짓고는 고개를 설레설레 저으며 유리잔과 백랍 머그잔을 하나씩 꺼내 화장실의 조그만 세면대에서 헹궜다. "그 말 믿지." 그가 허스키한 목소리로 말했다.

"이렇게 엄청난 믿음은 처음인데요."

캐러스는 찌르는 듯 익숙한 아픔을 느꼈지만 떨쳐내고 다이어에게 돌아갔다. 다이어는 간이침대에 앉아 술병의 봉인을 뜯고 있었다. 그는 다이어 옆에 앉았다.

"지금이든 나중이든 죄를 사해주실 겁니까?" 다이어가 물었다.

"따르기나 해. 죄는 서로 사해주자고."

다이어가 유리잔과 머그잔에 술을 가득 따랐다. "대학 총장들은 술을 마시면 안 되죠." 그가 중얼거렸다. "나쁜 선례가 되거든요. 그러니까 내가 끔찍한 유혹에서 구원해준 셈입니다."

캐러스는 스카치를 시슴없이 넘겼지만 이야기는 별개의 문제였다. 그는 총장의 방식을 익히 알았다. 기지 있고 세심한 그는 늘 우회적으로 일을 처리했다. 다이어가 친구로서, 하지만 동시에 총장의 개인적인 밀사로서 방문했다는 것을 캐러스는 알고 있었다.

다이어는 그에게 잘해주었다. 웃기기도 했고, 파티와 크리스 맥닐 얘기도 해주었으며, 예수회의 규율 담당자에 대한 새로운 일화도 들려주었다. 자신은 거의 마시지 않으면서도 계속 캐러스의 잔을 채워주었고, 그가 잠들 만큼 얼큰하게 취했다고 여겨질 즈음엔 간이침대에서 일어나 캐러스가 편하게 눕도록 해주었다. 그리고 책상 앞에 앉아, 눈꺼풀이 감기고 캐러스의 말소리가 꿍꿍대는 웅얼거림으로 잦아들 때까지 이야기를 들려주었다.

다이어가 일어나 캐러스의 신발끈을 풀고 신발을 벗겨냈다.

"이젠 내 신발을 훔쳐갈 생각이냐?" 캐러스가 잠긴 목소리로 투덜거렸다.

"아뇨, 내가 발금을 좀 보거든요. 그러니까 입다물고 주무세요."

"예수회 좀도둑놈 주제에."

다이어는 가볍게 웃으며 벽장에서 코트를 꺼내 캐러스를 덮어주었다. "여보세요, 여기서도 누군가는 돈 걱정을 해야죠. 당신네 모두 하는 일이라곤 묵주를 만지작거리며 M스트리트의 주정뱅이들을 위해 기도하는 것뿐이잖아요."

캐러스는 대답하지 않았다. 숨소리가 깊고 규칙적이었다. 다이어는 조용히 문으로 가서 불을 껐다.

"도둑질은 죄야." 캐러스가 어둠 속에서 중얼거렸다.

"메아 쿨파(내 탓이오)." 다이어가 조용히 말했다.

그는 잠시 기다린 후 캐러스가 잠들었다고 판단했다. 그는 오두막을 나섰다.

한밤중에 캐러스는 울면서 잠에서 깨어났다. 어머니 꿈을 꾸었다. 맨해튼의 어느 높은 곳 창가에 서서 어머니가 길 건너편의 지하철 매점에서 올라오는 것을 보았다. 그녀는 갈색 종이가방을 들고 연석 위에 서서 그를 찾으며 이름을 불렀다. 캐러스가 손을 흔들었다. 어머니는 그를 보지 못했다. 그녀는 거리를 헤맸다. 버스. 트럭. 불친절한 군중. 그녀는 점점 겁에 질렸다. 지하철로 돌아가 내려가기 시작했다. 캐러스도 점점 절박해져서 거리로 달려가 어머니의 이름을 부르며 울기 시작했다. 어머니를 찾을 수 없어서 울었고, 복잡한 지하도에서 속수무책으로 혼란스러워할 그녀의 모습이 머릿속에 그려져 울었다.

그는 흐느낌이 잦아들 때까지 기다렸다가 더듬더듬 스카치를 찾았다. 간이침대에 걸터앉아 어둠 속에서 마셨다. 술은 눈물로 변해 흘러내렸다. 눈물이 멈추지 않았다. 어렸을 때와 같았다, 이 지독한 슬픔은.

그는 언젠가 삼촌한테서 온 전화를 떠올렸다.

"……데이미언, 네 어머니 뇌에 부종이 생겼다. 그런데 의사는 가까이 오지도 못하게 하고 냅다 소리만 지르지 뭐냐. 망할 라디오에다 대고 이야기까지 한다. 아무래도 벨뷰에 보내야 하지 싶다, 데이미언. 일반 병원에선 안 받아줄 거다. 두 달이면 말짱해질 텐데 그때 다시 데려오면 안 되겠냐, 응? 봐라, 데이미언, 솔직히 말하면, 벌써 그렇게 했다. 오늘 아침 병원 사람들이 주사 놓고 구급차로 실어가버렸다. 널 귀찮게 할 생각은 없지만서도 공판도 있고 네가 서류에 사인해야 된단다. 뭐라고? 개인

병원? 그럴 돈이 어디 있냐, 데이미언? 네가 낼 거냐?"

어느 결엔가 잠이 든 모양이었다.

그는 뇌 속의 피가 빠져나가는 듯한 상실의 기억과 함께 무기력하게 깨어났다. 화장실로 휘청거리며 걸어가 샤워와 면도를 하고 수단으로 갈아입었다. 다섯시 삼십오분이었다. 그는 홀리 트리니티의 문을 열고 제의를 입은 후 왼쪽 제단에서 미사를 올렸다.

"메멘토 에티암……" 그는 쓸쓸한 절망 속에서 기도했다. "당신의 종, 메리 캐러스를 기억하소서……"

벨뷰병원의 간이 접수대 문가에 간호사의 얼굴이 나타났다. 격리실에서 또다시 비명이 들려왔다.

"아드님이세요?"

"네, 데이미언 캐러스입니다."

"들어가시지 않는 게 좋을 거예요. 발작이 심하니까."

현창처럼 생긴 감시창을 통해 그는 방을 들여다보았다. 창문 하나 없고 천장에는 전등갓도 씌우지 않은 전구가 매달려 있었다. 벽에는 완충재가 덧대어져 있었고 어머니는 그 휑한 방의 유일한 가구인 간이침대 위에서 헛소리를 지껄이고 있었다.

"……주여, 부디 그녀에게 휴식과 빛과 평화를 허락하소서……"

어머니는 그와 눈이 마주치자 갑자기 조용해졌다. 그러더니 침대에서 나와 유리가 끼워진 작고 둥근 감시창 쪽으로 천천히 다가왔다. 당혹스럽고 상처받은 표정이었다.

"데이미언, 나한테 왜 이러는 거니? 응?"

어린 양보다도 순한 눈이었다.

"아뉴스데이……" 그는 머리를 숙이고 주먹으로 가슴을 치며 중얼거렸다. "세상의 죄를 사하시는 하느님의 어린 양이여, 그녀에게 휴식을 허락하소서……" 잠시 후 눈을 감고 성체를 드는데 공판정에서의 어머니 모습이 떠올랐다. 판사가 그녀에게 벨뷰 정신과의사의 진단서를 설명하는 동안 그녀는 조심스럽게 맞잡은 두 손을 무릎에 놓은 채 유순하고 혼란스러운 표정을 짓고 있었다.

"무슨 말인지 이해합니까, 메리?"

그녀가 고개를 끄덕였다. 입은 열지 않으려 했다. 그들이 틀니를 가져가버렸기 때문이었다.

"그럼 그 점에 대해 하실 말씀 없습니까, 메리?"

그녀가 당당하게 대답했다. "내 아들, 그애가 대신 대답해요."

성체 위로 고개를 숙이던 캐러스가 고뇌에 찬 신음을 흘리고 말았다. 세월을 되돌리고 싶기라도 한 듯 가슴을 치며 중얼거렸다. "도미네, 논 숨 디뉴스…… 그저 한 말씀만 하시어 제 영혼이 치유되게 하소서……"

이성에 완전히 어긋나게도, 모든 지식에 어긋나게도 그는 누군가 자기 기도를 들어주기를 간절히 비랐디.

그럴 리는 없었다.

미사가 끝난 후, 그는 오두막으로 돌아가 잠을 청했다.

소용없었다.

오전 늦게 그가 한 번도 본 적 없는 젊은 사제가 갑작스럽게 찾아와 노크를 하고 문 안을 들여다보았다. "바쁘십니까? 잠시 뵐 수 있을까요?"

고뇌로 불안정한 눈. 힘겹게 간청하는 목소리.

일순간 캐러스는 그가 미웠다.

"들어오게." 친절하게 말하고 나자 자신의 이런 천성이 내심 역겨웠다. 간청하는 사람 앞에서 번번이 자신을 무기력하게 만들고, 억누를 수도 없고, 자기 안에 기다란 밧줄처럼 똬리를 틀고 있다가 다른 사람의 요구에 언제나 자청해서 달려들고 마는 그것. 그것으로 인해 그는 평온을 잃었다. 잠들어 있을 때조차 그랬다. 꿈에서 깨어날 무렵이면, 누군가의 고통에 찬 비명이 멀리서 어렴풋하게 들리곤 했다. 그리고 잠에서 깬 후 몇 분 동안, 어떤 의무를 다하지 못했다는 불안감에 시달려야 했다.

젊은 성직자는 부끄러운 듯 말을 더듬으며 머뭇거렸다. 캐러스는 끈기 있게 그를 유도했다. 담배와 인스턴트커피를 권하기도 했다. 이윽고 젊은 방문객이 침울한 표정으로 이야기를 조금씩 털어놓을 때는 짐짓 관심 있다는 내색을 했다. 너무도 익숙한 문제였다. 사제들의 지독한 고독감.

그의 고민은 캐러스가 성직자 사회에서 접했던 고민들 중 최근 가장 두드러지는 것이었다. 여자는 물론 가족도 멀리해야 하는 예수회 사제들 다수가, 동료 성직자들을 대상으로 호의를 나타내거나 두터운 친교를 맺는 일 자체를 두려워했다.

"어깨동무라도 하고 싶을 때면, 그 사람이 절 게이라고 생각할까 봐 겁부터 납니다. 제 말은, 사제들을 향한 온갖 소문 있지 않습니까. 그래서 아무것도 못하고 마는 거죠. 심지어 다른 사람 방에 가서 그저 레코드를 듣거나, 대화하거나, 담배를 피우는 것도 겁이 나는걸요. 그 사람이 무서워서가 아니라, 저 때문에 곤란을 겪게 될까 봐 불안한 겁니다."

캐러스는 그 중압감이 상대에게서 자신에게로 천천히 전이되는 것을 느꼈다. 그는 그대로 받아들였다. 젊은 사제의 이야기도 계속 들어주었다. 어차피 이런 식으로 몇 번이고 찾아오다가 고독 안에서 위안을 찾고 캐러스를 친구로 삼을 것이었다. 그리고 그 과정에서 두려움과 의혹이 없었음을 알아차린다면, 다른 사람들과도 어울려 지낼 수 있게 될 것이었다.

지겨워진 정신과의사는 자신의 사적 슬픔 안으로 침잠해들어가기 시작했다. 그는 지난 크리스마스 때 누군가 선물한 각판에 언뜻 눈길을 주었다. "내 형제가 괴로워할 때 그 고통을 함께하면, 그의 안에 있는 하느님을 만나게 되리라." 실패한 만남. 그는 자책했다. 동료 사제들의 고뇌의 노정을 지도로 그리긴 했지만, 그 길을 걸어본 적은 한 번도 없었다. 혹은 그렇지 않나 생각되었다. 그가 느끼는 고통은 오로지 그의 것일 수밖에 없는 것 같았다.

마침내 방문객이 시계를 보았다. 캠퍼스 식당의 점심시간이었다. 그는 일어나 떠날 준비를 했다. 그때 캐러스의 책상에 놓여 있던 요즘 유행하는 소설 표지에 잠시 시선을 멈추었다.

"오,『그림자들』을 갖고 계시군요." 그가 말했다.

"읽어봤나?" 캐러스가 물었다.

상대방이 고개를 저었다. "아뇨. 읽어봐야 할까요?"

"그건 모르겠네. 이제 막 다 읽었는데 내가 제대로 이해했는지 도무지 확신을 못하겠군." 캐러스는 거짓말을 했다. 그는 책을 집어 건넸다. "가져가겠나? 그게, 정말로 다른 사람의 의견을 듣고 싶어서 말이야."

"뭐, 그러죠." 예수회 사제가 책날개의 문구를 살펴보며 말했다. "며칠 안에 돌려드리겠습니다."

그는 기분이 많이 풀린 듯 보였다.

방충문이 삐걱거리며 그가 떠났음을 알리자 캐러스는 마음이 놓였다. 평온해졌다. 성무일도서를 들고 안마당으로 나가 천천히 거닐며 성무일도를 외웠다.

오후에 방문객이 또 한 명 있었다. 홀리 트리니티의 나이 지긋한 주임사제였다. 그는 책상 가까이에 놓인 의자에 앉아 어머니의 죽음에 조의를 표했다.

"자네 모친을 위해 미사를 두 번 올렸네, 데이미언. 자네를 위해서도 한 번 올렸고." 그가 씨근거리며 경쾌한 아일랜드 억양으로 말했다.

"감사합니다, 신부님. 배려해주셔서."

"연세가 어떻게 되셨나?"

"올해 일흔이셨습니다."

"호상이군."

캐러스는 언뜻 분노가 치밀었다. 글쎄, 과연?

캐러스는 주임사제가 들고 온 제대용 판지를 보았다. 미사에 쓰이는 세 장의 카드 중 하나로, 신부가 읽어야 할 기도문 일부가 적혀 있고 겉은 비닐로 싸여 있었다. 캐러스는 그가 그걸 왜 들고 온 것인지 궁금했다. 답은 바로 나왔다.

"음, 데이미언, 오늘 또 일이 있었네. 성당에서 말이야. 또 신성모독을 저질렀더군."

누군가 성당 왼쪽 제단의 성모상을 매춘부처럼 색칠했다고 주임사제가 말했다. 그리고 그가 캐러스에게 제대용 판지를 건넸다. "그리고 이건 자네가, 그러니까 뉴욕으로 떠난 다음날 아침나절에 발견된 거야. 토요일이었지? 토요일. 맞아. 음, 이거 좀 보게. 조금 전 경찰서에서 나온 형사반장과도 얘기했네만, 그게…… 일단 한 번 봐주겠나, 데이미언?"

캐러스가 카드를 살피는 동안, 주임사제는 누군가 원래 카드와 그 겉장 사이에 타이핑한 종이 한 장을 끼워놓았다고 설명했다. 비록 겹쳐 쳐진 글자와 오자가 조금 있긴 해도, 모조 카드는 유려하고 지성적인 라틴어로 쓰여 있었다. 성모 마리아와 마리아 막달레나를 대상으로 한 가상의 동성애를 생생하고 외설스럽게 묘사한 글이었다.

"그만하면 됐어, 다 읽을 필요 없네." 주임사제는 그것마저 불경스럽다는 듯 얼른 카드를 빼앗아가며 말했다. "아무튼 훌륭한 라틴어야. 그러니까 격식을, 성당 고유의 라틴어 형식을 갖추고 있다는 얘길세. 그런데 형사반장이 동료 심리학자하고 얘기해봤다면서, 이게 모두 한 사람 짓이라더군. 음, 그 사람이 사제일 수도, 그러니까, 정신이상인 사제일 수도 있고 말이야. 자네 생각은 어떤가?"

정신과의사는 잠시 생각에 잠겼다. 그리고 고개를 끄덕였다. "네. 가능합니다. 반발심을 표출하는 것이죠. 어쩌면 몽유병 상태에서 벌이는 일일 수도 있고요. 글쎄요. 가능하긴 합니다. 그럴지도 몰라요."

"짚이는 사람이라도 있나, 데이미언?"

"무슨 말씀인지 모르겠습니다."

"그게, 결국 그런 사람들이 자네를 찾아오잖나, 응? 그러니까, 캠퍼스에 있을 그런 정신이상자 말일세. 혹시 그런 사람을 알고 있는지 해서. 그런 종류의 병을 앓는 사람 말이야."

"아뇨, 모릅니다."

"그래, 말해줄 거라고 생각하진 않았네."

"네, 전 말할 수 없을 겁니다. 신부님. 무엇보다 몽유병은 처할 수 있는 여러 가지 갈등 상황을 해결하는 수단이고, 해소 방법도 보통 상징적입니다. 그래서 전 정말 알 도리가 없습니다. 그리고 범인이 몽유병자라면, 자신이 한 일에 대한 기억이 완전히 사라져버렸을 테니, 그 사람한테서도 단서를 찾아내지 못할 겁니다."

"자네가 범인에게 말해준다면?" 주임사제가 넌지시 물었다. 그는 귓불을 잡아당겼다. 캐러스는 그것이 그가 뭔가 떳떳지 못한 일을 할 때마다 나타나는 습관임을 알고 있었다.

"전 정말 모릅니다." 캐러스가 말했다.

"그렇겠지. 그래, 나한테 말해줄 거라는 기대는 눈곱만큼도 하지 않았네." 그가 일어나 문으로 갔다. "자네들이 누구 같은 줄 아나? 바로 사제들이야!"

캐러스가 가볍게 웃었다. 주임사제가 되돌아와 제대용 판지를 책상에 던져놓았다. "자네가 한번 연구해볼 수 있을 것 같군그래. 해보게나." 그렇게 말하고는 돌아서서 다시 떠나갔다. 노쇠한 그의 어깨가 굽었다.

"경찰에서 지문 대조는 했습니까?" 캐러스가 물었다.

나이 지긋한 주임사제가 걸음을 멈추고 돌아보았다. "안 했을 거야. 결국 우리가 찾는 사람이 범죄자는 아니지 않나, 응? 그보다는 실성한 교구민 정도겠지. 자네 생각은 어떤가, 데이미언? 교구민일 수도 있다고 보나? 내 보기엔 그렇지 않겠나 싶네. 성직자는 아니야, 아니고말고. 교구민 중에 있을 거야."

그가 다시 귓불을 잡아당겼다. "그렇지 않겠나?"

"잘 모르겠습니다, 신부님."

"그래, 자네가 말해줄 리 없지."

그날 오후 늦게, 캐러스 신부는 성딤사의 임무를 벗고 조지타운 대학교 의과대학 정신의학 강사로 임명되었다. 그에게 내려온 지시는 '휴식'이었다.

2장

리건은 손끝과 발끝이 바깥을 향하도록 클라인의 진찰대에 똑바로 누웠다. 클라인은 양손으로 리건의 발을 잡아 발목 안쪽으로 구부렸다. 잠시 그대로 힘있게 잡고 있다가 갑자기 놓았다. 발은 정상적인 위치로 되돌아갔다. 그 과정을 몇 번 반복했지만 결과에는 어떤 변화도 없었다. 그는 불만족스러운 듯 보였다. 그런데 리건이 벌떡 일어나 앉더니 그의 얼굴에 침을 뱉었다. 그는 간호사에게 그 방에 남아 있으라고 지시한 뒤 크리스와의 상담을 위해 진료실로 돌아갔다.

4월 26일이었다. 일요일과 월요일엔 그가 시외에 있었기 때문에 그날 아침에야 연락이 닿아 크리스는 파티에서의 사건과 그후 요동친 침대에 대해 이야기했다.

"침대가 정말로 움직였습니까?"

"움직였어요."

"얼마 동안이나요?"

"잘 모르겠어요. 아마 십 초, 십오 초 정도였을 거예요. 제가 본 건 그 래요. 그러다 몸이 빳빳해지더니 오줌을 싸더군요. 아니, 오줌은 진작 싼 걸 수도 있겠네요. 잘 모르겠어요. 그리고 갑자기 깊은 잠에 빠지더니 다음날 오후까지 한 번도 깨지 않았어요."

클라인 박사는 생각에 잠긴 채 진료실에 들어왔다.

"저기, 어떤가요?" 크리스가 물었다. 걱정스러운 목소리였다.

그녀가 막 도착했을 때, 그는 침대의 요동이 근육의 긴장과 완화 가 반복되는 간대성 연축 때문일지 모른다는 소견을 냈다. 이런 이상의 만성적인 형태가 간헐성 경련이고, 종종 뇌 손상을 시사하 는 것이라고 말했다.

"음, 테스트 결과는 음성이었습니다." 그렇게 말한 뒤, 그는 간 헐성 경련에서 발의 반복적인 수축과 이완이 간대성 연축을 촉발 하는 과정을 설명해주었다. 하지만 책상 앞에 앉으면서도 걱정스 러운 표정이었다. "언제 크게 넘어진 적이 있습니까?"

"머리를 다친 적이 있느냐는 말씀인가요?"

"음, 네."

"아뇨, 제가 아는 한은 없어요."

"어렸을 때 병력은요?"

"그냥 흔한 것들이에요. 홍역, 유행성 이하선염, 수두."

"몽유병은요?"

"지금까지는 없었어요."

"없었다니요? 파티에서 몽유병 증상을 보였다고 하지 않으셨나요?"

"아, 맞아요. 딸애는 그날 밤 자기가 무슨 일을 했는지 모르고 있어요. 그리고 그애가 기억 못하는 일이 또 있어요."

리건이 잠들어 있을 때, 하워드에게서 걸려온 국제전화다.

"리건은 어때?"

"생일날 전화해줘서 눈물나게 고마웠어."

"요트에 갇혀 있었어. 너무 그러지 마. 호텔에 돌아오자마자 애한테 전화했다고."

"오, 그랬겠지."

"리건이 말 안 했어?"

"애하고 통화했다는 거야?"

"그래. 그래서 전화했어. 도대체 애가 어떻게 된 거야?"

"하고 싶은 말이 뭔데?"

"나더러 '개새끼'라고 하더니 그냥 끊어버리더라고."

클라인 박사에게 그 이야기를 해주며, 크리스는 리건이 마침내 잠에서 깨어났을 땐 전화를 받은 것도, 디너파티에서 있었던 일도 전혀 기억하지 못하더라고 설명했다.

"그럼 누가 가구를 옮긴다는 게 거짓말이 아니었을 수도 있습니다." 클라인이 가정했다.

"무슨 말인지 모르겠어요."

"그러니까, 아이가 직접 옮겨놓은 거예요. 하지만 자동운동 상태에서 그랬겠죠. 가수면 같은 거예요. 환자는 자신의 행동을 의식하거나 기억하지 못하죠."

"하지만 아이 방 서랍장은 티크 목재로 만든 아주 크고 무거운 거예요. 아마 500킬로그램은 나갈걸요. 그걸 그애가 어떻게 옮겨요?"

"병리학에서 초인적인 힘은 꽤 흔합니다."

"오, 그래요? 어떻게 그런 게 가능하죠?"

의사가 어깨를 으쓱했다. "그건 아무도 모르죠. 그런데, 지금까지 저한테 말한 것 외에," 그가 말을 이었다. "또 이상한 행동을 보인 적이 있었나요?"

"음, 많이 허술해졌어요."

"이상한 행동 말입니다." 그가 다시 말했다.

"그애한텐 그것도 이상한 거예요. 아, 잠깐만! 있어요! 그애가 갖고 노는 위저보드 기억하죠? 하우디 선장?"

내과의가 고개를 끄덕였다. "가상의 놀이 친구요."

"음, 그애가 이제 그 친구 목소리를 들어요."

의사는 팔짱을 껴 책상에 올리며 몸을 앞으로 기울였다. 크리스의 이야기가 이어지는 동안, 그는 실눈을 뜨고 각별히 주의를 기울였다. "목소리를 들어요?"

"네. 어제 아침에," 크리스가 말했다. "침실에서 하우디와 대화하는 소리를 들었어요. 그러니까, 그애가 말을 하더니, 그다음엔 기다리는 것 같더라고요. 위저보드를 갖고 노는 것처럼요. 하지만 방 안을 몰래 들여다봤을 땐 위저보드는 없고 리건 혼자였어요. 그런 데도 고개를 끄덕이고 있었어요, 선생님. 상대의 말에 동의한다는 듯이요."

"그 친구를 보기도 합니까?"

"그건 아닌 것 같아요. 그냥 고개를 갸우뚱하고 있었어요. 레코드를 들을 때처럼."

의사가 생각에 잠긴 채 고개를 끄덕였다. "그래요. 네, 알겠습니다. 그런 일이 또 있나요? 헛것을 보거나 냄새를 맡지는 않습니까?"

"냄새요." 크리스가 기억해냈다. "계속 침실에서 뭔가 나쁜 냄새가 난다고 하거든요."

"뭔가 타는 듯한?"

"어머, 맞아요! 그걸 어떻게 아세요?"

"뇌의 화학전기 활동에 이상이 있을 때 가끔 그런 증상이 나타납니다. 따님의 경우엔 측두엽이고요." 그가 검지를 자신의 머리 옆쪽에 갖다댔다. "여기, 뇌 옆쪽입니다. 드물긴 하지만 기이한 환각을 유발하는데 그게 보통 경련이 일어나기 직전이에요. 흔히 조현병으로 오인받는 것도 그 때문일 테지만, 이건 조현병이 아닙니다. 측두엽 장애의 결과죠. 간헐성경련검사로는 아직 확실하지 않습니다. 그래서 말인데, 아무래도 EEG를 해보는 게 좋겠습니다. 뇌전도검사입니다. 리건의 뇌파 패턴을 보는 거죠. 이상 기능을 확인하는 데 상당히 유용합니다."

"하지만 그건 확실한가요? 측두엽?"

"음, 리건은 일련의 증후를 보이고 있습니다. 맥닐 부인. 이를테면 어수선하고, 공격적이고, 사회적으로 당혹스러운 행동을 하고, 자동운동도 나타나죠. 물론 침대가 흔들릴 정도의 발작도 일으키고요. 일반적으로 오줌을 싸거나 구토를 하거나, 혹은 두 가지 증후가 다 수반되는데, 그러고는 아주 깊은 잠에 빠집니다."

"지금 당장 검사해야 할까요?" 크리스가 물었다.

"네, 곧바로 해야 할 것 같습니다. 하지만 진정제를 투여해야 될 겁니다. 아이가 움직이거나 경련을 일으키면 검사 결과는 무효가 되니까요. 리브리엄 25밀리그램을 주사해도 되겠습니까?"

"세상에, 필요한 건 뭐든 해주세요." 그녀가 떨리는 목소리로 말했다.

그녀는 그를 따라 검사실로 갔다. 리건은 그가 피하주사를 준비하는 모습을 보더니 비명을 지르고 욕설을 퍼부었다.

"오, 애야, 너를 도우려는 거야!" 크리스가 애원했다. 클라인 박사가 주사를 놓는 동안 그녀가 리건을 붙잡아주었다.

"곧 돌아오겠습니다." 의사가 말했다. 그리고 간호사가 EEG 장비를 방에 들이는 동안 다른 환자를 보러 자리를 비웠다. 잠시 후 그가 돌아왔을 때까지도 리브리엄은 효과가 없었다. 클라인은 놀란 듯했다. "투여량이 꽤 많았는데." 그가 크리스에게 말했다.

그는 다시 25밀리그램을 주사하고 나갔다 왔다. 이번에는 리건도 고분고분하고 온순해져 있었다. 클라인이 리건의 머리에 식염수를 바른 전극을 대었다. "이걸 한쪽에 네 개씩 대는 겁니다." 그가 크리스에게 설명했다. "그럼 좌우 양쪽 뇌에서 뇌파 측정값을 얻은 다음 비교해볼 수 있어요. 왜냐고요? 음, 유의미한 편차가 나타날 수 있습니다. 예를 들어 전에 환각 증상을 보이는 환자가 있었습니다. 헛것을 보고 환청을 듣는 환자였죠. 그런데 좌뇌와 우뇌의 뇌파 측정값을 비교해본 결과 불균형이 있더군요. 그래서 뇌의 한쪽에서만 환각 증상이 나타난다는 사실을 알아낸 겁니다."

"끔찍하네요." 크리스가 놀라워했다.

"그렇죠. 왼쪽 눈과 귀는 정상적으로 기능했는데, 오른쪽에서만 환시와 환청이 있었던 거죠. 자, 됐습니다. 그럼, 어디 한번 보죠." 그가 기계를 작동했다. 그리고 형광 스크린의 물결무늬를 가리켰다. "지금 양쪽이 다 잡히네요." 그가 설명했다. "제가 찾는 건 끝이 뾰족한 뇌파입니다." 그가 검지로 허공에 패턴을 그렸다. "특히 초당 4에서 8까지 이르는 아주 높은 진폭의 뇌파예요. 그게 바로 측두엽 이상을 나타내죠."

그는 뇌파의 패턴을 주의깊게 살폈지만 리듬장애는 보이지 않았다. 뾰족한 파동도 평평한 파동도 없었다. 그리고 그가 측정값 비교로 전환했을 때, 그 결과 역시 음성이었다. 클라인이 인상을 찌푸렸다. 이해가 되지 않았다. 다시 시도했다.

결과는 마찬가지였다.

클라인은 간호사를 들여 리건을 돌보게 하고 크리스와 함께 진료실로 돌아왔다. 크리스가 자리에 앉으면서 물었다. "그래, 어떤가요?"

클라인은 심각한 표정으로 팔짱을 끼고 책상 모서리에 걸터앉았다. "음, EEG로 따님의 증상을 확인하려고 했지만, 리듬장애가 없다고 측두엽 이상이 아니라는 단정을 할 수는 없답니다. 히스테리일 수도 있지만, 경련 전후의 패턴이 너무 두드러집니다."

크리스가 이맛살을 찌푸렸다. "저기, 선생님. 계속 '경련'이라고 말씀하시네요. 이 질병의 이름이 정확히 뭔가요?"

"음, 질병은 아닙니다." 그가 침울하니 조용히 말했다.

"그럼 뭐라고 부르죠? 그러니까, 정확히요."

"간질로 알려져 있는 겁니다."

"오, 맙소사!"

"자, 진정하세요." 클라인이 위로했다. "간질에 대한 일반인들 대다수의 인식은 과장되어 있고 대개 근거가 없습니다."

"유전병 아닌가요?" 크리스가 초조한 목소리로 물었다.

"그것도 근거 없는 이야기 중 하나예요." 클라인이 침착하게 말했다. "적어도, 의사들 대부분은 그렇게 생각합니다. 부인, 실제로 경련은 누구에게나 일어날 수 있어요. 다만 대부분의 사람은 선천적으로 경련에 대한 저항력이 꽤 높은데, 그게 낮은 사람들이 있죠. 요컨대 정상과 간질의 차이는 정도의 문제라는 얘깁니다. 그게 다예요. 정도일 뿐이죠. 질병이 아닙니다."

"그럼 그 빌어먹을 환각은 뭔가요?"

"혼란. 통제 가능한 혼란이에요. 그 유형은 수도 없이 많습니다, 맥닐 부인. 이를테면 부인이 지금 여기 이렇게 앉아 있다가 잠시 멍해지는 것 같으면서 제가 하는 말을 조금 놓쳤다고 치죠. 그것도 간질의 일종입니다. 전형적인 간질 발작이죠."

"네, 그런데 리건은 달라요. 믿기지가 않네요. 게다가 어떻게 그렇게 갑자기 생길 수 있죠?"

"맞습니다. 그러니까 제 말은, 아직 정확한 진단을 내린 건 아니라는 뜻입니다. 어쩌면 부인이 처음 한 말이 맞을 수도 있습니다. 정말 정신질환일지도 모르죠. 하지만 제 생각은 다릅니다. 그리고 부인의 질문에 답변하자면, 뇌 기능의 어떤 변화든 간질 경련을 유발할 수 있습니다. 걱정, 피로, 감정적 스트레스, 악기의 특정 음 하나까지요. 전에 제가 맡았던 어떤 환자는, 이전에 한 번도 발작을 일으킨 적이 없었는데 집에서 한 블록 떨어진 지점의 버스 안에서 발작을 일으켰죠. 결국 원인을 찾아냈는데요. 흰색 슬레이트 울타리에서 버스 창문으로 깜빡거리는 빛이 반사됐던 겁니다. 다른 시간대였거나 버스가 다른 속도로 달렸다면 경련 같은 건 없었을 거라는 얘깁니다. 그 환자는 어릴 적 소아 질환을 앓은 후 뇌에 손상이 남았어요. 따님의 경우는, 측두엽 앞쪽에 상처가 있을 겁니다. 어떤 파장과 주기의 특정한 전기적 자극이 그곳을 건드리면 측두엽 환부의 심부로부터 갑자기 비정상적 반응이 촉발되는 겁니다. 이해하시겠습니까?"

"알 것 같아요." 크리스가 풀죽어 한숨을 내쉬었다. "하지만 솔직히 말씀드리면 선생님, 그애 인격이 어쩌면 그렇게 완전히 달라질 수 있었는지 이해가 안 가요."

"측두엽의 경우에는 아주 흔한 일입니다. 며칠이나 몇 주까지도 지속될 수 있고요. 파괴적이고 심지어 범죄적인 행위를 하는 경우도 드물지 않습니다. 지금은 많이 달라졌지만, 사실 이삼백 년 전만 해도 측두엽 이상이 있는 사람들을 흔히 악마에 홀렸다고 여겼답니다."

"뭐에 어떻게 됐다고요?"

"마귀에 씌었다는 말입니다. 그러니까, 이중인격에 대한 미신적 해석 같은 거죠."

크리스는 눈을 감고 이마를 주먹 쥔 손에 내려놓았다. "선생님, 좋은 얘기 좀 해주세요." 그녀가 허스키한 목소리로 중얼거렸다.

"이런, 걱정 마세요. 만일 손상이 있는 거라면 어떤 면에서는 다행입니다. 상처만 치료하면 되니까요."

"오, 그건 좋네요."

"아니면 그저 뇌에 압력이 가해졌을 수도 있습니다. 부인, 리건의 두개골을 엑스레이로 촬영할까 합니다. 이 건물에 방사선 전문의가 있으니, 당장이라도 시작할 수 있을 겁니다. 전화할까요?"

"맙소사, 네. 그래요. 그렇게 하죠."

클라인이 전화를 걸어 약속을 잡았다. 그쪽에서는 곧바로 시작하겠다고 했다. 그는 전화를 끊고 처방전을 쓰기 시작했다. "2층 21호실입니다. 내일 아니면 목요일에 전화드리게 될 거예요. 그땐 신경과 전문의도 부를 생각입니다. 그동안 리탈린을 끊겠습니다. 당분간 리브리엄을 써보죠."

의사는 패드에서 처방전을 뜯어내 크리스에게 건넸다. "맥닐 부인, 가급적 아이 곁에 계세요. 만약 가수면 상태에서 돌아다니는 거라면, 그러는 중에 언제든 자해할 가능성도 있으니까요. 부인 침실이 따님 침실과 가까운가요?"

"네, 그래요."

"다행이군요. 1층인가요?"

"아니, 2층이에요."

"아이 침실에 큰 창문이 있습니까?"

"음, 하나요. 그건 왜요?"

"꼭 닫아두세요. 이왕이면 잠그시고요. 가수면 상태에선 추락할 수도 있습니다. 전에—"

"그런 환자가 있었겠죠." 크리스가 지친 얼굴을 찡그려 어렴풋한 미소를 지으며 의사 대신 말을 맺었다.

클라인이 씩 웃었다. "제가 예를 많이 들긴 했죠?"

"두 번요."

그녀는 한 손으로 턱을 괴고 생각에 잠긴 채 몸을 앞으로 기울였다. "저, 방금 생각난 게 있는데요."

"네, 뭡니까?"

"그게, 발작 후에 곧바로 곯아떨어진다고 하셨잖아요. 토요일 밤에 그랬던 것처럼요. 그렇게 말씀하신 것 맞죠?"

"네, 그랬죠." 클라인이 고개를 끄덕였다. "맞습니다."

"그럼, 어째서 다른 때 침대가 흔들린다고 하면서는 항상 멀쩡하게 깨어 있었던 거죠?"

"그 말씀은 하지 않으셨는데요."

"아, 그랬군요. 정말 괜찮아 보였어요. 그냥 제 방에 와서 저랑 같이 자고 싶다고 했죠."

"오줌이나 구토는요?"

크리스는 고개를 저었다. "아주 멀쩡했어요."

클라인은 인상을 찡그리고 가볍게 입술을 깨물었다. "음, 우선 엑스레이부터 확인해보죠." 마침내 그가 말했다.

진이 빠지고 망연자실했지만, 크리스는 리건을 방사선 전문의에게 데려가 엑스레이 촬영을 하는 동안 곁을 지킨 뒤 집으로 데려왔다. 두번째 주사를 맞은 후로 리건이 이상하게 말이 없어서 크리스는 아이의 관심을 끌어보려 애썼다.

"모노폴리나 뭐 그런 거 할래?"

리건은 고개를 젓더니 무한히 동떨어진 곳으로 들어가버린 듯 초점이 풀린 눈으로 엄마를 바라보았다. "나 너무 졸려." 리건은 눈빛에 걸맞은 목소리로 말했다. 그리고 몸을 돌려 계단을 올라 방으로 갔다.

리브리엄 때문일 거야. 걱정스레 딸을 보며 크리스는 생각했다.

그리고 마침내 한숨을 내쉬고는 부엌으로 들어갔다. 커피를 따라 샤론이 앉아 있는 식탁에 자리잡았다.

"어때요?" 샤론이 그녀에게 물었다.

"아, 맙소사!"

크리스는 처방전을 식탁에 내려놓았다. "전화해서 약을 지어두라고 해줘." 그녀는 그렇게 말한 뒤 의사의 말을 들려주었다. "내가 바쁘거나 외출하면, 절대 리건한테서 눈을 떼지 마. 알겠지, 샤론? 의사 말이―" 머릿속에 불현듯 떠올랐다. "그러고 보니 생각났다."

그녀는 자리에서 일어나 리건의 방으로 올라갔다. 리건은 이불을 뒤집어쓴 채 잠든 듯 보였다. 크리스는 창문으로 가서 걸쇠를 단단히 채우고서 아래를 내려다보았다. 집의 옆면으로 난 창문 바로 밑에, 저멀리 아래쪽 M스트리트로 곤두박질치는 가파른 공공 계단이 있었다.

맙소사, 당장 열쇠공을 불러야겠어.

크리스는 부엌으로 돌아와 샤론이 검토중인 업무 목록에 그 일을 추가한 후, 윌리에게 저녁 메뉴를 일러주고, 영화 연출 제의에 어떻게 답할지 대기중인 에이전트에게 회신 전화를 걸었다.

"대본은 어때?" 그가 알고 싶어했다.

"응, 아주 좋아, 에드. 하자. 언제 시작이지?"

"음, 크리스 파트는 7월이니까, 바로 준비를 시작해야 할 거야."

"당장 말이야?"

"당장. 이건 연기가 아니야, 크리스. 사전 작업이 얼마나 많은데. 세트 디자이너, 의상 디자이너, 분장사, 프로듀서랑 호흡을 맞춰야지. 또 촬영기사와 편집자를 섭외해서 대략적인 숏 컨셉도 짜야 할 거고. 왜 이래, 크리스, 잘 알잖아."

"오, 망할."

"무슨 문제 있어?"

"응. 그래, 에드. 리건 문제야. 애가 아주 많이 아파."

"이런. 큰일이네."

"그래."

"크리스, 어디가 안 좋은데?"

"아직 의사들도 잘 몰라. 몇 가지 검사도 더 해야 하고. 저기, 에드, 난 그애 옆을 떠날 형편이 못 돼."

"누가 떠나라고 했어?"

"아니, 자기는 이해 못해, 에드. 난 그애랑 같이 집에 있어야 돼. 내가 돌봐야 한다고. 아, 어떻게 설명해야 할지 모르겠어, 에드. 너무 복잡해. 조금만 미루면 안 될까?"

"안 돼. 그 사람들 크리스마스에 뮤직홀에서 선보이고 싶어한다고, 크리스. 벌써 추진중인 것 같아."

"아, 미치겠네, 에드, 이 주 정도는 미룰 수 있을 거야. 부탁할게!"

"이봐, 언제는 감독을 하고 싶다고 괴롭히더니, 이제 와서 갑자기—"

"그래, 나도 알아, 안다고. 들어봐, 나도 하고 싶어, 에드. 정말로 하고 싶은 마음이 간절해. 그러니 그 사람들한테 말해줘, 시간이 좀

더 필요하다고!"

"그럼 이 일을 날려버리게 될 거야. 그게 내 판단이야. 이봐, 어쨌든 그 사람들이 크리스를 원한 게 아니라는 건 알고 있잖아. 오로지 무어 때문에 제안한 일이라고. 이제 그 사람들이 무어한테 가서 크리스가 아직 이 일을 하고 싶은지 확신이 없는 모양이라고 하면, 그도 발을 뺄 거야. 이봐, 크리스, 말이 되는 얘기를 해야지. 좋아, 원하는 대로 해. 난 상관없으니까. 어차피 히트 못하면 돈도 안 되는 일인걸. 그래도 그러고 싶다면, 내가 장담해. 미뤄달라고 요청은 해보겠지만, 그럼 이 일은 물 건너갈 거야. 자, 그 사람들한테 뭐라고 할까?"

크리스가 한숨을 내쉬었다. "아, 맙소사."

"쉽지 않은 일이지. 알아."

"그래, 맞아. 들어봐, 에드. 어쩌면ㅡ" 그녀는 생각해보았다. 그리고 고개를 저었다. "됐어, 에드. 그냥 좀 기다려달라고 해줘." 그녀가 말했다. "어쩔 수 없지."

"최종 결정이군."

"결과는 알려줘."

"그럴게. 그나저나 리건 일은 안됐어."

"고마워."

"잘 지내."

"너도."

그녀는 기분이 완전히 바닥인 상태로 전화를 끊고 담뱃불을 붙인 후 샤론에게 말했다. "그런데, 내가 하워드와 통화했다고 말했던가?"

"아, 언제요? 리건한테 무슨 일이 있는지도 얘기하셨어요?"

"얘기했지. 아이를 보러 오라고도 했고."

"오신대요?"

"몰라. 안 오겠지." 크리스가 대답했다.

"노력하실 분이라는 거 아시잖아요."

"그래, 알아." 크리스가 한숨을 내쉬었다. "하지만 그 사람은 콤플렉스가 있어, 샤론."

"그게 뭔데요?"

"'크리스 맥닐의 남편'이라는 신세. 리건도 그중 하나였어. 리건이 생기고 그이가 밀려났으니까. 잡지 표지든 지면이든 언제나 나와 리건뿐이었지. 엄마와 딸, 쌍둥이 요정." 그녀는 침울하게 한 손가락으로 담뱃재를 털었다. "제기랄, 알 게 뭐야. 온통 꼬여버렸는데. 어쨌든 그와 잘 지내는 게 어려웠어, 샤론. 도저히 안 되더라고." 그녀는 손을 뻗어 샤론의 팔꿈치께 놓인 책을 집어들었다. "무슨 책 읽니?"

"아, 제가 깜빡했네요. 그거 크리스 거예요. 페린 부인이 주고 가셨어요."

"여기 왔어?"

"네, 오늘 아침에요. 못 만나서 아쉽다면서, 시외로 나가는 길인데 돌아오는 대로 전화하겠다고 하셨어요."

크리스는 고개를 끄덕이고는 책의 제목을 보았다. 악마 숭배와 그에 관련된 초자연적 현상에 관한 연구. 책을 들춰보니 메리 조 페린이 쓴 쪽지가 들어 있었다.

친애하는 크리스. 조지타운대학교 도서관 내 서점에 갔다가 이 책을 발견했어. 여기 검은 미사를 다룬 장들이 있으니 전부 읽어봐. 다른 장들도 아주 흥미로울 거야. 조만간 볼 수 있길.

메리 조

"친절하기도 해라." 크리스가 말했다.

"그러게요." 샤론이 동의했다.

크리스는 책장을 뒤적여보았다. "검은 미사에 대한 새로운 얘기라도 있나? 많이 섬뜩할까?"

"글쎄요." 샤론이 대답했다. "저도 읽어본 적이 없어서."

"네 영적 지도자가 하지 말래?"

샤론이 기지개를 켰다. "그런 건 질색이에요."

"아, 정말? 네 예수 콤플렉스는 어떻게 된 거야?"

"너무하네요."

크리스는 테이블 맞은편의 샤론에게 책을 밀었다. "자, 읽어보고 어떤 건지 얘기해줘."

"그리고 악몽에 시달리라고요?"

"네가 봉급 받는 이유가 뭐라고 생각해?"

"그만큼 토해내잖아요."

"그건 나도 직접 할 수 있어." 크리스가 석간신문을 집어들며 투덜거렸다. "너도 네 비즈니스 매니저의 조언을 꾹꾹 눌러 삼키면 돼. 그럼 일주일 내내 피를 토하게 될걸." 그녀는 짜증스럽게 신문을 옆으로 치워버렸다. "샤론, 라디오 틀어줄래? 뉴스 좀 듣게."

샤론은 크리스와 함께 집에서 저녁식사를 하고 데이트를 하러 나갔다. 책은 잊고 가져가지 않았다. 크리스는 테이블에 놓인 책을 보고 그냥 읽을까 싶었지만 너무 피곤했다. 책을 테이블에 내버려두고 2층으로 올라갔다. 리건의 방을 들여다보니, 여전히 이불을 뒤집어쓴 채 잠들어 있는 듯 보였다. 아무래도 내내 잘 모양이었다. 그녀는 다시 한번 창문을 확인했다. 방을 나서면서 문을 활짝 열어두었다. 그리고 자기 방의 문도 똑같이 열어둔 후 침대에 누웠다. 텔레비전으로 영화를 조금 보다가 잠이 들었다. 다음날 아침, 악마 숭배에 관한 책이 테이블에서 사라졌지만 아무도 알아채지 못했다.

3장

자문 격의 신경과 전문의가 엑스레이 사진을 다시 라이트박스에 끼우고 들여다보았다. 조그만 망치로 두드린 동판처럼 두개골에 움푹 들어간 자국이 있는지를 찾았다. 클라인 박사는 팔짱을 끼고 그의 뒤에 서 있었다. 두 사람 모두 손상과 체액은 물론, 솔방울샘의 변화 가능성도 확인했다. 이어서 만성적인 두개 내압을 나타내는 함몰, 소와성 두개골까지 살폈다. 아무것도 없었다. 4월 28일 목요일이었다.

신경과 전문의가 안경을 벗어 조심스럽게 재킷 왼쪽 가슴주머니에 넣었다. "전혀 이상이 없네, 샘. 내 눈엔 아무것도 안 보여."

클라인은 찌푸린 얼굴로 바닥을 내려다보며 고개를 저었다.

"도대체 영문을 모르겠군." 그가 말했다.

"다른 종류의 검사를 해볼까?"

"아니. 허리천자를 해볼 생각이야."

"그거 괜찮군."

"그동안 자네가 아이를 한번 봤으면 하는데."

"오늘은 어떤가?"

"글쎄, 우선—" 전화벨이 울렸다. "잠시만." 그가 전화를 받았다. "네?"

"맥닐 부인이에요. 응급 상황이랍니다."

"몇번?"

"3번요."

그가 내선 버튼을 눌렀다. "클라인 박사입니다."

크리스의 목소리는 동요하다 못해 거의 히스테리 상태였다.

"오, 맙소사, 선생님, 리건이 이상해요! 지금 당장 와주실 수 있어요?"

"네? 무슨 일입니까?"

"모르겠어요, 선생님, 설명할 수가 없어요! 오, 제발, 와주세요! 당장요!"

"곧 가겠습니다!"

그는 연결을 끊고 접수원에게 전화를 걸었다. "수전, 드레스너에게 내 예약 환자 좀 봐달라고 해줘요." 그는 전화를 끊고 기운을 벗었다. "그 아이야. 자네도 가겠나? 다리만 건너면 돼."

"한 시간쯤 비어 있긴 해."

"그럼 가자고."

몇 분 후 그 집에 도착했을 때, 샤론이 문간에서 그들을 맞아주었다. 리건의 방에서 그곳까지 신음과 공포에 찬 비명이 들려왔다. "샤론 스펜서예요." 그녀가 말했다. "이리로 오세요. 아이는 2층에 있어요."

샤론은 두 사람을 리건의 방 앞으로 데려가 문을 빼꼼 열고 크리스를 불렀다. "선생님들 오셨어요, 크리스!"

크리스는 즉시 문 쪽으로 왔다. 얼굴이 공포로 잔뜩 일그러져 있었다. "오, 하느님, 어서 들어오세요!" 그녀가 떨리는 소리로 말했다. "들어와서 아이 좀 봐주세요!"

"이쪽은—"

소개하려던 클라인은 리건을 보고 말을 멈추었다. 히스테릭하게 비명을 지르고 팔을 내젓는 아이의 몸이 침대 위 허공으로 수평으로 쑥 들어올려졌다가 매트리스로 사정없이 내동댕이쳐졌다. 그것이 빠른 속도로 반복되었다.

"엄마, 이 사람 좀 막아줘!" 리건이 날카로운 목소리로 외쳤다. "이 사람 막아줘. 날 죽이려는 거야! 막아줘! 막아줘어어어어, 어어어어어어어엄마아아!"

"오, 애야!" 크리스는 급히 주먹 쥔 손을 들어 깨물면서 훌쩍였다. 그녀는 애원하는 눈빛으로 클라인을 돌아보았다. "선생님, 왜 저러죠? 도대체 무슨 일이에요?"

클라인은 계속 기현상을 보이는 리건에게서 눈을 떼지 못한 채 고개를 저었다. 아이는 매번 침대에서 30센티미터 정도 떠올랐다가 고통스러운 호흡과 함께 떨어졌다. 보이지 않는 손이 아이를 들어올렸다가 내던지는 것만 같았다. 크리스는 양손으로 입을 가리고 휘둥그레진 눈으로 바라보았다. 그때 갑자기 상하운동이 멎고 소녀가 좌우로 마구 뒤틀리기 시작했다. 치뜬 눈동자가 안으로 말려들어가 흰자위만 남았다. "아아, 이 사람이 날 태우고 있어……날 태운다고!" 아이가 신음하면서 두 다리가 빠른 속도로 꼬였다 풀리기 시작했다.

의사들이 각자 침대 양쪽으로 다가갔다. 계속 몸을 비틀고 경련하던 리건이 머리를 활처럼 뒤로 젖히자 퉁퉁 부어오른 목구멍이 드러났다. 이윽고 기이하게 쉰 목소리로 알 수 없는 말을 중얼거리기 시작했다. "……다니아도무아…… 다니아도무아……"

클라인이 아이의 맥박을 짚으려고 손을 뻗었다.

"어디, 문제가 뭔지 보자, 얘야." 그가 다정하게 말했다.

그때 리건이 가공할 힘으로 팔을 뿌리치는 바람에 의사는 느닷없이 휘청거리며 뒷걸음질로 방 저쪽까지 밀려가고 말았다. 벌떡 일어나 앉은 아이의 얼굴이 섬뜩한 분노로 일그러졌다.

"이 암퇘지는 내 거야!" 아이가 거칠고 우렁찬 목소리로 고함을 쳤다. "이앤 내 거야! 애한테서 떨어져! 이앤 내 거야!"

아이의 목구멍에서 캑캑거리는 웃음소리가 흘러나왔다. 그러고는 누가 떠밀기라도 한 듯 뒤로 쓰러지더니, 잠옷을 들어올려 성기를 드러냈다. "먹어봐! 먹어봐!" 아이는 의사들을 향해 소리치더니 양손으로 미친듯이 수음을 하기 시작했다. 잠시 후, 리건이 손가락을 입으로 가져가 핥자 크리스는 흐느낌을 억누르며 방에서 뛰쳐나갔다.

충격에 휩싸여 시선을 떼지 못하면서 클라인이 다시 침대 가까이 다가갔다. 이번에는 조심조심했다. 리건은 제 몸을 껴안는 것처럼 양손으로 두 팔을 어루만졌다.

"아, 그래, 내 진주……" 아이는 그 기묘하게 거친 목소리로 흥얼거렸다. 황홀경에 빠진 듯 눈이 감겨 있었다. "내 아이…… 내 꽃…… 내 진주……" 그러더니 또다시 몸을 좌우로 비틀며 무의미한 음절들을 연방 토해냈다. 벌떡 일어나 앉아 감당할 수 없는 공포에 젖은 눈을 휘둥그렇게 떴다.

아이가 고양이처럼 야옹댔다.

그다음엔 개처럼 짖었다.

그다음엔 말처럼 울었다.

그런 다음 허리를 굽히더니 상체를 빠르고 격렬하게 휘젓기 시작했다. 아이가 숨을 헐떡였다. "이 사람 막아줘!" 아이가 눈물을 흘렸다. "제발, 막아줘! 아프단 말이야! 막아줘! 막아줘! 숨을 못 쉬겠어!"

클라인은 더이상 보고 있을 수가 없었다. 그는 진찰가방을 창가로 가져가 서둘러 주사 놓을 준비를 시작했다.

신경과 전문의는 침대 옆에 남아 리건이 떠밀리듯 나자빠지는 광경을 지켜보았다. 눈동자가 다시 말려들어갔고, 아이는 좌우로 구르며 쉰 목소리로 빠르게 중얼거리기 시작했다. 신경과 전문의는 가까이 몸을 숙여 무슨 말인지 알아들어보려 했다. 그때 클라인이 조용히 손짓하는 게 보였다. 그는 그쪽으로 갔다.

"리브리엄을 놓을 거야." 클라인은 창문으로 비쳐드는 햇빛에 주사기를 비추어 보며 조심스럽게 말했다. "그런데 자네가 아이를 붙잡아줘야겠네."

신경과 전문의가 고개를 끄덕였지만 딴 데 정신이 팔린 모습이었다. 리건이 중얼거리는 소리를 들으려는 듯 고개를 침대 쪽으로 기울이고 있었다.

"뭐라고 하는 거지?" 클라인이 속삭였다.

"모르겠어. 그냥 횡설수설해. 말이 안 되는 음절들이야." 그 스스로에게도 만족스럽지 못한 설명 같았다. "하지만 저애는 의미가 있는 듯이 말하고 있어. 운율이 있잖아."

클라인이 고갯짓으로 침대를 가리키고 둘은 조용히 침대 양쪽으로 다가갔다. 의사들이 다가오자, 고통에 시달리던 아이의 몸이 칼슘 경직이라도 일으키듯 뻣뻣이 굳었다. 침대 옆에 선 의사들이 의미심장한 눈짓을 주고받았다. 그리고 다시 리건을 보았을 때, 아이가 몸을 뒤쪽으로 둥글게 구부리기 시작했다. 이마가 두 발에 닿을 때까지 활처럼 휘어올랐는데, 인간으로서는 도저히 불가능한 자세였다. 아이가 고통스러운 비명을 토해냈다.

의사들이 당혹스럽고 의아한 시선을 교환했다. 클라인이 신경과 전문의에게 신호를 보냈다. 하지만 고문 의사가 붙잡기도 전에 리건은 기절해 축 늘어지며 침대에 실금을 했다.

클라인이 상체를 기울여 아이의 눈꺼풀을 열어보고 맥박을 짚었다. "당분간 의식이 없을 거야." 그가 중얼거렸다. "아무래도 경련을 일으킨 것 같아, 그렇지?"

"그래, 그럴 거야."

"음, 혹시 모르니 대비를 해두자고."

그는 능숙하게 주사를 놓았다.

"그래, 어떤 것 같나?" 클라인이 바늘 자국에 동그란 살균 테이프를 붙이며 물었다.

"측두엽. 물론 어쩌면 조현병일 가능성도 있지. 샘, 하지만 발병이 너무 갑작스러워. 이런 병력은 전혀 없다고 했지?"

"그래, 없네."

"신경쇠약증은?"

클라인이 고개를 저었다.

"그럼 히스테리일지도?"

"그 생각은 나도 해봤네." 클라인이 말했다.

"그렇겠지. 하지만 몸을 그런 식으로 비틀려면 원래부터 기형이어야 하는데, 안 그런가?" 그가 고개를 저었다. "아니, 이건 병리학적 증상이야, 샘. 그 힘, 망상증, 환각. 조현병, 그래, 그런 증상들이 포함되지. 하지만 측두엽 이상에서도 경련은 가능해. 그래도 한 가지가 마음에 걸리는데……" 그가 이해하기 어려운 듯 얼굴을 찌푸리며 말끝을 흐렸다.

"그게 뭔가?"

"글쎄, 아직 확신할 수는 없지만, 아무래도 해리의 징후가 있는 것 같네. '내 진주'…… '내 아이'…… '내 꽃'…… '암퇘지'. 아이가 자기 자신을 지칭한다는 느낌을 받았어. 자네 인상도 그런가? 아니면 내가 지나치게 의미를 두는 걸까?"

클라인이 질문을 곰곰이 생각하며 한 손가락으로 아랫입술을 만졌다. "음, 솔직히, 지금껏 그런 생각은 못해봤네. 하지만 지금 자네 지적은……" 그는 생각에 잠긴 채 끙 앓는 소리를 냈다. "어쩌면. 그래. 그럴 수 있어." 그러다 이내 그 생각을 떨쳐냈다. "어쨌든, 의식이 없는 동안 당장 허리천자를 하자고. 그럼 뭔가 나오겠지. 타당하지?"

신경과 전문의가 고개를 끄덕였다.

클라인은 진찰가방을 뒤져 알약 하나를 찾아 주머니에 넣었다. "더 머무를 수 있나?"

신경과 전문의가 손목시계를 확인했다. "삼십 분쯤."

"아이 어머니와 얘기해보지."

둘은 복도로 나갔다.

크리스와 샤론은 고개를 숙인 채 계단 옆 난간에 기대 있었다. 의사들이 다가가자 크리스는 한데 뭉친 젖은 손수건으로 코를 훔쳤다. 운 탓에 눈이 붓고 충혈되어 있었다.

"아이는 잠들었습니다." 클라인이 말했다. "그리고 진정제를 다량 투여했습니다. 아마 내일까지 줄곧 잘 겁니다."

크리스가 고개를 살짝 끄덕이면서 힘없이 대답했다. "잘됐네요…… 선생님, 철없이 굴어서 죄송해요."

"잘하고 계신 겁니다." 그가 안심시켰다. "이런 끔찍한 시련에. 참, 이쪽은 리처드 콜먼 박사입니다."

크리스가 씁쓸한 미소를 지었다. "와주셔서 감사해요."

"콜먼 박사는 신경과 전문의입니다."

"아, 그러시군요. 두 분이 보기엔 어떤 것 같나요?" 그녀가 두 사람을 차례로 보며 물었다.

"음, 우린 여전히 측두엽을 원인으로 보고 있습니다." 클라인이 대답했다. "그리고—"

"맙소사, 도대체 무슨 말씀을 하시는 거예요!" 크리스가 벌컥 화를 냈다. "쟤앤 사이코처럼, 이중인격자처럼 굴고 있잖아요! 그런데도 아직—" 그러다 "오!" 하며 나직이 고통스러운 신음을 내뱉고는 서둘러 마음을 진정하고 고개를 떨어뜨려 이마를 짚었다. "신경이 날카로워진 모양이에요." 그녀가 조용히 말하면서 초췌한 얼굴을 들어 클라인을 보았다. "죄송해요." 그리고 덧붙였다. "무슨 말씀이셨죠?"

이번엔 신경과 전문의가 대답했다. "맥닐 부인, 이중인격으로 공인된 케이스는 백 건을 넘지 않습니다. 희귀병이라는 얘깁니다. 정신과로 달려가고 싶은 마음은 알겠습니다만, 믿을 만한 정신과의사라면 누구든 일단 신체적 가능성을 철저히 규명할 겁니다. 그게 가장 안전한 방법이니까요."

"좋아요, 그럼 다음은 뭐죠?"

"허리천자입니다." 콜먼이 대답했다.

"척수 말인가요?" 크리스가 고통스러운 얼굴로 그를 보았다.

그가 고개를 끄덕였다. "엑스레이와 EEG에서 놓쳤던 걸 찾게 될 수도 있습니다. 최소한, 어떤 다른 가능성들을 확인시켜줄 겁니다. 검사는 지금, 여기서 따님이 잠들어 있는 동안 했으면 합니다. 물론 국소마취는 하겠지만, 일단 움직이지 않아야 하니까요."

"어떻게 침대에서 그런 식으로 튀어오를 수가 있죠?" 크리스가 물었다. 도통 이해가 되지 않아 눈을 찡그렸다.

"음, 전에도 말씀드렸던 것 같은데요." 클라인이 말했다. "병적인 상태는 비정상적인 힘과 가속화한 운동 수행을 유발할 수 있습니다."

"하지만 이유는 모른다고도 하셨죠."

"자극과 관계있는 것 같습니다만." 콜먼이 대답했다. "밝혀진 건 그게 전부입니다."

"저, 그런데 척수 검사는 어떻게 하시겠습니까?" 클라인이 크리스에게 물었다. "해도 되겠습니까?"

별안간 크리스가 축 처져서 바닥을 내려다보았다. "하세요." 그녀가 중얼거렸다. "필요한 건 뭐든 하세요. 그냥 아이가 낫게만 해주시면 돼요."

"전화 좀 써도 되겠습니까?" 클라인이 물었다.

"그럼요, 이쪽으로 오세요. 서재에 있어요."

"아, 그런데," 그녀가 그들을 안내하기 위해 몸을 돌렸을 때 클라인이 말했다. "아이 이부자리도 갈아주셔야겠습니다."

샤론이 후다닥 침실로 가면서 힘차게 말했다. "제가 바로 할게요."

"커피 좀 드시겠어요?" 크리스가 자신을 따라 계단을 내려오는 의사들에게 물었다. "관리인 부부가 오후에 휴가라 인스턴트커피밖에 드릴 수 없지만요."

의사들은 사양했다.

"창문은 아직 손보지 않으셨더군요." 클라인이 언급했다.

"아뇨, 전화했어요." 크리스가 그에게 말했다. "내일 잠글 수 있는 덧문을 가져온다고 했어요."

세 사람은 서재에 들어갔다. 클라인은 병원으로 전화해 조수에게 필요한 장비와 약을 집으로 보내라고 지시했다. "그리고 실험실에 척수정밀검사도 준비해둬." 그가 지시했다. "천자 직후에 내가 직접 할 테니까."

통화를 마친 후 클라인은 크리스에게 지난번 진찰 후 무슨 일이 있었는지 물었다.

"그러니까 화요일에는," 크리스가 곰곰이 생각했다. "아니, 화요일에는 아무 일도 없었어요. 곧장 침대로 가서 다음날 아침 늦게까지 잤거든요. 그리고—오, 아니, 잠깐만요." 그녀가 정정했다. "아니었어요. 그래요. 윌리 말이, 아주 이른 새벽에 부엌에서 아이 목소리가 들렸다고 했어요. 식욕이 돌아온 모양이라고 마음을 놓았던 기억이 나네요. 하지만 그다음엔 침대로 돌아간 것 같아요. 하루종일 거기 있었거든요."

"잠을 잤나요?" 클라인이 물었다.

"아뇨, 책을 읽는 것 같았어요. 사실, 조금 마음이 놓였어요. 그러니까, 리브리엄이 듣는 것 같았거든요. 좀 멍해서 약간 걱정스럽기는 했지만, 그래도 꽤 많이 좋아진 거였으니까요. 어젯밤에도 아무 일 없었어요." 크리스가 말을 이었다. "그리고 오늘 아침에 시작된 거예요. 맙소사, 그게 시작됐다고요!"

크리스는 자기가 부엌에 앉아 있는데 리건이 비명을 지르며 계단을 뛰어내려왔다고 의사들에게 설명했다. 그러더니 의자 뒤에 웅크리고 숨어서 그녀의 팔에 매달리며, 잔뜩 겁에 질린 새된 목소리로 하우디 선장이 쫓아온다고 했다. 꼬집고, 때리고, 밀치고, 욕하고, 죽이겠다는 위협까지. "저기 있어!" 아이는 결국 부엌문을 가리키며 비명을 지르고는 바닥에 쓰러졌다. 몸에 경련을 일으키며, 하우디 선장이 발길질을 한다면서 헐떡거리며 울었다. 그리고 벌떡 일어나 부엌 한가운데에 양팔을 벌리고 서서 "팽이처럼" 빠르게 돌기 시작했다고 크리스는 말했다. 그 동작은 아이가 탈진해 바닥에 쓰러질 때까지 일 분 가까이 이어졌다.

"그다음엔 갑자기," 크리스가 괴롭게 말을 맺었다. "아이의 눈에…… 증오가 어렸어요. 그 증오가 담긴 눈으로 저한테 말하길…… 저를 뭐라고 불렀냐면…… 오, 맙소사!"

그녀는 감정이 북받쳐 흐느껴 울었다.

클라인은 바로 일어나 수도꼭지를 틀어 물을 한 잔 따랐다. 그리고 크리스에게 갔다. 흐느낌은 그쳐 있었다.

"망할, 담배가 어디 있지?" 크리스는 손등으로 눈물을 훔치며 떨리는 한숨을 내쉬었다.

클라인이 물잔과 작은 초록색 알약을 건넸다.

"대신 이걸 드셔보세요." 그가 권했다.

"진정제인가요?"

"네."

"한 알 더 주세요."

"하나면 충분합니다."

크리스가 눈길을 돌리며 힘없이 미소 지었다. "통이 크시네요."

그녀는 약을 삼키고 빈 잔은 의사에게 돌려주었다. "고맙습니다." 조용히 말하고는 떨리는 손끝으로 이마를 짚었다. 그리고 천천히 고개를 저었다. "네, 그때 시작됐어요." 그녀는 침울하게 이야기를 계속했다. "다른 것들도 전부 다요. 완전히 딴사람 같더군요."

"혹시 하우디 선장 같았습니까?" 콜먼이 물었다.

크리스는 당혹스러운 눈으로 올려다보았다. 그가 뚫어져라 쳐다보고 있었다. "무슨 뜻이죠?" 그녀가 물었다.

그가 어깨를 으쓱했다. "글쎄요. 그냥 여쭤본 겁니다."

크리스가 얼빠진 눈으로 벽난로를 돌아보았다. "모르겠어요." 그리고 굼뜨게 말했다. "그냥 딴사람이었어요."

잠시 침묵이 이어졌다. 곧 콜먼이 다른 약속이 있어서 가봐야 한다며 일어났다. 그는 막연히 안심시키는 말을 건넨 뒤 작별인사를 했다.

클라인이 그를 문까지 배웅했다. "마약검사를 할 건가?" 콜먼이 물었다.

"아니, 난 로슬린 촌놈이거든."

콜먼이 희미하게 미소 지었다. "나도 좀 난감하군그래." 그렇게 말하고는 생각에 잠긴 채 눈길을 돌리고 입과 턱을 손으로 쓸었다. "이상한 케이스야." 그가 나직이 곱씹었다. "아주 이상해." 그리고 클라인을 보았다. "뭔가 찾아내면 알려주게나."

"집에 있을 건가?"

"그래. 전화하게."

"알았어."

콜먼이 손을 흔들고 떠났다.

잠시 후 장비가 도착했다. 클라인은 노보카인으로 리건의 척추 부위를 마취하고, 크리스와 샤론이 지켜보는 가운데 혈압계를 주시하며 척수액을 뽑아냈다. "혈압 정상." 그가 중얼거렸다. 끝마친 후 그는 척수액의 혼탁 여부를 확인하기 위해 볕이 드는 창가로 갔다. 척수액은 맑았다.

그는 척수액이 든 관들을 가방 속에 집어넣었다.:

"그럴 것 같진 않습니다만," 클라인이 말했다. "아이가 한밤중에 깨어나 소란을 일으킬지 모르니, 진정제를 투여할 간호사가 여기 있는 게 좋겠습니다."

"제가 하면 안 되나요?" 크리스가 물었다.

"왜요, 간호사는 싫습니까?"

크리스는 어깨를 으쓱했다. 의사와 간호사에 대한 불신을 굳이 드러내고 싶지는 않았다. "제가 하고 싶어요." 그녀는 그렇게만 말했다.

"음, 주사 놓는 건 까다롭습니다." 그가 주의를 주었다. "공기가 조금만 들어가도 아주 위험하거든요."

"오, 주사 놓는 법은 제가 알아요." 샤론이 끼어들었다. "어머니가 오리건에서 요양원을 하셨거든요."

"세상에, 그래줄래, 샤론? 오늘밤 여기 있어줄래?" 크리스가 물었다.

"꼭 오늘밤이 아니더라도," 클라인이 끼어들었다. "상황에 따라 경정맥 영양 주사를 놔야 할 수도 있습니다."

"어떻게 하는지 가르쳐주실 수 있죠?" 크리스가 간절한 눈으로 그를 보며 부탁했다.

클라인이 고개를 끄덕이며 말했다. "그럼요, 그럼요. 할 수 있을 것 같군요."

그는 가용성 소라진과 일회용 주사기 처방전을 써서 크리스에게 주었다. "지금 당장 조제되도록 해주세요."

크리스는 처방전을 샤론에게 건넸다. "샤론, 이것 좀 해줄래? 전화만 하면 보내줄 거야. 난 선생님과 함께 가서 테스트를 지켜봐야겠어." 그녀가 몸을 돌려 애원하듯이 의사를 보았다. "그래도 괜찮죠?"

그는 그녀의 눈에서 긴장감을 읽었다. 무기력하고 혼란스러운 눈빛이었다. 그가 말했다. "그럼요. 어떤 기분이신지 압니다. 제 차에 대해 정비공들과 이야기할 때 똑같은 기분이거든요."

크리스는 말없이 그를 쳐다보았다.

두 사람은 정확히 오후 여섯시 십팔분에 집을 나섰다.

클라인은 로슬린 병원에 있는 그의 실험실에서 여러 테스트를 했다. 가장 먼저, 단백질 함량을 분석했다.

정상이었다.

다음은 혈구 수치였다.

"적혈구 과다는," 클라인이 설명했다. "출혈을 의미합니다. 백혈구 과다는 감염을 의미할 수 있고요." 특히 그는 종종 만성적 기행의 원인이 되는 균상종菌狀腫 감염을 염두에 두고 있었다.

역시 헛수고였다.

마지막으로, 클라인은 척수액의 당량을 검사했다.

"그건 왜요?" 크리스가 물었다.

"음," 그가 그녀에게 말했다. "척수 당량은 혈당량의 삼 분의 이여야 합니다. 그 비율에 현저히 못 미치면 어떤 질병으로 박테리아가 척수액의 당분을 먹어버렸다는 뜻이 될 수 있습니다. 만일 그렇다면 아이의 증상을 설명할 수 있어요."

하지만 그는 이상을 확인하는 데 실패했다.

크리스는 고개를 젓고 팔짱을 꼈다. "또다시 원점이군요, 세상에." 그녀가 암울하게 중얼거렸다.

클라인은 잠시 생각에 잠겼다. 그리고 결국 크리스를 돌아보았다. "혹시 집에 마약이 있습니까?" 그가 그녀에게 물었다.

"네?"

"암페타민? LSD?"

크리스가 고개를 저으며 말했다. "아뇨. 선생님, 확실히 말씀드릴게요. 그런 건 일절 없어요."

그가 고개를 끄덕이고 신발만 내려다보더니, 다시 크리스를 보며 무겁게 말을 뗴었다. "아무래도 정신과의사에게 보여야 할 것 같습니다, 맥닐 부인."

크리스는 정확히 오후 일곱시 이십일분에 집으로 돌아왔다. 그리고 문간에서 외쳤다. "샤론?"

대답이 없었다. 샤론은 집에 없었다.

크리스는 2층 리건의 침실로 올라갔다. 아직도 깊이 잠들어 있었다. 이불엔 주름 하나 없었다. 방에서 지린내가 난다는 것을 알아차렸다. 침대에서 창문으로 시선을 옮겼다. 세상에, 활짝 열려 있잖아! 샤론이 환기하려고 열어놓은 모양이라고 생각했다. 그런데 어디 간 거지? 크리스는 창가로 다가가 창을 내려 닫고 잠갔다. 그리고 아래층으로 내려가니 막 윌리가 돌아온 참이었다.

"안녕, 윌리. 오늘 재미있었어요?"

"쇼핑하고 영화 봤어요."

"칼은 어딨어요?"

윌리가 모르겠다는 몸짓을 했다.

"이번엔 비틀스 영화를 보게 하더군요. 저 혼자서요."

"잘했어요."

윌리가 손가락으로 브이 자를 만들어 보였다.

그때가 일곱시 삼십오분이었다.

여덟시 일분, 크리스가 서재에서 에이전트와 통화중일 때, 현관문이 열렸다 닫히는 소리에 이어 서재 쪽으로 오는 하이힐 굽 소리가 들리더니 양팔에 꾸러미를 여럿 든 샤론이 들어왔다. 그녀는 바닥에 짐을 내려놓고 소파에 털썩 주저앉아서 통화가 끝나기를 기다렸다.

"어디 갔었어?" 크리스가 전화를 끊고 물었다.

"아, 그분이 말씀 안 하셨어요?"

"어느 분이 말씀 안 하셨는데?"

"버크요. 여기 안 계세요?"

"버크가 왔다고?"

"크리스가 집에 왔을 때 안 계셨다고요?"

"이봐, 차근차근 말해봐." 크리스가 말했다.

"오, 이런 괴짜 영감." 샤론이 고개를 절레절레 저으며 책망했다. "약제사가 배달해줄 수 없다고 해서, 버크가 왔을 때 잘됐다, 내가 소라진을 가져오는 동안 리건과 함께 있어달라고 부탁하면 되겠다 싶었죠." 그녀가 또다시 고개를 저었다. "진작 알아봤어야 했는데."

"그래, 그랬어야지. 그런데 뭘 사 온 거야?"

"음, 시간이 있길래, 리건의 침대에 깔 고무시트를 하나 샀어요."

"저녁은 먹었어?"

"아뇨, 샌드위치나 만들어 먹죠, 뭐. 드시겠어요?"

"좋은 생각이야."

"검사 결과는 어때요?" 부엌으로 함께 가면서 샤론이 물었다. "모두 음성이야. 이제 정신과의사한테 데려가봐야겠어." 크리스가 의기소침하게 말했다.

샌드위치와 커피를 먹은 후, 샤론이 크리스에게 주사 놓는 법을 가르쳐주었다. "중요한 건 두 가지예요." 그녀가 설명했다. "하나는 공기 방울이 생기지 않게 하는 거고, 또하나는 정맥을 건드리지 않는 거예요. 봐요, 이런 식으로 조금 빨아들여서 —" 샤론이 시범을 보여주었다. "주사기 안에 피가 있는지 확인하면 돼요."

얼마간 크리스는 자동으로 그 과정을 연습했고, 어느 정도 익숙해졌다. 그리고 아홉시 이십팔분, 현관 초인종이 울렸다. 윌리가 문을 열어주었는데 칼이었다. 부엌을 지나 자기 방으로 가던 그는 고개를 까딱해 저녁 인사를 하고는 열쇠를 가지고 나가는 걸 깜빡했다고 말했다.

"믿을 수가 없어." 크리스가 샤론에게 말했다. "칼이 잘못을 인정하기는 처음이야."

두 사람은 서재에서 텔레비전을 보며 저녁 시간을 보냈다.

열한시 사십육분, 샤론이 전화를 받았다. "잠시만요," 그러고는 크리스에게 수화기를 건넸다. "척이에요."

제2 제작진의 젊은 감독이었다. 목소리가 어두웠다.

"소식 들었어요, 크리스?"

"아뇨, 뭔데요?"

"에, 나쁜 소식이에요."

"나쁜 소식이라니?"

"버크가 죽었어요."

그는 술에 취한 상태에서 발을 헛디뎠다. 크리스 집 옆의 가파른 계단에서 아득히 먼 바닥까지 떨어졌다. M스트리트를 지나던 행인이 버크가 어둠 속으로 끝없이 굴러떨어지는 것을 목격했다. 목이 부러졌다. 피투성이에 찌부러진 모습이 그의 최후였다.

크리스의 손에서 수화기가 떨어졌다. 그녀는 소리 없이 눈물을 흘리다가 비틀거리며 일어났다. 샤론이 달려와 부축하며 전화를 끊고는 소파로 데려갔다. "크리스, 왜 그래요? 무슨 일이에요?"

"버크가 죽었어."

"오, 맙소사! 어쩌다가요?"

크리스는 고개를 저었다. 말도 못하고 울기만 했다.

그리고, 나중에, 그들은 이야기를 나누었다. 몇 시간이고. 크리스는 술을 마시며 데닝스를 추억했다. 웃기도 하고 울기도 했다. "아, 세상에." 그녀는 계속 한숨을 내쉬었다. "불쌍한 버크…… 불쌍한 버크……"

그녀의 머릿속에서는 자꾸만 죽음의 꿈이 맴돌았다.

새벽 다섯시가 조금 넘었을 때, 크리스는 바 뒤에 침울하게 서 있었다. 바에 양팔을 괸 채 고개를 숙이고 더없이 슬픈 눈으로. 그녀는 얼음을 가지러 부엌에 간 샤론이 돌아오길 기다리고 있었다. 마침내 샤론이 오는 기척이 들렸다. "아직도 믿기지가 않아요." 샤론이 서재로 들어오며 말했다.

크리스는 고개를 들었다. 이어서 옆을 보고, 얼어붙고 말았다.

머리가 발에 거의 닿으리만치 몸을 뒤로 젖혀 활처럼 휜 자세로 거미처럼 빠르게 미끄러지며 샤론의 뒤에 바짝 붙어 있는 것은, 리건이었다. 혀를 날름거리고 쉭쉭거리는 소리를 내면서 코브라처럼 머리를 앞뒤로 슬쩍슬쩍 움직였다.

마비된 채 뚫어져라 보며 크리스가 말했다. "샤론?"

샤론이 멈춰 섰다. 리건도 멈췄다. 샤론이 돌아섰으나 아무것도 보지 못했다. 그때 리건의 혀가 발목을 스르륵 스치자 샤론이 비명을 지르며 펄쩍 뛰었다.

얼굴이 잿빛으로 변한 크리스가 한 손을 뺨에 갖다댔다.

"전화해서 의사 깨워! 당장 오라고 해!"

샤론이 어디로 피하든 리건이 따라갔다.

4장

4월 29일 금요일. 크리스가 침실 밖 복도에서 기다리는 동안 클라인 박사와 저명한 신경정신과의사가 리건을 세심히 진찰했다. 의사들이 지켜보는 삼십 분간, 리건은 몸을 이리저리 흔들고 빙빙 돌았다. 머리칼을 쥐어뜯고, 가끔 얼굴을 찡그리고, 느닷없이 귀청이 터질 듯 큰 소리가 들리기라도 하는 것처럼 손으로 귀를 막았다. 음란한 말을 퍼부었다. 고통에 차 비명을 질러댔다. 그러더니 결국 얼굴을 침대에 묻고 다리를 배 쪽으로 끌어당기고는 알아듣지 못할 소리를 중얼댔다.

정신과의사가 클라인에게 침대에서 떨어지라는 신호를 보냈다. "우선 진정시키자고." 그가 속삭였다. "내가 얘기해보지."

클라인이 고개를 끄덕이고 소라진 50밀리그램을 준비했다. 하지만 의사들이 침대로 다가가자 리건이 눈치채고 얼른 돌아누웠고 자기를 붙잡으려는 정신과의사를 향해 악에 받쳐 비명을 질러댔다. 물고 때리고 뿌리쳤다. 칼을 부른 후에야 간신히 리건을 제어하고 주사를 놓을 수 있었다.

하지만 그 정도로는 끄떡없어 50밀리그램을 재차 투여했다. 그리고 기다렸다. 곧 리건이 늘어지기 시작했다. 멍해졌다. 그러더니 문득 아연한 얼굴로 의사들을 바라보았다. "엄마는요? 엄마를 데려다줘요." 그녀가 겁먹고 울먹이며 말했다.

정신과의사가 고개를 끄덕이자 클라인이 방을 나갔다.

"엄마 금방 올 거야." 정신과의사가 리건을 달랬다. 침대에 앉아 그녀의 머리를 쓰다듬었다. "그래, 그래, 괜찮아. 난 의사란다."

"엄마 보고 싶어!"

"지금 오고 있어. 금방 와. 많이 아프지?"

눈물이 줄줄 흘러내리는 얼굴로 리건이 고개를 끄덕였다.

"어딘지 선생님한테 말해줘봐. 어디가 아프지?"

"다 아파요!" 리건이 흐느꼈다.

"얘야!"

"엄마!"

크리스가 침대로 달려와 리건을 끌어안았다. 키스했다. 위로하고 달랬다. 크리스도 기쁨에 차 눈물이 글썽해졌다. "리건, 이제 돌아왔구나! 돌아왔어! 너 맞지?"

"오, 엄마, 저 사람이 나 아프게 해!" 리건이 훌쩍이며 그녀에게 말했다. "엄마가 못하게 해! 엄마, 응? 제발?"

크리스는 얼떨떨한 얼굴로 리건을 보다가 의사들을 돌아보았다. 눈에는 애원과 의문이 떠올라 있었다. "뭐죠? 이게 무슨 말이에요?"

"진정제를 과다 투여한 상태입니다." 정신과의사가 조용히 대답했다.

"그럼—"

의사가 얼른 말을 잘랐다. "두고 보죠."

그가 리건을 돌아보았다. "문제가 뭔지 얘기해줄래, 얘야?"

"몰라!" 눈물범벅인 얼굴로 리건이 대답했다. "몰라요! 아저씨가 나한테 왜 이러는지. 언제나 내 친구였는데."

"그게 누군데?"

"하우디 선장요! 그리고 누가 내 몸 안에 들어왔어요! 날 마음대로 움직여요."

"하우디 선장이?"

"모르겠어요."

"사람이야?"

리건이 고개를 끄덕였다.

"누군데?"

"몰라요!"

"그래, 알았다. 리건, 우리 뭐 하나 해볼까? 놀이 같은 거야." 재킷 주머니 안에 손을 넣고 있던 의사가 반짝이는 둥근 장신구가 달린 은줄을 꺼냈다. "너 영화에서 최면 거는 장면 본 적 있지?"

동그래진 눈으로 리건이 진지하게 고개를 끄덕였다.

"내가 바로 최면술사란다, 리건. 그래, 진짜야! 사람들한테 최면을 걸지. 정말이라니까! 물론 허락을 받고 하는 거야. 자, 내 생각엔 최면을 걸면 리건이 좀더 빨리 회복될 것 같구나. 그래, 네 안에 있는 사람도 바로 내쫓을 수 있어. 한번 해보지 않을래? 봐라, 엄마도 여기 있잖아. 여기 네 옆에."

리건이 잘 모르겠다는 눈으로 크리스를 보았다.

"그래, 리건, 하렴." 크리스가 재촉했다. "해봐."

리건이 정신과의사를 돌아보며 고개를 끄덕였다. "좋아요." 그녀가 작게 말했다. "하지만 조금만 해야 돼요."

정신과의사가 미소 지었다. 그러다 등뒤에서 도자기 깨지는 소리에 휙 뒤돌아보았다. 서랍장에 놓여 있던 섬세한 화병이 바닥에 떨어져 있고 클라인 박사가 그 위에 팔뚝을 기대고 있었다. 어리둥절한 시선이 팔에 이어 바닥의 화병 파편으로 향했고, 이윽고 그가 몸을 굽혀 파편을 주웠다.

"괜찮아요, 박사님. 윌리가 치울 거예요." 크리스가 말했다.

"저기 덧창 좀 닫아주겠나, 샘? 커튼도 치고." 정신과의사가 청했다.

방이 어두워지자 정신과의사는 손끝으로 줄을 잡고 가벼운 동작으로 장난감 추를 흔들기 시작했다. 펜라이트를 비추자 추가 빛을 발했다.

의사가 최면 주문을 읊조리기 시작했다. "자, 이걸 봐, 리건. 눈을 떼지 말고. 곧 눈꺼풀이 무거워질 거다. 점점 더……"

잠깐 사이 리건은 가수면에 빠진 듯 보였다.

"최면에 쉽게 드는군." 정신과의사가 중얼거리더니 아이에게 말을 걸기 시작했다. "리건, 편안하니?"

"네." 리건이 부드럽고 속삭이는 목소리로 대답했다.

"몇 살이지, 리건?"

"열두 살."

"네 안에 누가 있니?"

"가끔요."

"가끔 언제?"

"아무때나."

"사람이야?"

"네."

"그게 누구지?"

"몰라요."

"하우디 선장?"

"몰라요."

"남자야?"

"몰라요."

"하지만 누군가 있구나."

"네, 가끔."

"지금도 있어?"

"잘 모르겠어요."

"내가 부탁하면, 그 사람하고 얘기하게 해주겠니?"

"싫어요!"

"왜?"

"무서워요."

"뭐가 무섭지?"

"몰라요!"

"리건, 나하고 얘기하면 그 사람도 떠날 거야. 그 사람이 떠나면 좋겠지?"

"네."

"그럼, 얘기하게 해주렴. 그렇게 해줄 거지?"

한참 침묵이 흘렀다. 마침내 리건이 "네" 하고 대답했다.

"이제 리건 안에 있는 자에게 말한다." 정신과의사가 단호히 말했다. "그 안에 있다면 너 역시 마취 상태고 따라서 내 질문에 답해야 해." 그는 잠시 말을 멈추고 암시가 리건의 핏속에 스며들기까지 기다렸다. 그러고서 같은 말을 되풀이했다. "그 안에 있다면 너역시 마취 상태이기 때문에 내 질문에 답해야 해. 어서 나와 대답해라. 그 안에 있나?"

조용했다. 그때 기이한 일이 일어났다. 별안간 리건의 입에서 악취가 났다. 기류가 흐르듯, 짙게 풍겨왔다. 50센티미터 정도 떨어져 있던 정신과의사가 악취를 맡았다. 그가 펜라이트로 리건의 얼굴을 비췄다. 경악하며 눈이 휘둥그레진 크리스가 한 손으로 입을 틀어막으며 숨을 삼켰다. 딸의 얼굴이 사악한 가면처럼 잔뜩 일그러져 있었다. 두 입술이 서로 반대 방향으로 팽팽히 당겨지고 퉁퉁 부어오른 혀가 늑대처럼 입 밖으로 길게 늘어졌다.

"네가 리건 안에 있는 자냐?" 정신과의사가 물었다.

리건이 고개를 끄덕였다.

"정체가 뭐지?"

"다니아도무아." 아이가 인후음을 내뱉었다.

"그게 네 이름이냐?"

리건이 다시 고개를 끄덕였다.

"남자냐?"

"사이."

"지금 대답한 건가?"

"사이."

"'그렇다'는 뜻이면 고개를 끄덕여라."

리건이 고개를 끄덕였다.

"외국어로 얘기하는 건가?"

"사이."

"어디서 왔지?"

"개."

"개한테서 나왔다는 뜻인가?"

"도그모르프모키온." 리건이 되풀이했다.

정신과의사는 잠시 고민하다가 다른 접근방식을 써보기로 했다.

"내가 질문하면 고갯짓으로 대답해라. '그렇다'면 고개를 끄덕이고 '아니다'면 젓는 거다. 무슨 말인지 알겠지?"

리건이 고개를 끄덕였다.

"네 대답이 뜻을 지니고 있나?" 의사가 물었다. 그렇다.

"전부터 리건을 알았나?" 아니다.

"그 사실을 리건도 아나?" 아니다.

"리건이 만들어낸 인물인가?" 아니다.

"실재하는 존재인가?" 그렇다.

"리건의 분신인가?" 아니다.

"리건의 분신이었던 적이 있나?" 아니다.

"리건을 좋아하나?" 아니다.

"그럼 싫어하나?" 그렇다.

"증오하나?" 그렇다.

"리건이 그럴 만한 일을 했나?" 그렇다.

"부모의 이혼 때문에 이러는 건가?" 아니다.

"아무튼 부모와 관계있나?" 아니다.

"리건의 친구와는?" 아니다.

"그런데도 미워한다?" 그렇다.

"리건을 벌줄 생각인가?" 그렇다.

"리건을 해칠 건가?" 그렇다.

"죽일 건가?" 그렇다.

"리건이 죽으면 너도 죽지 않나?" 아니다.

그 대답에 의사는 동요하는 것 같았다. 눈을 내리뜨고 생각에 잠겼다. 그가 자세를 바꾸자 침대 스프링이 삐걱거렸다. 숨막히는 정적 속에 악취가 진동하는 썩은 풀무라도 되듯이 리건이 숨을 쉬는 끽끽 소리가 들렸다. 여기 있어. 아직은 미약한, 사악한 존재가.

정신과의사가 시선을 들어 흉측하게 일그러진 얼굴을 보았다. 질문을 던지는 눈이 추론으로 날카롭게 번득였다. "리건한테 네가 떠나게 만들 방법이 있나?" 그렇다.

"그게 뭔지 말해줄 수 있나?" 그렇다.

"말해줄 텐가?" 아니다.

"하지만─"

돌연한 고통에 숨이 콱 막힌 정신과의사는 믿기지 않아 공포에 휩싸였다. 리건이 그의 음낭을 움켜쥐고 강철 발톱 같은 악력으로 조이고 있었다. 휘둥그레진 눈으로 시선을 떼지 못한 채 벗어나려 안간힘을 썼으나 어림없었다. "샘, 샘, 도와줘!" 그가 고통에 꺽꺽거렸다.

아수라장.

크리스가 전등 스위치로 달려갔다.

클라인이 달려왔다.

리건은 고개를 젖히고 마귀처럼 낄낄대다 늑대처럼 울부짖었다.

크리스가 전등 스위치를 탁 쳐서 켰다. 몸을 돌린 그녀의 눈앞에 악몽과도 같은 광경이 입자가 거친 흑백필름처럼 명멸하면서 슬로모션으로 펼쳐졌다. 리건과 두 의사가 침대에서 사투를 벌이고 있었다. 팔다리가 얽히고, 얼굴이 일그러지고, 헉헉대는 숨소리와 욕설, 늑대 울음과 캥캥 소리와 끔찍한 웃음소리가 난무하는 난투극. 리건이 돼지처럼 꿀꿀거리고 말처럼 히힝 울더니 필름이 빠르게 돌아가면서 침대가 흔들리고 좌우로 미친듯이 요동치기 시작했다. 눈을 허옇게 까뒤집은 리건이 뱃속 깊숙한 곳을 헤집는 듯 무시무시한 날선 비명을 토해냈다.

리건이 픽 쓰러지며 의식을 잃었다.

말로 표현하기 어려운 어떤 존재가 방을 떠났다.

한동안 다들 넋이 나가 꼼짝하지 않았다. 이윽고 의사들이 천천히 조심스럽게 얽힌 팔다리를 빼내고 몸을 일으켰다. 그들은 말없이 리건을 보았다. 클라인이 무표정한 얼굴로 침대 옆으로 가서 리건의 맥박을 쟀고 안도하며 천천히 살살 담요를 끌어올려 덮어주고는 크리스와 정신과의사에게 고개를 끄덕여 보였다. 그들은 방을 빠져나와 서재로 향했다. 잠시 아무도 입을 열지 않았다. 크리스는 소파에 앉았다. 클라인과 정신과의사는 양옆의 의자에 마주보고 앉았다. 정신과의사는 생각에 잠긴 채 입술을 깨물며 커피테이블만 멍하니 바라보았다. 마침내 한숨을 내쉬며 크리스를 올려다보았다. 그녀도 기진맥진한 시선으로 마주보았다. "도대체 저게 뭐죠?" 그녀가 물었다. 가칠하고 맥을 못 추는 목소리로.

"따님이 말한 언어가 뭔지 아십니까?" 그가 물었다.

크리스가 고개를 저었다.

"종교가 있나요?"

"아뇨?"

"따님은?"

"없어요."

정신과의사는 리건의 정신 병력과 관련된 질문을 한참 이어나갔다. 마침내 질문을 마쳤을 때 그는 난감한 표정이었다.

"뭐예요?" 크리스가 물었다. 손마디가 하얗게 질리도록 손수건을 움켜쥐고서 쥐어짰다 풀었다 했다. "선생님, 도대체 왜 저러는 거죠?"

정신과의사가 얼버무렸다. "네, 조금 당혹스럽긴 합니다만, 어쨌든 이렇게 잠깐 살펴보고 진단을 내린다면 매우 무책임한 짓이겠죠."

"그래도 뭔가 짐작 가는 바가 있으시잖아요." 그녀도 물러서지 않았다.

시선을 내리깐 채 이마를 문지르던 정신과의사가 한숨을 내쉬더니 눈을 들었다. "네, 무척 심려가 크실 테니 한두 가지 인상 정도를 말씀드리죠. 하지만 아직 확실한 건 아닙니다, 아시겠죠?"

크리스가 상체를 기울이고 긴장한 채 고개를 끄덕였다. "네, 알았어요. 그래서 왜 저러는 건가요?" 무릎에 올려둔 손이 다시 손수건을 만지삭거렸다. 묵주 알을 넘기듯 리넨 손수건의 가두리 바늘땀을 하나하나 세어나갔다.

"우선, 이 상황이 리건의 연기일 가능성은 거의 없습니다. 자네도 같은 의견이지, 샘?" 클라인이 고개를 끄덕이자 정신과의사가 말을 이었다. "그렇게 생각하는 몇 가지 근거가 있습니다. 예를 들자면 비정상적이고 고통스러운 신체 왜곡이 그렇습니다. 가장 극적인 변화로는, 아이가 자신 안에 들어왔다고 여기는 존재와 저희가 얘기할 때 나타난 얼굴을 들 수 있겠죠. 리건이 이 존재를 믿지 않는 한 그런 심령현상은 불가능합니다. 무슨 말인지 이해하시겠죠?"

"네, 그럭저럭요." 크리스가 대답했다. "한 가지만 빼고요. 그자는 도대체 어디서 온 거죠? 박사님은 '정신분열'에 대해 늘 접하시겠지만 저는 어떤 설명도 들어보지 못해서요."

"음, 모르기는 저희도 마찬가지입니다. '의식'이니 '정신'이니 '인격'이니 하는 개념을 사용하지만, 실제로 그것들이 무엇인지는 아직 모릅니다. 그렇다보니 그나마 현재까지 나온 다중인격이나 정신분열에 대한 몇몇 이론도 답을 제시하기보다는 의문을 불러일으키는 부분이 더 많죠. 프로이트에 따르면, 어떤 특정한 생각이나 감정이 의식에 의해 억압되고도 여전히 잠재의식 속에 살아 있고, 사실상 굉장히 강하게 남아서 다양한 정신의학적 증상으로 끊임없이 표출된다는 겁니다. 이 억압된 인격적 요소, 아니, 그보다 분열된 인격적 요소라고 하는 게 좋겠군요. '분열'이라는 단어 자체가 의식의 주류에서 분리됐다는 뜻이니까. 여기까진 아시겠죠?"

"네, 계속하세요."

"좋습니다. 이런 유형의 인격적 요소가 충분히 강해진 순간이나, 또는 환자의 인격이 혼란해지거나 약해진 지점에서 정신분열증이 초래될 수 있습니다. 하지만 이중인격과는 조금 다릅니다." 의사가 주의를 주었다. "정신분열은 '인격의 파괴'를 뜻하는 개념이니까요. 하지만 분열된 인격적 요소가 강해져 서로 결합하고, 개인의 잠재의식 속에서 조직화하는 경우가 있습니다. 네, 그러면 알려졌다시피 때로 별개의 인격이 독립적으로 기능하기도 합니다. 즉 신체적 기능을 장악하는 겁니다."

"그러니까 선생님이 보시기엔 지금 리건이 그런 상태라는 거죠?"

"어디까지나 하나의 이론일 뿐입니다. 다른 이론들도 있습니다. 무의식으로의 도피, 어떤 갈등이나 정서적 문제에서의 회피 등을 포함하는 개념이죠. 리건은 정신분열 병력도 없고 EEG에서 일반적으로 수반되는 뇌파 패턴도 나타나지 않았습니다. 그렇다면 남는 건 일반적인 히스테리뿐입니다."

"지난주 제 증상이군요." 크리스가 중얼거렸다.

수심에 찬 정신과의사가 힘없이 미소 지었다. "히스테리는 정서적 갈등이 신체 질환으로 전이되는 신경증의 한 형태입니다. 분열로 나타나기도 합니다. 예를 들어 신경쇠약 환자는 자신의 행동을 인식하지 못합니다. 자신의 행동을 보면서도 타인이 그런다고 탓합니다. 이 경우에도 제2의 자아에 대한 의식은 막연합니다. 반면 리건의 경우는 구체적이죠. 다시 프로이트의 소위 '히스테리의 전이 형태'를 살펴보죠. 이것은 무의식적 죄의식 및 자학적 욕구에서 비롯되는 것으로, 분열이 가장 두드러진 특징이고 심지어 다중인격으로도 나타납니다. 여기에 간질성 경련, 환각, 비정상적 운동성 흥분 같은 증상이 동반되기도 하고요."

크리스는 의사의 설명을 이해하려 애쓰느라 눈과 얼굴을 찌푸린 채 집중해서 듣고 있었다. "리건의 상태와 많이 비슷하네요. 그렇지 않나요? 죄의식이라는 부분만 빼면…… 저희 애가 뭐에 죄의식을 느낀다는 거죠?"

"응, 진부한 대답이지만 이혼 문제일 겁니다. 아이들은 흔히 스스로가 거부당했다고 느끼고, 때로 한쪽 부모가 떠난 걸 전적으로 자기 책임으로 받아들이기도 합니다. 따님의 경우도 해당될 수 있습니다. 여기서 타나토포비아―죽음이라는 개념에 대한 신경증적인 우울을 가리키는 말인데요―증상을 고려하고 있습니다." 크리스의 눈빛이 한층 진지해졌다. "아이들의 경우," 정신과의사가 말을 이어갔다. "죄의식 형성은 가족 내 스트레스, 부모 중 한쪽을 상실할 거라는 두려움과 매우 빈번하게 관계가 있습니다. 죄의식은 분노와 깊은 좌절을 낳고, 게다가 이런 유형의 히스테리에서는 죄의식을 의식하지 못합니다. 심지어 '부동성'이라고 부르는 종류의 죄의식일 수도 있습니다. 말 그대로 구체적인 대상이 결여되어 있어 그렇게 부르죠."

"그 죽음에 대한 공포 말인데요……"

"타나토포비아요."

"네, 그러셨죠. 거기서 문제가 비롯됐다는 거죠?"

그 질문에 호기심이 동하는 걸 감추기 위해 슬쩍 시선을 피하며 정신과의사가 대답했다. "아뇨. 아뇨, 그렇게 생각하지 않습니다."

크리스는 아래로 떨군 고개를 흔들었다. "정말 모르겠어요," 그녀가 말했다. "혼란스럽네요." 그러고는 고개를 들고 이마를 살짝 찡그렸다. "제 말은, 그 새로운 인격이 어디서 나타난 거죠?"

정신과의사가 다시 그녀를 보았다. "음, 또다시 추측 수준의 답입니다만…… 죄의식에서 비롯된 전이성 히스테리라고 가정한다면, 제2의 인격은 징계를 담당하는 대리인에 불과합니다. 리건이 직접 징계를 하려면 자신의 죄의식을 인식해야 하는데, 아이가 그것을 거부하는 거죠. 그래서 제2의 인격을 내세우는 겁니다."

"그래서, 저애가 그런 상황이라는 얘긴가요?"

"말씀드렸듯이 저도 모릅니다." 그는 여전히 대답을 회피하고 있었다. 연못을 건너기 위해 편평하고 둥근 돌을 고르듯 신중히 말을 골라 썼다. "리건 또래의 아이가 새로운 인격의 재료를 모으고 조직한다는 건 대단히 예외적인 일입니다. 그리고 특정한—아니, 다른 일들도 당혹스럽기는 마찬가지입니다. 예를 들어 위저보드 놀이만 하더라도 리건의 피암시성이 대단히 높다는 사실을 가리킵니다. 하지만 아무래도 리건이 최면에 걸렸던 것 같진 않습니다." 그가 어깨를 으쓱했다. "어쩌면 아이가 저항했던 거겠죠. 하지만 정말로 충격적인 건," 그가 언급했다. "새로운 인격이 두드러지게 조숙하다는 점입니다. 열두 살 아이가 아니라 훨씬 나이가 많아요. 그리고 아이가 구사하던 언어 문제도 있죠……" 그가 말꼬리를 흐리며 깊은 생각에 잠겨 벽난로를 물끄러미 바라보았다. "비슷한 유형이 있긴 합니다만, 밝혀진 바가 거의 없어요."

"그게 뭐죠?"

정신과의사가 그녀에게로 고개를 돌렸다. "음, 피험자가 결코 배운 적 없는 기술이나 지식을 별안간 드러내는 유형의 몽유병입니다. 여기서 제2의 인격의 의도는─" 그가 잠시 말을 멈추었다. "이런, 무척 복잡한 얘기인데 제가 터무니없이 단순화하고 있군요." 크리스의 마음을 크게 어지럽힐까 염려되어 원래 하려던 말을 그만두어버린 것이었다. 제2의 인격의 의도는 첫번째 인격을 파괴하는 것이다.

"그래서 요점이 뭔가요?"

"확실한 건 없습니다. 리건은 전문가 집단의 정밀검사를 받아야 합니다. 이삼 주간 집중적으로 연구할 수 있는 병원 환경에서요. 데이턴의 배링거 클리닉 같은 곳이 좋겠군요."

크리스가 고개를 돌리며 시선을 떨구었다.

"문제 있습니까?" 정신과의사가 물었다.

그녀가 고개를 저으며 침울하게 조용히 말했다. "아니에요. 그냥 암담해서요."

"뭐가 말입니까?"

"개인적인 사정이에요."

정신과의사가 배링거 클리닉에 전화했다. 그쪽에서는 다음날 리건을 입원시키라고 했다. 그후 의사들은 떠났다.

크리스는 데닝스가 떠올라 고통을 삼켰다. 다시 생각났다. 죽음과 구더기와 진공과 형언할 수 없는 고독, 무덤 속에서 기다리는 정지와 정적과 어둠. 아무것도, 아무것도 움직이지 않고, 아무것도 숨 쉬지 않는다. 아무것도. 너무해…… 정말 너무해…… 크리스는 고개를 숙이고 흐느꼈다. 그리고 얼른 스스로를 다잡았다.

짐을 싸던 크리스가 침실에서 데이턴에 갈 때 쓸 위장용 가발을 고르고 있을 때 칼이 열린 문가에 나타났다. 손님이 찾아왔다고 전했다.

"누구?"

"형사입니다."

"형사? 그런데 날 만나재요?"

"네, 사모님."

그가 방으로 들어와 크리스에게 명함을 건넸다. '윌리엄 F. 킨더먼. 형사 반장.' 골동품 중개상에나 어울릴 법한 튜더 장식체가 양각으로 인쇄되어 있었다. 한구석에 별로 관계없다는 듯 좀더 작은 글씨로 쓰인 '강력계'도 보였다.

그녀는 영문을 몰라 눈을 가늘게 뜨고 칼을 올려다보았다. "대본 같은 걸 들고 있던가요? 큰 마닐라 봉투 같은 거랄지?"

경험상 크리스는 세상 사람 누구나 소설이나 대본 한 편쯤 써서 갖고 있고 하다못해 서랍이나 머릿속 한구석에 아이디어를 품고 있다는 걸 알았다. 신부에게 부랑자와 알코올중독자가 달라붙듯, 그녀에게는 그런 사람들이 줄기차게 꼬였다.

칼은 고개를 저었다. "아뇨, 사모님."

형사라. 버크 일로 왔을까?

현관홀에 서 있는 후줄근한 형사가 눈에 들어왔다. 흐늘거리는 모자챙을 쥔 뭉툭한 손가락은 최근에 손질했는지 손톱이 반질거렸다. 육십대 초반에 오동통한 체형, 반들반들한 군턱. 밑단을 접어올린 펑퍼짐한 바지는 구깃구깃하고 그 위에 걸친 큼직한 회색 트위드 코트도 길고 헐렁한데다 구식이었다. 크리스가 다가가자 형사가 씨근거리는, 속삭이는 듯한 쉰 목소리로 말했다. "맥닐 씨야말로 용의자들 사이에 세워둬도 한눈에 알아보겠군요."

"저도 그중 하나라고요?"

"아이코, 이런! 아뇨, 아뇨. 당연히 아니죠. 그저 일상적인 절차랍니다." 그가 안심시켰다. "바쁘신가요? 그럼 내일 다시 오죠."

그가 정말로 떠나려는 듯 등을 돌리자 크리스는 안절부절못하며 말했다. "무슨 일이죠? 버크? 버크 데닝스 일인가요?" 느슨하고 무심한 형사의 태도가 왠지 그녀의 신경줄을 팽팽히 긴장시켰다. 몸을 돌린 그는 눈꼬리가 처지고 노상 흘러간 시절을 바라보는 듯한 젖은 갈색 눈에 구슬픈 빛을 띠고 있었다. "정말 안된 일입니다. 정말로." 그가 말했다.

"살해당한 건가요?" 크리스가 직설적으로 물었다. "살인 전담 형사시잖아요. 그래서 여기 오신 거죠? 버크가 살해당한 거예요?"

"아니, 아닙니다. 말했다시피 일상적인 절차입니다." 형사가 또 같은 말을 했다. "워낙 저명인사라 그냥 넘어갈 수가 없거든요. 넘어갈 수가 없어요." 같은 말을 반복하는 그는 별수없다는 표정을 지으며 어깨를 으쓱했다. "고작 한두 가지 질문밖에 안 돼요. 낙상한 걸까? 아님 누가 민 걸까?" 질문하면서 머리를 이쪽저쪽으로 기울이며 손바닥을 위로 하고 한 손을 들어 보이기까지 했다. 그러더니 어깨를 으쓱하며 허스키한 목소리로 속삭였다. "그걸 무슨 수로 알겠어요?"

"강도를 당한 건가요?"

"아뇨, 강도는 아닙니다, 맥닐 씨. 절대 아니죠. 요즘 시대에 무슨 동기가 필요하겠습니까만." 형사는 잠시도 손을 가만두지 않았다. 무료한 인형술사가 손가락을 놀리는 대로 흐느적흐느적 움직이는 손인형 같았다. "네, 오늘날 살인자에게 동기란 거추장스럽다 못해 방해물이나 되죠." 그가 고개를 저었다. "이놈의 마약." 그가 한탄했다. "이 쎄고 쎈 마약." 그가 손끝으로 가슴을 두드렸다. "정말이에요. 저도 자식이 있다보니 요즘 세상 돌아가는 꼴을 보면 가슴이 찢어진답니다. 그럼요. 아이가 있으신가요?"

"네, 하나."

"아들인가요, 딸인가요?"

"딸이에요."

"좋으시겠네요."

"저기, 서재로 가시죠." 크리스가 그렇게 말하며 안내하려고 몸을 돌렸다. 그가 데닝스와 관련해 무슨 이야기를 할 작정인지 어서 빨리 듣고 싶었다.

"맥닐 씨, 죄송하지만 귀찮은 부탁 하나 해도 되겠습니까?"

자식을 위해 사인을 해달라는 청이겠거니 예상한 그녀는 진력을
내며 멈춰 서서 돌아보았다. 본인이 갖고 싶다는 사람은 없다. 항상
애들 평계를 댄다. "네, 물론이죠." 그녀는 짜증을 감추려 애쓰며
상냥하게 말했다.

형사가 얼굴을 살짝 찡그려 보였다. "속이 안 좋아서요. 혹시 칼
소 탄산수 있나요? 괜한 부탁인가보네요. 신경쓰지 마세요."

"아뇨, 괜찮아요." 크리스가 딱딱한 미소를 어렴풋이 지으며 대
꾸했다. "서재에 앉아 계세요." 그녀는 서재를 가리키고는 몸을 돌
려 부엌으로 향했다. "냉장고에 있을 거예요."

"아뇨, 제가 부엌으로 가죠." 뒤뚱거리는 걸음으로 그가 따라왔
다. "귀찮게 해드리고 싶지 않아서요."

"괜찮아요."

"그럴 리가요. 바쁜 분인데, 제가 가야죠. 자녀가 있으신가요?"
걸어가면서 형사가 물었다. "아, 맞다." 그가 곧장 바로잡았다. "딸
이 있다고 하셨죠. 깜빡했네요. 딸이 한 명 있다고. 몇 살인가요?"

"얼마 전에 열두 살이 됐어요."

"그럼 걱정하실 필요 없습니다. 아직은 아니에요. 나중엔 몰라
도. 그래도 잘 지켜봐야 합니다." 그가 고개를 저으며 말했다. "날
이면 날마다 일어나는 일을 보면…… 정말 끔찍하답니다! 상상을
초월하죠! 세상이 미쳤어요! 아내를 본 지도 이삼일 되었군요. 아
니, 몇 주 전이던가? 그때 제가 아내한테 그랬답니다. 메리, 세상이
말이야, 온 세상이," 그가 만국 공통의 몸짓으로 양손을 들어 보였

다. "집단적으로 신경쇠약에 걸린 것 같다니까."

둘이 부엌에 들어가니 칼이 오븐 안을 청소하고 있었다. 알은체 하기는커녕 돌아보지도 않았다.

"정말 믿을 수가 없군요." 크리스가 냉장고 문을 여는데 형사가 씨근거리는 목소리로 말했다. 하지만 그의 시선은 칼에게 머문 채 호수 위를 스치듯 날아가는 작고 검은 새처럼 하인의 뒤통수를 순식간에, 미심쩍게 훑었다. "이렇게 유명한 영화 스타를 만났는데 기껏 칼소 탄산수나 부탁하고 있으니. 어이없죠."

크리스는 병을 꺼내고서 병따개를 찾았다.

"얼음은요?" 그녀가 물었다.

"아니, 그냥 주세요. 그냥 마시는 쪽이 좋습니다."

그녀가 병을 땄다. 유리잔을 꺼내고 칼소 탄산수를 붓자 거품이 올라왔다.

"맥닐 씨가 나온 영화 〈천사〉 있죠?" 영화를 떠올리는 그의 얼굴에 흐뭇한 표정이 어렴풋이 어렸다. "전 그 영화를 여섯 번이나 봤답니다."

"혹시 살인범을 찾는 거라면 감독을 체포하세요."

"오, 아뇨, 아뇨, 정말 대단한 영화였죠. 정말 기가 막혔어요. 딱 하ㅏ—"

"이쪽에 앉으세요." 크리스가 말을 끊고 창가의 식탁을 가리켰다. 왁스칠을 한 소나무 식탁과 꽃무늬 의자 쿠션으로 꾸며진 자리였다.

"네, 그러죠." 형사가 대답했다.

자리에 앉은 크리스가 형사에게 칼소 탄산수를 건넸다.

"아, 네, 감사합니다."

"별말씀을요. 하려던 얘기가?"

"네, 그 영화는 정말 아름다웠죠. 감동적이었고. 하지만 딱 하나," 형사가 조심스럽게 말했다. "작은, 아주아주 사소한 흠이 있더라고요. 물론 저야 문외한에 지나지 않죠. 그렇잖습니까? 평범한 관객일 뿐인데, 뭘 알겠어요? 하지만 제가 보기에도 일부 장면에서 음악이 오히려 방해되더라고요. 너무 거슬려요." 형사가 점점 흥분해가며 영화에 대한 견해를 늘어놓느라 여념없는 동안 크리스는 조바심치지 않으려고 애썼다. "그래선지 자꾸 이게 영화라는 사실을 의식하게 되더라고요. 무슨 말인지 아시겠죠? 카메라 앵글이 화려한 요즘 영화들이 그렇잖아요. 오히려 몰입을 가로막아요. 그런데 음악도―참, 작곡가가 멘델스존을 베낀 것 같지 않나요?"

크리스는 손끝으로 가볍게 식탁을 두드리고 있다가 갑자기 멈추었다. 무슨 형사가 이렇지? 그녀는 의아해했다. 왜 자꾸 칼을 훔쳐본담?

"그건 베낀 게 아니라 오마주라고 한답니다." 크리스가 희미하게 미소 지었다. "어쨌든 그 영화를 좋아하신다니 기쁘네요. 어서 드세요. 김이 다 빠지기 전에." 그러면서 턱짓으로 칼소 탄산수 잔을 가리켰다.

"네, 그러죠. 제가 말을 주절주절 늘어놓았네요. 죄송합니다."

통통한 형사가 건배하듯 잔을 들어 보이고는 쭉 들이켰다. 새끼 손가락을 들고 점잔을 빼며. "아, 좋네. 살 것 같군요." 그가 크게 숨을 내쉬었다. 잔을 내려놓는 시선이 사랑스럽다는 듯 리건이 만든 새 조각에 떨어졌다. 조각은 식탁 중앙에 장식 삼아 놓았고 그 기다란 부리가 소금과 후추 통 위를 비웃듯이 떠다녔다. "독특하네요." 그가 미소 지었다. "아주 귀여워요." 그가 크리스에게로 시선을 들었다. "누구 작품인가요?"

"딸아이 솜씨예요." 그녀가 대답했다.

"대단하군요."

"저, 죄송하지만―"

"아, 네. 아닙니다. 바쁘신 분이죠. 에, 한두 가지 질문이면 끝납니다. 사실 딱 하나죠. 그것만 묻고 저는 갈 겁니다." 그가 급한 약속이라도 있는 사람처럼 손목시계를 보았다. "데닝스 감독이 이 부근에서 영화를 찍은 적이 있다길래 사고 당일 누굴 만나지 않았을까 하는 생각이 들었답니다. 맥닐 씨 말고 이 동네에 그분 친구가 있을까요?"

"오, 그날 밤 우리집에 왔어요." 크리스가 대답했다.

"아, 그래요? 사고가 난 즈음에 말인가요?" 그가 눈썹을 치켜올렸다.

"그게 언제죠?"

"오후 일곱시 오분입니다."

"네, 그쯤일 거예요."

"이런, 그럼 다 해결되네요." 그는 고개를 끄덕이고 금방이라도 자리에서 일어날 듯 몸을 틀었다. "여기서 술을 마시고 집으로 돌아가는 길에 계단에서 발을 헛디딘 겁니다. 네, 아귀가 딱 들어맞아요. 정확히요. 저, 기록 때문에 그러는데, 그가 여기를 떠난 게 대략 몇시쯤이었습니까?"

고개를 모로 꼰 크리스는 약간 놀라워하며 그를 평가했다. 시장에서 노총각이 의욕 없이 야채와 과일을 이것저것 집어보듯이 그는 진실을 툭툭 건드리고 있었다. "모르겠어요. 저도 못 봤거든요." 크리스가 대답했다.

형사가 어리둥절해했다. "그게 무슨 말이죠?"

"음, 그가 왔을 때 저는 외출중이었거든요. 로슬린에 있는 병원에 있었죠."

형사가 고개를 끄덕였다. "아, 그렇군요. 그럼 감독님이 집에 온건 어떻게 아셨나요?"

"오, 그건 샤론이 말해줬어요."

"샤론?"

"샤론 스펜서. 제 비서예요."

"아하."

"버크가 들렀을 때 샤론이 여기 있었어요. 그녀가—"

"그녀를 만나러 온 거군요?"

"아뇨, 절 만나러 왔어요."

"네, 계속하세요. 말 끊어서 죄송합니다."

"딸이 아파서 샤론이 버크한테 집을 맡기고 처방약을 받으러 약국에 갔어요. 하지만 제가 집에 왔을 땐 이미 떠나고 없었죠."

"그게 몇시였습니까? 기억하시나요?"

크리스가 어깨를 으쓱하며 입술을 오므렸다. "아마 일곱시 십오분경…… 일곱시 삼십분이었을 거예요."

"맥닐 씨가 집을 나선 게 몇시였죠?"

"여섯시 십오분쯤이에요."

"스펜서 씨가 약국에 간 시간은요?"

"모르겠어요."

"스펜서 씨가 나가고 맥닐 씨가 돌아오기까지 집에 누가 있었습니까? 따님 외에요."

"아무도 없었어요."

"아무도요? 감독님이 아픈 따님을 혼자 두고 가버렸다고요?"

크리스가 무표정한 얼굴로 고개를 끄덕였다.

"하인은요?"

"없었어요. 윌리와 칼은—"

"그게 누구죠?"

크리스는 불시에 발밑이 꺼지는 기분이었다. 여기저기 쿵쿵대던 탐문은 어느새 매서운 심문으로 바뀌어 있었다. "음, 저기 있는 사람이 칼이에요." 크리스가 머릿짓을 했다. 멍한 눈으로 마냥 오븐을 닦고 있는 하인의 등을 바라보았다. "윌리는 그의 부인이고. 둘다 우리집에서 일하죠." 닦고, 또 닦는다. 왜? 오븐은 전날 밤 꼼꼼히 닦아두었다. "그날 오후는 휴가를 준 터라, 제가 집에 왔을 땐 둘 다 부재중이었어요. 윌리는……" 크리스는 말을 멈췄다. 시선이 여전히 칼의 등에 박혀 있었다.

"윌리가 뭐요?" 형사가 재촉했다.

크리스가 그에게로 시선을 돌리고 어깨를 으쓱했다. "오, 아무것도 아니에요." 그녀가 담배 한 개비를 꺼내자 킨더먼이 불을 붙여주었다. "그럼 버크 데닝스가 언제 집을 떠났는지는 따님만 알겠네요?" 그가 물었다.

"정말 사고가 맞나요?"

"오, 물론이죠. 맥닐 씨, 이건 어디까지나 절차랍니다. 그렇고말고요. 데닝스 감독은 강도를 당하지도 않았고요. 딱히 살해될 만한 동기가 있을까요?"

"버크는 사람 속을 긁는 소리를 잘했어요." 크리스가 덤덤히 말했다. "누가 계단 꼭대기에서 때려 해치웠는지도 모르죠."

"이런 종류의 새를 부르는 이름이 있지 않나요? 기억이 안 나네요. 뭐더라." 형사가 리건의 조각을 손가락으로 만지작거렸다. 크리스의 주시하는 눈길을 알아채고 손을 거두었다. 살짝 당황한 표정이었다. "죄송합니다, 바쁘신데. 자, 일 분만 더 하고 끝내겠습니다. 그러니까 따님은—데닝스 감독이 언제 집을 나섰는지 알겠네요?"

"아뇨, 모를 거예요. 진정제를 잔뜩 맞았거든요."

"아이고, 맙소사. 이런, 이런. 많이 아픈가요?" 그의 처진 눈에 근심이 가득했다.

"네, 그런 것 같아요."

"병명이……?" 그가 한 손을 들어 섬세한 제스처를 취했다.

"저희도 아직 몰라요."

"외풍을 주의하셔야 합니다." 그가 엄숙히 말했다. "실내가 더울 때 겨울 외풍은 세균의 온상이라더군요. 어디까지나 제 어머니 말입니다. 그냥 미신일지도 모르지만. 아마 그렇겠죠. 하지만 솔직히 말씀드리자면, 저한테 미신은 고급 프렌치 레스토랑의 메뉴 같은 거랍니다. 달리 삼키기 어려운 사실을 매혹적이고 복잡하게 꾸민 거죠. 밖에 나가 햄버그스테이크를 주문할 때마다 빠짐없이 나오는 리마콩처럼요."

크리스는 긴장이 풀렸다. 엉뚱한 소리를 허물없이 늘어놓는 그의 모습에 기분이 편안해졌다. 정신이 오락가락해 보이는, 무해한 세인트버나드로 다시 돌아왔다.

"저기가 거기죠, 맥닐 씨? 따님 방?" 그가 엄지로 천장을 가리켰다. "그 계단이 내다보이는 큰 퇴창이 있는 방요."

크리스가 고개를 끄덕였다. "네, 거기가 리건 방이에요."

"창문을 꼭 닫으세요. 그럼 곧 나을 겁니다."

방금 전까지도 긴장했던 크리스는 이제 웃음을 찾느라 안간힘을 썼다. "네, 그럴게요." 그녀가 대답했다. "사실은 늘 닫혀 있어요. 덧창도요."

"네, 유비무환이죠." 형사가 훈계조로 인용했다. 코트 안주머니에 두툼한 손가락을 하나 쩔러넣은 그의 시선이 다시 식탁을 두드리고 있는 크리스의 손가락들로 떨어졌다. "아, 네, 바쁘실 텐데," 그가 말했다. "이제 다 끝났습니다. 기록을 위해—절차랍니다—메모 하나만 하고요." 그는 코트 안주머니에서 잔뜩 구겨진 〈시라노 드 베르주라크〉의 고등학교 연극 프로그램 등사물을 꺼내더니 다시 바깥주머니를 뒤져 노란 HB 몽당연필을 찾아냈다. 연필심은 나이프나 가윗날로 다듬은 듯한 모양새였다. 그가 연극 프로그램을 식탁에 올려놓고 손바닥으로 편 다음 몽당연필을 쥐고 씨근거리며 말했다. "이름 한두 개만 적으면 됩니다. 스펜서는 'c'가 하나겠죠?"

"네, 하나요."

"'c'가 하나," 형사가 말을 받아 되풀이하며 프로그램 여백에 이름을 적었다. "그리고 하인들 이름이? 조셉과 윌리……?"

"아뇨. 칼과 윌리 엥스트롬이에요."

"칼. 네, 그랬죠. 칼 엥스트롬." 그가 굵고 진한 글씨로 이름을 휘갈겨썼다. "그래도 시간은 기억납니다." 그가 목쉰 소리로 숨을 내쉬면서 여백을 찾아 프로그램을 뒤집었다. "오, 이런! 또 까먹었네! 네, 관리인들. 두 사람이 몇시에 돌아왔다고 했죠?"

"말 안 했어요. 칼, 그날 밤 몇시에 돌아왔죠?" 크리스가 칼에게 물었다. 스위스인 하인이 고개를 돌렸다. 여전히 뜻 모를 표정이었다. "정확히 아홉시 삼십분이었습니다."

"네, 그래요. 열쇠를 잊었다고 했었죠?" 그녀가 형사를 돌아보았다. "초인종이 울렸을 때 부엌 시계를 봤기 때문에 기억해요."

"영화는 재밌었나요?" 형사가 칼에게 물었다. "전 비평을 참고해 영화를 보러 가진 않는답니다." 그가 크리스에게 소리 죽여 말했다. "중요한 건 사람들 생각이죠. 관객들 말입니다."

"폴 스코필드가 출연한 〈리어 왕〉을 봤습니다." 칼이 형사에게 대답했다.

"아, 그거 저도 봤습니다. 훌륭하죠."

"제미니 극장에서요." 칼이 대답을 이어갔다. "여섯시 상영 회차요. 영화가 끝나자마자 극장 앞에서 버스를 탔고—"

"이런, 그렇게까지 자세히 알려주실 필요는 없는데." 형사가 손을 저었다. "괜찮다니까요!"

"상관없습니다."

"그러시다면야."

"위스콘신 애비뉴와 M스트리트가 만나는 곳에서 내렸습니다. 아홉시 이십분이었던 같군요. 그리고 집까지 걸어왔습니다."

"세상에, 이럴 필요까진 없는데. 아무튼 고맙군요. 아주 친절한 분이네요. 그나저나 영화는 맘에 들었습니까?"

"좋았습니다."

"네, 저도 그랬습니다. 뛰어난 영화죠. 에, 그럼……" 그가 다시 크리스 쪽으로 몸을 돌리고 프로그램에 끼적거렸다. "제가 시간을 많이 빼앗았네요. 이게 직업이다보니 어쩔 수 없지 뭡니까. 이 일이 지닌 슬픈 음양이죠. 다 그렇죠. 자, 곧 끝납니다." 그가 안심시키듯 말했다. 그러고는 "안타까운 일이에요…… 정말이지 안타깝네요……"라고 덧붙이며 여백 여기저기에 몇 자씩 적었다. "아주 재능 있는 감독이었는데. 필시 인간을 잘 아는 분이었을 테죠. 사람을 어떻게 다루느냐 하는 면에서요. 수많은 사람을 상대하면서 때에 따라 스스로를 선하게 또는 악독하게 연출하는 거죠. 촬영기사니 음향기술자, 작곡가 등등을요. 말할 것도 없이, 실례지만, 배우도 마찬가지고요. 제 말이 틀렸다면 정정해주세요, 하지만 제가 보기에 오늘날 훌륭한 감독은 출연진을 상대로 거의 심리학자가 되어야 하는 것 같더라고요. 아닌가요?"

"맞아요, 배우들은 다 불안정하니까요."

"당신도요?"

"주로 제가 그렇죠. 하지만 버크는 그 부분에 능란했어요. 사기를 잃지 않도록 계속 북돋웠죠." 크리스가 무심하게 어깨를 으쓱했다. "그래도 그러고 나면 그렇게 다정할 수가 없었어요."

형사가 다시 프로그램을 돌렸다. "아, 네, 거물들이 다 그렇죠. 몸도 비대하지 않았습니까." 또다시 그가 끄적거렸다. "하지만 중요한 건 오히려 범인들이고요. 세세한 일들을 다루는 사람들 말입니다. 그들이 제 역할을 못하면 모든 게 엉망이 되거든요, 안 그렇습니까?"

크리스는 손톱만 보며 고개를 끄덕였다. "버크가 심한 말을 퍼부을 땐 눈에 뵈는 게 없었어요. 그래도 술에 취했을 때만 그랬죠."

"네, 끝났습니다. 정말입니다." 킨더먼이 마지막 마침표를 찍다가 불현듯 뭔가를 떠올렸다. "오, 아니, 잠깐만요. 엥스트롬 부부가 남았군요. 두 사람이 외출했다가 함께 돌아온 거죠?"

"아뇨, 윌리는 비틀스 영화를 봤어요." 칼이 고개를 돌려 대답하려는 참에 크리스가 먼저 말했다. "제가 오고 바로 몇 분 후에 귀가했죠."

"이런, 그건 왜 물었지? 중요한 것도 아닌데." 킨더먼이 프로그램을 접어 연필과 함께 코트 안주머니에 집어넣었다. "네, 다 됐습니다." 그가 만족스레 숨을 내쉬었다. "보나마나 사무실에 돌아가면 미처 질문 못한 게 떠오르겠죠. 늘 그런 식이라니까요. 어쩌면 다시 전화를 드릴지도 모릅니다." 그가 일어서자 크리스도 함께 일어섰다. "이 주 정도 시외에 가 있을 거예요." 그녀가 말했다. "급한 일도 아닌데요. 천천히 하죠." 그가 미소를 띠며 조각상을 바라보았다. "아, 정말 귀엽네요, 어쩜 이리 귀여운지." 그가 허리를 숙여 조각상을 들고 새 부리를 엄지로 쓸었다. 그러고는 제자리에 내려놓고 자리를 떴다. "유능한 의사겠죠?" 크리스의 배웅을 받으며 현관으로 가던 형사가 물었다. "따님 주치의 말입니다." "네, 그렇다고 알고 있어요." 크리스가 침울하게 대답했다. "아무튼 그 분야에서 제일간다는 병원에 입원시킬 예정이에요. 바이러스만 전문으로 다루는 곳이래요."

"좋은 결과 있길 빌겠습니다, 맥닐 씨. 시외에 있다고 했던가요? 병원이?"

"네, 그래요. 오하이오에 있어요."

"좋은 곳입니까?"

"두고 봐야죠."

"아이 방에 외풍이 들지 않게 주의하시고요."

두 사람은 현관에 다다랐고, 형사가 양손으로 모자챙을 쥐고 엄숙하게 말했다. "만나뵈어 영광이라고 말하고 싶지만, 상황이 상황인지라……" 그가 고개를 살짝 숙이고 저었다. 그리고 고개를 다시 들었다. "정말 유감입니다."

가슴 앞에 팔짱을 낀 채 크리스는 고개를 떨구고 나직이 말했다. "감사합니다. 정말 감사해요."

형사가 문을 열고 밖으로 나가 모자를 쓰고 크리스를 돌아보았다. "따님의 쾌유를 빕니다."

크리스는 힘없이 미소 지었다. "모두에게 행운이 함께하길."

반장은 온정적이고 슬픈 표정으로 고개를 까닥하고 오른쪽으로 몸을 돌려 뒤뚱거리며 길을 걸어갔다. 숨차며 느릿느릿. 길모퉁이 근처에 서 있는 순찰차 위로 몸을 기우뚱 기울이는 형사를 크리스는 지켜보았다. 별안간 남쪽에서 돌풍이 불자 그는 급히 한 손으로 모자를 잡고 펄럭거리는 기다랗고 헐렁한 코트 자락을 눌렀다. 크리스는 시선을 내리고 문을 닫았다.

순찰차 조수석에 오른 킨더먼은 그 집을 돌아보았다. 리건의 방창문에서 언뜻 움직임을 본 것 같았다. 하늘하늘한 형체 하나가 옆으로 휙 사라져 시야를 벗어났다. 확신은 없었다. 시야 가장자리에 순간적으로 들어왔던 터라 어찌 보면 잠재의식의 발로인가 싶었다. 창문을 계속 보던 그는 덧창이 열려 있다는 사실을 알아차렸다. 이상했다. 크리스는 덧창을 항상 닫아놓는다고 말했다. 잠시 지켜보았다. 아무도 나타나지 않았다. 곤혹스러워하며 인상을 찌푸린 형사는 시선을 내리며 고개를 젓고는 글러브박스를 열고 증거물 봉투와 주머니칼을 꺼냈다. 가장 작은 칼날을 편 다음 엄지를 봉투 안쪽에 대고 손톱 밑에서 리건의 조각에서 슬쩍 긁어낸 초록색 점토 조각을 빼냈다. 일을 마치자 봉투를 밀봉해 코트 안주머니에 넣었다. "됐어." 그가 운전석의 경찰에게 말했다. "가지." 순찰차는 도로 가장자리를 벗어나 프로스펙트 스트리트를 따라 갔다. 앞쪽에 길게 늘어선 차량 행렬을 보며 킨더먼이 주의를 주었다. "쉬엄쉬엄 가." 그러고는 고개를 숙이며 눈을 감고 지긋지긋하다는 듯 손가락으로 콧대를 잡고 맥없이 숨을 내쉬었다. "아, 진짜, 뭔 놈의 세상이 이런지, 사는 게 뭔지."

그날 저녁 늦게, 오하이오주 데이턴으로 떠나기에 앞서 리건을 진정시키기 위해 클라인 박사가 스파린 50밀리그램을 주사할 때, 킨더먼 반장은 생각에 잠긴 채 사무실 책상 앞에 서 있었다. 양 손바닥을 책상에 대고 이해 불가능한 단서들을 뚫어져라 들여다보는 중이었다. 낡은 탁상 스탠드의 가는 불빛만이 책상에 어지러이 늘어놓은 보고서들을 환히 비추었다. 이렇게 다른 조명을 모두 끈 상태가 집중에 도움이 된다고 그는 믿었다. 막힌 코 때문에 어둠 속에서도 거친 숨소리가 났다. 보고서를 여기저기 훑던 그가 심호흡하며 눈을 감았다. 머릿속 창고 대방출! 새로운 시각에서 바라볼 필요가 있어서 머릿속을 정리하고 싶을 때면 항상 되뇌는 말이었다. 머리통을 깡그리 비워! 그는 눈을 뜨고 데닝스에 대한 법의학자의 소견을 재검토했다.

척수 파열, 두개골과 목뼈 골절. 다수의 타박상, 열상 및 찰과상. 목 피부 반상출혈. 광경근, 흉쇄유돌근, 판상근, 등세모근을 비롯해 다양한 작은 목근 전단剪斷. 척추와 척추뼈 골절, 척추 전종인대와 후종인대 전단……

그는 창밖의 어둠에 잠긴 도시를 내다보았다. 국회의사당의 돔 지붕이 은은한 빛을 밝히고 있었다. 국회 사람들이 밤늦도록 일하고 있다는 신호였다. 그는 다시 눈을 감고 데닝스의 사망일 밤 열한시 오십오분에 지역 법의학자와 나눈 대화를 떠올렸다.

"추락으로 이렇게 될 수 있습니까?"

"음, 가능성이 거의 없습니다. 흉쇄유돌근과 등세모근 정도면 또 모르죠. 이 환자는 뼈를 결합해주는 인대뿐 아니라 경추 관절이 여러 군데 손상되었어요."

"우리 쉽게 가죠. 가능합니까?"

"네. 술에 취한 상태라 필시 근육들이 이완되어 있었을 테니까요. 아마도 최초의 충격으로 충분히 강한 힘이 가해졌다면, 그리고―"

"공격당하기 전에 9~12미터 높이에서 떨어졌다면?"

"네, 가능합니다. 머리에 충격이 가해진 즉시 뭔가에 걸렸다면. 다시 말해, 머리와 몸통의 일반적인 회전 범위를 넘어섰다면요. 만약—어디까지나 만약의 가능성입니다—그럴 경우 이런 결과를 초래할 수 있겠죠."

"사람의 힘으로도 가능합니까?"

"네, 하지만 엄청난 괴력의 소유자여야 할 겁니다."

킨더먼은 데닝스의 사망시각 당시 칼 엥스트롬의 행적도 이미 확인했다. 영화 상영시간도 그의 진술과 일치했고, 그날 밤 시내버스 운행 일정도 틀림없었다. 더욱이 칼이 영화관 앞에서 승차했다고 주장한 버스의 운전사는 위스콘신과 M스트리트에서 교대했고, 칼은 아홉시 이십분경 그 정류장에서 하차했다고 진술했다. 교대 후 비번인 운전사가 일지에 기록한 시각은 정확히 아홉시 십팔분이었다. 하지만 킨더먼의 책상에는 1963년 8월 27일 엥스트롬이 중범죄로 기소된 기록이 놓여 있었다. 베벌리힐스에 소재한 한 의사의 자택에서 수개월간 상당량의 마약류 약품을 훔친 혐의였다. 당시 그와 윌리는 그곳에서 일하고 있었다.

……1921년 4월 20일. 스위스 취리히 출생. 1941년 윌리 네브라운과 혼인. 1943년 1월 11일 뉴욕시에서 딸 엘비라 출생. 현주소 미상. 피고는……

기록 뒷부분이 영 이해되지 않았다.

기소가 성립하기 위해 의사의 증언이 필수적이었지만 그가 돌연, 아무런 해명 없이 고발을 취하했던 것이다. 왜 그랬을까? 그리고 불과 두 달 후 크리스 맥닐이 엥스트롬 부부를 고용했을 때 의사는 그들을 호의적으로 추천했다.

왜 그랬을까?

엥스트롬이 약품을 빼돌린 사실은 틀림없다. 하지만 기소 당시 약물검사에서는 마약중독은커녕 투약한 흔적이 일절 나오지 않았다.

왜 아니지?

형사는 여전히 눈을 감은 채 루이스 캐럴의 「재버워키」* 도입부를 나직이 읊조렸다. "그건 각닥서니하고 허당구리한 보발삭……" 머리를 비우는 또다른 방법이었다. 암송을 마친 그는 눈을 뜨고 국회의사당 원형 홀에 시선을 고정했다. 머리를 백지상태로 만들려고 시도했지만 늘 그렇듯 이번에도 불가능했다. 그는 한숨을 내쉬고 최근 홀리 트리니티에서 벌어진 신성모독 사건에 대한 경찰 심리학자의 보고서에 시선을 던졌다. "……조각상…… 남근…… 인간의 배설물…… 데이미언 캐러스……" 빨간색으로 밑줄을 그어둔 단어들이었다. 적막 속에 희미하게 쌕쌕 숨소리를 내면서 그는 주술에 대한 학술자료로 손을 뻗어 클립으로 표시해두었던 페이지를 찾아 넘겼다

검은 미사…… 악마숭배의 한 형태로, 의식은 주로 (1)참가자들을

---

* 『거울 나라의 앨리스』에 나오는 난센스 시.

향한 악행의 권고("설교"), (2)악마와의 교접(악마의 음경이 늘 "얼음장같이 차가운 탓에" 고통스럽다고 알려짐) (3)더없이 성적인 상징 위주의 다양한 신성모독 행위로 이루어진다. 예를 들어, 예외적인 크기의 영성체 제병을 준비하고(밀가루, 배설물, 월경혈과 고름을 섞어 만든다), 가운데에 가느다란 틈을 내어 사제들의 격렬한 교접을 위한 인공 질로 사용한다. 교접중에는 성모마리아를 겁탈하거나, 아니면 그리스도를 비역질한다고 고함을 지른다. 의식의 또다른 예로, 예수상을 여성의 질 속에 삽입하고 항문에 제병을 끼우기도 하는데, 이때 사제들은 불경한 말을 외치며 여자를 비역질해 제병을 바순다. 실물 크기의 예수와 성모마리아 상 역시 의식에 자주 사용된다. 흔히 성모상은 방탕하고 헤픈 여자로 보이도록 칠하며, 추종자들이 빨고 음경을 삽입할 수 있도록 가슴과 질을 부착한다. 예수상은 발기한 음경을 달아 남녀 모두 구강성교를 하고, 여자의 질이나 남자의 항문에 삽입할 수 있다. 때로 성상 대신 실제 인간을 십자가에 매달아 동상 역할을 수행하게 한다. 이때 방사된 정액은 불경하게 축성된 성배에 담아 제병을 만드는 데 쓰이며, 그렇게 만든 영성체는 배설물로 덮인 제단에서 축성된다. 이는ㅡ

킨더먼은 페이지를 넘겨 제의살해를 다룬 문단에 밑줄 친 대목을 찾았다. 검지를 잘근잘근 씹으면서 천천히 읽어내려가던 그는 다 읽자 인상을 찌푸리며 고개를 젓다가 스탠드로 음울한 시선을 들었다. 불을 탁 끄고 사무실을 나섰다.

그는 시체공시소로 차를 몰았다.

접수대의 젊은 안내원은 햄과 치즈를 낀 호밀 샌드위치를 우적우적 먹으며 십자말풀이 종이에 떨어진 부스러기를 쓸어내고 있었다. 킨더먼이 그에게 다가갔다.

"데닝스." 반장이 쉰 목소리로 내뱉었다.

안내원이 고개를 끄덕였고, 가로 다섯 글자를 급히 채워넣고는 샌드위치를 손에 든 채 일어나 복도를 따라 내려갔다. "이쪽으로." 그가 짧게 말했다. 킨더먼은 모자를 들고 뒤따라갔다. 희미하게 풍기는 캐러웨이 씨와 겨자 냄새를 쫓아 칸칸이 늘어선 냉동보관함으로 이동했다. 초점 없는 눈을 가진 자들을 가지런히 정리해두는, 꿈이 존재하지 않는 방으로.

그들은 32번 보관함 앞에 멈춰 섰다. 무표정한 안내원이 보관함을 잡아당겨 뺐다. 그가 샌드위치를 물자 마요네즈가 묻은 빵껍질 조각이 회색으로 바랜 덮개에 사뿐히 떨어졌다. 킨더먼은 가만히 바라보다가 천천히 조심스럽게 시트를 걷었다. 앞서 보았지만 여전히 받아들이기 힘든 상태의 시신이 드러났다. 데닝스의 고개가 완전히 돌아가 얼굴이 아래를 향하고 있었다.

5장

　조지타운대학교 캠퍼스의 안온하고 푸르른 골짜기에 둘러싸여 데이미언 캐러스는 석탄재를 깐 타원형 운동장 트랙을 돌고 있었다. 카키색 반바지와 면 티셔츠는 치유의 땀으로 흠뻑 젖어 있었다. 앞쪽 언덕 위 천문대의 미색 돔이 그의 뜀박질 박자에 맞춰 맥박치고 등뒤로 의과대학 건물이 흙과 근심의 파편을 튀기며 멀어져갔다. 사제 업무에서 놓여난 후 그는 매일 이곳에 와서 수킬로미터를 뛰고 잠을 청했다. 그럭저럭 뜻대로 되었다. 피부에 깊이 새겨진 문신처럼 심장을 옥죄던 슬픔도 한결 옅어졌다. 지쳐서 쓰러지고 싶을 때까지 달리면 심장에 가해지는 악력이 한결 느슨해지고, 때로 사라지기까지 했다. 잠시나마.

　스무 바퀴.

　그래, 더 편안해질 거야. 훨씬 더. 두 바퀴 더.

힘찬 다리에 피가 몰리며 쿡쿡 쑤시고 기다란 근육이 수사자처럼 우아하게 물결쳤다. 캐러스가 쿵쿵거리며 코너를 따라 돌자 벤치에 앉아 있는 사람이 눈에 들어왔다. 수건과 후드 집업, 바지를 놓아둔 옆자리였다. 헐렁한 코트에 흐늘거리고 구깃구깃한 펠트모자를 쓴 통통한 중년 남자였다. 그를 지켜보고 있는 듯했다. 그런가? 맞군. 캐러스가 지나칠 때 남자의 시선이 좇아왔다.

성직자는 속도를 올렸다. 트랙을 힘차게 박차며 마지막 한 바퀴를 질주했다. 이윽고 속도를 줄여 벤치를 지나칠 즈음엔 숨이 차서 헐떡이며 걸었다. 쑤시는 양 옆구리에 주먹을 얹은 채 그쪽으로는 눈길도 주지 않았다. 단단한 가슴팍과 어깨가 들썩이며 티셔츠가 팽팽히 당겨질 때마다 앞면에 찍힌 '철학자들'이라는 글자가 일그러졌다. 여러 번 세탁해 검은 글자가 희미해져 있었다.

코트 차림의 사내가 일어나 그에게 다가왔다.

"캐러스 신부님?" 킨더먼 반장이 쉰 목소리로 불렀다.

사제가 몸을 돌려 간단히 고개를 끄덕였다. 햇살에 눈이 부셔 미간을 찌푸린 채 강력계 형사가 가까이 올 때까지 기다렸다가 다시 걷기 시작하면서 손짓했다. "괜찮죠? 가만있으면 쥐가 나서요." 그가 헐떡이며 말했다.

"그럼요." 고개를 끄덕이며 그렇게 대답하긴 했지만 형사는 코트 주머니에 양손을 넣은 채 열의 없이 주춤하는 목소리였다. 그로서는 주차장에서 걸어온 것만으로도 힘에 부쳤다.

"언제―만난 적이 있나요?" 예수회 신부가 물었다.

"아닙니다. 신부님. 전혀요. 하지만 사람들 말이 신부님이 권투 선수처럼 생겼다더군요. 기숙사에서 만난 어느 분이 그랬는데, 이름이 기억 안 나네요." 그러면서 지갑을 꺼냈다. "이름을 기억하는 데 영 젬병이어서요."

"성함이?"

"윌리엄 킨더먼 반장입니다, 신부님." 그가 지갑 안의 신분증을 내보였다. "강력계죠."

"그래요?" 캐러스는 소년처럼 호기심을 반짝거리며 배지와 신분증을 살폈다. 벌겋게 달아올라 땀이 흐르는 얼굴로 형사를 돌아보는 그는 아무것도 모르는 진지한 표정이었다. "무슨 용무이신가요?"

"그런데, 정말이네요." 예수회 신부의 울툭불툭한 이목구비를 뜯어보던 킨더먼이 느닷없이 깨달았다는 듯 대답했다. "진짜네요. 정말로 권투선수처럼 생기셨어요. 실례지만 그 흉터, 눈두덩에 있는 거요." 그가 손으로 가리켰다. "〈워터프런트〉의 말런 브랜도랑 비슷한데요. 네, 말런 브랜도와 거의 똑같네요! 그 영화에서 흉터가 있었잖아요." 그가 한쪽 눈꼬리를 손으로 내리며 흉내냈다. "그 사람 눈을 반쯤 감은 것처럼 보여서 늘 꿈꾸는 분위기를 풍기죠. 약간 슬퍼 보이기도 하고. 어, 딱 신부님이에요." 그가 결론을 내렸다. "브랜도하고 꼭 닮았어요. 그런 얘기 자주 들으시죠?"

"사람들이 형사님한테는 폴 뉴먼처럼 생겼다고 하나보죠?"

"늘 듣죠. 진짜라니까요. 이 몸이 주체를 못해서 폴 뉴먼이 불쑥

불쑥 튀어나오지 뭡니까. 그뿐이게요. 클라크 게이블을 닮은 구석
도 있답니다."

짐짓 미소 지으며 캐러스는 슬쩍 고개를 젓고 시선을 돌렸다.

"권투를 하셨었나보죠?" 형사가 물었다.

"네, 조금."

"어디서요? 대학에서요? 이 동네에서요?"

"아뇨, 뉴욕에 있을 때요."

"아, 그럴 줄 알았다니까! 골든글러브스! 맞죠?"

"자리 까셔도 되겠네요." 캐러스가 곁눈으로 그를 보며 미소 지
었다. "그런데 무슨 일로 찾아오셨나요?"

"좀 천천히 걷죠." 형사가 목을 가리켰다. "폐기종이 있어서."

"이런, 죄송합니다. 네, 그럼요."

"담배를 피우십니까?"

"네, 피웁니다."

"끊으세요."

"그래, 용건이 뭡니까? 본론을 얘기하시죠."

"네, 그래야죠. 얘기가 딴 데로 샜군요. 그나저나 지금 바쁘십니
까? 제가 방해라도?"

캐러스는 당황스러운 미소를 띤 눈으로 킨더먼을 다시 흘낏 보
았다. "방해라뇨?"

"혹시 마음기도 중이신가 해서요."

"정말로 족집게시네요."

"신부님, 무슨 그런 말씀을. 제가 워낙 둔한 인간인지라."

캐러스가 고개를 저었다. "제가 보기엔 그 반대 같군요."

"무슨 뜻인가요, 신부님? 무슨?"

킨더먼은 걸음을 멈추고 한껏 영문을 모르겠다는 시늉을 하다가, 눈가에 잔주름이 잡히며 웃는 신부의 눈을 보고는 고개를 떨구고 유감스럽다는 듯 낄낄 웃었다. "아, 이런, 그렇죠…… 정신과의 사시니까. 속일 사람이 따로 있지. 그러니까, 이게 워낙 습관이 돼 놔서요, 신부님. 과장된 감상주의―그게 킨더먼식 방법이랍니다. 네, 이제 그만하고 본론을 말씀드리죠."

"신성모독 때문이군요." 캐러스가 말했다.

"이러니 제가 쓸데없는 짓을 했다는 겁니다." 형사가 나직이 말했다.

"죄송합니다."

"아닙니다, 신부님. 그럴 만한 짓을 했으니까요. 네, 성당 일로 왔습니다." 그가 확인해주었다. "맞습니다. 다만, 그것 말고도 용건이 더 있긴 하죠."

"살인사건 말입니까?"

"네, 또 한 방 맞았습니다, 캐러스 신부님. 아주 재미있네요."

캐러스가 어깨를 으쓱했다. "아니, 강력계잖습니까."

"아, 그랬죠, 말런 브랜도 씨. 신부치고 너무 영민하다는 말을 듣지 않으십니까?"

"오, 메아 쿨파(내 탓이로소이다)." 캐러스가 중얼거렸다. 그는 여전히 미소를 띠고 있었지만 자신이 혹시라도 형사의 자존심을 깎아내렸을까봐 후회가 되었다. 그럴 의도는 없었다. 그리고 이제 기회다 싶어 어리둥절한 척했다. "두 사건이 무슨 연관이 있나요?" 조심스레 이마를 찌푸리며 말했다. "잘 모르겠군요."

킨더먼이 성직자에게 바짝 얼굴을 들이댔다. "저, 신부님, 이 일을 둘 사이의 비밀로 해주실 수 있죠? 극비입니다. 그러니까, 고해성사처럼요."

"그럼요, 물론이죠. 무슨 일인데요?" 캐러스가 대답했다.

"이곳에서 영화 촬영하던 감독 아시죠? 버크 데닝스라고."

"네, 본 적 있습니다."

"그러시군요." 형사가 고개를 끄덕이며 말했다. "그럼 어떻게 죽었는지도 아시겠네요?"

캐러스가 어깨를 으쓱했다. "신문에……"

"그건 일부에 불과하답니다."

"그래요?"

"네, 일부죠. 극히 일부요. 주술에 대해 잘 아시죠?"

캐러스가 당혹스러워하며 얼굴을 찌푸렸다. "네?"

"자, 잠시만요. 지금부터 차근차근 말씀드릴게요."

"그러시죠."

"그건 그렇고, 일단 주술―잘 아시죠? 의식이라는 측면에서 하는 얘기입니다. 마녀사냥이 아니라."

캐러스가 미소 지었다. "네, 언젠가 논문을 쓴 적이 있습니다. 정신의학적 측면에서."

"그래요? 잘됐군요! 훌륭해요! 아주 재수가 좋네요. 브랜도 신부님, 제 생각보다 큰 도움을 주시겠어요. 그러니까 말이죠……" 그는 손을 뻗어 신부의 팔을 잡고 코너를 돌아 벤치로 향했다. "자, 저는 문외한입니다. 교육도 신통치 못하죠. 그러니까 정규교육 말입니다. 읽는 법이야 알죠. 사람들이 자수성가한 사람을 뭐라고 부르는지도 압니다. 미숙련 노동의 끔찍한 예라고들 하죠. 하지만 단적으로 말하자면, 저는 부끄럽지 않습니다. 전혀, 저는―" 느닷없이 그가 말을 뚝 끊더니 시선을 떨구고 고개를 저었다. "이놈의 감상주의." 그가 중얼거렸다. "저도 모르게 튀어나오네요." 그리고 고개를 들었다. "용서해주십시오. 바쁘신 분인데."

"네, 마음기도 중이죠."

예수회 신부의 무미건조한 말투에 형사는 우뚝 멈춰 섰다. "농담이시죠?" 그러고는 자답했다. "아니겠죠." 그는 다시 앞을 보며 함께 걸어갔다. "본론으로 들어가죠. 신성모독, 그게 주술과 연관이 있습니까?"

"어쩌면요. 검은 미사에서 일부 의식이 쓰이니까요."

"에이 플러스. 이제 데닝스입니다―그가 어떻게 죽었는지는 신문에서 보셨죠?"

"네, '히치콕 계단'*에서 굴러떨어졌다죠."

---

* 앨프리드 히치콕의 영화 〈39계단〉에 빗댄 표현.

"음, 사실을 말씀드리죠. 이건 정말로 극비입니다!"

"물론이죠."

형사가 불현듯 괴로운 표정을 지었다. 캐러스가 벤치에 앉을 기미를 보이지 않았기 때문이다. 그가 걸음을 멈추자 신부도 덩달아 멈춰 섰다.

"괜찮으시면?" 그가 애원조로 물었다.

"네?"

"잠시 쉬면 안 되겠습니까? 앉아서."

"오, 되고말고요." 그들은 벤치로 되돌아갔다.

"다리에 쥐가 나지 않으시겠어요?"

"아뇨, 이제 괜찮습니다."

"정말요?"

"네, 그럼요."

킨더먼은 삭신이 쑤시는 덩치를 벤치에 앉히며 만족스레 긴 한숨을 내쉬었다. "아, 이제 살겠네." 그가 말했다. "인생이 항상 『한낮의 어둠』 같을 순 없죠."

"자, 말해보시죠. 버크 데닝스가 어떻다는 겁니까?"

형사는 구두코를 내려다보았다. "아, 그렇죠. 버크 데닝스, 버크 데닝스, 버크 데닝스……" 그는 고개를 들어 캐러스를 돌아보았다. 신부는 수건 귀퉁이로 이마를 훔치고 있었다. "신부님, 버크 데닝스는 정확히 일곱시 오분 계단 아래서 발견되었습니다. 고개가 완전히 돌아가 얼굴이 뒤쪽을 향하고 있었죠."

야구장 내야에서 성마른 고함이 간간이 바람에 실려왔다. 대학 팀이 연습중이었다. 캐러스는 수건을 내리고 반장의 단호한 시선을 맞받았다. "추락사가 아니군요?"

킨더먼이 어깨를 으쓱했다. "물론 가능하긴 합니다만," 그가 말했다.

"희박하겠죠." 캐러스가 생각에 잠긴 채 마저 말을 맺었다.

"혹시 주술에 그런 대목이 있습니까?"

수심에 잠겨 먼 곳을 응시하며 캐러스가 킨더먼의 옆자리에 앉았다. "악마가 마녀의 목을 그런 식으로 부러뜨리죠." 그가 고개를 돌려 형사를 보았다. "적어도 미신에 따르면."

"미신?"

"그래요." 신부가 대답했다. "사람들이 그런 식으로 죽는 것 같더군요—변절하거나 비밀을 누설한 마녀집회의 일원이랄지." 그의 시선이 딴 곳을 향했다. "저도 모릅니다. 어디까지나 추측이죠." 그가 다시 형사를 보았다. "하지만 그게 악마의 암살자가 남기는 표식이라는 건 압니다."

"바로 그겁니다, 캐러스 신부님. 정확해요! 전 런던에서 벌어졌던 살인사건과의 연계성을 떠올렸죠. 제 말은, 그게 최근이라는 겁니다. 신부님. 불과 사오 년 전 일이죠. 신문에서 기사를 본 기억이 나더군요."

"네, 저도 봤습니다. 하지만 결국 사기극으로 드러났던 거 같은데요."

"네, 맞습니다. 하지만 이 사건에서는 적어도 교회 일과 관계있지 않을까요? 누군가 미쳤을 수도 있고, 아니면 성당에 원한을 품었을 수도 있죠. 어쩌면 일종의 무의식적 모반일지도 모르고요."

구부정하니 허리를 숙이고 양손을 모아쥔 신부가 고개를 돌려 형사를 살피는 눈초리로 쳐다보았다. "무슨 얘기를 하려는 겁니까? 정신이상자 사제, 뭐 그런 거요?" 그가 말했다. "형사님이 의심하는 게 그겁니까?"

"정신과의사는 신부님이시잖습니까. 신부님이 저한테 말씀해주셔야죠."

캐러스가 고개를 돌려 딴 곳을 보았다. "음, 물론 신성모독은 명백히 병적입니다." 그가 곰곰이 생각했다. "그리고 데닝스가 살해당했다면―글쎄요, 살인자 역시 병적이라고 생각됩니다."

"주술에 대한 지식도 있어야겠죠?"

골똘한 상태로 캐러스가 고개를 끄덕였다. "네, 아마도요."

"그럼 조건에 맞는 사람으로 누가 있을까요? 또한 근방에 살면서 밤중에 성당에 접근이 가능한 사람이라면?"

캐러스가 고개를 돌려 킨더먼의 시선을 맞받았다. 방망이가 공을 때리는 딱 소리가 들리자 고개를 돌려 키가 멀쑥한 우익수가 공을 잡는 광경을 지켜보았다. "정신이상인 사제라." 그가 중얼거렸다. "아마도 그렇겠죠."

"들어보세요. 신부님께 어려운 일이라는 건 압니다. 이해하고도 남죠. 하지만 이곳 캠퍼스의 신부님들 중 정신과의사는 신부님뿐이잖습니까?"

캐러스가 그에게로 고개를 돌렸다. "아뇨, 저는 얼마 전에 보직이 변경되었습니다."

"오, 그렇습니까? 학기중인데?"

"인사명령이 내려왔죠."

"그래도 사건 당시 누가 정신이상이었는지 아니었는지는 아실 것 아닙니까, 네? 제 말은, 그런 쪽으로 말입니다. 아실 텐데요."

"아뇨, 꼭 그렇지도 않습니다, 반장님. 전혀 아는 바가 없습니다. 사실 안다고 해도, 어쩌다 우연히 알게 된 거겠죠. 저는 정신분석의가 아닙니다. 어디까지나 상담을 해줄 뿐이죠. 게다가 그런 조건에 들어맞는 사람은 전혀 모르겠군요."

킨더먼이 턱을 치켜들었다. "아, 그렇죠." 그가 말했다. "의료윤리. 안다고 해도 말할 수 없겠군요."

"아니, 모릅니다."

"그건 그렇고—그냥 지나가는 말입니다—최근엔 이 의료윤리라는 게 불법으로 간주된답니다. 하찮은 일로 귀찮게 해드리고 싶진 않습니다만, 얼마 전 캘리포니아의 정신과의사가 환자에 대해 묵비권을 행사한 덕분에 수감된 적이 있었죠."

"협박하는 겁니까?"

"뭘 또 그렇게 과민하게 반응하십니까. 지나가는 말이라고 했잖습니까."

캐러스가 자리에서 일어나 형사를 내려다보았다.

"저야 언제든 판사에게 고해성사이니 말할 수 없다고 하면 그만입니다." 그가 빈정대고는 덧붙였다. "단적으로 말하자면, 그렇다는 겁니다."

형사가 음울하게 그를 보았다. "일하러 가시는 겁니까, 신부님?" 그렇게 묻고는 야구 연습장을 바라보았다. "'신부'? 무슨 '신부'요?" 그가 쌕쌕거렸다. "신부님은 유대인이죠. 그 사실을 무시하려 하는데, 제가 한마디하자면, 이건 좀 지나친 것 아닌가요?"

벤치에서 일어난 캐러스가 낄낄 웃었다.

"네, 웃으십쇼." 형사가 눈을 부릅뜨고 캐러스를 올려다보며 말했다. "맘껏 웃으세요." 하지만 이윽고 반장도 씩 웃었다. 캐러스를 올려다보는 그는 스스로 흡족해 짓궂은 얼굴을 하고 있었다. "그러고 보니, 떠오르는 게 있네요. 경찰 지원시험 얘기입니다. 시험을 보는데, 문제 하나가 이런 식이었죠. '랍비의 정의를 쓰고, 그들을 위해 무엇을 할 것인지 기술하라.' 그런데 누가 답을 이렇게 썼답니다. '랍비는 유대인 사제다. 그들을 위해서라면 무엇이든 하겠다.'" 킨더먼이 한 손을 들어 보였다. "정말이라니까요! 신께 맹세코 정말로 그랬어요."

캐러스가 그를 보며 따스하게 미소 지었다. "가시죠, 차까지 모셔다드리겠습니다. 주차장에 세웠나요?"

형사는 머뭇거리며 그를 올려다보았다. "이게 끝입니까?" 그가 실망스러워하며 물었다.

신부가 벤치에 한 발을 올려놓고 무릎에 팔뚝을 얹고 상체를 숙였다. "저는 정말로 숨기는 게 없답니다. 형사님이 지금 찾고 있는 사제를 알고 있었다면, 이름을 대지는 못해도 그런 사람이 있다는 사실 정도는 말씀드릴 수 있었겠죠. 그런 다음 관구장에게 보고하고요. 하지만 지금으로선 그 비슷한 사람도 모른답니다."

"아." 킨더먼이 코트 주머니에 양손을 쑤셔넣고 시선을 떨군 채 말했다. "애초에 사제라고 생각하지도 않았습니다." 그가 고개를 들고 턱짓으로 캠퍼스 아래쪽 주차장을 가리켰다. "차는 저쪽에 있습니다." 두 사람은 캠퍼스의 주요 건물들을 향해 난 길을 걸어갔다. "저도 의심 가는 게 있긴 합니다. 하지만 입 밖에 내봤자 신부님이 저를 미친놈이라고 욕하기밖에 더하겠습니까. 모르겠습니다." 그가 고개를 저었다. "정말로 모르겠습니다. 아무 이유 없이 사람을 죽이는 이놈의 클럽이니 사이비종교 집단들이니—오만 가지 생각이 들죠. 요즘 세상을 따라잡으려면, 살짝 머리가 돌지 않고서야 어디 가당키나 하겠습니까?" 그가 한탄하고는 캐러스를 돌아보았다. "셔츠에 그건 뭐죠?" 형사가 턱짓으로 신부의 가슴팍을 가리키며 물었다.

"네?"

"티셔츠에. 거기 쓰인 거요. '철학자들'이라고. 그게 뭐죠?"

"아, 전에 메릴랜드의 우드스톡 신학교에서 일 년간 몇 과목을 들었죠. 저학년 야구팀에서 뛰었는데, 팀명이 '철학자들'이었어요."

"아, 그렇군요. 그럼 고학년 팀은요?"

"신학자들."

엷은 미소를 띠며 형사가 길로 시선을 떨구었다. "신학자들 3, 철학자들 2." 그가 중얼거렸다.

"아뇨, 철학자들이 3이고, 신학자들이 2였죠."

"아, 그렇죠. 그 얘기를 하려던 거였답니다."

"그러시겠죠."

"이상한 일이죠." 형사가 생각에 잠겨 말했다. "너무 희한해요. 이봐요, 신부님." 그가 캐러스에게로 고개를 돌렸다. "의사 선생님. 내가 미친 겁니까? 아니면 여기 워싱턴 D.C.에 마녀집회가 있는 겁니까? 지금 이 시대에."

"오, 이런." 캐러스가 비웃었다.

"아하! 있다는 말씀이군요!"

"뭐라고요? 어떻게 그 뜻이 되죠?"

"좋아요, 이번엔 내가 의사 역이 돼보죠." 기회를 놓칠세라 냉큼 잡아채듯 형사가 선언하며 검지로 허공을 찔러댔다. "신부님은 부인하지 않고 또다시 젠체하는군요. 그건 방어적인 태도죠. 속아넘어간 것으로 보일까봐요. 이성의 시대가 육신으로 거듭나 지금 당신 옆에서 걷고 있는 듯한 이 합리주의자 킨더먼 앞에서 미신을 인정하는 꼴이니까요! 좋습니다. 제 눈을 똑바로 보고 아니라고 말해보시죠! 자, 어서요! 못하시겠죠!"

고개를 돌려 형사를 보는 캐러스의 눈에는 커져가는 추측과 존경이 담겨 있었다. "아니, 거참 눈치가 빠르시네요." 그가 말했다. "아주 훌륭해요."

"음, 그건 됐습니다." 킨더먼이 말했다. "대신 다시 한번 묻죠. 이곳 워싱턴에 마녀집회가 있다고 보십니까?"

캐러스가 생각에 잠긴 눈으로 길 쪽으로 시선을 돌렸다. "글쎄요. 정말로 모르겠습니다만, 유럽엔 아직 검은 미사를 올리는 곳이 있다더군요."

"현대에요?"

"현대에요. 사실 유럽에서 사탄 숭배의 중심지는 튀르키예, 이탈리아입니다. 기이하죠."

"왜죠?"

"그리스도의 수의가 보관된 곳이니까요."

"옛날식 악마숭배를 말하는 겁니까? 저도 그런 것들에 대해 읽어보긴 했습니다. 섹스니 조각상이니 하는 별의별 것들. 신부님을 괴롭힐 생각은 없지만, 정말로 그런 짓들을 하나요? 진짜입니까?"

"저도 모릅니다."

"신부님, 의견은 있을 거 아닙니까. 괜찮아요. 제가 몰래 녹음하는 것도 아니고."

캐러스는 시큰둥하니 삐딱한 미소를 지어 보이고는 다시 길 쪽으로 시선을 돌렸다. "그럼, 좋습니다. 전 사실이라고 생각합니다. 아니, 추측한다고 해야겠죠. 제 추론의 대부분은 병리학에 근거하고 있어요. 네, 검은 미사는 존재합니다. 하지만 그런 짓을 하는 자들은 정신장애가 있는 자들입니다. 그것도 아주 별난 방식으로요. 사실 그런 종류의 장애를 부르는 임상 용어도 있습니다. 악마주의라는 개념인데, 신성모독 행위가 아니면 성적 쾌락을 느낄 수 없는 사람들을 가리키죠. 그리고 제가 보기엔—"

"어디까지나 '추측'이라는 말씀이시죠."

"네, 검은 미사는 정당화를 위한 구실일 뿐이었습니다."

"현재도."

"과거에도 현재도."

"과거에도 현재도." 형사가 건조하게 따라 말했다. "그런 사람을 가리키는 정신의학 용어가 있습니까?"

"캐러스마니아." 신부가 미소 지으며 말했다.

"감사합니다. 낯설고 이국적인 것에 대해서라면 저도 방대한 지식을 뽐냅니다만, 이 분야만은 공식적으로 공백 상태라서요. 그나저나 죄송하지만, 예수와 마리아 상 얘기는요?"

"그게 뭐요?"

"그것도 사실입니까?"

"경찰이시니 흥미로운 얘길 하나 들려드리죠." 학자적 관심이 동한 예수회 신부는 은연히 활기를 띠었다. "아직도 파리 경찰이 보유중인 사건 기록인데, 인근 수도원의 수사 두 명이 관련됐죠—그게 그러니까……" 그가 기억을 더듬으며 뒤통수를 긁적였다. "네, 크레피에 있는 사원이었을 겁니다." 마침내 그가 떠올리고는 어깨를 으쓱했다. "음, 어디가 됐든 그 인근이었어요. 아무튼 수사들이 여인숙에 와서 삼인실을 달라고 생떼를 썼죠. 두 사람에다 그들이 가져온 등신대의 성모마리아 상까지 쳐서요."

"아이고, 망측해라." 킨더먼이 숨을 내쉬었다.

"엄연한 사실입니다. 그러니 반장님이 읽은 내용 역시 사실에 근거하고 있을 겁니다."

"음, 섹스라면 그런 일도 있을 수 있겠죠. 제가 읽은 건 전혀 다른 이야기였지만. 신경쓰지 마십시오. 하지만 제의살인은 어떻습니까? 그것도 사실인가요? 속시원히 얘기 좀 해주세요! 신생아의 피를 이용하기도 한다던데요?" 형사는 주술 관련 서적에서 읽은 내용을 언급하고 있었다. 제명 사제가 검은 미사에서 때때로 신생아의 팔목을 베어 피를 성배에 담은 다음 나중에 축성하고 영성체의 형식으로 봉헌한다는 내용이었다. "옛날에 사람들이 유대인에 대해 하던 얘기들하고 똑같더군요." 형사가 말을 계속 이었다. "유대인들이 기독교인의 아기를 훔쳐 피를 마신다는 것 말이죠. 죄송합니다. 하지만 전부 신부님 동포들한테 들은 얘기랍니다."

"그렇다면, 제가 사과를 드려야겠군요."

"가거라. 그리고 이제부터 다시는 죄짓지 마라.* 죄 사함을 받았느니라."

순간적으로 되살아난 고통의 그늘처럼, 어둡고 슬픈 무언가가 신부의 멍한 눈에 번득였다. 그가 고개를 돌려 앞을 보았다. "네, 그래요."

"무슨 얘기를 하던 중이셨죠?"

---

* 요한복음서 8장 11절.

"제의살인에 대해선 아는 게 없습니다." 캐러스가 말했다. "전혀요. 하지만 언젠가 스위스의 산파 하나가 검은 미사에 쓰려고 삼사십 명의 아기를 죽였다고 고백한 적은 있습니다. 어쩌면 고문 때문에 그런 소리를 했는지도 모르죠." 그가 어깨를 으쓱하며 정정했다. "그래도 이야기 자체는 꽤 신빙성이 있더군요. 소매 안에 숨기고 있던 길고 가느다란 바늘을 아기를 건넬 때 얼른 정수리에 찔러넣었다 빼는 식이었답니다. 흔적도 없이요." 캐러스가 킨더먼을 흘긋 보며 말했다. "그러면 사산아처럼 보이죠. 유럽의 가톨릭 신자들이 산파에 대해 편견을 가졌었다는 얘기는 들어보셨을 겁니다. 음, 그런 데서 연유한 거죠."

"끔찍한 얘기로군요."

"네, 현시대는 정신이상에 대한 제어장치가 없답니다. 하지만—"

"잠깐, 잠깐만요!" 형사가 끼어들었다. "그 이야기들—고문에 못 이겨 한 이야기들일 거라고 하셨죠? 맞죠? 그렇다면 기본적으로 개연성이 떨어집니다. 그들이 자술서에 서명하고 나면 나중에 거물이나 혐오자들이 내용을 채워넣었으니까요. 제 말은, 당시엔 인신보호법이 없었잖습니까? '내 백성을 내보내라'* 같은 성경 말씀은 고사하고."

"맞습니다. 하지만 자발적인 진술도 적지 않았습니다."

"누가 그런 걸 자발적으로 하겠습니까?"

---

* 출애굽기 5장 1절.

"정신이상자라면 불가능할 것도 없죠."

"아하, 대단한 증언들이군요!"

"아무래도 반장님 말이 맞겠죠. 저는 어디까지나 논의를 진척시키기 위해 반대 입장을 말하고 있는 것뿐입니다."

"능수능란하신데요."

"그래도 우리가 이따금 놓치는 사실이 하나 있습니다. 그런 짓을 했다고 자백하는 정신병자들이 충분히 그런 짓을 저지를 수도 있다는 겁니다. 예를 들어 늑대인간 미신을 보자고요. 물론 말도 안 되는 소리죠. 그 누구도 늑대로 변할 수는 없으니까. 하지만 정신이상자가 스스로를 늑대인간으로 생각할 뿐 아니라 그렇게 행동한다면?"

"이건 가설입니까, 아니면 사실?"

"사실입니다. 빌헬름 슈툼프라는 사람이 있었습니다. 아니, 이름이 카를이었나. 기억이 안 나네요. 어쨌든 16세기 독일인인데, 자기를 늑대인간이라고 여기고 아이를 이삼십 명 죽였어요."

"그러니까 그가 그렇게 자백했다는 뜻이죠?"

"네, 그래요. 하지만 그의 자백은 근거가 있었죠. 잡혔을 때 어린 며느리 둘의 뇌를 먹고 있었으니까요."

온화한 햇살이 가득한 청명한 4월, 야구장에서 왁자지껄한 목소리와 방망이가 공을 때리는 소리가 아련히 들려왔다. "야, 프라이스, 잡아! 달려, 어서 달려!"

주차장에 들어선 두 사람은 잠시나마 잠자코 걸어갔다. 순찰차에 다다르자 킨더먼이 침통하고 우울한 얼굴로 성직자를 돌아보았다. "도대체 제가 찾는 게 뭡니까, 신부님?" 그가 물었다.

"마약중독인 미치광이." 캐러스가 대답했다.

형사는 보도를 내려다보며 잠시 생각하더니 묵묵히 고개를 끄덕였다. "신부님 말이 맞습니다. 네, 그렇겠죠." 고개를 든 그는 기분 좋은 얼굴이었다. "어디로 가시죠? 태워드릴까요?"

"괜찮습니다, 반장님. 조금만 걸으면 됩니다."

"그런 건 개의치 마세요! 한번 타보셔야죠!" 캐러스에게 뒷좌석에 타라고 몸짓했다. "그래야 친구들한테 경찰차를 타봤다고 자랑하죠. 제가 그 내용으로 증명서도 써드릴게요. 그럼 부러워할걸요. 자, 어서요."

서글픈 미소를 띠고 고개를 끄덕이며 신부가 말했다. "그러죠." 그가 뒷좌석에 미끄러져들어가자 형사도 반대쪽에서 낑낑거리며 옆자리에 올라탔다. "잘 생각하셨습니다." 형사가 살짝 밭은 숨을 몰아쉬며 말했다. "이러나저러나 걸어갈 만큼 가까운 거리란 세상에 없답니다. 절대로 없어요." 그러고는 운전석의 경찰에게 몸을 돌려 말했다. "아반티(앞으로)!"

"어디로 모실까요, 반장님?"

"36번가와 프로스펙트 스트리트 중간쯤이 만나는 곳으로 가. 도로 왼편에 세우고."

경찰이 고개를 끄덕이고 후진해 차를 빼자 캐러스는 다소 의아해하는 얼굴로 형사를 보았다. "제가 지내는 곳을 어떻게 아십니까?"

"예수회 기숙사 아닙니까? 신부님은 예수회 소속이시죠?"

캐러스는 고개를 돌려 앞유리창 밖을 내다보았다. 순찰차가 천천히 캠퍼스 정문으로 나아갔다. "네, 그렇죠." 그가 조용히 말했다. 상담하러 오던 사람들이 계속 찾아올까 싶어 홀리 트리니티 뜰에서 기숙사로 거처를 옮긴 지 며칠 되지 않았다.

"영화 좋아하시나요, 캐러스 신부님?"

"좋아합니다."

"폴 스코필드가 주연한 〈리어 왕〉은 보셨나요?"

"아뇨, 아직."

"전 봤습니다. 이용권이 몇 장 있어서요."

"그래요."

"명작들을 볼 수 있는 이용권이 있는데도 킨더먼 부인은 초저녁부터 피곤하다며 마다한답니다."

"안됐군요."

"네, 혼자 영화 보기는 싫은데. 저는 영화를 보고 나서 같이 얘기하기를 좋아한답니다. 토론하고, 비평하고."

캐러스는 잠자코 고개를 끄덕이고는 크고 강인한 자신의 손을 내려다보았다. 양손을 맞잡아 다리 사이에 끼우고 있었다. 잠시 침묵이 흘렀다. 이윽고 킨더먼이 곰곰이 생각에 잠긴 목소리로 물었다. "언제 한번 저와 영화 보러 가시죠? 무료랍니다."

"네, 이용권이 있다고 하셨죠."

"가실래요?"

"엘우드 P. 다우드가 〈하비〉*에서 이렇게 말했죠. 언제요?"

"오, 전화드리죠!" 형사가 활짝 웃었다.

"좋습니다."

캠퍼스 정문을 빠져나온 순찰차는 프로스펙트 스트리트 우측을 따라 가다가 좌측의 기숙사 앞에 멈춰 섰다. 캐러스는 차문을 열고 형사를 돌아보았다. "태워줘서 고맙습니다." 차에서 내려 문을 닫고 열린 차창에 양팔을 올리고 말했다. "별 도움이 못 돼서 미안하군요."

"아닙니다. 큰 도움이 된걸요." 형사가 말했다. "고맙습니다. 조만간 전화드릴 테니 영화 보러 가시죠. 빈말 아니에요."

"기대하죠." 캐러스가 말했다. "잘 들어가세요."

"신부님도요."

캐러스가 차체에서 몸을 일으키고는 돌아서서 멀어져가는데 그를 부르는 소리가 들렸다. "신부님, 잠깐만요!"

캐러스가 돌아서니 킨더먼이 차에서 내려 그에게 돌아오라고 손짓했다. 캐러스와 킨더먼은 인도에서 마주했다. "깜박했지 뭡니까." 형사가 말했다. "카드에 대해 물어본다는 걸 완전히 까먹었네요. 라틴어로 글귀가 적혀 있었다는 카드 있죠? 성당에서 발견됐다는."

"네, 제대용 판지요."

"아무튼, 그게 아직 있습니까?"

---

* 1950년 제임스 스튜어트가 주연한 영화.

"제 방에요. 라틴어를 풀이하고 있었는데 이제 끝났습니다. 필요합니까?

"뭔가 있을 수도 있으니까, 네. 제가 가져가도 되겠죠?"

"그럼요. 잠시만 기다리세요. 가져올 테니."

"그래주시면 고맙죠."

킨더먼이 순찰차에 등을 기대고 기다리는 사이, 예수회 신부는 서둘러 1층 방으로 가서 제대용 판지를 찾아 마닐라 봉투에 넣고 거리로 나와 킨더먼에게 건넸다.

"여기요."

"감사합니다." 킨더먼이 정밀조사를 위해 봉투를 들었다. "지문이 남았을 수도 있죠." 그러다 고개를 들어 뒤늦게 경악한 얼굴로 캐러스를 보았다. "아이고! 신부님도 만지작거렸겠군요. 커크 더글러스가 〈형사 이야기〉에서 그러듯이? 장갑도 없이, 맨손으로?"

"혐의를 인정합니다."

"아무 해명 없이 덮어놓고 그러시다니." 킨더먼이 투덜거렸다. 고개를 젓고 캐러스를 우울하게 바라보며 덧붙였다. "신부님은 브라운 신부가 아니라고요. 괜찮습니다. 저희가 뭐라도 찾아낼 수 있을 테니." 그가 봉투를 집어들었다. "어찌됐든 이걸 연구했다는 말씀이죠?"

캐러스가 고개를 끄덕였다. "네, 그랬죠."

"그래서 결론은요? 제가 숨죽이고 기다리잖습니까."

"글쎄요." 캐러스가 그에게 말했다. "다만 동기가 뭐였든 간에—아마 가톨릭에 대한 증오겠죠. 누가 알겠어요? 하지만 확실한 건 이런 짓을 한 남자는 정신장애가 심각하다는 겁니다."

"어떻게 남자라는 걸 알죠?"

캐러스가 어깨를 으쓱하며 시선을 돌렸다. 그리고 포석도로를 덜컹거리며 지나가는 군터 맥주 트럭을 좇았다. "글쎄, 음, 모르겠네요."

"십대 망나니들의 소행은 아닙니까?"

"네, 그건 아닙니다." 캐러스가 다시 킨더먼을 보았다. "이건 라틴어입니다."

"라틴어? 아, 제대용 판지에 쓰인 글 말이군요."

"네, 흠잡을 데 없는 라틴어죠. 아니, 그 이상이에요. 굉장히 개성이 뚜렷한, 확고한 문체입니다."

"그래서요?"

"그겁니다. 이걸 쓴 사람이 누구든 라틴어로 사고할 수 있는 것 같습니다."

"신부님들도 그런가요?"

"또 이러깁니까?" 캐러스가 비웃었다.

"그냥 대답만 해주시면 된다니까요, 피해망상증 신부님."

캐러스가 킨더먼에게로 시선을 돌려 잠시 바라보다가 인정했다. "네, 그래요. 훈련과정 중에 그런 게 있습니다. 적어도 예수회나 아마 다른 몇몇 수도회도 그렇게 합니다. 메릴랜드주의 우드스톡 신학교에선 철학 과목을 라틴어로 가르치죠."

"왜 그렇게 하죠?"

"사고의 정확성을 위해서요. 영어로는 다루기 어려운 뉘앙스와 미묘한 차이를 표현해주니까요."

"아, 알겠습니다."

문득 신부의 표정이 심각해지며 진지한 눈빛을 띠더니 형사 쪽으로 얼굴을 가까이 가져갔다. "이봐요, 반장님, 정말로 범인이 누군지 말해드릴까요?"

관심이 쏠린 형사가 미간을 찡그렸다.

"네, 누구죠?"

"도미니크회 수도사들이에요. 그자들을 잡아들여요."

캐러스가 미소 지었다. 그러고는 몸을 돌려 걸어가자 형사가 등 뒤에 대고 외쳤다. "아까 한 말은 거짓말이었어요! 신부님은 살 미네오 닮았어요!"

캐러스는 돌아보고 씩 웃으며 손을 흔들더니 기숙사 문을 열고 들어가버렸다. 바깥 인도에 꼼짝 않고 서서 그 모습을 가늠하듯 지켜보던 형사가 중얼거렸다. "물속에 집어넣은 소리굽쇠처럼 웅얼거리는군." 그러고서도 몇 초 동안 기숙사 현관문을 골똘히 바라보았다. 돌연 몸을 돌려 순찰차 오른쪽 차문을 열고 조수석에 올라 경찰에게 말했다. "본부로. 빨리. 교통법규 무시하고 가."

캐러스의 새 방은 세간이 단출했다. 한쪽 벽의 붙박이 책장, 싱글침대, 안락의자 두 개, 일자형 등받이 나무의자와 책상. 책상에는 어머니의 젊은 시절 사진이 놓였고, 침대 머리맡 벽에는 청동색으로 칠해진 금속 십자가가 조용히 꾸짖듯 걸려 있었다. 좁은 방이지만 캐러스에게는 충분하고도 남았다. 소유에는 별 관심이 없었다. 다만 지금 가진 것들을 정갈하게 유지하고 싶었다.

그는 샤워하며 때를 문지르고 흰색 티셔츠와 카키색 바지를 입은 다음, 저녁식사를 하러 한가로이 사제 식당으로 향했다. 그곳에서 분홍빛 뺨의 다이어를 발견했다. 스누피 그림이 바랜 스웨트셔츠를 걸치고 구석진 자리에 홀로 앉아 있었다. 캐러스가 그에게 다가갔다.

"안녕하세요, 데이미언."

"안녕, 조."

의자 앞에 서서 캐러스는 성호를 긋고 눈을 감고 재빨리 감사기도를 달싹였다. 그러고는 자리에 앉아 무릎에 냅킨을 깔았다.

"빈둥거리며 지내는 건 할 만합니까?" 다이어가 물었다.

"무슨 소리? 나도 일한다고."

"주당 강의 하나 말입니까?"

"중요한 건 양보다 질이야. 오늘 메뉴는 뭐지?"

"이제 코까지 막히셨나요?"

캐러스가 얼굴을 찡그렸다. "아 이런, 오늘이 도그데이*인가?"

독일 소시지와 사워크라우트.

"중요한 건 질이죠." 다이어가 대꾸했다. 캐러스가 우유가 든 피

---

* 서구에서 일 년 중 가장 더운 날을 뜻한다.

처로 손을 뻗자 통밀빵에 버터를 바르던 젊은 사제가 나직이 경고했다. "나라면 안 마시겠어요. 거품 보이죠? 초석硝石이에요."

"나한테 필요한 거네." 캐러스가 말했다. 잔을 들어 우유를 따르던 그는 의자가 끌리고 누군가 합석하는 소리를 들었다.

"드디어 그 책 다 읽었습니다." 새로 합류한 사람이 밝은 목소리로 말했다.

시선을 든 캐러스는 가슴이 철렁했다. 납덩어리가 뼈를 내리누르는 듯 갑갑해졌다. 얼마 전 그를 찾아와 상담을 청했던 젊은 사제였다. 친교를 맺는 데 곤란을 겪고 있는.

"오, 그래, 어떤 생각이 들던가?" 관심이 있는 척 캐러스가 물었다. 도중에 끊긴 9일기도의 소책자라도 되듯 피처를 내려놓았다.

젊은 사제가 이야기를 늘어놓기 시작했다. 삼십 분 후, 다이어가 자리를 옮겨다녔고 식당 이곳저곳에서 왁자한 웃음이 터져나왔다. 캐러스가 손목시계를 보았다. "재킷을 걸치고 길을 건너갈 텐가? 나는 웬만하면 매일 밤 석양을 보거든."

잠시 후 그들은 M스트리트로 가파르게 떨어지는 계단 꼭대기 난간에 기대서 있었다. 하루의 끝. 반들반들한 석양빛이 구름 낀 서녘 하늘을 찬연히 물들이고는 어두운 강물에 부서져 금빛과 주홍색 얼룩무늬를 그렸다. 예전에 캐러스가 하느님을 영접했을 때도 이런 광경이었다. 아주 오래전이었다. 그는 떠나간 연인처럼 그 만남을 여전히 가슴속에 간직하고 있었다.

풍경에 넋을 잃은 젊은 사제가 말했다. "아름답군요. 정말로."

"그렇지."

캠퍼스 시계탑의 소리가 쩌렁쩌렁 울려퍼졌다. 저녁 일곱시였다.

일곱시 이십삼분, 킨더먼 반장은 분광사진 분석 결과를 골똘히 보고 있었다. 리건의 조각에서 긁어낸 페인트가 불경한 짓을 당한 성모마리아 상의 것과 일치한다는 내용이었다. 여덟시 사십칠분, 도시 북동쪽의 빈민가. 무덤덤한 얼굴의 칼 엥스트롬이 시궁쥐가 들끓는 공동주택에서 나와 남쪽으로 세 블록 떨어진 버스정류장까지 걸어갔다. 그곳에서 일 분가량 무표정하게 서 있던 그는 돌연 양손으로 전봇대를 붙잡고 무너지듯 기대어 비통한 눈물을 흘렸다.

그 시각, 킨더먼 반장은 영화관에 있었다.

6장

5월 11일 수요일, 그들은 집으로 돌아왔다. 리건을 침대에 누인 다음, 덧문마다 자물쇠를 채우고 침실과 욕실의 거울을 모두 떼어 냈다.

"……의식이 또렷한 경우가 점점 더 줄어들고, 이제 발작 도중에 완전한 블랙아웃도 우려됩니다. 새로운 증상으로 그 단계에선 진성 히스테리는 소멸되는 것으로 보이는데, 그동안 소위 초심리 현상의 영역에서 한두 가지 증상이……"

클라인 박사가 찾아와 코마 상태에서 서스타겐을 주입하는 방법을 설명해주었다. 크리스는 샤론과 함께 교육을 받았다. 그가 비위관을 삽입했다. "우선……"

크리스는 의사의 동작을 지켜보면서도 딸의 얼굴은 애써 외면했다. 설명에 집중하며 클리닉에서 먼저 들었던 이야기들도 제쳐두었다.

"여기, '무교'라고 쓰셨는데, 맞습니까, 맥닐 부인? 아이한테 종교 교육을 한 적이 일절 없나요?"

"뭐 그냥 '하느님' 정도는 알겠죠. 일반적인 개념으로. 왜요?"

"음, 일례로 리건의 폭언 상당 부분이 종교에 기초하고 있습니다. 물론 기이한 외국어를 내뱉는 경우는 모르겠지만요. 그럼 그런 내용들을 어디에서 접했을까요?"

"예를 들면요?"

"'예수와 마리아가 69섹스를 한다' 같은 거죠."

비위관을 리건의 위 속으로 밀어넣은 클라인이 서스타겐 액이 흐르지 않도록 튜브를 꼭 쥐고 주의사항을 일러주었다. "무엇보다 액이 폐로 들어가지 않도록 주의해야 합니다. 만일……"

"……이런 유형의 정신질환은 현대에는 좀처럼 볼 수 없습니다. 원시 문화에서 실례가 있긴 하죠. 우리는 이를 몽유병적 빙의현상이라고 부릅니다. 솔직히 말씀드리면, 이 증상에 대해선 알려진 바가 거의 없습니다. 다만 어떤 갈등이나 죄의식에서 비롯되며, 결국 환자가 자신의 몸이 다른 지성체(원한다면 '영혼'이라고 불러도 좋습니다만)에 침투당했다는 망상에 빠진다는 것 정도뿐입니다. 과거, 악마에 대한 믿음이 강했을 땐 빙의의 주체는 대개 악령이었지만, 비교적 현대에 들어선 죽은 자의 영혼이 더 많습니다. 종종 환자가 알던 사람으로, 목소리와 버릇은 물론, 드물게 얼굴까지 무의식중에 흉내낼 수 있습니다."

클라인 박사가 침울하게 돌아간 후, 크리스는 베벌리힐스의 에

이전트에게 전화해 단편 〈희망〉 연출을 포기하겠다고 맥없이 통보했다. 이어서 페린 여사에게도 전화했으나 외출중이었다. 커져가기만 하는 두려움 속에 크리스는 전화기를 내려놓았다. 도와줄 만한 사람이 없을까, 그녀는 절실히 궁리했다. 누구 없을까? 뭐라도? 뭐든?

"……죽은 자의 영혼일 경우엔 다루기가 좀더 수월합니다. 대개는 분노를 찾아볼 수 없습니다. 과잉활동이나 운동성흥분도요. 하지만 몽유병적 빙의의 경우엔 새로운 인격이 언제나 원래 인격에게 악의적이고 적대적입니다. 다치게 하고, 때로는 죽이는 것이 주요 목적입니다."

프로스펙트 집으로 배달되었던 구속 장비를 칼이 설치했다. 먼저 침대에, 그다음에 리건의 손목에 고정시키는 것을 크리스는 파리하고 초췌한 얼굴로 서서 지켜보았다. 베개가 리건의 머리 중앙에 오도록 크리스가 위치를 옮기는데 상체를 일으킨 칼이 애처로운 눈으로 아이의 피폐한 얼굴을 바라보았다. "리건은 좋아지겠죠?" 그가 물었다.

크리스는 대답하지 않았다. 그녀는 리건의 베개 밑에서 웬 물건을 끄집어내 들고는 혼란스러운 시선으로 응시하는 참이었다. 곧이어 칼에게 시선을 던지며 매섭게 따졌다. "칼, 이 십자가 누가 넣어둔 거죠?"

"이 증상은 어떤 갈등이나 죄의식의 발현에 불과합니다. 그래서 저희는 그것에 접근해 원인이 무엇인지 알아내려고 합니다. 최선의 방법은 최면요법이나 리건에게는 듣지 않습니다. 그래서 주사를 통해 마취요법을 시도했지만, 또다시 막다른 골목이었습니다."

"그럼 이제 뭐가 남았죠?"

"대체로 시간싸움입니다. 저희도 계속 시도할 거고 그게 변화를 이끌어내길 바랍니다. 그동안 따님은 이곳에 입원해야 합니다."

부엌에서 크리스는 식탁에 타자기를 놓고 일하는 샤론을 발견했다. 지하실 놀이방에서 가져온 것이었다. 윌리는 개수대에서 스튜에 넣을 당근을 썰고 있었다.

잔뜩 긴장한 목소리로 크리스가 물었다. "베개 밑에 십자가를 넣어둔 게 너니, 샤론?"

샤론은 어리둥절한 얼굴이었다. "무슨 말이에요?"

"네가 안 그랬어?"

"크리스, 무슨 말인지 도통 모르겠어요! 전에도 분명히 말했잖아요. 비행기에서. 내가 리건한테 한 말이라고는 '하느님이 이 세상을 만드셨다' 그리고 어쩌면 세상에 있는 만물도—"

"좋아, 샤론, 알았어. 믿을게. 하지만—"

"저도 아니에요." 윌리가 화난 목소리로 방어적으로 말했다.

"빌어먹을, 누군가는 넣어놓았을 거 아냐!" 크리스가 벌컥 화를 냈다. 그러고는 칼을 홱 돌아보았다. 그는 부엌으로 들어와 냉장고 문을 열던 참이었다. "칼!" 그녀가 날선 목소리로 불렀다.

"네, 사모님." 그가 돌아보지 않고 차분히 대답했다. 수건에 각얼음 몇 개를 올리고 있었다.

"다시 한번 묻죠. 리건 베개 밑에 십자가를 넣었나요?" 갈라진 목소리는 당장이라도 악을 쓸 듯 새되었다.

"아닙니다, 사모님. 저는 모르는 일입니다." 칼이 수건에 각얼음을 하나 더 올렸다.

"그럼 저 십자가가 발이라도 달려서 걸어올라갔단 말이야? 망할!" 크리스가 윌리와 샤론 쪽으로 몸을 돌리며 비명을 질렀다. "지금 거짓말하는 게 누구야? 말해!"

칼이 멈칫하더니 몸을 돌려 크리스를 살폈다. 그녀가 별안간 분노에 차 버럭하는 바람에 부엌 안 사람들은 아연했다. 이윽고 그녀는 의자에 털썩 주저앉아 떨리는 손으로 얼굴을 감싸고 발작적으로 흐느꼈다. "오, 미안해요. 이게 무슨 꼴이람!" 크리스가 눈물을 흘리며 떨리는 목소리로 말했다. "세상에, 내가 무슨 짓을 하는 거야!"

윌리와 칼은 잠자코 지켜보며 서 있기만 했으나 샤론이 그녀의 등뒤로 다가가 목과 어깨를 가만히 쓸어주었다. "크리스, 진정해요. 우린 괜찮아요."

크리스가 소매로 얼굴을 훔쳤다. "그래, 누가 그랬든," 주머니에서 손수건을 꺼내 코를 풀고 마저 말했다. "누가 그랬든 도우려고 한 일일 텐데."

"이봐요, 다시 한번 말하지만, 난 내 딸을 절대 정신병원에 처넣지 않을 거예요!"

"정신병원이 아니라ㅡ"

"당신들이 뭐라고 부르든 상관없어요! 말도 안 돼! 난 딸 곁을 안 떠날 거예요!"

"죄송합니다. 우리 모두 그렇습니다."

"당연히 죄송하겠죠. 맙소사! 의사가 여든여덟 명이나 달라붙어서, 기껏 한다는 얘기가……!"

크리스는 프랑스 수입 담배인 골루아즈 블롱드의 비닐을 찢고 연기를 깊숙이 몇 모금 들이마셨다. 그러다 서둘러 재떨이에 짓눌러 꺼버리고는 리건을 들여다보러 위층으로 올라갔다. 방문을 열자 어두운 침실에서 리건의 침대 곁에 있는 남자의 형체가 눈에 들어왔다. 일자형 등받이 의자에 앉아 팔을 뻗어 리건의 이마 위에 손을 올리고 있었다. 크리스는 안으로 들어섰다. 칼이었다. 크리스가 침대 옆까지 다가가도 그는 고개를 들지도 말을 하지도 않고 아이의 얼굴만 뚫어져라 바라보았다. 리건의 이마에 얹은 손에 뭔가 쥐여 있었다. 저게 뭐지? 이윽고 그녀는 그게 급한 대로 만든 얼음주머니라는 걸 알았다.

그녀는 놀라기도 하고 감동하기도 해 애틋한 얼굴로 둔감한 스위스인을 살펴보았다. 오래전 그럴 만한 가치가 없는 작자에게 보여주던 얼굴이었다. 칼이 그녀의 존재를 의식하지도 못하고 미동 없이 그대로 있자 돌아서서 조용히 방을 나왔다. 부엌으로 돌아가 식탁에 앉았다. 커피를 마시며 생각에 잠겨 먼 곳을 응시했다. 그러다 난데없이 벌떡 일어나 벚나무 패널을 두른 서재로 기세 좋게 걸어갔다.

"지금껏 알려진 바에 따르면 증후군은 거의 항상 자기암시에서 비롯되기에 빙의는 느슨하게나마 히스테리와 연관되어 있습니다. 따님은 빙의에 대해 알고 있고 믿으며, 그 증상에 대해서도 어느 정도 알고 있을지도 모릅니다. 그래서 지금 무의식이 증후군을 만들어내는 겁니다. 따라 한다고나 할까요? 그게 확실하다면, 그리고 부인께서 아이의 입원에 여전히 동의하지 않으신다면, 제가 지금 말씀드리려는 걸 시도해보는 건 어떨까요? 제가 보기엔 가능성이 희박한 치료법입니다만, 그래도 실낱같은 기회라도 잡아야 하니까요."

"그게 뭐죠? 뭐든 말해보세요. 제발!"

"엑소시즘에 대해 들어보셨습니까, 맥닐 부인?"

크리스는 서재의 책들이 눈에 설었다—실내장식의 일부로 집에 딸려 있는 것이었다. 그녀는 눈에 불을 켜고 책 제목들을 훑기 시작했다.

"지금은 거의 사라졌지만, 과거 랍비와 사제들은 악령을 몰아내기 위해 양식화된 의식을 행했죠. 아직까지 가톨릭에서는 폐기하지 않은 것으로 알고 있습니다. 다만 워낙 난감한 문제라 비밀에 부치고 절대 인정하지 않을 겁니다. 하지만 자신이 정말로 악령에 들렸다고 생각하는 사람들에겐 그런 의식이 상당히 인상적일 수 있습니다. 실제로 효험이 있기도 했죠. 단 그들이 생각하는 이유는 아니고, 순전히 암시 효과였습니다. 자신이 빙의되었다는 환자의 믿음이 암시 효과를 일으켰다면, 마찬가지로 엑소시즘에 대한 믿음이 악령을 물리칠 수 있다는 얘기도 성립되겠죠. 그건—인상을 쓰시는군요. 음, 그럴 만도 하죠. 받아들이기 쉽지 않은 얘기일 겁니다. 비슷한 사례를 들어보죠. 호주 원주민 얘기입니다. 멀리서 주술사가 쏜 '죽음의 광선'을 맞으면 무조건 죽는다고 믿는 부족이 있어요. 그런데 실제로 죽습니다. 그냥 누워서 천천히 죽어갑니다! 그들을 살릴 수 있는 방법은 비슷한 형태의 암시뿐입니다. 다른 주술사가 '치유광선'을 보냈다는 사실을 확신시키는 거죠."

"아이를 주술사한테 데려가라는 건가요?"

"할 수 있는 데까지 해보자는 거죠, 최후의 수단으로—네, 그 얘기를 하는 거 맞습니다. 가톨릭 사제에게 데려가보세요. 이상한 조언이라는 건 저도 압니다. 게다가 증상이 나타나기 전에 리건이 빙의, 특히 엑소시즘에 대해 조금이라도 아는 게 있었는지의 여부를 정확히 확인할 수 없다면 다소 위험할 수도 있습니다. 어디서 관련 글을 접하지 않았을까요?"

"아뇨, 그럴 리 없어요."

"영화는요? 라디오나 텔레비전은?"

"아뇨."

"복음서는 어떻습니까? 신약은?"

"아뇨, 읽은 적 없어요. 그건 왜 묻죠?"

"마귀 들림이 꽤 자주 등장하니까요. 예수가 엑소시즘을 행하는 것도 그렇고. 사실 증상 묘사만 놓고 보면 오늘날의 빙의와 똑같죠. 그래서—"

"잠깐만요. 난 싫어요. 알겠죠? 없던 얘기로 하죠. 정말 필요한 건 애 아빠를 여기 데려다놓는 거예요. 내가 전화했던……"

크리스는 손끝으로 책등을 훑으며 찾아나갔다. 아무것도 없었다—잠깐! 얼른 책장 제일 아래 칸으로 되돌아갔다. 메리 조 페린이 보내준 주술 책이었다. 크리스는 책을 뽑아서 책장을 서둘러 넘겨 목차를 펼치고 엄지로 그 내용을 훑어내려갔다. 손길이 우뚝 멈췄다. 이거야! 여기 있다! 어찌된 영문인지 짐작이 들자 가벼운 전율이 온몸을 훑고 지나갔다. 결국 배링거의 의사들이 옳았던 걸까? 이거였던 거야? 리건이 이 책을 읽고 자기암시에 빠져 그런 장애와 증상을 불러일으켰다고?

챕터의 제목은 '빙의 상태'였다.

그녀는 부엌으로 갔다. 샤론이 메모장을 세워놓고 속기문을 들여다보며 편지를 타이핑하고 있었다. 크리스가 책을 들어 보였다. "이 책 읽어봤니, 샤론?"

샤론은 타이핑을 계속하며 물었다. "무슨 책요?"

"주술에 관한 책이야."

샤론은 타이핑을 멈추고 크리스와 책을 흘긋 보고는 말했다. "아뇨, 안 읽어봤어요." 그러고는 하던 일로 다시 돌아갔다.

"본 적 없어? 서재 책상에 꽂아둔 거 아냐?"

"네."

"윌리는 어디 있지?"

"시장 갔어요."

크리스는 고개를 끄덕이고 잠자코 생각에 잠겨 있다가 위층 리건의 침실로 올라갔다. 칼은 여전히 말의 침대 곁에서 간호하고 있었다.

"칼!"

"네, 사모님."

크리스가 책을 들어 보였다. "혹시 집안에서 이 책을 발견하고 서재의 다른 책들이랑 같이 두지 않았나요?"

무덤덤한 얼굴의 관리인이 크리스에게로 몸을 돌렸다. 그의 시선이 책으로 옮겨갔다가 다시 그녀에게로 향했다. "아뇨, 사모님." 그가 말했다. "저는 아닙니다." 그러고는 다시 리건을 바라보았다.

좋아, 그럼 윌리겠군.

크리스는 부엌으로 돌아와 식탁에 앉았다. 빙의에 대한 챕터를 펼치고 관계있는 부분이나, 배링거 클리닉의 의사들 견해대로 리건의 증상을 일으켰을 만한 단서를 찾기 시작했다.

그리고 찾았다.

마귀에 대한 만연한 믿음에서 파생된 것이 이른바 빙의로 알려진 현상으로, 그 상태에 빠진 사람들은 많은 경우 마귀(해당 시대에 매우 일반적이었던) 또는 망자의 영혼이 침투해 자신의 신체적, 정신적 기능을 조종한다고 믿었다. 이런 현상은 시대와 장소를 막론하고 폭넓게, 그것도 꽤나 꾸준히 보고되었으나, 아직까지도 적절한 설명은 없다. 1921년 처음 출판된 트라우고트 외스터라이히의 결정적인 연구 이래, 정신의학의 발전에도 불구하고, 빙의에 대한 연구는 거의 앞으로 나아가지 못하고 있다.

크리스는 인상을 찌푸렸다. 여태 해명되지 못했다고? 배링거의 의사들에게 들은 말과는 달랐다.

지금까지 알려진 바는 다음과 같다. 다양한 시대의 다양한 사람이 어마어마한 변화를 겪었고 그것은 주변 사람들조차 다른 사람이라고 느낄 정도로 전적인 것이었다. 목소리, 태도, 표정, 특징적인 신체 움직임이 때로 바뀌었음은 물론이고, 본인 스스로가 원래의 인격과 완전히 별개의, 다른 이름—인간 이름이든 마귀 이름이든—과 개인사를 지닌 존재로 자신을 인식했다. 오늘날에도 빙의 현상이 일상적으로 흔한 말레이제도에서는 망자의 빙의혼possessing에 씐 빙의자possessed가 종종 몸짓과 목소리와 태도를 놀랍도록 똑같이 흉내내어 유족들이 눈물을 터뜨린다. 하지만 이른바 의사빙의quasi-possession—궁극적으로 사기, 편집증, 히스테리로 귀결되는 경우들—를 제외하면, 문제는 항상 현상을 설명하는 데 달려 있다. 가장 오래된 설명은 접신spiritist이며, 빙의자가 알 리 없는 분야의 소양을 빙의혼이 보인다는 점에서 그런 인상을 받기 아주 쉽다. 예를 들어 마귀적 형태의 빙의에서 '마귀'는 빙의자도 모르는 언어를 구사한다.

이거야! 리건이 내뱉던 영문 모를 말! 이질적인 언어!
그녀는 얼른 뒷부분을 읽어내려갔다.

……혹은 다양한 초심리학 현상을 일으키며 일례로 염력을 들 수 있다. 직접적인 물리력을 쓰지 않고도 물건을 움직이는 것

이다.

두드리는 소리? 위아래로 요동치는 침대?

……망자의 빙의일 경우, 외스터라이히가 언급한 수사의 사례처럼 발현된다. 과거에 스텝 한번 밟아본 적 없던 수사가 빙의된 후 별안간 뛰어난 무용수로 변모했던 것이다. 이따금 매우 인상적인 발현도 있다. 정신의학자 카를 융은 어느 환자를 진찰하고는 "사기가 아니었다"라는 불완전한 설명밖에 내놓지 못했다……

크리스는 얼굴을 찌푸렸다. 이 부분의 논조가 마음에 걸렸다.

……그리고 미국 역사상 가장 위대한 심리학자 윌리엄 제임스 또한 '왓세카의 기적'이라 불리는 사건을 면밀히 검토한 후 "현상에 대한 심령학적 해석의 가능성"을 인정했다. 왓세카의 기적이란 일리노이주 왓세카의 십대 소녀가 메리 로프라는 자의 인격과 구별할 수 없게 된 사건을 일컫는데, 메리 로프는 빙의가 일어나기 열두 해 전 주립정신병원에서 사망했다……

책에 빠져 있던 크리스는 초인종 소리를 듣지 못했다. 샤론이 타이핑을 멈추고 현관문으로 가는 소리도 듣지 못했다.

빙의의 마귀적 형태는 일반적으로 초기 기독교에서 비롯된 것으로 여겨지나, 사실 빙의와 엑소시즘 모두 예수 탄생보다 앞선다. 티그리스 유프라테스 문명은 물론 고대 이집트에서도 신체적, 정신적 장애의 원인을 악마의 신체 강탈에서 찾았다. 예를들어 고대 이집트에서 어린이 질병에 대한 엑소시즘의 주문은 다음과 같았다. "어서 나오라, 어둠에서 온 자여. 그대의 코는 겉이 안이고 그대의 얼굴은 위가 아래로구나. 이 아이에게 입을 맞추러 왔다더냐? 그리하도록 내버려두지 않을……

"크리스?"

"샤론, 나 바빠."

"강력계 형사라는데 꼭 만나야겠대요."

"이런, 샤론, 그 사람한테―" 크리스가 돌연 말을 그치더니 고개를 들고 말했다. "오, 그래, 샤론. 들어오시라고 해. 어서." 샤론이 자리를 뜨고 크리스는 다시 책장을 들여다봤지만 눈에 들어오지 않았다. 형태는 없지만 자꾸만 커져가는 불안한 예감에 사로잡혔다. 문 닫히는 소리. 이쪽으로 걸어오는 소리. 기다리는 감각. 기다린다고? 뭘? 결코 지워지지 않는 생생한 꿈처럼, 크리스는 알 듯하면서도 아직은 분명치 않은 기대감을 느꼈다.

양손으로 모자챙을 구깃구깃해지도록 움켜쥔 형사가 샤론과 함께 들어왔다. 씨근거리며 공손히 구부정한 자세로. "어이쿠, 제가 또 바쁘신 분을 방해했군요."

"바깥세상은 어때요?" 크리스가 물었다.

"아주 나쁘죠. 따님은 좀 어떻습니까?"

"똑같아요."

"심려가 크시겠네요." 콧소리 섞인 숨을 내쉬며 킨더먼이 식탁 옆에 섰다. 비글처럼 풀죽은 눈엔 근심이 어려 있었다. "성가시게 하진 않을 겁니다. 제 말은, 따님을요. 걱정이네요. 제 어린 딸 줄리도 앓았을 때—병명이 뭐였더라? 기억이 안 나네요. 그게—"

"우선 앉으세요." 크리스가 말을 끊었다.

"오, 그러죠. 감사합니다." 커다란 덩치를 의자에 의지하게 된 그는 고마워하며 숨을 내쉬었다. 맞은편의 샤론은 겉보기엔 편지를 마저 타이핑하고 있었다.

"죄송해요, 무슨 말씀을 하셨죠?" 크리스가 물었다.

"에, 제 딸 애깁니다. 그애가—오, 이런. 신경쓰지 마세요. 한번 시작했다 하면 제 인생사를 줄줄 늘어놓으니, 아마 영화 한 편은 족히 나오고도 남을 겁니다. 정말입니다! 기막힌 인생이죠! 저희 가족이 얼마나 정신 나갔는지 반만 들어도, 정말—아니지. 아니, 신경쓰지 마세요. 좋습니다. 하나만! 딱 하나만 말씀드리죠! 저희 어머니는 금요일이면 늘 게필테피시*를 만들죠. 어머니가 일주일 내내—일주일을 통째로요—욕조에 그놈의 잉어를 넣어두는 바람에

---

*유대인의 전통 음식으로 송어, 잉어 등을 넣은 수프.

온 가족이 목욕을 못하는 겁니다. 대신 잉어만 신나서 헤엄쳐다니는데 어머니 말로는 그래야 독성이 빠진다나요. 진짜라니까요! 잉어가 그런 무시무시하고 끔찍한 생각을 품고 원한에 사무쳐 있는지 아닌지 알 게 뭡니까. 아, 이제 그만해야겠군요. 아무튼 이따금 웃기도 하고 그래야 슬픔을 잊죠."

크리스는 그를 살펴보았다. 잠자코 기다리면서.

"아, 독서중이시군요." 그가 주술 책을 내려다보았다. "영화 때문인가요?"

"아뇨, 그냥 시간 때우기예요."

"재밌습니까?"

"이제 막 읽기 시작한걸요."

"주술이라." 킨더먼이 중얼거리면서 고개를 모로 꼬고 책장 상단의 제목을 읽었다.

"그나저나, 무슨 일로 오셨죠?" 크리스가 물었다.

"네, 죄송합니다. 바쁘신 분인데. 금방 끝내죠. 말씀드린 대로 성가시게 하진 않을 겁니다. 다만……"

"다만 뭐요?"

별안간 심각한 표정을 지으며 형사가 광택을 낸 소나무 상판에 대고 양손을 마주잡았다. "음, 그게 버크 씨가―"

"아이 씨!" 샤론이 짜증에 차 내뱉더니 타자기 압반에서 종이를 뜯어내서 구겨 킨더먼 발치의 쓰레기통으로 휙 던졌다. 자신을 쳐다보고 있는 두 사람이 그제야 눈에 들어오자 말했다. "오, 죄송해요. 두 분이 거기 계신 줄도 몰랐어요."

"펜스터 씨죠?" 킨더먼이 물었다.

"스펜서예요." 샤론은 이름을 정정해주면서 의자를 뒤로 밀고 일어나 바닥에서 종이뭉치를 주우려 했다. "평소엔 절대 이러지 않는데."

"괜찮아요, 괜찮아." 킨더먼이 샤론을 말리면서 발치의 구겨진 종이를 집어들었다.

"고맙습니다." 샤론은 자리로 돌아갔다.

"실례지만―비서이신가요?" 킨더먼이 물었다.

"샤론, 이분은―" 크리스가 킨더먼을 보았다. "죄송해요. 이름이 뭐라고 하셨죠?"

"킨더먼입니다. 윌리엄 F. 킨더먼."

"이쪽은 샤론, 샤론 스펜서예요."

갸우듬하게 고개를 숙여 인사하며 형사가 샤론에게 말했다. "반가워요." 상체를 앞으로 숙여 타자기에 팔짱 낀 양팔을 얹고 턱을 괴면서 샤론이 호기심어린 눈으로 그를 보았다. "아가씨도 협조해주시죠." 형사가 덧붙였다.

팔짱을 풀지 않은 채 샤론이 똑바로 앉으며 말했다. "저요?"

"네. 데닝스 씨가 사망한 날 밤, 아가씨는 약국에 갔고 그분은 혼자 집에 남아 있었어요, 맞나요?"

"음, 정확히 말하자면 그렇진 않죠. 리건도 있었으니까."

"제 딸이에요." 크리스가 설명해주었다.

"철자가 어떻게 되죠?"

"알-이-지-에이-엔." 크리스가 알려주었다.

"좋은 이름이네요." 킨더먼이 말했다.

"감사합니다."

형사가 샤론을 돌아보았다. "그날 밤 데닝스 씨는 맥닐 부인을 보러 온 거죠?"

"네, 맞아요."

"부인이 금방 돌아올 거라는 걸 데닝스 씨도 알았나요?"

"네, 곧 돌아오실 거라고 제가 말씀드렸으니까요."

"좋아요. 그리고 샤론 양이 집을 나선 게 몇시였죠? 기억나요?"

"글쎄요. 뉴스를 보고 있었으니까, 어디 보자―아, 아니에요, 잠깐만요―그래요, 맞아요. 약사가 배달하는 남자애가 집에 가버렸다고 해서 진짜 너무한다고 했나, 아직 여섯시 삼십분밖에 안 됐는데, 뭐 그 비슷한 말을 했던 기억이 나요. 그러고 나서 일이십 분 지나 버크가 왔거든요."

"그럼 그 중간쯤 여섯시 사십오분엔 여기 왔었던 거군요." 형사가 결론을 내렸다.

"그런데 이게 다 무슨 상관이죠?" 크리스가 그에게 물었다.

막연히 느끼던 불안감이 커져갔다.

"음, 이런 의문이 들죠, 맥닐 부인. 이 집에, 말하자면 여섯시 사십오분에 와서 불과 이십 분 뒤 떠났다는 건……"

크리스가 어깨를 으쓱했다. "오, 그게 버크예요. 원래 그런 사람인걸요."

"M스트리트의 술집을 들락거리는 것도 데닝스 씨다운 일인가요?" 킨더먼이 물었다.

"아뇨. 내가 아는 한은 아니에요."

"네, 그럴 줄 알았습니다. 조사를 좀 해봤거든요. 그날 밤 여기서 나간 뒤 집 옆 계단 꼭대기에 있을 이유도 없었죠. 이동할 때면 택시를 이용하는 습관이 있지 않았나요? 이 집을 떠날 때도 택시를 부르곤 했고요."

"네, 그랬죠. 항상 불렀어요."

"그렇다면 이상하지 않습니까? 도대체 그 계단 꼭대기까지 왜 간 걸까요? 또하나, 그날 밤 이 집에서 호출을 받은 택시 회사가 아무데도 없어요. 정확히 여섯시 사십칠분에 스펜서 씨를 태운 기록을 빼고요."

아무 색채도 없는 목소리로 크리스가 나직하게 말했다. "모르겠군요."

"아뇨, 아실 것 같은데요." 형사가 그녀에게 말했다. "그나저나 일이 워낙 심상찮게 돌아가고 있어서요."

크리스는 얕은 숨을 쉬고 있었다. "심상찮다니요?"

"검시보고서를 보면," 킨더먼이 자세히 말했다. "데닝스 씨가 실족사했을 가능성도 여전히 커 보이긴 합니다. 하지만……"

"지금 그가 살해당했다는 얘긴가요?"

"그게 자세가 영……" 킨더먼이 주저했다. "죄송합니다. 이런 얘기는 듣기 힘드실 텐데."

"말씀해보세요."

"데닝스의 목 위치와 목 근육의 파열 정도가—"

크리스가 움찔하며 눈을 꼭 감고 말했다. "오, 맙소사!"

"네, 힘드실 겁니다. 죄송합니다. 정말 죄송합니다. 하지만 아시다시피 상태가—자세한 부분은 건너뛰어도 무방하겠죠. 아무튼 그런 상태라면 데닝스 씨가 계단보다 어느 정도 더 높은 곳에서 떨어져야 하거든요. 이를테면 6~9미터쯤 위에서 떨어져 계단을 굴러내려간 게 아닐까 싶어요. 가감 없이 말하자면, 그럴싸한 가능성은 아마도……" 가슴팍에 팔짱을 낀 샤론은 휘둥그레진 눈으로 듣고 있었다. "음, 일단 그전에 이것부터 물어봐야겠군요, 스펜서 씨. 집을 나설 때, 데닝스 감독은 어디 있었나요? 아이와 있었나요?"

"아뇨, 여기 아래층 서재에 있었어요. 술을 만들고 있었죠."

"혹시 따님이 기억할 수도 있지 않을까요?" 그가 크리스를 보았다. "그날 밤 데닝스 감독이 방에 왔었다면."

"그건 왜 묻죠?"

"기억하겠죠?"

"그럴 리가요. 말했다시피 상당량의 진정제를 투여한 상태였는걸요."

"아, 네, 네, 그렇게 말씀하셨죠. 그렇죠. 기억납니다. 하지만 혹시 깨어났다면."

"아뇨, 그럴 일 없어요." 크리스가 그에게 말했다.

"지난번 저와 이야기를 나누셨을 때도 아이는 진정제를 맞은 상태였나요?

"네, 그랬어요."

"그날 창가에서 아이를 본 것 같아서요."

"잘못 보셨겠죠."

"그럴 수도 있겠죠. 아마 그럴 겁니다. 저도 확신은 없으니까."

"형사님, 이게 다 무슨 소리죠?

"음, 지금 말하고 있다시피, 그럴싸한 가능성은 아마도 고인이 술에 취해 따님 방에 들어갔다가 발을 헛디뎌 창밖으로 떨어졌다는 거죠. 그렇지 않나요?"

"말도 안 돼요. 창문은 항상 닫혀 있었어요. 게다가 버크가 항상 취해 있긴 해도 절대 그런 실수 안 해요. 취한 상태에서도 멀쩡히 촬영을 하는 사람이었어요. 그런데 그날따라 발을 헛디뎌 창밖으로 떨어졌다고요?"

"그날 밤 이 집에 누가 오기로 했었습니까?"

"다른 사람요? 아뇨, 없었어요."

"연락 없이 들르거나 하는 친구는 없습니까?"

"버크뿐이에요."

형사가 고개를 숙이고 가로저었다. "참 이상하군요." 그가 지친 듯 숨을 내쉬었다. "도무지 이해가 안 돼요." 형사가 시선을 들어 크리스를 보았다. "고인은 이 집에 들렀다가 고작 이십 분 만에 맥닐 부인도 보지 않고 떠납니다. 몹시 아픈 소녀를 혼자 놔두고서.

솔직히 말씀드리면, 부인 말씀대로 그가 창문에서 추락사했을 것 같진 않아요. 게다가 추락만으로 목이 그렇게 될 가능성은 백분의 일, 천분의 일도 안 된다는군요." 그가 턱으로 주술 책을 가리켰다. "제의살인에 대한 부분을 읽으셨습니까?"

오싹한 예감이 커져가는 가운데 크리스는 조용히 말했다. "아뇨."

"어쩌면 그 책엔 없을지도 모르죠." 키더만이 말했다. "하지만—죄송하지만 제가 이 말을 하는 건 한번 곰곰이 생각해보십사 해서랍니다. 데닝스 감독은 발견되었을 당시 목이 돌아가 있었어요. 이른바 악마에 의한 제의살인과 같은 방식이었습니다."

크리스의 안색이 눈에 띄게 창백해졌다.

"미치광이가 데닝스 감독을 살해하고—" 킨더먼이 말을 멈추었다. "어디 안 좋으신가요?" 그녀의 눈에 힘이 들어가고 별안간 낯빛이 파리해진 것을 그는 알아차리고 있었다.

"아니요, 괜찮아요. 계속하세요."

"고맙습니다. 처음엔 상처받으실까봐 말씀을 못 드렸죠. 게다가 엄밀히 따지자면 아직까진 사고사이기도 하고요. 하지만 아무래도 께름칙해서요. 제 직감이랄지 견해에 따르면, 그분이 아주 힘센 남자에게 살해당한 것으로 보이거든요. 첫째, 두개골 파열. 둘째, 지금까지 언급한 여러 정황—이런 것들을 고려하면 가능성이 아주 높죠. 확신까지는 아니고 가능성에 지나지 않지만, 누군가 감독을 살해하고 그후에 따님 방 창밖으로 밀어버린 거예요. 하지만 그 방에는 따님 말고는 없었죠. 그렇다면 어떻게 그럴 수 있었을까요?

음, 한 가지 가능성이 있습니다. 스펜서 씨가 나가고 부인이 돌아오기 전에 누가 찾아왔다면요? 안 그렇습니까? 자, 이제 다시 묻겠습니다. 그게 누굴까요?"

크리스가 고개를 떨구었다. "세상에, 잠깐만요!"

"네, 죄송합니다. 충격이 크시겠죠. 제 추리가 틀렸을 수도 있어요. 그래도 생각해보셔야 합니다. 이 집에 올 만한 사람이 누가 있죠?"

여전히 고개를 숙인 채 크리스가 얼굴을 찌푸리며 잠시 생각해보더니 고개를 들었다. "아니요, 죄송해요. 떠오르는 사람이 아무도 없어요."

킨더먼이 샤론을 보았다. "그럼 스펜서 씨는요? 혹시 찾아올 만한 사람이 없나요?"

"오, 아니요. 없어요."

"말 타는 총각이 너 일하는 데 모르니?" 크리스가 물었다.

킨더먼이 눈썹을 치켜올렸다. "말 타는 총각?"

"샤론의 남자친구예요." 크리스가 설명했다.

샤론이 고개를 저었다. "여기 올 리도 없지만 그날 밤은 보스턴에 있었어요. 총회 때문에."

"세일즈맨인가요?"

"변호사예요."

"아." 형사가 다시 크리스를 보았다. "관리인들은요? 그들을 찾아오는 사람이 있나요?"

"아니요. 전혀."

"그날 밤 기다리는 소포가 있었습니까? 아니면 배달이라도?"

"내가 아는 한은 없어요. 그건 왜 묻죠?"

"고인을 욕되게 하려는 건 아니지만, 부인도 말했다시피 감독님은 술을 마시면 다소―음, 걸핏하면 화가 치솟아서 시비를 걸거나 말썽을 일으키기 십상이었다고요. 어쩌면 소포를 배달하러 온 집배원과 다퉜을지도 모르죠. 그렇다면 누가 있을까요? 세탁부? 채소상? 배달부?"

"모르겠어요. 그런 사람들은 다 칼이 상대하니까."

"아, 그렇겠군요."

"지금 칼에게 물어보실래요?"

형사가 시무룩하게 한숨을 내쉬었다. 허리를 젖혀 의자에 몸을 기대고 양손을 코트 주머니에 넣으면서 주술 책에 울적한 시선을 던졌다. "아니, 개의치 마세요. 가능성도 희박한데다 따님도 아픈데―이만하면 됐습니다." 그가 그만하겠다는 손짓을 했다. "여기까지 하죠." 그가 자리에서 일어났다. "시간 내주셔서 감사합니다." 크리스에게 인사한 후 샤론을 보았다. "만나서 반가웠어요, 스펜서 씨."

"저도요." 샤론이 형식적으로 대답했다. 눈은 허공을 보고 있었다.

"당혹스러운 사건이군." 킨더먼이 고개를 저으며 말했다. "기이해, 참으로 기이하단 말이야." 뭔가를 골똘히 생각하고 있다가, 자리에서 일어나는 크리스를 보았다. "괜한 일로 실례가 많았습니다,

맥닐 부인."

"현관까지 배웅해드릴게요." 크리스가 말했다.

표정과 목소리가 가라앉아 있었다.

"아, 성가시게 그러지 않으셔도 됩니다."

"괜찮아요."

"그러시다면야."

"참, 그건 그렇고," 크리스와 함께 부엌을 나온 형사가 말을 꺼냈다. "백만분의 일 확률일지라도 그날 밤 따님이 방에서 데닝스 감독을 봤는지 물어봐주실 수 없을까요?"

"반장님, 애당초 데닝스가 위층에 올라갈 이유가 없어요."

"네, 그렇군요. 잘 알겠습니다. 하지만 웬 영국 의사들이 '이 곰팡이는 뭐지?'라고 묻지 않았다면 오늘날 페니실린은 없었겠죠. 그렇잖습니까? 제발 한 번만 물어봐주세요."

"아이 상태가 좋아지면, 네, 그럴게요."

"물어봐서 나쁠 건 없죠."

두 사람은 현관에 다다랐다.

"그럼……" 형사가 말을 이었다. 하지만 쭈뼛거리며 두 손가락으로 입술을 문지르다가 심각하게 말했다. "저, 이런 부탁을 드려서 저도 참 곤란하기 짝이 없군요."

또다른 충격을 예상하며 긴장한 크리스는 또다시 혈관을 따라 따끔거리는 불길한 예감을 느꼈다. "뭐죠?"

"제 딸을 위해…… 사인 한 장 해주실 수 있을까요?" 형사가 얼굴을 붉혔다. 크리스는 안도감에 하마터면 웃을 뻔했다. 자신은 물론이고 절망과 인간 조건에 허탈해졌다.

"물론이죠! 펜 있어요?"

"여기 있습니다!" 킨더먼이 대답하며 코트 주머니에서 펜을 황급히 꺼내면서 다른 손으로 재킷 주머니에서 명함을 한 장 뽑았다. 크리스에게 그것들을 내밀었다. "딸이 좋아할 겁니다."

"따님 이름이 뭐예요?" 크리스는 명함을 문에 대고 펜을 쥔 손으로 받아쓰려 했다. 뒤쪽에서 쭈뼛거리며 씨근거리는 숨소리만 들려왔다. 돌아보니 킨더먼의 눈과 빨개진 얼굴이 심각한 내적 갈등으로 긴장해 있었다.

"거짓말입니다." 결국 그가 털어놓았다. 간절하면서도 도전적인 눈빛을 띠고서. "제가 갖고 싶어서요. '윌리엄 ─ 윌리엄 F. 킨더먼에게'라고 부탁드립니다. 철자는 명함 뒷면을 보시면 돼요."

뜻밖에도 크리스는 얼핏 호의적인 시선으로 그를 보고는 이름 철자를 확인하고 사인했다. '윌리엄 F. 킨더먼에게 사랑해요! 크리스 맥닐'이라고 쓴 명함을 내밀자 그는 읽어보지도 않고 주머니에 쑤셔넣었다.

"정말 친절하시군요." 그가 겸연쩍어하며 말했다.

"반장님도 좋은 분이세요."

그의 얼굴이 더 붉어진 듯했다. "아니, 그렇지 않습니다. 민폐만 끼치는걸요." 그가 현관문을 열었다. "제가 오늘 한 말은 개의치 말고 그냥 잊어버리세요. 따님만 생각하세요. 따님만요."

크리스가 고개를 끄덕였다. 폭이 넓고 입구에 철제문이 달린 낮은 현관계단으로 킨더먼이 나서자 다시 의기소침한 상태가 찾아들었다. 그가 돌아보았을 때 햇빛 속에서 영화배우의 눈 밑 다크서클이 확연히 눈에 들어왔다. 그는 모자를 썼다. "그래도 한번 물어봐주실 거죠?" 그가 상기시켰다. "그럴게요. 약속해요." 그녀가 말했다.

"네, 안녕히 계십시오. 건강하시고요."

"반장님도요."

크리스는 문을 닫고서 등을 대고 기대어 눈을 감았다. 그러다 곧바로 초인종 소리가 들려 다시 문을 열었다. 킨더먼이었다. 그가 미안한 마음에 얼굴을 찡그렸다.

"제가 이렇게 성가시기 짝이 없는 인간이라니까요. 이거 죄송합니다. 펜을 깜빡했네요."

아래를 내려다본 크리스는 손에 들린 펜을 보고 희미한 미소를 지으며 형사에게 건넸다.

"하나만 더." 그가 말했다. "네, 부질없는 짓이라는 건 저도 압니다. 하지만 사소하다고 그냥 지나쳤다가 미치광이나 마약중독자가 돌아다니게 됐다고 생각하면 잠을 못 이룰 게 뻔하거든요. 혹시—아니, 아니, 아무래도 괜한 짓 같습니다. 이건—이런, 그래도 확인하고 넘어가야겠군요. 엥스트롬 씨와 얘기 좀 할 수 있을까요? 배달, 그러니까 배달이 있었는지만 물어보면 됩니다."

크리스가 문을 활짝 열었다. "그럼요, 들어오세요. 서재에서 얘기 나누세요."

"아니요. 부인은 가뜩이나 바쁘신데. 여태 성가시게 했으면 됐죠. 여기서 얘기하면 됩니다. 괜찮습니다. 여기도 좋은데요."

그가 계단 난간에 기댔다.

"정 그러시다면," 크리스가 가볍게 미소 지었다. 칼은 리건과 함께 있을 거예요. 곧 내려보낼게요."

"고맙습니다."

크리스는 문을 닫았다. 잠시 후 칼이 문을 열고 현관계단으로 나왔다. 손잡이를 잡고 문을 약간 열어둔 채로. 장신에 꼿꼿이 서서 킨더먼을 똑바로 보았다. 눈은 맑고 차가웠다. "뭐죠?" 그가 무표정하게 물었다.

"당신은 묵비권을 행사할 수 있으며," 킨더먼이 매서운 시선으로 칼의 눈을 뚫어져라 보았다. "당신이 하는 말은 법정에서 불리하게 사용될 수 있습니다." 단조롭고 심드렁한 억양으로 빠르게 읊었다. "변호인을 선임할 권리가 있으며 신문시 변호인의 입회를 요청할 수 있습니다. 변호인을 선임할 수 없다면 국선변호인이 선임될 것입니다. 내가 설명한 권리를 모두 이해했습니까?"

집 옆 딱총나무 가지에서 새들이 부드럽게 지저귀는 가운데 M 스트리트의 자동차 소음이 멀리 목초지에서 올라오는 꿀벌 소리처럼 아스라이 들렸다.

형사의 질문에 대답하는 칼의 눈빛은 흔들림이 없었다. "네."

"묵비권을 포기할 생각인가?"

"네."

"변호사를 선임해 신문시 당신을 대변하게 할 권리도 포기하고?"

"네."

"4월 28일, 영국인 감독 버크 데닝스 씨가 죽던 날 밤, 파인아츠 극장에서 영화를 봤다고 일전에 진술했었지?"

"네."

"극장에 들어간 게 몇시지?"

"기억나지 않습니다."

"전에 진술한 바로는 여섯시 상영이었지. 이제 기억이 나나?"

"네, 여섯시 상영. 기억납니다."

"영화는 처음부터 봤나?"

"그렇습니다."

"끝까지 다 봤고?"

"네."

"그전에 자리를 뜬 게 아니라?"

"아뇨, 다 봤습니다."

"그리고 극장을 나와 바로 앞에서 시내버스를 탔고, 밤 아홉시 이십분경 M스트리트와 위스콘신 애비뉴 정거장에서 내렸고?"

"네."

"집까지는 걸어갔고?"

"집까지 걸어갔습니다."

"그래서 이 집에 돌아온 게 대략 아홉시 삼십분이었나?"

"정확히 아홉시 삼십분에 도착했습니다." 칼이 대답했다.

"확실한가?"

"네, 시계를 봤으니까 분명합니다."

"영화를 끝까지 다 봤다고?"

"네, 그렇게 말했죠."

"당신 대답은 녹음되고 있어, 엥스트룀 씨. 분명하게 대답해줬으면 좋겠는데."

"네, 정확합니다."

"종영 오 분 전 극장안내원과 취객이 다투는 바람에 소란이 일어났다던데, 알고 있나?"

"네."

"연유가 뭐였나?"

"남자가 술에 취해서 난동을 부렸죠."

"그래서 나중에 어떻게 됐지?"

"내보냈죠. 극장 사람들이 쫓아냈습니다."

"그런 소동은 없었어. 여섯시 상영이 도중에 기술 고장으로 십오분간 중단된 것도 기억하려나?"

"아니요."

"관객들이 야유를 보낸 건?"

"아니, 기억 안 납니다. 그런 일은 없었으니까요."

"있었어. 영사기사의 일지에 따르면 그날 상영은 여덟시 사십분이 아니라 여덟시 오십오분경 끝났지. 즉, 극장에서 아무리 빨리 버스를 탄다 해도 아홉시 이십분에 M스트리트와 위스콘신 애비뉴 정거장에 도착할 수 없었다는 얘기야. 버스는 아홉시 사십오분에 도착했고 따라서 당신이 집에 도착한 시간은 대략 열시 오 분 전이어야 하지. 맥닐 부인이 증언한 아홉시 삼십분이 아니라. 이 당혹스러운 간극에 대해 설명해주겠나?"

한순간도 평정을 잃지 않았던 칼은 한층 중심을 잡고 차분하게 대답했다. "싫습니다."

형사는 잠자코 그를 노려보다가 한숨을 내쉬고 시선을 내려 코트 안감에 들어 있는 녹음기를 껐다. "엥스트롬 씨……" 다 이해한다는 듯 넌더리 내는 투로 말문을 열었다. "지금 중범죄가 일어났고 당신은 용의선상에 있어요. 여기저기 들은 바로는 데닝스 씨가 당신을 모욕했다더던데. 그런데 당신이 그의 사망시각 즈음의 행적에 대해 뻔한 거짓말을 하고 있잖습니까. 물론 그런 일도 가끔 있지. 우리도 인간이니 왜 아니겠어? 유부남도 이따금 배우자한테 어디 있었는지 속이는 세상에. 우리끼리 따로 얘기할 수 있게 내가 여건을 만든 건 알죠? 다른 사람들 귀에 안 들어가게. 당신 부인도 모르게. 이제 녹음 안 해요. 껐어요. 나는 믿어도 돼요. 그러니까 그날 밤 외간 여자랑 있었다면 솔직하게 털어놔요. 그럼 나는 확인하고, 당신은 곤경에서 벗어나고, 부인이 알 일도 없고. 자, 이제 말해봐요. 데닝스 씨가 죽던 시각에 어디 있었습니까?"

칼의 눈 안쪽에서 뭔가가 번득였으나 이내 사그라졌다. 입술을 앙다물고 그가 대답을 반복했다. "영화관에 있었습니다!"

형사는 가만히 그를 바라보았다. 정적 속에 씨근거리는 숨소리만 들리는 가운데 시간이 흘러갔다. "체포할 겁니까?" 칼이 물었다. 목소리가 미묘하게 떨렸다.

형사는 대답 없이 눈도 깜빡이지 않고 그를 노려보았다. 칼이 다시 말하려는 찰나 형사가 돌연 계단 난간에서 몸을 떼고 운전석에 경찰이 앉아 있는 순찰차로 향했다. 양손을 주머니에 넣고 서두르는 기색도 없이, 호기심 많은 여행객처럼 좌우를 살피면서. 계단 꼭대기에서 칼은 둔감하고 무표정한 얼굴로 형사를 지켜보았다. 킨더면은 순찰차의 문을 열고 계기반에 부착해둔 티슈 상자에서 한 장을 뽑아 코를 풀면서 강 건너편을 한가로이 바라보았다. 메리어트 핫숍에 가서 점심식사를 할까 고민하기라도 하듯. 그러고는 뒤도 돌아보지 않고 차에 올라탔다.

차가 출발해 35번가 모퉁이를 돌아가자 칼은 문손잡이를 잡지 않은 손을 내려다보았다.

떨고 있었다.

현관문 닫히는 소리가 났을 때 크리스는 서재의 바에서 얼음잔에 보드카를 따르며 곱씹고 있었다. 발소리. 칼이 계단을 올라가는 소리. 그녀는 보드카 잔을 들어 한 모금 마신 다음 천천히 부엌으로 돌아갔다. 검지로 술을 저으면서 멍한 눈으로. 무언가 대단히 잘못되었다. 어딘지 알 수 없는 어두운 복도에서 문 밑으로 새어나오는 불빛을 보듯이, 두려움이라는 빛이 의식에 점점 스며들었다. 문 뒤에 뭐가 있는 거지?

문을 열고 보기가 두려웠다.

부엌으로 들어가 식탁에 앉은 그녀는 술을 홀짝이며 생각에 잠겼다. "그분이 아주 힘센 남자에게 살해당한 것으로 보이거든요." 시선이 주술 책으로 떨어졌다. 이 책에 연관된 게 있다. 그게 뭐지? 아래층으로 내려오는 가벼운 발소리가 나고 샤론이 리건의 방에서 돌아왔다. 식탁에 앉아 IBM 타자기 롤러에 새 종이를 끼워넣었다. "너무 소름끼쳐요." 그렇게 중얼거리면서도 손끝을 자판에 살짝 올린 채 옆에 세워놓은 속기록을 보고 있었다.

크리스는 허공을 응시하며 멍하니 술을 마셨다. 잔을 내려놓고 책표지로 다시 시선을 향했다.

부엌에 거북한 공기가 흘렀다.

속기록에 시선이 붙박인 채 샤론이 낮고 긴장한 목소리로 정적을 깼다. "M스트리트와 위스콘신 애비뉴 주변에 히피 소굴이 너무 많아요. 마리화나 중독자에다 오컬트 신봉자들까지. 경찰이 '지옥의 개들'이라고 부른대요. 어쩌면 버크도—"

"오, 맙소사, 샤론." 크리스가 벌컥 화를 냈다. "그만해! 지금 리건 생각만으로도 미칠 지경이란 말이야! 알았니?"

잠시 정적이 흐르더니 샤론이 미친듯이 자판을 두드려댔고 크리스는 식탁에 양 팔꿈치를 대고 손에 얼굴을 묻었다. 별안간 의자 끄는 소리를 내며 샤론이 벌떡 일어나 부엌에서 성큼성큼 걸어나갔다. "산책 다녀올게요!" 그녀가 냉랭하게 말했다.

"잘됐네! M스트리트 밖으로 가버려!" 크리스는 손을 떼지 않은 채로 맞받아 외쳤다.

"그럴 거예요!"

"아예 N스트리트보다도 멀리 가!"

크리스는 현관문이 열렸다 닫히는 소리를 들었다. 절로 나오는 한숨에 손을 내리고 얼굴을 들었다. 너무도 후회되었다. 한차례 감정이 왈칵 터져나오면서 긴장감까지 휩쓸려가버렸다. 그러나 완전히 사라진 건 아니었다. 아까보다 희미하지만, 그녀의 의식 가장자리에 불길한 불빛이 남아 있었다. 꺼져버려! 크리스는 한 차례 심호흡을 하고 책에 집중하려 했다. 아까 읽던 곳을 찾긴 했지만 초조한 마음에 책장을 획획 넘기며 리건의 증상과 일치하는 묘사를 찾아 훑어보았다. "……마귀 들림 증후…… 여덟 살 소녀의 사례…… 비정상적인…… 아이를 제어하기 위해 건장한 남자가 넷이나……"

다음 페이지로 넘긴 크리스는 그대로 얼어붙었다.

문득 소리가 들려왔다. 윌리가 장 본 식료품을 들고 부엌으로 들어오고 있었다.

"윌리?" 크리스가 단조롭게 불렀다. 시선은 여전히 책에 붙박인 채였다.

"네, 사모님." 윌리가 식료품으로 가득한 봉지를 흰 타일 조리대에 내려놓으며 대답했다. 흐리멍덩한 눈에 무표정하고 목소리도 밋밋한 크리스가 읽던 페이지에 떨리는 손가락을 끼운 채 책을 덮고 들어 보이며 물었다. "이 책 서재에 갖다둔 게 윌리예요?"

윌리가 몇 걸음 다가와 눈을 가늘게 뜨고 책을 보더니 간단히 고개를 끄덕였다. 그러고는 돌아서서 다시 식료품 쪽으로 가며 대답했다. "네, 사모님. 네, 네, 제가 갖다놨어요."

"윌리, 이게 어디 있었죠?" 크리스가 무감각한 목소리로 물었다.

"이층 침실에요." 봉지에서 식료품을 꺼내 부엌 조리대에 올려놓으면서 윌리가 대답했다.

크리스가 책을 뚫어져라 보았다. 다시 식탁 위, 펼친 페이지를. "어느 침실?"

"리건 침실요. 청소하는데 침대 밑에 있던걸요."

망연한 목소리에 부릅뜬 눈으로 뚫어져라 보던 크리스가 고개를 들고 물었다. "그게 언제예요?"

"모두 병원에 간 다음에요. 그래서 리건 침실을 청소했죠."

"윌리, 진짜 확실해요?"

"확실해요."

크리스는 책을 다시 내려다보았다. 한동안 꼼짝하지도, 눈을 깜빡이지도, 숨을 쉬지도 않았다. 데닝스가 죽던 날 밤 리건의 침실 창문이 열려 있는 광경이 그녀를 노리는 맹금처럼 발톱을 세우고 기억 속으로 달려들었다. 망연자실하리만치 친숙한 모습을 알아차렸을 때, 책장 가장자리가 가늘게 찢긴 오른쪽 페이지를 바라보고 있을 때.

크리스가 고개를 홱 들었다. 리건의 침실이 소란스러웠다. 쿵쿵쿵. 빠르고 큰, 악몽 같은 공명. 고대 무덤 속 석회암 벽 안쪽에서 망치로 때리듯 어마어마하지만 뭉개진 소리.

리건이 고통에, 공포에 차 비명을 질렀다. 살려줘!

성난 칼이 두려움에 차 소리쳤다. 리건에게!

크리스가 부엌에서 뛰쳐나갔다.

세상에! 무슨 일이야? 도대체 뭐야!

제정신이 아닌 크리스는 계단으로 달려 단숨에 이층으로 올라가 리건의 방으로 향했다. 강타하는 소리, 누군가 비틀거리다 바닥에 쓰러지는 소리, 딸의 울음소리. "안 돼! 아냐, 하지 마! 오, 싫어, 제발!" 그리고 칼의 고함! 아니! 아니, 칼이 아니야! 중저음으로 위협하고 격노하는 저건 다른 사람이야!

복도를 정신없이 달려 문을 벌컥 열고 들어가자마자 크리스는 헉 소리를 내며 그 자리에 못박혔다. 쿵쿵 소리가 쩌렁쩌렁 울려 벽이 부르르 떨렸다. 칼은 서랍장 근처에 의식을 잃고 쓰러져 있었고, 리건은 양 무릎을 세우고 다리를 쫙 벌린 채 침대에 누워 있었는데 침대가 격렬하게 요동치고 흔들렸다. 공포에 질린 눈이 튀어나와 왕방울 같았고 비위관이 잡아뽑힌 콧구멍에서 뚝뚝 떨어진 피로 얼굴이 얼룩져 있었다. 양손으로 뼈처럼 하얀 십자가를 움켜쥐고 그 끝이 성기를 향하도록 쳐들고 있었다. "오, 제발! 오, 싫어, 제발!" 리건은 십자가를 점점 가까이 가져가며 비명을 질러댔다. 어떻게든 막으려고 안간힘을 쓰는 것 같았다.

"시키는 대로 해, 이 더러운 년! 어서 해!"

위협적인 고함이 리건의 입에서 터져나왔다. 쉬고 탁한 목소리는 악의로 차고 넘쳤다. 순식간에 이목구비와 표정이 흉측하게 변하면서 최면치료 때 나타났던 흉포한 마귀의 인격으로 바뀌었다. 얼이 빠진 크리스는 얼굴과 목소리가 두 인격을 빠르게 오가는 광경을 지켜보았다.

"안 돼!"

"어서 해!"

"싫어! 제발, 안 돼"

"시키는 대로 해, 이 개 같은 년. 아니면 죽여버릴 테다!"

그리고 속수무책으로 달려드는 끔찍한 최후를 피하려는 듯 눈을 부릅뜬 리건으로 돌아왔다. 다물어지지 않는 입으로 계속 비명을 지르는 와중에 다시 마귀 인격이 빙의되어 그녀를 채우더니 별안간 방안이 악취로 진동하고 살을 에는 냉기가 벽에서 스며나오는 듯했다. 침대의 요동이 멈췄다. 리건의 찢어질 듯한 비명을 꽥꽥거리는 듯 탁한 웃음소리가 집어삼켰다. 승리감에 젖은 사악한 악의의 웃음소리. 그러면서 리건이 십자가를 질 안으로 쑤셔넣었다. 몇 번이고 되풀이해서. 십자가로 맹렬히 자위를 하면서 거칠고 굵직한 목소리로 귀가 터져라 포효했다. "그래, 네년은 이제 내 거야, 이 악취 나는 년! 예수를 받아들이라고, 씹질해, 자자!"

크리스는 공포에 질려 발이 떨어지지 않았다. 뺨에 댄 양손에 힘이 들어간 채였다. 또다시 악마가 요란하게 킬킬대며 신나했고 리건의 질에서 쏟아진 피가 하얀 리넨 시트를 물들였다. 별안간 목구멍을 찢으며 나오는 원초적인 비명을 내지르면서 크리스가 침대로 달려가 다짜고짜 십자가부터 잡아챘다. 리건의 얼굴이 악마처럼 일그러지더니 불같이 노하며 한 손으로 크리스의 머리채를 잡아 그녀의 얼굴을 딸의 질에 처박았다. 그리고 골반을 흔들어 얼굴에 피칠을 했다.

"아아아, 새끼돼지 엄마!" 리건이 탁한 목소리로 음란하게 흥얼 거렸다. "날 핥아줘요! 날름날름 핥아줘요! 아아아아아!" 그러더니 크리스의 머리를 내리누르던 손을 홱 쳐들어 고개를 젖히고 다른 손으로 가슴을 강타했다. 크리스는 휘청거리며 방 저쪽으로 밀려 나 벽에 부딪혔다. 리건이 비웃었다.

바닥에 쓰러진 크리스는 멍하니 공포에 잠겨 있었다. 소용돌이 치는 이미지들, 방안의 소리들에 둘러싸여. 눈앞이 빙글빙글 돌며 흐릿하니 초점이 맞지 않았고 귓속에서는 무질서한 왜곡된 소리들 이 쩌렁쩌렁 울렸다. 그녀는 힘없이 몸을 일으키려 했다. 양손으로 바닥을 짚고 비틀거리며 침대 쪽을, 리건 쪽을 바라보았다. 그녀를 등지고 앉은 리건은 십자가를 질 안으로 음란하게 서서히 밀어넣 더니 뺐다. 그렇게 넣다 뺐다를 반복하면서 그 낮고 굵은 목소리로 흥얼거렸다. "아, 여기 내 암퇘지가 있다네. 내 작고 달콤한 새끼돼 지. 내—"

크리스는 아픈 몸을 이끌고 침대로 기어갔다. 얼굴은 피범벅이 고 팔다리는 욱신거리고 눈앞은 또렷이 보이지도 않았다. 그 순간 그녀는 상상을 초월한 공포에 휩싸여 움찔하며 몸을 뒤로 뺐다. 넘 실거리는 안개처럼 희뿌연 시야에 들어오는 광경에. 상체는 꼼짝 않고 리건의 머리만 천천히, 거침없이 돌아가 마침내 크리스를 똑바로 마주보았다. 버크 데닝스의 여우 같은, 성난 눈으로.

"얘가 무슨 짓을 했는지 알아, 네 추잡한 딸년이?"

크리스는 비명을 지르다가 혼절했다.

3부

나락

그들이 다시 물었다.
"우리에게 무슨 표적을 행하셔서 우리가 보고
선생님을 믿게 하시겠습니까?"

요한복음서 6장 30절

"너희는 나를 보고도 믿지 않는다."

요한복음서 6장 36절

1장

그녀는 키 브리지 보도에 서서 난간에 팔을 얹고 초조하게 기다리고 있었다. 빽빽이 늘어선 귀가 차량들이 가다 서다를 반복했고, 그날그날의 골칫거리로 심란한 운전자들이 경적을 울리는 가운데 범퍼끼리 살짝 맞닿는 정도는 대수롭지도 않았다. 그녀는 메리 조를 만나 거짓말을 했다.

"리건은 좋아졌어요. 그런데 소규모 디너파티를 또 열까 하는데 그 예수회 정신과의사 이름이 뭐라고 하셨죠? 이번엔 그분도 초대해볼까 싶은데……"

웃음소리가 아래쪽에서 떠올랐다, 카누를 빌려 탄 청바지 차림의 젊은 커플. 그녀는 신경질적인 몸짓으로 재빨리 재를 털었다. 담뱃갑에 든 마지막 한 개비였다. 워싱턴 방면 다리 보도를 흘깃 보았다. 누가 빠른 걸음으로 다가오고 있었다. 카키색 바지와 청색 스웨터. 신부가 아니야. 그 사람이 아니야. 다시 강을 내려다보았다. 그녀의 무력감이 진홍빛 카누가 지나가며 일으킨 물결 속으로 빨려 들어갔다. 카누 옆면에 쓰인 이름을 알아보았다. 카프리스.

발소리. 치노팬츠와 스웨터 차림의 남자가 다가오다가 그녀 근처에서 발걸음을 늦추었다. 슬쩍 보니 난간에 한 팔을 얹고 서 있었다. 그녀는 재빨리 버지니아주 쪽으로 시선을 돌렸다. 또 사인을 해달라는 건가? 아니면 더 나쁜 경우인가?

"크리스 맥닐 씨?"

강으로 담뱃재를 털며 크리스가 냉랭하게 말했다. "가던 길이나 가시지? 아님 소리쳐서 경찰 부를 거야!"

"맥닐 씨? 캐러스 신부입니다."

흠칫 놀라 얼굴이 빨개진 크리스는 황급히 남자를 돌아보았다. 얽고 다부진 얼굴. "오, 이런, 세상에! 죄송해요!" 그녀는 당황한 나머지 선글라스를 벗을 뻔했지만 얼른 도로 올려 썼다. 슬픈, 검은 눈동자가 그녀를 살폈다.

"사복 차림일 거라고 말씀드렸어야 했는데."

목소리가 어찌나 편안히 달래는지, 그것만으로도 어깨의 짐을 내려놓는 기분이었다. 난간 위 맞잡은 두 손은 혈관이 불거진 미켈란젤로의 손처럼 크고 섬세했다. "눈에 안 띄는 편이 좋겠다고 생각했죠. 맥닐 씨가 비밀리에 만나려고 굉장히 신경쓰신다는 느낌을 받았거든요."

"그보다는 이런 망신살을 당하지 않도록 더 신경썼어야 했나봐요." 그녀가 맞받아쳤다. "저는 얼핏 보고 신부님이 아니라―"

"사람인 줄 아셨습니까?" 그가 어렴풋이 짓궂은 미소를 띠며 대신 말을 맺었다.

크리스가 그를 살펴보다가 고개를 끄덕이며 미소 지었다. "네, 처음 뵌 순간이 기억나요."

"그게 언제죠?"

"언젠가 캠퍼스에서 촬영할 때였어요. 담배 있으세요, 신부님?"

그가 셔츠 주머니에 손을 넣었다.

"필터 없는 담배입니다."

"지금은 로프라도 피우겠어요."

"돈 떨어지면 자주 그렇게 피우죠."

딱딱한 미소를 지으며 크리스가 고개를 끄덕였다. "그렇죠. 청빈 서원." 신부가 내민 담뱃갑에서 한 개비를 뽑았다.

"청빈서원도 쓸모가 있답니다." 그가 말했다.

"그래요? 어떤?"

"로프도 피울 만하게 되거든요." 또다시 어색한 미소를 지으며 그가 담배를 쥔 그녀의 손을 보았다. 떨리고 있었다. 담배가 빠르게 흔들리다가 한 번씩 크게 튀기를 계속했다. 그는 그녀의 손에서 담배를 빼앗아 입에 물고는 양손으로 성냥불을 감싸고 뻐끔거려 불을 붙인 다음 돌려주었다. "자동차가 지나갈 때마다 바람이 쌩쌩 부니까요."

크리스는 그를 찬찬히 살펴보았다. 고마움에서 나아가 희망마저 생겼다. 그가 어떤 일들을 해왔는지는 알고 있었다. "고맙습니다, 신부님." 캐러스도 카멜 담배에 불을 붙였다. 담뱃불을 손으로 감싸진 않았다. 그가 연기를 내뱉자 두 사람은 다리 난간에 팔꿈치를 얹었다.

"어디 출신이세요, 캐러스 신부님? 고향 말이에요."

"뉴욕입니다."

"저도요. 다시는 돌아가고 싶지 않은 곳이죠. 신부님은요?"

캐러스는 목구멍으로 치미는 것을 꾹꾹 눌렀다. "네, 저도 싫습니다." 억지로 살짝 미소를 지었다. "하지만 제가 결정하는 건 아니니까요."

크리스는 고개를 젓고 옆을 보았다. "내 정신 좀 봐. 사제들은 상부 지시대로 이동하죠?"

"네."

"어쩌다가 정신과의사가 사제가 된 건가요?" 그녀가 물었다.

기숙사에서 전화를 받았을 때 그는 그녀가 언급한 절박한 문제가 무엇인지 알고 싶었다. 하지만 그녀는 신중했다. 무엇 때문에? 하지만 재촉할 필요는 없었다. 어쨌든 이야기를 꺼낼 수밖에 없을 테니. "그 반대입니다." 그는 점잖게 정정해주었다. "교단에서—"

"누구요?"

"예수회The Society of Jesus요. 예수회원Jesuit은 그 줄임말입니다."

"아, 네."

"교단에서 의대도 보내주고 정신의학 과정도 밟게 해줬죠."

"어느 대학에서요?"

"음, 하버드, 그리고 존스홉킨스. 그런 곳들이었죠."

문득 자신이 그녀에게 좋은 인상을 주고 싶어한다는 사실을 깨달았다. 왜지? 곧 그 대답을 어린 시절의 슬럼가에서 찾아냈다. 로어 이스트사이드의 극장 발코니석. 영화 스타와 함께 있는 꼬마 데이미언.

크리스가 고개를 끄덕였다. "나쁘지 않았겠네요."

"정신적 청빈서원은 하지 않으니까요."

그녀는 상대의 짜증을 감지했다. 어깨를 으쓱하며 고개를 돌려 강을 바라보았다. "저, 제가 아직 신부님을 잘 몰라서 그래요. 그리고⋯⋯" 그녀는 담배를 깊이 한 모금 빨고는 연기를 내뿜으며 꽁초를 난간에 비벼 끄고 강물에 튕겨버렸다. "다이어 신부님 친구시죠?"

"네, 그렇습니다."

"가까운 사이세요?"

"가깝죠."

"파티 이야기를 하던가요?"

"그 댁에서 열린 파티요?"

"네, 제 파티요."

"네, 맥닐 씨가 사람 같다고 하더군요."

그녀는 농담을 이해 못했거나 아니면 무시해버렸다. "제 딸 얘기도 하시던가요?"

"아뇨, 따님이 있는지 몰랐습니다."

"열두 살이에요. 그 아이 얘기를 안 하셨어요?"

"전혀요."

"딸아이가 무슨 짓을 했는지 얘기 안 하셨다고요?"

"따님 얘기는 전혀 없었어요."

"신부님들은 입이 무겁다고 하는데, 정말 그런가보네요?"

"그거야 다 다르죠." 캐러스가 대답했다.

"뭐에 따라서요?"

"신부 나름이라는 얘깁니다."

예수회 사제의 의식 가장자리에 특정 부류의 여성들에 대한 경고가 흘러들어왔다. 신부들에게 신경증적으로 끌리는 여자들, 무의식중에 또는 다른 문제를 구실로 손에 넣을 수 없는 대상을 유혹하려고 안달난 여자들이었다.

"고해성사 얘기예요. 내용을 말 못하게 되어 있지 않나요?"

"네, 맞습니다."

"그럼 고해성사 외의 이야기는요? 그러니까 만약……" 동요한 그녀는 손을 어찌할 바를 몰랐다. "궁금해서 그러는데, 제가…… 아니, 정말로 궁금해서 드리는 말씀이에요. 예를 들어 어떤 사람이 범죄자라고 해요. 살인자든 뭐든, 네? 만일 그 사람이 도움을 청하면 받아주시나요?"

이 여자는 가르침을 원하는 걸까? 개종을 통해 회의懷疑를 떨쳐내고 싶은 건가? 구원을 마치 심연 위에 걸린 허술한 다리를 지나 그 끝에서 만나는 것쯤으로 여기는 사람들이 있다는 것은 그도 알고 있었다. "영혼의 안식을 위해서라면, 아니라고 할 겁니다." 그가 대답했다.

"아니에요?"

"네, 아닙니다. 그보다는 자수를 권하겠죠."

"그럼 엑소시즘을 원하는 사람들은 어떻게 하죠?"

잠시 말문이 막힌 캐러스가 빤히 바라보았다.

"무슨 말씀이시죠?" 마침내 그가 물었다.

"누가 악마한테 빙의당했다고 치죠. 그럼 어떤 식으로 엑소시즘을 행하시나요?"

캐러스는 시선을 떼고 숨을 들이쉰 다음 그녀를 다시 바라보았다. "에, 그럼 그 사람을 타임머신에 넣고 16세기로 돌려보내야 할 겁니다."

당황한 크리스는 얼굴을 찌푸렸다. "그게 무슨 말씀이세요?"

"그런 건 더이상 없다는 뜻입니다."

"그래요? 언제부터요?"

"언제냐고요? 우리가 정신병에 대해 알고 나서부터죠. 조현병, 정신분열 등등. 제가 하버드에서 배운 것들이기도 하고요."

"농담이죠?"

그녀의 목소리가 흔들렸다. 무력감, 당혹감이 묻어났다. 곧바로 캐러스는 자신의 경솔함을 자책했다. 어쩌다 그런 말을 했을까? 생각지도 못하게 툭 튀어나왔다.

"교육을 받은 많은 천주교도가," 그의 목소리가 한결 부드러워졌다. "더이상 악마의 존재를 믿지 않습니다. 빙의 현상에 관해서라면, 제가 예수회에 들어온 후로 엑소시즘을 행했다는 사제를 본 적이 없어요. 한 명도."

"정말 신부님 맞으세요? 아니면 배우 알선 업체에서 나온 분인가요?" 크리스가 불쑥 말했다. 낙담하고 쓰라린 심정이 실린 날카로운 목소리였다. "제 말은, 예수님이 악령들을 몰아냈다는 성경 얘기는 그럼 다 뭐죠?"

캐러스도 순간적으로 열을 내며 대답했다. "악마에 들린 자들이 조현병 환자들이라고 말씀하셨다면, 예수님은 그보다 삼 년 일찍 십자가에 매달리셨을 겁니다."

"오, 그래요?" 크리스는 떨리는 손으로 선글라스를 만졌다. 흥분을 가라앉히려 애쓰며 목소리를 깔았다. "하지만, 사실인걸요. 캐러스 신부님, 저와 아주 가까운 사람이 아무래도 악마에 들린 것 같아서 엑소시즘이 필요해요. 해주실 거죠?"

캐러스는 문득 이 상황이 비현실적으로 느껴졌다. 키 브리지, 지나가는 차량들, 강 건너 얼음을 넣고 간 밀크셰이크를 파는 핫숍, 옆에서 그에게 엑소시즘을 부탁하는 영화 스타. 대답을 궁리하는데 그녀가 커다란 짙은 선글라스를 벗었다. 캐러스는 충격으로 움찔했다. 시뻘건 색, 그 초췌한 눈에 담긴 간절한 호소. 그리고 불현듯 깨달았다. 이 여자는 진심이다. "캐러스 신부님, 바로 제 딸이에요. 제 딸!" 그녀가 애원했다.

"그렇다면 더더욱," 그녀를 진정시키듯이 그가 말했다. "엑소시즘 생각은 잊으시는 게ㅡ"

"왜요?" 크리스가 이성을 잃고 갈라져 거친 목소리로 벌컥 외쳤다. "이유를 말해주세요! 세상에, 이해가 안 된다고요!"

신부가 그녀의 손목을 잡고 다독였다. "무엇보다 상황이 더 악화될 수도 있습니다."

기가 막힌 크리스가 얼굴을 찡그리며 말했다. "더 나빠져요?"

"그래요. 더 나빠져요. 엑소시즘 의식은 위험할 정도로 암시적입니다. 행여 악령이 존재하지 않는 마음에 빙의의 개념을 심어놓을 수 있고, 정말로 악마가 들었다 해도 더더욱 지배를 강화하기도 하거든요."

"하지만ㅡ"

"게다가 교회가 엑소시즘을 승인하려면 먼저 그게 타당한지 조사를 거치는데, 시간이 많이 걸립니다. 그사이 따님은ㅡ"

"직접 하지는 못하세요?" 크리스의 아랫입술이 파르르 떨리고 눈에는 눈물이 그렁그렁했다.

"물론 성직자는 누구나 엑소시즘을 행할 권한이 있습니다. 하지만 교회의 승인이 필요합니다. 솔직히 승인이 떨어진 경우는 거의ㅡ"

"아이를 한번 봐주실 수는 있죠?"

"정신과의사로서는 네, 가능합니다. 하지만ㅡ"

"그애한테 필요한 건 사제란 말이에요!" 크리스가 버럭 고함을 질렀다. 얼굴이 분노와 공포로 일그러졌다. "딸을 세상천지의 의사란 의사한테는 다 보였어요. 의사들이 나를 신부님께 보냈는데, 또 그 사람들한테 가라는 건가요?"

"하지만 따님이—"

"하느님 맙소사, 도대체 왜 아무도 도움이 못 되는 거죠?"

심장이 멎을 듯한 비명이 강 위로 퍼져나가자, 풀이 우거진 강둑에서 놀란 새 몇 마리가 깍깍거리며 하늘로 퍼드덕 날아올랐다. "오, 제발, 누구든 좀 도와줘요!" 크리스는 캐러스의 가슴으로 무너져 발작적으로 흐느꼈다. "제발 도와줘요! 제발! 제발, 도와줘요!"

신부는 그녀를 내려다보다가 손을 들어 머리를 쓰다듬어주었다. 꽉 막힌 도로의 운전자들이 무심한 얼굴로 차창 밖 그들을 내다보았다.

"좋습니다." 캐러스가 그녀에게 말했다. 우선 여자를 진정시켜 히스테리를 막고 봐야 했다. '내 딸?' 아니, 정신과 치료가 필요한 건 오히려 어머니 쪽 같았다. "알겠습니다. 따님을 보러 가죠. 지금 바로요. 가시죠."

비현실적인 기분이 좀처럼 가시지 않아 캐러스는 크리스를 따라 집으로 가면서 말이 없었다. 한편으로는 다음날 조지타운 의과대학에서 해야 하는 강의 생각으로 머릿속이 복잡했다. 아직 강의 노트를 준비하지 못한 터였다.

두 사람이 현관계단을 올라갈 때 캐러스는 손목시계를 보았다. 여섯시 십 분 전이었다. 그는 거리 아래쪽 예수회 기숙사를 바라보며 오늘 저녁식사는 글렀구나 생각했다. "캐러스 신부님?" 사제가 크리스를 돌아보았다. 그녀는 자물쇠에 열쇠를 끼워넣은 채 잠시 주저하다가 그를 보았다. "사제복을 입는 게 좋지 않을까요?"

캐러스는 속마음을 드러내지는 않았지만 그녀를 측은히 여기며 바라보았다. 저 얼굴과 목소리. 어떻게 저토록 아이처럼 천진무구할까. "너무 위험합니다." 그가 대답했다.

"알겠어요."

그녀가 몸을 돌려 문을 열려 했다. 그때였다. 캐러스도 느꼈다. 선뜩한, 확 끌어당기는 경고. 그것은 얼음조각들처럼 혈관을 타고 흐르며 긁어댔다.

"캐러스 신부님?"

그가 고개를 들었다. 크리스는 이미 안으로 들어가 있었다.

잠시 주저하며 그대로 서 있다가 그는 결심한 듯 천천히, 의식적으로 발을 내디뎠다. 묘하게도 끝을 예감하며 집안으로 들어섰다.

캐러스도 소란스러운 소리를 들었다. 위층. 굵고 우렁찬 목소리가 외설스러운 말들을 고래고래 외쳐대고 있었다. 분노와 증오, 좌절에 차 위협하고 있었다. 그는 물러서서 어리둥절한 얼굴로 크리스를 돌아보았다. 그녀는 말없이 그의 시선을 맞받았다. 이윽고 그녀가 앞장섰다. 그도 그녀를 따라 위층으로 올라갔다. 리건의 침실 맞은편 벽에 칼이 고개를 푹 숙이고 팔짱 낀 자세로 기대서 있었다. 이렇게 가까이서 들으니, 방안의 목소리가 어찌나 큰지 확성기에 대고 떠드는 듯했다. 그들이 다가가자 칼이 고개를 들었다. 신부는 그의 눈 속에서 당혹감과 경악을 보았다. 두려움에 차 갈라진 목소리로 그가 크리스에게 말했다. "가죽끈을 풀어달랍니다."

크리스가 캐러스를 보았다. "금방 올게요." 정신이 지칠 대로 지쳐서 나오는 멍한 목소리였다. 캐러스는 그녀가 복도를 걸어가 자기 침실로 들어가는 모습을 지켜보았다. 방문은 열어둔 채였다.

칼에게로 다시 시선을 돌렸다. 그는 신부를 주시하고 있었다. "신부님이십니까?"

캐러스가 고개를 끄덕였다. 그러더니 리건의 방문을 재빨리 바라보았다. 격노한 목소리가 느닷없이 짐승의 길고 거슬리는 신음소리로 바뀌어 있었다. 거세한 수소가 낼 법한 소리였다. 뭔가가 손을 쿡쿡 찔러 내려다보았다. "저 아이예요. 리건." 크리스가 사진한 장을 건넸다. 받아보니 어린 소녀의 사진이었다. 예쁘장한 얼굴에 귀여운 미소를 띤.

"사 개월 전에 찍었어요." 크리스가 꿈꾸듯 말했다. 그러고는 사진을 돌려받으며 고갯짓으로 방문을 가리켰다. "들어가서 한번 보세요." 크리스는 칼의 옆 벽에 기대고서 눈을 내리깔고 팔짱을 꼈다. "전 여기서 기다릴게요."

"안에 또 누가 있죠?" 캐러스가 물었다.

크리스가 고개를 들어 무표정한 얼굴로 그를 보았다. "아무도 없어요."

그는 그녀의 불안한 눈길을 받다가 이맛살을 찌푸리며 방문으로 몸을 돌렸다. 문손잡이를 잡자 방안의 소음이 뚝 그쳤다. 숨막힐 듯한 침묵 속에 캐러스는 머뭇거리다가 천천히 안으로 들어갔다. 얼굴과 코로 확 끼치는 썩은 배설물의 악취에 하마터면 주춤 뒤로 물러설 뻔했다. 그것은 손에 잡힐 듯 실재하는 돌풍처럼 그를 덮쳤다. 역겨움을 억누르면서 문을 닫은 캐러스는 아연해서 원래 리건이었던 존재, 침대에 똑바로 누운 생명체와 눈을 마주쳤다. 베개를 벤 머리, 쑥 들어간 눈구멍에 자리한 불거진 눈알은 광기어린 교활함과 이글거리는 지혜로, 흥미로, 악의로 번들거렸다. 그 눈이 그의 눈에 못박혀 주시하는 가운데 가공할 증오로 이글거리는 해골 얼굴로 탈바꿈했다. 캐러스는 엉키고 뭉친 머리카락과 쇠약한 팔다리, 팽창해 터무니없이 튀어나온 배로 시선을 옮기다가 다시 눈으로 돌아갔다. 그를 지켜보는 눈…… 꼼짝 못하게 사로잡는 눈…… 큰 창 근처에 위치한 책상과 의자로 향하는 그를 좇아 움직였다. 그는 차분한, 심지어 따뜻하고 정감 있는 목소리를 내려고 안간힘을 썼다. "안녕, 리건." 그러고는 의자를 들어 침대 옆으로 가져왔다. "난 네 엄마 친구란다. 엄마 말이 네가 요즘 몸이 아주 좋지 않다더구나. 문제가 뭔지 얘기해주겠니? 널 돕고 싶은데."

리건의 눈이 깜박이지도 않은 채 사납게 번득였다. 누런 침이 입 가장자리에서 턱까지 흘러내리는 가운데 입술이 팽팽히 당겨지며 활 모양을 그리더니 음산하게 씨익 비웃었다.

"이런, 이런, 이런." 리건이 가소롭다는 듯 바라보았다. 위협과

권능으로 넘쳐나는 그 굵은 목소리에 캐러스는 뒷목의 털이 쭈뼛 곤두섰다. "결국 너로군…… 기껏 너를 보낸 거야!" 그녀는 기뻐하며 말을 이었다. "이런, 우리가 너를 무서워할 이유야 없지."

"그래, 맞아. 네 친구니까. 너를 도우러 온 거란다." 캐러스가 대답했다.

"그럼 이 가죽끈이나 풀어줘." 리건이 껄껄거리듯 말했다. 그녀가 팔목을 당긴 덕에 캐러스도 양 팔목에 묶인 두 개의 가죽끈을 알아차렸다.

"그것 때문에 불편해?"

"미칠 지경이야. 귀찮고 짜증나서 돌아버리겠어."

은근히 재미있는지 두 눈이 교활하게 반짝였다.

카라스는 리건의 얼굴에 난 긁힌 자국들을 보았다. 입술의 상처는 아무래도 스스로 깨문 모양이었다. "네가 자해할까봐 그런 거야, 리건."

"난 리건이 아니야!" 그녀가 으르렁거렸다. 입술을 팽팽히 당겨 예의 흉측한 미소를 지은 채. 이제는 그녀의 원래 표정처럼 여겨졌다. 치아교정기가 너무도 부조화스럽군, 그는 생각했다. "그래, 알았다." 그가 고개를 끄덕이며 말했다. "그럼 우리 자기소개부터 할까? 나는 데이미언 캐러스야. 넌 누구지?"

"난 악마다."

"아, 좋아." 캐러스가 알겠다는 듯 고개를 끄덕였다. "자, 얘기 좀 해보자고."

"잡담 말이냐?"

"그게 좋다면야."

"그래, 좋다." 리건의 입가에서 침이 흘러내렸다. "하지만 이렇게 묶여 있으면 도무지 자유롭게 얘기할 수가 없어. 알겠지만, 내가 로마에서 지낸 시간이 길다보니 손동작을 곁들여 말하는 게 워낙 몸에 배서 말이야, 캐러스. 그러니 이 가죽끈을 풀어줘."

사고나 언어 사용이 참으로 조숙하군, 캐러스는 생각했다. 놀랍기도 하고 전문가로서 흥미도 느껴져 상체를 앞으로 기울였다. "악마라고 했나?" 그가 물었다.

"물론이다."

"그럼 가죽끈쯤이야 그냥 사라지게 하지 그래?"

"이봐, 그런 식으로 힘을 과시하는 건 너무 천박하잖아. 게다가 나는 왕자라고! '이 세상의 왕자', 예전에 웬 인간이 그러더군. 누군지는 기억 안 나." 낮은 목소리로 껄껄 웃었다. "나는 설득을 훨씬 선호하거든, 캐러스. 유대紐帶. 참여의식. 게다가 내가 직접 끈을 풀어버리면 자네가 자선을 베풀 기회를 날려버리는 꼴이 되기도 하고."

놀랍군! 캐러스는 생각했다. "하지만 자선행위는 미덕이야. 그거야말로 악마가 원치 않는 일일 테니, 사실 끈을 풀어주지 않는 게 돕는 셈이지. 아니, 물론─캐러스는 어깨를 으쓱했다─물론 네가 진짜 악마가 아니라면 얘기는 달라지겠지. 그럼 기꺼이 그 끈을 풀어주마."

"아주 교활하군foxy, 캐러스. 헤롯이 이 자리에 있었으면 아주 좋아했을 텐데 안됐어."

캐러스는 눈을 가늘게 뜨고 더욱 흥미를 보였다. 예수가 헤롯을 '저 여우that fox'라고 부른 일을 두고 말장난을 하는 걸까? "헤롯은 둘이란다. 유대의 왕 얘기니?"

"아니, 갈릴리 총독!" 리건이 언성을 높이며 멸시하듯 호되게 쏘아붙였다. 그러더니 난데없이 씩 웃으며 음흉한 목소리로 살살 꼬드겼다. "이것 봐, 이게 다 이 빌어먹을 끈 때문에 기분이 안 좋아서 그래. 그러니까 풀어줘. 이 끈을 풀어주면 네 미래를 얘기해주마."

"구미가 당기는군."

"내 장기니까."

"하지만 네가 정말로 미래를 볼 수 있는지 내가 어떻게 알지?"

"난 악마라고!"

"그래, 그렇다고 들었어. 하지만 증거가 없잖아."

"믿음이 없군."

캐러스가 굳었다. 잠시 말이 없었다. "믿다니, 뭘?"

"나를 믿어야지, 캐러스. 나 말이야!" 눈 속에서 조롱과 심술이 몰래 춤추었다. "하늘에 저렇게 증거가, 표징이 쌔고 쌨잖아!"

캐러스는 간신히 평정을 찾으며 대답했다. "이런, 아주 간단한 증거면 되는 일인데. 예를 들어 악마라면 모든 걸 알겠지, 안 그래?"

"아니, 거의 모든 것이라고 해야지, 캐러스. 봤지? 사람들은 내가 오만하다지만, 보다시피 난 이렇게 겸손하다고. 그래, 교활한 캐러스, 이제 어쩔 셈인가? 말해보시지!"

"음, 네 지식이 어느 정도인지 한번 시험해볼까?"

"좋아. 이건 어때? 남미에서 가장 큰 호수는 페루의 티티카카호
다. 그 정도면 되겠어?" 리건 아닌 리건이 놀리며 말했다. 툭 불거
진 눈이 비웃는 빛을 띠었다.

"아니, 질문은 내가 해. 악마만 알 수 있는 걸로."

"아, 알았어. 어떤 건데?"

"리건은 어디 있지?"

"여기 있다."

"'여기'가 어딘데?"

"새끼돼지 안에 있지."

"나한테 보여줘."

"왜? 이년을 따먹고 싶어? 이걸 풀어줘. 그럼 네 맘대로 달려들
어도 좋아."

"네 말이 사실인지 직접 확인해야겠어. 리건을 보여줘."

"아주 입맛 당기는 년이긴 하다만," 리건이 축 늘어진 백태 긴
혀로 메마르고 갈라진 입술을 핥으며 추파를 던졌다. "대화는 영
젬병이야. 나하고 노는 게 더 재미있다니까."

"흠, 리건이 어디 있는지 모르는군." 캐러스가 어깨를 으쓱했다.
"그런데도 악마라고 우기다니."

"난 악마다!" 리건이 상체를 앞으로 홱 내밀며 고함쳤다. 노기등
등해 일그러진 얼굴로. 무시무시한 목소리가 울리며 벽이 우지직

거리자 캐러스도 전율했다. "난 악마다!"

"좋아, 그럼 리건을 보여줘. 증명해봐." 캐러스가 말했다.

"더 좋은 방법이 있지! 증거를 보여주겠다. 네 마음을 읽어낼 테니 일부터 십까지 숫자 중 하나를 떠올려봐!" 리건이라는 생명체가 격분하며 속을 끓였다.

"안 돼, 그런 식으로는 아무것도 증명 못해. 우선 리건부터 봐야겠어."

난데없이 그것이 낄낄거리며 침대 머리판에 몸을 기댔다.

"싫어, 너한테는 아무것도 증명하지 않을 거다, 캐러스. 이래서 내가 이성적인 인간들을 좋아한다니까. 훌륭하군, 아주 훌륭해. 그동안 심심하지 않게 우리가 제대로 놀아줄게. 어차피 우리도 너를 보내고 싶지 않으니까."

"'우리'가 누구지?" 캐러스가 놓치지 않고 재빨리 물었다.

"이 새끼돼지 안에 몇몇이 모여 있다." 대답이 이어졌다. "아, 그래, 꽤 많이 모여 있지. 정식으로 소개할지는 이따 고려해볼게. 우선 가려워 미치겠는데 손이 닿지 않아서 그러니 잠깐만 끈 한쪽이라도 풀어줘. 한쪽만이라도, 응?"

"아니, 가려운 데가 어딘지 말해주면 내가 긁어주지."

"아, 교활하긴. 아주 교활해!"

"리건을 보여줘. 그럼 한 팔은 풀어줄 수도 있어. 단―"

돌연 그가 놀라서 움찔했다. 어느덧 공포로 가득한 눈과 소리 없는 비명을 지르는 한껏 벌린 입이 보였기 때문이다. 하지만 리건의 흔적은 순식간에 사라지면서 이목구비가 빠른 속도로 재구성되었다. "제발, 이 씨팔 끈을 그냥 풀어주지 그래?" 딱딱 끊어지는 영국식 발음으로 살살 구슬리더니 눈 깜짝할 사이 악마의 인격을 회복했다. "이 늙은 복사놈 좀 도와줍쇼, 신부님. 네?" 그것은 격격거리듯 말하더니 고개를 젖히고 새된 소리로 격렬하게 웃었다.

망연해진 캐러스는 몸을 뒤로 기댔다. 또다시 뒷목에 얼음장 같은 손이 느껴졌다. 이제는 만져질 듯 생생하게, 단순히 기색에 그치지 않고 확연히.

리건 아닌 리건이 웃음을 뚝 그치더니 조롱하는 눈빛으로 그를 노려보았다. "얼음장 같은 손이 느껴져? 아, 그러고 보니 네 어미도 우리와 함께 있다, 캐러스. 뭐 할말 없나? 내가 전해주지." 조롱하는 웃음. 그러다 토사물이 뿜어져나오자 그는 의자에서 튕기듯 일어나 피했다. 그래도 스웨터와 한쪽 손에 묻었다.

핏기가 가신 얼굴로 사제는 침대를 내려다보았다. 리건이 신이 나서 키득거렸다. 그의 손에 묻은 오물이 양탄자로 뚝뚝 떨어졌다. "그 말이 사실이라면 내 어머니 결혼 전 이름도 알겠군." 그가 멍하니 물었다.

"오, 알지."

"그래, 이름이 뭐지?"

리건—그것이 그를 향해 쉭쉭거렸다. 눈은 광기로 번들거리고 머리는 코브라처럼 천천히 이쪽저쪽으로 흔들렸다.

"이름이 뭐지?" 캐러스가 거듭 물었다.

눈을 까뒤집으며 리건이 거세한 수소처럼 성나서 울부짖었다. 소리가 덧문을 뚫고 커다란 퇴창의 유리를 흔들었다. 캐러스는 잠시 환자의 절규를 바라보다가 자신의 손을 내려다보고 방을 나왔다.

크리스가 벽에서 재빨리 등을 떼며 근심스러운 얼굴로 신부의 스웨터를 살폈다. "무슨 일이에요? 애가 토했나요?"

"수건 있습니까?" 그가 물었다.

"저쪽에 욕실이 있어요." 크리스가 황급히 복도의 문을 가리키며 말했다. "칼, 들어가서 애가 어떤지 좀 봐줘요." 신부를 따라 욕실로 향하며 어깨 너머로 지시했다. "정말 죄송해요!" 그녀가 말했다.

신부는 세면대로 갔다.

"아이한테 진정제를 줬나요?" 그가 물었다.

크리스가 수도꼭지를 틀어주었다. "네, 리브리엄요. 스웨터를 벗고 씻으세요."

"용량은요?" 그가 토사물이 묻지 않은 왼손으로 스웨터를 잡아당기며 벗으려 했다.

"제가 거들게요." 그녀가 그의 스웨터 자락을 잡았다. "음, 오늘은 400밀리그램이었어요."

"400?"

그녀가 스웨터를 가슴까지 끌어올렸다. "네, 그렇게 해서 겨우 팔다리를 묶은걸요. 사람들이 모두 달려들어도 도저히—"

"딸한테 한 번에 400밀리그램이나 주사했다는 말입니까?"

"그애는 상상을 초월할 정도로 힘이 세요. 팔 올리세요, 신부님."

"알겠습니다."

그가 양팔을 올리자 그녀가 스웨터를 위로 끌어올려 벗겨주었다. 그리고 샤워커튼을 걷고 스웨터를 욕조에 던져넣었다. "윌리한테 세탁해놓으라고 할게요." 기운 없이 욕조 가장자리에 걸터앉은 그녀는 수건걸이에서 분홍색 수건을 끌어내리고 감청색으로 수놓인 리건의 이름을 무심코 어루만졌다. "죄송해요."

"괜찮습니다. 개의치 마세요." 그가 풀 먹인 흰 셔츠의 오른쪽 소매 단추를 풀고 걷었다. 가느다란 갈색 털로 뒤덮인 근육질 팔뚝이 드러났다. "영양 섭취는 어떻게 하고 있나요?" 그가 뜨거운 물이 나오는 수도꼭지에 오른손을 대고 토사물을 씻어냈다.

"못해요. 잠들었을 때 서스타겐을 주입했는데, 애가 관을 뽑아버렸어요."

"뽑아버려요? 언제요?"

"오늘요."

캐러스는 심란한 채 양손에 비누칠을 하고 헹구었다. 잠시 후 그가 심각하게 덧붙였다. "병원에 입원해야 합니다."

크리스가 고개를 떨구었다. "안 돼요, 신부님." 크리스가 나지막하고 단조로운 어조로 대답했다.

"왜죠?"

"그냥 안 돼요!" 기진맥진하고 허스키한 목소리가 같은 말을 반복했다. "아이가…… 애가 일을 저지른걸요. 다른 사람이 알아차리게 할 순 없어요. 의사도…… 간호사도 안 돼요…… 아무도."

얼굴을 찌푸리며 캐러스가 수도꼭지를 잠갔다. "예를 들어 어떤 사람이 범죄자라고 해봐요." 난감해진 그는 양손으로 짚고 있던 세면대만 내려다보았다. "서스타겐은 누가 주죠? 리브리엄이나 처방약은요?"

"우리가 해요. 주치의가 방법을 가르쳐줬죠."

"처방전이 필요할 텐데요."

"음, 신부님이 그 부분도 좀 도와주실 수 있지 않을까요?"

머릿속에서 생각이 뱅뱅 돌 뿐인 그는 양손을 들어올린 채 그녀에게로 돌아섰다. 크리스의 불안하고 좌절한 시선을 마주하고 그 손에 들린 수건을 고갯짓으로 가리켰다. "주세요."

크리스가 멍하니 그를 보다가 물었다. "네?"

"수건 좀 주세요."

"오, 죄송해요." 그녀가 허둥지둥 수건을 건넸다. 그리고 물기를 닦는 그에게 일말의 기대를 품고 질문을 던졌다. "저, 신부님, 어때 보이던가요? 악마에 들린 것 같나요?"

"빙의현상에 대해 얼마나 아시죠?"

"책에서 읽은 것하고 의사들이 해준 말이 전부예요."

"의사들?"

"배링거 클리닉에서요."

"그렇군요." 캐러스가 고개를 끄덕이며 말했다. 수건을 접어 수건걸이에 도로 걸며 물었다. "맥닐 씨는 천주교도입니까?"

"아니요."

"따님은?"

"아니에요."

"그럼 다른 종교라도?"

"없어요."

"왜 저를 찾은 거죠?"

"절박했으니까요!" 떨리는 목소리로 그녀가 불쑥 말했다.

"정신과의사들이 저한테 보냈다고 말씀하신 것 같은데요."

"오, 전 지금 제가 말해놓고도 무슨 말을 하는지 몰라요! 거의 정신이 나가 있는 상태라고요."

캐러스가 몸을 돌려 팔짱을 끼고 흰 대리석 세면대에 기대었다. 그는 크리스를 내려다보며 가까스로 성질을 누그러뜨리고 말했다. "내가 걱정하는 건, 따님을 위한 최선의 방법이 뭐냐는 겁니다. 행여 자기암시요법을 위해 엑소시즘을 해줄 사람을 찾는 거라면 차라리 배우를 부르는 게 나을 겁니다. 교회는 허락하지 않을 테고, 맥닐 씨는 아까운 시간을 낭비하게 될 테니까요."

캐러스는 손이 살짝 떨리는 게 느껴졌다.

도대체 뭐가 잘못된 걸까? 그는 궁금했다. 이게 무슨 일이지?

"정확히는 맥닐 부인이에요." 크리스가 톡 쏘아붙이듯 정정했다.

캐러스가 목소리를 가라앉혔다. "사과드리죠. 보세요, 악마든 정신질환이든 제가 도울 수 있다면 뭐든 하겠습니다. 하지만 먼저 사실을 알아야 합니다. 온전한 사실을. 그게 중요해요. 리건한테도 중요한 일이고요. 맥닐 부인, 지금은 저도 어찌된 영문인지 모르겠습니다. 따님 방에서 제가 보고 들은 것만으로도 머리가 얼얼할 지경입니다. 우선 이 욕실에서 나가 아래층에서 잠시 얘기를 나누는 게 어떨까요?" 따스한 미소를 지어 안심시키며 캐러스는 한 손을 내밀어 크리스가 일어서도록 부축해주었다. "커피를 한잔 마시면 더 좋겠죠."

"저는 '시 앤드 스키'나 온더록스로 한잔 해야겠어요."

칼과 샤론이 리건을 돌보는 동안 두 사람은 서재로 갔다. 크리스는 소파, 캐러스는 벽난로 옆의 의자에 앉았고 크리스가 리건이 발병하면서 지금까지 있었던 일을 들려주었다. 데닝스와 관련된 괴이한 사건만 주의깊게 피해가며. 사제는 별말 없이 잠자코 듣기만 했다. 질문 한 번, 고갯짓 한 번, 그리고 크리스가 처음엔 엑소시즘을 충격요법으로 생각했다는 사실을 인정했을 때 인상을 한 번 찡그린 게 고작이었다. "이젠 모르겠어요." 그녀는 손만 내려다보며 고개를 저었다. 깍지 낀 채 무릎에 올린 주근깨 난 손이 살짝 움찔거렸다. "정말로 모르겠어요." 그녀가 고개를 들어 의지할 곳 없는 얼굴로 사제를 보았다. "신부님 생각은 어떤가요?"

고개를 떨군 신부는 숨을 들이쉬며 머리를 젓고 나직이 말했다. "저도 모르겠습니다. 어쩌면 죄의식에서 비롯된 강박행동일 수도 있겠죠. 정신분열까지 더해서."

"뭐요?" 크리스는 진저리난 표정이었다. "신부님, 어떻게 위층에서 저 모양을 보고도 그런 말을 하시죠?"

캐러스가 그녀를 쳐다보았다. "저처럼 정신과 병동의 환자를 많이 보셨다면 그리 어려운 일도 아닙니다." 그가 말했다. "왜 이래요, 마귀 들렸다고요? 좋습니다. 그게 사실이고, 또 이따금 있는 일이라고 칩시다. 하지만 따님은 스스로를 마귀라고 하지 않고, 악마 자신이라고 하더군요. 그건 부인이 스스로를 나폴레옹 보나파르트라고 하는 것과 같은 얘기라고요!"

"그럼 그 두드리는 소리 같은 건 다 뭐죠?"

"저는 못 들었습니다."

"배링거 사람들도 들었어요, 신부님. 집에서만 그런 게 아니에요."

"그렇다 해도 설명하기 위해 꼭 악마를 끌고 올 필요는 없죠."

"그럼 뭔가요?"

"어쩌면 염력일 수도 있죠."

"뭐라고요?"

"폴터가이스트 현상에 대해선 들어보셨겠죠?"

"유령들이 접시를 내던지며 못되게 구는 거 말인가요?"

"드문 일은 아닙니다. 주로 정서적 혼란을 겪는 청소년 주변에서 일어나죠. 내적 긴장이 극도로 높아지면서 미지의 에너지를 일으켜 주변의 사물을 움직이는 것처럼 보이는 겁니다. 하지만 초자연 현상은 아니에요. 리건이 보이는 비정상적인 힘도 마찬가지예요. 병리학에선 일반적입니다. 원하신다면, 정신력 문제라고 해두죠. 하지만 어쨌든 빙의와는 관련이 없습니다."

크리스가 눈길을 돌리고 살살 고개를 저었다. "맙소사, 대단하지 않나요?" 진력난 듯 비꼬아 말했다. "제가 무신론자고 신부님은 성직자잖아요. 그리고—"

"현상에 대한 최선의 설명은 언제나 모든 사실을 아우르는 가장 단순한 답이랍니다." 캐러스가 부드럽게 그녀의 말을 끊었다.

"오, 그래요?" 그녀가 응수했다. 핏발 선 눈에 애원과 좌절과 당혹감이 가득했다. "좋아요, 제가 얼간이라고 쳐요. 하지만 사람 머릿속에 든 뭔 놈의 기저 때문에 벽을 향해 접시를 내던지고 어쩌고 한다는 설명이 더 얼간이 같다고요! 도대체 그게 뭐죠? 제발 이해 좀 시켜주시겠어요? 그리고 정신분열이 도대체 뭐예요? 신부님이 그렇다고 하셨고, 저도 들었어요. 그런데 그게 뭐죠? 내가 정말 그렇게까지 멍청이인가요? 확실하게 이해할 수 있도록 설명해주시겠어요?"

"부인, 이 세상에 정신분열을 이해한다고 떠드는 사람은 아무도 없습니다. 우리가 아는 건 그런 현상이 실재한다는 거죠. 현상 그 자체를 빼면 나머지는 추측에 불과합니다. 이렇게 생각해보세요."

"네, 계속하세요."

"인간의 두뇌는 170억 개 정도의 세포로 이루어져 있어요. 뇌세포들을 들여다보면, 매초당 우리 뇌에 퍼부어지는 대략 1억 개 정도의 지각을 세포들이 처리합니다. 뇌가 그 모든 정보를 통합해 아주 효율적으로 처리하죠. 실수하는 법도 없고 서로 충돌하는 법도 없어요. 자, 그런데 어떠한 형태로든 교신이 이뤄지지 않는다면 그게 과연 가능할까요? 불가능하겠죠. 아무리 생각해봐도, 각각의 세포가 자체적으로 의식을 지니고 있어야 가능한 얘기죠. 여기까지는 이해하시겠죠?"

크리스가 고개를 끄덕였다. "네, 조금은."

"좋아요. 인간의 육신을 거대한 여객선이라고 상상해보죠. 뇌세포가 승무원이고요. 그 세포 중 하나가 함교 위에 서 있는데, 바로 선장입니다. 하지만 선장이라고 나머지 선원들이 갑판 아래에서 무슨 일을 하는지 정확히 꿰고 있는 건 아니죠. 그가 아는 건 배가 순항중이고 그러니 모든 일이 제대로 돌아가고 있다는 겁니다. 이제 선장을—즉 깨어 있는 의식을 우리라고 생각해보죠. 그리고 이중인격에서는 이런 일이 일어나는 겁니다. 갑판 아래쪽의 세포 하나가 함교 위로 올라와 지휘권을 빼앗으려 합니다. 이른바 선상반란이죠. 이제 어느 정도 이해가 가십니까?"

그녀는 눈도 깜빡이지 않고 불신 가득한 눈길로 쳐다보았다. "그런 식의 동떨어진 얘기보다는 이놈의 악마를 믿는 게 더 쉬울 것 같네요."

"저는—"

"신부님, 저는 그런 이론 같은 거 몰라요." 크리스가 낮게 깔린 목소리로 힘주어 말을 끊었다. "하지만 한 가지는 단언할 수 있어요. 제 앞에 리건의 일란성쌍둥이를 데려와보세요. 그애가 얼굴, 목소리, 냄새, 심지어 성격 구석구석까지 완벽하게 같다고 해도 저는 일 초도 망설이지 않고 리건이 아닌 걸 알아차릴 거예요. 그냥 알아요. 감으로 알아요. 제 말은, 위층에 있는 저건 내 딸이 아니라는 거예요! 그러니 어떡하면 좋을지 신부님이 말해봐요." 말하는 동안 그녀의 목소리가 천천히 고조되었고 격앙된 감정으로 떨렸다. "신부님은 순전히 내 딸 머릿속 문제일 뿐이라고 사실로서 말하죠. 엑소시즘이 필요 없다고도 사실로서 말하고. 그래봐야 도움이 안 된다고 확신해요. 자, 어서요! 신부님이 말해봐요! 말해보라고요!"

말이 끝나갈 무렵에는 흡사 비명과도 같았다.

캐러스는 시선을 돌렸다. 한참을 생각에 잠겨 가만있었다. 그가 탐색하는 시선으로 크리스를 돌아보았다. "리건의 목소리가 저음인가요?" 그가 조용히 물었다. "제 말은, 보통 때요."

"아뇨. 사실 꽤 높은 편이죠."

"조숙한 아이입니까?"

"전혀 아니에요."

"IQ는 어느 정도인가요?"

"평균 정도."

"독서 습관은 어떤가요?"

"주로 낸시 드루*나 만화책을 읽어요."

"지금 말투 말인데요. 평소랑 얼마나 다르죠?"

"전혀 딴판이에요. 지금 쓰는 어휘의 절반 이상이 생소하니까."

"아니, 내용 얘기가 아니라 화법을 물은 겁니다."

"화법요?"

"그러니까, 문장을 구성하는 방식 같은."

---

* 십대 소녀 탐정이 등장하는 미스터리소설 시리즈.

크리스의 눈썹이 처졌다. "정확히 뭘 말하는 건지 모르겠어요."

"아이가 쓴 편지가 있나요? 작문은요? 목소리 녹음이나—"

"네, 아빠한테 얘기하는 걸 녹음한 테이프가 있어요. 편지 대신 보내려고 했는데 여태 완성을 못했죠. 갖다드릴까요?"

"네, 그래주세요. 의료기록도 필요합니다. 특히 배링거 파일요."

크리스가 딴 곳을 보며 고개를 저었다. "오, 신부님, 여태 설명한 게 그거—"

"네. 네, 압니다. 하지만 직접 확인할 게 있어서 그렇습니다."

"그러면 여전히 엑소시즘에 반대한다는 얘긴가요?"

"아뇨, 따님에게 되레 해를 끼칠 수도 있는 선택에 반대하는 겁니다."

"하지만 지금은 정신과의사로서 말하는 거잖아요, 네?"

"아닙니다. 성직자로서도 말씀드리는 겁니다. 엑소시즘의 허락을 받기 위해 교황청 상서국이든 어디든 가야 한다면, 따님의 이상이 순전히 정신과학적 문제가 아니라는 아주 근본적인 징후를 확인해야 하니까요. 거기에다 빙의의 표징으로 받아들여질 만한 증거도 확보해야 합니다."

"그게 어떤 거죠?"

"저도 모릅니다. 이제부터 찾아봐야겠죠."

"진담이세요? 누구보다 전문가시잖아요."

"전문가 같은 건 없어요. 마귀 들림에 대해서라면 여느 사제보다 맥닐 부인이 더 많이 알걸요. 아무튼 배링거 기록은 가능한 한 빨리 받아다주실 수 있죠?"

"필요하다면 비행기라도 전세 낼게요!"

"녹음테이프는?"

그녀가 일어났다. "지금 찾아볼게요."

"한 가지만 더요."

"뭐죠?"

"빙의를 다뤘다는 그 책 말입니다. 리건이 발병하기 전에 읽었을 가능성이 있나요?"

크리스가 시선을 떨구고 생각에 잠겼다. "이 문제가 시작되기 전 날 뭔가 읽은 것 같기는 한데, 확실하지 않아요. 하지만 언제인지는 몰라도 그 책을 읽긴 한 것 같아요. 그건 확실해요. 아주 확실해요."

"그 책을 보고 싶군요."

크리스가 뛰쳐나갔다. "물론이죠. 갖다드릴게요. 테이프도. 지하 실에 있을 거예요. 찾아올게요."

캐러스는 동양풍 양탄자의 무늬를 내려다보며 멍하니 고개를 끄 덕였다. 몇 분 후 그는 자리에서 일어나 천천히 현관으로 갔다. 다 른 차원에 들어선 듯한 어둠 속에서 양손을 바지 주머니에 넣고 미 동 없이 서서 이층의 소리에 귀기울였다. 돼지가 꿀꿀대는 소리, 자 칼이 깽깽거리는 소리, 딸꾹질 소리, 뱀처럼 쉭쉭거리는 소리.

"오, 여기 계셨네요. 서재에 갔었어요."

캐러스가 돌아보니 크리스가 현관의 불을 켜고 있었다. "가시게 요?" 다가오는 그녀의 손에 주술 책과 리건이 아버지에게 보내려고 녹음한 테이프가 들려 있었다.

"네. 내일 강의 준비를 해야 합니다."

"어디서 하시는데요?"

"의대에서요." 캐러스가 책과 테이프를 건네받으며 대답했다.
"내일 오후나 저녁에 다시 들르죠. 그동안 무슨 일이 생기면 꼭 연
락주세요. 지체 말고. 전화교환대에 연결해달라고 말해둘 테니.
저, 약은 어떻게 처방받고 있죠?"

"괜찮아요. 재사용이 가능한 처방전이에요."

"주치의는 다시 안 부를 겁니까?"

배우는 고개를 떨구었다. "못해요." 그녀가 모기만한 소리로 말
했다. "그냥 못해요."

"저는 가정의가 아닙니다." 캐러스가 주의를 주었다.

"괜찮아요."

크리스는 여전히 고개를 숙이고 있었고 캐러스는 염려 섞인 시
선으로 그녀를 주의깊게 살폈다. 흡사 그녀의 불안이 진동하고 고
동치는 소리가 들리는 듯했다. "좋습니다. 이제 조만간, 제가 뭘 하
든 상급자에게 보고해야 합니다. 그래야 밤에도 자유롭게 이곳에
드나들 수 있을 테니까요." 그가 부드럽게 말했다.

고개를 든 크리스는 얼굴을 찌푸리며 근심어린 표정을 지었다.

"꼭 그래야 하나요? 제 말은, 말해야 하느냐고요."

"흠, 안 그러면, 아무래도 이상해 보이지 않겠습니까?"

그녀가 또다시 고개를 떨구고 끄덕였다. 그리고 가냘프게 말했

다. "네, 무슨 말씀인지 알겠어요."

"괜찮으시죠? 필요한 얘기만 할 테니 너무 걱정 마세요. 소문이 퍼지진 않을 겁니다."

그녀는 무력하고 고통스러운 얼굴을 들어 강인하고 슬픈 눈을 마주했다. 힘을 보았다. 고통도 보았다. "알겠어요." 그녀가 힘없이 대답했다.

그녀는 그 고통을 신뢰했다.

"나중에 다시 얘기하죠." 캐러스가 그녀에게 말했다.

그가 문밖으로 나가다 말고 고개를 숙이고 주먹 쥔 손등을 입술에 갖다댄 채 잠시 생각에 잠겼다. 그러더니 고개를 들어 크리스를 보았다. "오늘밤 사제가 온다는 사실을 따님이 알고 있었나요?"

"아니요, 저 말곤 아무도 몰랐어요."

"최근에 제 모친이 돌아가신 사실을 알고 있었습니까?"

"네, 고인의 명복을 빌어요."

"리건도 알고 있습니까?"

"그건 왜요?"

"알고 있나요?"

"아니요, 그럴 리가 없죠. 그건 왜요?"

그가 어깨를 으쓱했다. "별거 아닙니다. 그냥 궁금해서요." 그가 얼핏 걱정스러운 표정으로 그녀의 안색을 살폈다. "잠은 좀 주무십니까?"

"아, 음, 약간요."

"약을 드세요. 리브리엄을 드시나요?"

"네."

"얼마나?"

"10밀리그램씩, 하루 두 번."

"20밀리그램으로 늘려보세요. 그리고 따님과는 가급적 가까이 하지 마세요. 따님의 현재 행동에 자주 노출될수록 리건을 향한 감정에 큰 상처를 입을 수 있으니까. 접촉을 피하고 마음을 느긋하게 먹으세요. 엄마가 지치면 딸한테 아무 도움도 못 돼요."

시선도 고개도 떨군 크리스가 낙담해 끄덕거렸다.

"자, 이제 좀 주무세요. 지금 침실로 가실 거죠?" 그가 말했다.

"네, 그럴게요." 크리스가 속삭이듯 말했다. "약속해요." 그녀가 고개를 들고 엷은 미소를 띠며 따스한 시선으로 그를 보았다. "안녕히 주무세요, 신부님. 정말 고맙습니다."

잠시 캐러스는 다시 임상의의 시선으로 그녀를 살피고는 말했다. "알겠습니다. 안녕히 주무세요." 그리고 얼른 등을 돌렸다. 크리스는 문간에 서서 캐러스가 길을 건너는 모습을 지켜보았다. 문득 그가 저녁을 굶었을지도 모르겠다는 생각이 들었다. 추울 텐데 어쩌나 걱정되었다. 마침 그가 소매를 내리고 있었다. 1789레스토랑을 지난 때 그가 물건을 떨어뜨렸다. 주술 책 아니면 리건의 테이프 같았다. 그가 몸을 숙여 물건을 집어들고 36번가와 프로스펙트 스트리트가 만나는 모퉁이에서 왼쪽으로 돌아 시야에서 사라졌다. 크리스는 문득 마음이 가벼워진 것 같았다.

그녀는 위장차 안에 홀로 앉아 있는 킨더먼을 보지는 못했다.

삼십 분 후, 데이미언 캐러스는 조지타운대학교 도서관 서가에서 찾은 책과 간행물들을 한아름 안고 서둘러 예수회 기숙사 방으로 돌아갔다. 후다닥 짐을 책상에 내려놓고는 서랍을 뒤져 담배부터 찾았다. 오래된 카멜 반 갑이 나왔다. 그는 한 개비에 불을 붙여 깊이 들이마시고는 그대로 숨을 참으며 리건을 생각했다. 히스테리. 당연히 히스테리여야 했다. 그는 연기를 내뿜은 후 양손 엄지를 벨트에 걸고 그 자세로 책들을 내려다보았다. 외스터라이히의 『빙의』, 헉슬리의 『루됭의 악마들: 지크문트 프로이트의 하이즈만 사례에 나타난 착행증』, 매캐슬런드의 『현대의 정신병 관점으로 고찰한 마귀 들림과 초기 기독교 시대의 엑소시즘』. 그리고 프로이트 정신의학 저널들에서 뽑아온 논문들. 「17세기 마귀 들림의 신경증」과 「근대 정신의학에 있어서의 마귀 연구」.

"이 늙은 복사놈 좀 도와줍쇼, 신부님. 네?"

예수회 신부는 이마를 짚어보았다. 손가락에 끈적한 땀이 묻어났다. 문득 문을 계속 열어두었다는 것을 깨닫고 가서 닫은 다음 책장으로 가서 붉은색 장정의 『로마예식서』를 뽑아들었다. 의식과 기도를 모아놓은 전서다. 입에 담배를 물고 연기 사이로 눈을 가늘게 뜨고는 구마사들의 '일반 원칙' 부분을 넘겼다. 마귀 들림의 표징을 찾아서. 처음엔 띄엄띄엄 읽다가 언젠가부터 찬찬히 읽기 시작했다.

……구마사는 악령에 의한 빙의를 판단하는 데 특히 신중해야 하며, 질병을 앓는 사람, 특히 심리적 본성으로 인한 환자와 빙의자를 구분 짓는 표징들을 확인해야 한다. 빙의의 표징은 다음과 같다. 낯선 언어를 능숙하게 말하거나 알아듣는 능력. 미래와 숨겨진 사건의 누설. 빙의자의 연령과 타고난 조건을 훨씬 능가하는 힘의 과시. 그리고 전체적으로 고려했을 때 증거로 인정 가능한 여타 다양한 상태.

캐러스는 잠시 생각해보다가 다시 책장에 기대어 나머지 설명을 읽었다. 그리고 그 부분을 다 읽고는 저도 모르게 여덟번째 설명으로 되돌아가 읽고 있었다.

자신의 범죄를 누설한다.

가볍게 문을 노크하는 소리가 났다. "데이미언?"

캐러스가 고개를 들며 말했다. "들어와."

다이어였다. "이봐요, 크리스 맥닐이 연락하고 싶어하던데, 통화했어요?"

"언제? 오늘밤에?"

"아니요, 오늘 이른 오후에요."

"아, 그래. 만나서 얘기했어. 고마워, 조."

"다행이네요. 메시지를 받았는지 확인한 거예요." 다이어가 말했다.

꼬마 요정 같은 사제가 방안을 돌아다니며 뭔가를 찾았다. "뭐 필요한 거 있나, 조?" 캐러스가 물었다.

"레몬맛 알사탕 좀 있어요? 알사탕 구하려고 온 건물을 뒤졌는데 아무도 없다네요. 딱 하나, 아니, 두 개만 있으면 좋겠는데." 시무룩하니 말하는 다이어는 그사이에도 계속 돌아다니고 있었다. "전에 일 년 동안 아이들의 고해성사를 전담한 덕분에 알사탕 중독자가 됐지 뭡니까. 그 조그만 놈들이 마리화나와 사탕 냄새를 계속 뿜어댔지만 둘 중에 사탕이 더 중독성이 강한가봐요." 그가 파이프 담배 상자 뚜껑을 열었다. 안에는 피스타치오가 반쯤 들어 있었다. "이게 뭐죠? 말라비틀어진 등대풀 씨앗이라도 되나요?"

캐러스가 책장으로 몸을 돌리고 책을 찾았다. "이봐, 조, 내가 지금 좀 바빠서 그런데—"

"크리스는 정말 기가 막히지 않습니까?" 다이어가 말을 끊고 침대에 털썩 주저앉더니 깍지 낀 두 손을 뒤통수에 대고 아예 드러눕기까지 했다. "좋은 여자예요. 만난 적 있어요? 제 말은, 개인적으로요."

"만나서 얘기했지." 캐러스는 『사탄』이라는 녹색 책을 뽑아들었다. 프랑스 신학자들이 가톨릭 입장에서 작성한 논문 선집이었다. 그 책을 들고 책상으로 돌아왔다. "그런데—"

"진솔하고 현실적이고 허세를 부리지도 않아요." 높은 천장을 올려다보며 다이어가 눈치 없이 계속 반추했다. "우리 둘 다 성직을 그만둘 때를 대비한 제 계획을 그녀가 도와줄 겁니다."

캐러스가 다이어를 흘겨보았다. "누가 성직을 그만둔다고?"

"동성애자들이 떼 지어 돌아다니고, 흑인 신자들도 빠져나가고 있다고요."

생각에 골몰한 캐러스가 못마땅한 듯 고개를 저으며 책상에 책을 내려놓았다. "이봐, 조." 그가 꾸짖었다. "그런 얘긴 라스베이거스 라운지 공연에나 가서 해. 어서 나가라고! 난 내일 강의를 준비해야 해."

"먼저 우리가 크리스 맥닐을 찾아가는 겁니다." 젊은 사제가 끈질기게 얘기를 이어갔다. "이그나티우스 로욜라 성인의 생애를 다룬 대본을 쓰려고 구상중이거든요. 제목은 '예수회의 용감한 행진'."

재떨이에 담배를 짓눌러 끈 캐러스가 고개를 들어 험악한 얼굴로 다이어를 보았다. "제발 나가주게, 조. 할일이 산더미야."

"누가 방해했습니까?"

"너지 누구긴!" 캐러스는 아예 셔츠 단추를 끄르고 있었다. "얼른 씻고 와야 하니 좀 나가라고."

"아 참," 다이어가 툴툴거리며 마지못해 몸을 일으키고 다리를 내려 침대 가장자리에 걸터앉았다. "저녁때 안 보이더군요. 이디서 식사했습니까?"

"안 먹었어."

"바보짓을 했군요. 사제복밖에 안 입으면서 다이어트라니."

"기숙사에 녹음기가 있던가?"

"레몬맛 알사탕 하나도 없는걸요. 어학실을 이용하세요."

"열쇠가 누구한테 있지? 총장님?"

"아니요, 제니터 신부요. 오늘밤 필요한 겁니까?"

"그래. 그 친군 지금 어디 있나?" 그는 셔츠를 의자 등받이에 걸쳐놓았다.

"제가 가져다드려요?"

"그래줄 수 있어? 한시가 급해."

다이어가 벌떡 일어났다.

"어려울 것 없죠."

캐러스는 샤워를 하고 티셔츠와 바지로 갈아입었다. 책상에 앉아보니 필터 없는 카멜 담배 한 갑에 어학실 이름표가 붙은 열쇠와 식당 냉장고 열쇠까지 놓여 있었다. 냉장고 열쇠에 쪽지 한 장이 붙어 있었다. '쥐나 도미니크수도회 고양이보다야 신부님이 낫겠죠.' 캐러스는 사인을 보고 미소 지었다. '레몬맛 알사탕 꼬마.' 그는 노트를 한쪽으로 치우고 손목시계를 끌러 책상에 올려놓았다. 밤 열시 오십팔분이었다.

그는 자료를 읽기 시작했다. 먼저 프로이트. 이어서 매캐슬런드. 『사탄』 일부분. 외스터라이히의 철저한 연구 일부분. 새벽 네시가 조금 지나서야 독서를 마쳤다. 따끔거리는 얼굴과 눈을 문질렀다. 방안에 담배연기가 자욱하고 책상 위 재떨이에 담뱃재와 비벼 끈 꽁초가 수북했다. 자리에서 일어나 녹초가 된 몸을 이끌고 창가로

갔다. 창문을 밀어 열고 차고 축축한 새벽 공기를 들이마시며 리건을 생각했다. 그렇다, 리건은 빙의의 물리적 증상들을 보였다. 그 점은 의심의 여지가 없었다. 시공을 막론하고 거듭된 빙의 사례에서 대체로 증상은 일정했기 때문이다. 그중 몇몇은 아직까지는 리건에게 나타나지 않았다. 성흔, 역겨운 음식에의 탐닉, 고통에의 무감각. 크고 돌발적인 딸꾹질의 반복. 하지만 다른 징후는 의심의 여지가 없었다. 비자발적 운동성흥분. 역겨운 입냄새. 백태가 잔뜩 긴혀. 쇠약해진 몸. 복부 팽창. 피부와 점막의 염증. 그리고 가장 중요한 증거로, 외스터라이히가 '진짜' 빙의 현상으로 규정한 핵심 사례의 기본 증상이 있었다. 목소리와 이목구비의 현저한 변화, 또한 새로운 인격의 출현.

캐러스는 고개를 들고 어두운 거리를 내다보았다. 나뭇가지 사이로 크리스의 집과 리건의 침실 퇴창이 보였다. 책에 따르면, 빙의가 자발적인데다 영매까지 있을 경우엔 새로운 인격이 유순하기도 하다. 티아처럼, 캐러스는 곰곰이 생각했다. 여자 유령인 티아는 조각가인 남자에게 씌어 간간이 한 번에 한 시간가량 나타났다. 그러다 조각가의 친구와 절절한 사랑에 빠진 나머지 티아는 영원히 그 안에 있게 해달라고 조각가에게 애원했다. 하지만 리건에겐 티아가 없어. 사제의 생각은 단호했다. 겉으로 드러난 '침범하는 인격'은 사악했고 마귀 들림의 전형에 해당되었다. 그 경우 새로운 인격은 숙주의 육신을 파괴하려 든다.

그 목표를 달성한 예도 적지 않다.

울적한 신부는 책상으로 돌아와 담뱃갑에서 한 개비를 꺼내 불을 붙였다. 그래, 좋아. 리건은 마귀 들림의 신체적 증후들을 보이고 있어. 그럼 어떻게 치유하지? 그는 성냥불을 불어 껐다. 그건 빙의의 원인이 무엇이냐에 따라 다르다. 책상 끄트머리에 걸터앉아 17세기 초 프랑스 릴의 수녀원 사건을 떠올렸다. 빙의되었었다고 알려진 수녀들은 빙의 상태에서 무력하게 사탄의 난교파티에 정기적으로 참석했다고 구마사들에게 '고백'했다. 월요일, 화요일은 이성간의 성교, 목요일은 동성 간의 항문성교, 구강성교, 토요일은 가축과 용을 상대로 한 수간. 용이라고? 캐러스가 침울하니 고개를 저었다. 릴의 경우에서 보듯이 많은 빙의 사건이 사기와 허언증의 결합이며, 비교적 조용한 다른 빙의들은 정신병에 불과했다. 편집증, 조현병, 신경쇠약, 정신쇠약. 과거에 교회가 정신과의사나 신경과의사의 배석하에 엑소시즘 의식을 진행하도록 주문한 이유도 여기에 있다. 하지만 모든 빙의의 원인이 그렇게 뚜렷한 것도 아니다. 그러다보니 외스터라이히도 빙의 그 자체를 별개의 질환으로 규정한 바 있었다. 그는 정신의학적 설명인 '다중인격' 딱지를, '마귀'니 '망자의 혼령'이니 하는 초자연적 개념을 대체한 것에 불과하다며 폐기해버렸다.

캐러스는 검지 옆면으로 콧방울 옆의 주름을 문질렀다. 크리스의 말을 정리해보면, 배링거의 판단은 리건의 병인이 자기암시에 있다는 쪽이었다. 요컨대 히스테리와 관련있다는 얘기인데, 충분히 가능한 판단이었다. 캐러스가 살펴본 대다수의 사례가 정확히 다음의 두 가지 패턴을 따랐다. 하나, 대개 여성을 공략하고, 둘, 빙의가 주변으로 전염된다. 그 구마사들은…… 캐러스가 얼굴을 찌푸렸다. 때로 구마사 역시 빙의의 희생자가 되기도 했다. 1634년 프랑스 루됭의 우르술라회 수녀원에서 그랬듯이. 빙의의 전염을 처리하도록 파견된 구마사 넷 중 셋이—뤼카, 락탕스, 트랑킬—마귀들렸을 뿐 아니라 사건 후 오래지 않아 숨을 거두고 말았다. 수그러들 줄 모르는 과도한 정신운동활동으로 심장마비를 일으켰던 것이다—화가 나서 쉴새없이 저주하고 고함치고 침대에서 발작을 일으켜 몸부림쳤다. 반면, 네번째 구마사인 페레 쉬랭은 사건 당시 서른세 살로 유럽 최고의 지성인이었으나 정신이상으로 죽을 때까지 이십오 년간 정신질환자 시설에 격리되었다. 캐러스는 시무룩하니 고개를 끄덕였다. 리건의 이상이 히스테리에서 기원했다면 빙의의 증상이 발현된 건 자기암시의 결과이며, 가장 의심되는 암시의 근원은 주술 책의 빙의 관련 부분일 것이다. 그는 그 장을 되새겨보았다. 리건이 그 부분을 읽었을까? 세부 내용과 리건의 행동 사이에 뚜렷한 유사점이 있었던가? 연관성을 일부 찾아내기는 했다.

……그 장에 묘사된 여덟 살 여자아이는 "천둥처럼 깊고 우렁찬 저음으로 소처럼 울부짖었다". 리건도 거세한 수소처럼 소리쳤다.

……헬렌 스미스의 사례. 그녀를 진료했던 위대한 심리학자 플루르노이는 목소리와 표정 변화에 대해, "번개처럼 순식간에 다양한 인격으로 바뀌었다"고 묘사했다. 그녀는 내 눈앞에서 변했다. 상대는 영국 억양을 지닌 인물이었으며, 변화는 빠르고도 즉각적이었다.

……남아공의 사례. 저명한 민족지학자 주노의 직접 보고에 따르면, 한 여인이 어느 날 밤 집에서 사라졌다가 다음날 아침 "아주 높은 나무 꼭대기"에 "덩굴로 묶인 채 나타났다." 잠시 후 그녀는 "머리를 아래로 향한 채 스르륵 미끄러져내려오며 마치 뱀처럼 혀를 날름거리고 쉭쉭 소리를 냈다. 그러다 잠시 나무 중간에 매달려 아무도 들어본 적 없는 언어로 말하기 시작했다." 리건도 뱀처럼 미끄러지듯 움직이며 샤론을 따라다녔다. 혀를 날름거렸다. 알아들을 수 없는 소리를 중얼거렸다. "미지의 언어"의 시도?

……조제프(8세)와 티에보 뷔르네(10세)의 경우. "똑바로 누워 팽이처럼 몸을 돌렸는데 엄청나게 빠른 속도였다." 완전히 지어내거나 대단히 과장한 것처럼 들리지만 데르비시처럼 빙글빙글 돌던 리건의 행동과 매우 유사했다.

그 밖에도 유사점은 많았다. 하지만 자기암시를 의심하게 하는 다른 요인들도 있었다. 비정상적인 괴력, 음란한 언어, 성서에 기록된 빙의의 언급. 어쩌면 배링거 클리닉에서 리건이 내뱉은 욕설들이 묘하게 종교적인 이유도 그 때문일 것이다. 더욱이 그 장에는 빙의의 단계별 발전 과정도 기록되어 있었다. "……1단계, 침입. 피해자의 주변을 먼저 공략하며 소음, 악취, 원인 모를 물건의 위치 변동 등이 해당된다. 2단계, 빙의. 표적을 직접 공격한다. 구타나 발길질 등 사람이 다른 사람에게 가할 수 있는 물리적 가해를 통해 공포심을 유발한다." 두드리는 소리. 휙휙 내던져지는 몸. 하우디 선장의 폭력.

그래, 어쩌면…… 어쩌면 리건도 이 책을 읽었을 거야. 그런 생각이 들었지만 캐러스도 확신은 없었다. 아니, 전혀 없었다! 그건 크리스도 마찬가지였다. 그 점에 대해선 별로 자신하지 못했다.

그는 다시 창가로 갔다. 그럼 결론은 뭐지? 진짜 빙의? 마귀? 그는 아래를 내려다보며 고개를 저었다. 아냐. 그럴 리가 없어. 초자연적 현상? 그래, 아닐 이유가 없잖아? 자격을 갖춘 수많은 관찰자가 그런 사례를 보고했다. 의사. 정신의학자. 주노 같은 사람들. 하지만 그런 현상들을 어떻게 해석하지? 시베리아 알타이의 무당에 대한 외스터라이히의 언급이 다시 떠올랐다. 무당은 '요술'을 행하기 위한 수단으로 일부러 신을 불러들였다. 공중부양을 선보이기 바로 직전 병원에서 측정한 그의 맥박수는 100까지 오르더니 곧바로 놀랍게도 200을 가뿐히 넘어섰다. 체온과 호흡도 눈에 띄게 비정상적으로 변했다. 하지만 그의 초자연적 행동은 생리현상에 국한되었다! 신체 에너지나 힘으로 야기된 것이었다! 하지만 캐러스도 익히 알듯이, 교회는 빙의의 증거로 분명하고 외견상 확인되는 현상을 요구한다. 이를테면…… 해당 표현이 떠오르지 않아 책상에 놓인 『사탄』의 페이지를 손가락으로 훑으며 찾아보았다. "……인간이 아닌 지적 존재의 기이한 간섭 때문임을 시사하는 타당한 외적 현상." 무당의 사례가 이에 해당될까? 아냐, 꼭 그렇진 않아. 리건은? 그 아이의 사례는 해당될까?

캐러스는 『로마예식서』에 연필로 괄호 표시를 해둔 구절을 살펴보았다. "구마사는 마귀가 출현할 때 나타나는 현상들을 하나도 남김없이 설명할 수 있어야 한다." 내용을 숙고하며 그는 고개를 끄덕였다. 좋아, 그럼 보자고. 그는 리건의 질환과 그에 상응하는 설명들을 하나하나 짚어보기 시작했다. 머릿속으로 하나씩 소거해나가는 방식이었다.

리건의 현격한 얼굴 변화.

부분적으로 병과 영양부족이 빚은 결과다. 얼굴 생김새는 대개 정신적 기질의 표현이긴 하지만.

리건의 현격한 목소리 변화.

아직 '원래' 목소리를 듣지 못했다. 그리고 모친의 말대로 가볍고 발랄한 목소리라고 해도 지속적인 비명으로 성대에 무리가 가면 저음으로 변질될 수 있다. 여기서 설명되지 않는 유일한 문제는 성량이다. 아무리 성대가 두꺼워진다고 해도 그런 식의 우렁찬 성량은 생리적으로 불가능하기 때문이다. 하지만 불안감이 크거나 병중일 경우, 잠재적 근력이 폭발적으로 증가한다는 것은 잘 알려진 사실이다. 성대와 후두도 그런 식의 불가사의한 영향을 받는 게 가능할까?

갑자기 늘어난 어휘와 지식.

잠복기억. 어린 시절 접했다가 잊은 말과 자료에 대한 기억. 몽유병자는—종종 임종을 앞둔 사람 또한—묻혀 있던 기억을 사진처럼 생생히 떠올리기도 한다.

캐러스가 사제임을 알아본 것.

어림짐작? 리건이 빙의 장을 읽었다면 신부가 찾아오리란 걸 예상했을 것이다. 그리고 융에 따르면, 히스테리 환자의 무의식적 인지와 감수성은 정상인보다 오십 배까지 예민해지기도 한다. 융은 이 현상이 영매의 '독심술'이 진짜처럼 보이는 이유를 설명해준다고 생각했다. 왜냐하면 상대가 손으로 탁자를 두드려 만들어내는 떨림과 진동을 영매의 무의식이 실제로 '읽어내기' 때문이다. 떨림은 글자와 숫자의 패턴을 형성한다. 따라서 리건은 그의 태도, 하다 못해 손에 남은 성유 냄새에서 그의 정체를 '읽어냈을' 수도 있다.

모친의 죽음을 알고 있는 것.

그것도 어림짐작이다. 그의 나이가 마흔여섯이니.

"이 늙은 복사놈 좀 도와줍쇼, 신부님. 네?"

가톨릭 신학교에서 사용하는 교재는 텔레파시를 현실이자 자연현상으로 인정하고 있다.

리건의 조숙한 지성.

지금까지는 이것이 가장 설명하기 까다로운 문제다. 심리학자 융은 신비현상이 관련된 것으로 보이는 다중인격 사례를 개인적으로 관찰하는 과정에서, 히스테리성 몽유병 상태에서는 무의식적 지각력이 고양될 뿐 아니라 지적 기능 또한 발전한다고 결론내렸다. 해당 사례에서 나타난 새로운 인격이 원래 인격보다 더 지적으로 보이는 이유는 그것이다. 하지만 그건 현상에 대한 보고이지 설명은 아니지 않는가?

책상 주변을 서성이던 그가 우뚝 멈춰 섰다. 헤롯에 대한 말장난이 보기보다 훨씬 복잡하다는 생각이 문득 들었던 것이다. 바리새

인들이 헤롯의 위협을 고했을 때 예수는 이렇게 대답했다. "가서 그 여우에게 이렇게 전하여라. '보라, 내가 마귀들을 쫓아낸다.'"*

그는 잠시 리건의 목소리가 담긴 테이프를 흘깃 봤다가 지쳐서 책상 의자에 앉았다. 담배에 불을 붙이고 청회색 연기를 들쑥날쑥한 원뿔 형태로 내뱉으면서 다시 뷔르네의 아이들을, 완전한 빙의의 증상이 발현되었던 여덟 살 소녀를 생각했다. 대체 무슨 책을 읽으면 아이의 무의식이 그토록 완벽한 증상을 흉내낼 수 있단 말인가? 그리고 중국 환자들의 무의식이 무슨 수로 자신들의 증상을 시베리아, 독일, 아프리카 등 시대와 문화를 막론한 지역의 사람들의 무의식에 전달한다는 거지? 그렇지 않고서야 증상이 이렇듯 항상 동일할 수가 없지 않은가?

"아, 그러고 보니 네 어미도 우리와 함께 있다, 캐러스."

예수회 신부는 정면을 응시했다. 손가락 사이에 끼워진 담배에서 피어오르는 가느다란 연기 줄기들은 눈에 들어오지 않았다. 연기는 오인이나 꿈속의 기억처럼 이내 사라졌다. 그는 왼쪽 맨 아래 서랍을 내려다보았다. 조용히 미동 없이 있다가 상체를 숙이고 서랍을 잡아당겨 낡은 영어 연습장을 꺼냈다. 성인 교육용, 어머니의 것이었다. 연습장을 책상에 올려놓고 잠시 뜸들이다가 조심스러운 손길로 휘리릭 넘겨보았다. 알파벳 철자. 간단한 연습문제.

---

* 루가복음서 13장 32절.

제6과

주소 쓰기

페이지 사이에 쓰다 만 편지도 있었다.

사랑하는 데이미언

보고 싶구나

그리고 또다른 편지 도입부. 쓰다 만. 그는 시선을 돌렸다. 창유리에 어머니의 눈이 비친다…… 그를 기다리는……

"'도미네, 논 숨 디그누스(주여, 비록 제가 합당치 않사오나).'"

그 눈은 리건의 눈으로 바뀌었다.

"'한 말씀만 하소서……'"

캐러스는 또다시 리건의 테이프를 흘깃 보았다.

테이프를 챙겨 방을 나온 그는 캠퍼스 어학실로 가서 녹음기를 찾아 자리에 앉았다. 테이프를 빈 릴에 걸고 이어폰을 쓰고 스위치를 돌려 켠 후 상체를 기울이고 들었다. 피곤한 상태로 집중해서. 잠시 테이프가 감기는 쉭 소리와 기계음이 이어지더니 갑자기 탁 하는 작동음이 들렸다. 잡음들. "여보세요?" 그리고 끽끽거리는 되먹임 소리. 뒤쪽에서 크리스 맥닐의 낮은 목소리. "얘, 마이크에 너무 가까워서 그래. 뒤로 좀 물러나." "이렇게?" "아니, 더." "이 정도?" "그래, 됐어. 이제 해봐. 그냥 자연스럽게 얘기하면 돼." 키득거리는 소리. 마이크가 책상에 부딪히는 소리. 그리고 리건 맥닐의 맑고 고운 음성.

"안녕, 아빠? 나야, 리건. 음……" 키득거리는 소리. 그리고 옆에 대고 하는 속삭임. "엄마, 뭐라고 해야 할지 모르겠어!" "오, 그냥 어떻게 지내는지 얘기하면 돼. 지금까지 한 일들 있잖아." 다시 키득거림. "음, 아빠…… 에, 그러니까…… 내 말 잘 들리지? 그리고 음—어디 보자. 우리가 처음—아니, 잠깐만! 우선 우린 워싱턴에 있어, 아빠. 그러니까 대통령이 사는 데 말이야. 그리고 이 집은—어, 아빠?—그게—잠깐만. 아무래도 다시 해야 할까봐. 그거 알아, 아빠? 여기……"

뒷부분은 멀리서 어렴풋이 들리기만 했다. 양쪽 귀에서 피가 들끓으며 포효했다. 압도적인 직감이 그의 존재 안에서 부풀어오르며 고조되었다.

그 방에서 본 건 리건이 아니야!

캐러스는 예수회 기숙사로 돌아와 새벽녘 사람들이 몰려들기 전에 빈 칸막이를 찾아 미사를 올렸다. 성체를 받드는 손이 달달 떨렸다. 한 조각, 한 줄기 의지까지 남김없이 끌어모아 싸우리라는, 감히 바라서는 안 될 바람을 품었기 때문이었다. "이는—내 몸이니," 그가 속삭이듯이 중얼거렸다.

아냐, 빵이야! 이건 평범한 밀떡에 불과하다고!

그는 다시 사랑하고 빼앗길 용기가 없었다. 그 상실감은 너무도 크고 그 고통은 너무도 혹독했다. 그의 회의와 의심의 원인은, 빙의

로 보이는 리건의 사례에서 자연스러운 원인들을 소거해나가려 시
도하는 이유는, 믿을 수 있기를 맹렬히 갈망하기 때문이었다. 그는
고개를 숙이고 성체를 입안에 넣었다. 곧바로 성체가 마른 목에 들
러붙었다. 그의 메마른 신앙심에도.

미사 후 아침식사는 걸렀다. 강의 노트를 작성해 조지타운 의대
강의실로 들어갔다. 수업 준비가 부족했으나 잠긴 목소리로 그럭
저럭 엮어나갔다. "……따라서 조증의 증상들을 판단할 때 여러분
은……"

"아빠, 나야…… 나……"

그런데 "나"가 누구지?

캐러스는 수업을 일찍 마치고 방으로 돌아와 곧바로 책상에 앉
았다. 마귀 들림의 초자연적 표징들에 대한 교회의 입장을 집중해
서 재검토했다. 내가 지나치게 엄격한 건가? 그는 『사탄』의 핵심 논
점들을 면밀히 검토했다. "텔레파시…… 자연현상…… 염력……
우리의 선조들…… 과학…… 초자연적으로 보이는 증거들에도
불구하고, 오늘날에는 좀더 신중해야 한다." 다음 대목에 이르러
읽는 속도를 늦추었다. "환자와의 대화는 주의깊게 분석해야 한다.
만약 환자가 평소와 다름없는 관념과 논리문법적 체계 하에서 대
화를 이어간다면 빙의의 가능성은 현저히 줄어든다."

캐러스가 고개를 살짝 흔들었다. 이걸로는 부족해. 펼쳐진 페이지
의 도해를 흘긋 보았다. 마귀의 그림. 별생각 없이 아래 캡션으로
눈길이 향했다. "파주주." 눈을 감자 구마사인 트랑킬 신부의 죽음

이 눈앞에 선연히 떠올랐다. 마지막 고통. 울부짖음 그리고 쉭쉭거리는 소리 그리고 구토. 침대 너머로 몸을 내밀어 바닥에 게워내기 (이것은 노발대발하는 마귀의 보복으로, 곧 그가 죽고 더이상 고문을 할 수 없게 되기 때문이었다). 그리고 뤼카! 주여! 뤼카 신부! 죽어가는 트랑킬의 침대 옆에 무릎을 꿇고 기도하는 뤼카. 트랑킬이 숨을 거두는 순간 그는 마귀들의 정체를 확신하고, 채 식지도 않은 송장을 마구 걷어찼다. 똥과 토사물의 악취가 진동하는 할퀸 자국 투성이의 피폐한 육신을. 장정 넷이 달려들어 뜯어말렸으나 멈추지 않았다. 할 수 없이 시신을 방밖으로 옮겨야 했다. 그런가? 리건의 유일한 희망은 엑소시즘 의식뿐인가? 기어코 그 고통의 상자를 열어야 하나? 그 생각을 떨칠 수도, 뒷전에 미뤄둘 수도 없었다. 그는 반드시 알아야만 했다. 하지만 무슨 수로? 캐러스가 눈을 떴다. "……환자와의 대화는 주의깊게 분석해야 한다……" 그래. 그래, 안 될 것 없잖아? 리건과 '마귀'의 언어 패턴이 현격하게 다를 경우 빙의일 가능성이 농후하다면, 반대로 패턴이 같다면 그 가능성은 제외되어야 한다.

캐러스는 자리에서 일어나 방안을 어슬렁거렸다. 또 뭐가 있더라? 그게 뭘까? 뭔가 신속하게—잠깐! 캐러스는 멈춰 서서 고개를 숙인 채 생각에 잠겼다. 주술 책의 바로 그 장. 거기 쓰여 있었는데……? 그래! 그래, 있었어! 예외 없이 마귀는 성체와 성유물에 반응해 길길이 날뛰었다. 번뜩이는 깨달음에 캐러스는 고개를 들어 앞을 보았다. 성수! 바로 그거야! 빙의든 아니든 성수를 뿌리면 밝혀지겠지! 그는 흥분해 검은 가방을 뒤졌다. 성수병을 찾아서.

윌리가 그를 맞아주었다. 입구에서 그는 리건의 침실 쪽을 올려다보았다. 고함. 음란한 말. 아직은 마귀의 거친 저음이 아니라 좀더 가볍고 탁한 목소리다. 강한 영국식 억양…… 그래! 지난번 리건을 보았을 때 순간적으로 나타났던 현상이었다.

캐러스는 윌리를 보았다. 윌리는 어리둥절한 얼굴로 로만 칼라를 단 사제복을 바라보았다.

"맥닐 부인은 어디 계시나요?"

윌리가 몸짓으로 이층을 가리켰다.

"감사합니다."

캐러스는 계단으로 향했다. 올라가자 복도의 크리스가 눈에 들어왔다. 리건의 침실 근처 의자에 앉아 팔짱을 끼고 고개를 파묻고 있었다. 예수회 신부가 다가가자 사제복이 스치는 소리에 고개를 돌린 그녀가 그를 보고 벌떡 일어났다. "어서 오세요, 신부님."

캐러스가 인상을 찌푸렸다. 그녀의 눈 밑이 푸르스름했다. "잠은 잤나요?" 그가 걱정스레 물었다.

"오, 조금요."

그가 타이르듯 고개를 저었다. "크리스."

"음, 잘 수가 없었어요." 크리스가 고갯짓으로 리건의 방을 가리키며 말했다. "밤새도록 저러고 있으니."

"구토를 하던가요?"

"아니요." 크리스가 다른 곳으로 데려가려는 듯 그의 수단 소매를 잡았다. "일단 아래층으로 내려가서 얘기를—"

"아니, 리건을 봐야겠습니다." 그가 단호하게 말했다.

"지금 당장요?"

뭔가 잘못됐어, 캐러스는 가만히 생각했다. 크리스는 긴장한 얼굴이었다. 두려워하고 있다. "왜, 안 됩니까?" 그가 물었다.

그녀는 슬그머니 리건의 침실 문을 보았다. 안에서 미친듯이 화가 난 목쉰 소리가 영국 억양으로 악을 썼다. "더러운 나치놈! 이 나치 새끼!" 크리스가 시선을 떨구었다가 고개를 옆으로 돌리며 낮은 소리로 말했다. "들어가보세요."

"집에 녹음기가 있나요? 작은, 휴대용으로." 캐러스가 물었다.

크리스가 시선을 들었다. "네, 있어요. 왜요?"

"공테이프를 넣어서 방으로 가져다줄래요?"

크리스가 퍼뜩 놀라 인상을 찌푸렸다. "뭐에 쓰시게요? 잠깐만요. 그러니까 리건의 목소리를 녹음하려는 건가요?"

"중요한 일입니다."

"신부님, 그건 안 돼요! 절대!"

"언어 패턴을 비교해봐야 합니다." 캐러스가 열성적으로 말했다. "따님이 정말로 빙의되었다고 교회 당국에 입증하려면요!"

칼에게 쏟아지던 욕설이 별안간 커지는 바람에 둘 다 그쪽으로 고개를 돌렸다. 방문이 열리고 칼이 지저분한 기저귀와 침구가 든 빨래주머니를 들고 빠져나왔다. 문을 닫자 줄기차게 이어지는 비난이 다시 작게 들렸다.

"갈아입혔어요, 칼?" 크리스가 물었다.

관리인의 두려움에 찬 시선이 캐러스를 향했다가 크리스에게로 옮겨갔다. "입혔습니다." 그는 짧게 대답한 다음 몸을 돌려 서둘러 계단 쪽으로 갔다. 크리스는 쿵쿵 빠르게 계단을 내려가는 발소리에 귀기울이다가 소리가 잦아들어 더 들리지 않자 캐러스를 돌아보았다. 어깨를 축 늘어뜨리고 시선을 내리깐 채 작은 목소리로 순순히 말했다. "알았어요. 지금 곧바로 올려보낼게요."

그리고 휭하니 복도를 걸어갔다.

캐러스는 그녀를 지켜보았다. 뭘 숨기고 있는 거지? 그는 의아했다. 뭔가가 있어. 그 순간 침실에 감도는 갑작스러운 정적을 알아차린 그는 방 쪽으로 가서 문을 열고 들어가 조용히 닫고 돌아섰다. 그리고 응시했다. 무시무시한 광경을, 침대에 누워 있는 해골처럼 수척한 것을. 그것은 조롱하는 눈빛으로 뚫어져라 지켜보고 있었다. 간계와 증오를 담은, 무엇보다 사람을 동요하게 만드는 크나큰 권능을 지닌 눈으로.

캐러스는 천천히 침대 발치로 갔다. 비닐 바지 안에 설사를 하는 뿌지직뿌지직 소리가 조용히 들렸다.

"아니, 안녕, 캐러스." 리건이 진심으로 그를 반겼다.

"안녕," 신부가 차분히 대꾸했다. "기분은 어때?"

"지금으로선 자네를 만나 무척 기쁘다네. 아주 기뻐." 백태 낀 기다란 혀가 입 밖으로 축 늘어지면서도 노골적으로 오만불손한 시선이 캐러스를 뜯어보았다. "본색을 드러내셨군. 아주 좋아." 또

다시 뿌지직뿌지직 소리. "이 정도 악취는 괜찮지, 안 그래, 캐러스?"

"그럼."

"거짓말!"

"그게 문제가 되나?"

"약간."

"악마는 거짓말을 좋아하잖아."

"제대로 된 거짓말일 때 얘기지, 캐러스. 진짜 거짓말쟁이 말이야. 그리고 내가 악마라고 누가 그래?"

"네가 한 얘기 아니야?"

"오, 그랬을 수도. 그랬겠지. 내가 상태가 안 좋아서 말이야. 그런데, 내 말을 믿기로 한 거야?"

"물론이지."

"오해하게 했으니 미안해서 어쩌지. 난 그저 불쌍한 마귀에 불과하다고. 악마라. 미묘한 차이지만, 그렇다고 지옥에 계신 아버지께 아주 쓸모없진 않아. 짜증나는 명칭이지, 그게―지옥 말이야. 우리는 그걸 '스코티시 디멘션'으로 바꿀까 생각중인데 그가 들은 척도 안 해. 설마 내 말실수를 고자질하지는 않겠지, 캐러스? 그분을 만난다고 해도?"

"만나? 그가 여기에 있나?"

"이 새끼돼지 안에? 천만에. 이 안엔 그저 방황하는 영혼 몇이 전부야. 우리가 여기 있다고 뭐라 하지 말라고, 캐러스. 우린 오갈 데가 없거든. 집도 없고."

"그래서 언제까지 있을 생각이지?"

별안간 화가 치밀어올라 얼굴이 일그러진 리건이 베개에서 벌떡 몸을 일으키며 고함쳤다. "이 돼지년이 죽을 때까지!" 그러고는 다시 베개에 몸을 기대고 침을 질질 흘리며 두툼한 입술로 씩 웃었다. "그나저나 엑소시즘 하기에 정말 죽이는 날이야, 웅?"

책이야! 그 책을 읽은 게 분명해!

냉소로 가득한 눈이 뚫어져라 응시하고 있었다.

"빨리 하자고. 지금 당장!"

"정말로 엑소시즘을 원하나?"

"너무도."

"그렇게 하면 리건의 몸에서 나가야 할 텐데?"

"우리를 하나로 만들어줄 거야."

"너와 리건을?"

"자네와 우리를. 먹음직스러운 인간. 자네와 우리 말이야."

캐러스는 가만히 놈을 바라보았다. 목덜미에 손길이 느껴졌다. 얼음장 같은 손이 살살 쓰다듬는 느낌이었다. 그러더니 휙 사라졌다. 두려움 때문인가? 캐러스는 의아했다. 뭐가 두려운데?

"그래, 자네도 우리 소가족에 합류할 거야." 리건이 말을 이었다. "이봐, 하늘의 표징들이 심상치 않은 거 봤지? 일단 보면 모를 수가 없지. 근래 얼마나 기적이 드문지 너도 알잖아? 우리 잘못이 아니라고. 우린 노력해!"

갑작스러운 핑음에 캐러스가 고개를 돌렸다. 서랍장이 끝까지 열렸다가 쾅 소리를 내며 닫혔다. 순간 신부는 오싹했다. 바로 저거야! 확인된, 초자연적 현상! 하지만 염력에 대한 갖가지 자연스러운 설명을 기억해내자 불현듯 그 감정도 고목에서 썩은 나무껍질이 떨어져나가듯 사라졌다. 리건이 씩 웃고 있었다. "자네와 얘기하는 건 정말로 즐거워, 캐러스." 리건이 쉰 목소리로 말했다. "자유로워지거든. 화냥년처럼 내 거대한 날개도 활짝 펼칠 수 있고. 사실 지금의 대화로 자네의 저주만 강화하게 될 거야, 내 사랑스럽고도 불명예스러운 의사 양반."

"너냐? 지금 화장대 서랍을 움직인 게?"

리건이라 불리는 생명체는 듣고 있지 않았다. 문 쪽을 힐끔 보더니 빠르게 복도를 걸어오는 발소리에 귀기울였다. 놈의 얼굴은 이전에 나타났던 다른 인격으로 바뀌어 있었다. "빌어먹을 개자식! 더러운 나치 새끼!" 놈이 거친 영국 억양으로 꽥꽥 고함을 질렀다.

문을 열고 칼이 들어왔다. 그는 침대 쪽을 외면한 채 캐러스에게 녹음기를 건네고 사색이 되어 황급히 방에서 물러났다.

"꺼져, 힘러! 네 눈앞에서 사라져! 네 내반족 딸년이나 찾아가! 딸년한테 사워크라우트나 갖다주란 말이다! 사워크라우트에 헤로인도 섞어서! 아주 좋아할 거다. 그년은—"

칼이 문을 쾅 닫았고, 리건 안의 존재가 별안간 사근사근해졌다. "오, 그래, 안녕 안녕 안녕. 잘 지냈어?" 캐러스가 침대 옆 작고 둥근 탁자에 녹음기를 설치하는 모습을 지켜보며 명랑하게 말했다.

"우리 이제 녹음하는 거야, 파드레(신부님)? 재밌겠다! 내가 연기를 얼마나 좋아하는데! 오, 그래, 완전히 좋아하지!"

"오, 잘됐군!" 그렇게 대꾸하면서 캐러스가 검지로 빨간 '녹음' 버튼을 누르자 작은 빨간불이 들어왔다. "나는 데이미언 캐러스다. 넌 누구지?"

"이봐, 지금 내 연기 경력을 알고 싶다는 거야?" 그것이 키득거렸다. "좋아, 학예회 땐 픽* 역을 했다." 놈이 주위를 둘러보았다. "그건 그렇고, 마실 거 없나? 목이 타는데."

"네 이름을 말해주면 물을 가져다주겠다."

"오, 그렇겠지. 가져와서는 네놈이 홀라당 마셔버리겠지." 놈이 다시 키득거렸다.

"왜 이름을 말하지 않지?" 캐러스가 물었다.

"좆까, 날강도 놈아!"

그러면서 영국 억양을 쓰는 인격이 사라지고 마귀 들린 리건이 곧장 그 자리를 대신했다. "그래, 뭘 한다고, 캐러스? 아하, 우리 대화를 녹음하시겠다? 별꼴이군."

캐러스가 의자를 가까이 당겨 침대 옆에 앉았다.

"괜찮지?" 그가 물었다.

"물론. 밀턴을 읽으면 내가 지옥의 기계들을 좋아한다는 걸 알게 될걸. '그'로부터 오는 멍청하기 짝이 없는 메시지를 그것들이 모

---

* 중세 영국 민담에 나오는 사악한 요정.

조리 차단해주니까."

"'그'가 누군데?"

생명체가 요란하게 방귀를 뀌었다. "이게 그 답이다."

갑자기 고약한 구린내가 캐러스를 공격했다. 냄새가 마치……

"사워크라우트야, 캐러스. 알아챘나?"

정말로 사워크라우트 냄새야. 예수회 신부는 놀라워했다. 냄새는
침대에서, 리건의 몸에서 풍기는 것 같았으나 금세 가라앉고 다시
예의 썩은 내로 대체되었다. 캐러스가 인상을 찌푸렸다. 착각이었을
까? 자기암시? "좀 전에 나와 대화했던 건 누구지?" 그가 물었다.

"그냥 가족의 일원이다."

"마귀?"

"너무 치켜세우는군. 마귀란 '지혜로운 자'를 뜻하지. 그자는 멍
청해."

사제는 정신을 바짝 차렸다. "오, 그래? 마귀가 '지혜로운 자'라
니, 대체 어느 나라 말로 그렇지?"

"그리스어."

"그리스어를 하나?"

"아주 유창하지."

표징 중 하나야! 캐러스는 흥분했다. 미지의 언어 구사! 기대 이상
의 소득이었다. "포스 에그노카스 호티 피에스비테로스 에이미(무
슨 일이 일어나고 있는지 어떻게 알지)?" 그가 재빨리 고대 그리스
어로 물었다.

"지금은 그럴 기분 아냐, 캐러스."

"오, 알겠다. 그리스어를 못하는군—"

"그럴 기분 아니라고 했잖아!"

캐러스는 옆을 보고 다시 뒤를 보고 상냥하게 물었다. "서랍을 빼낸 게 너야?"

"그야 물론이다."

캐러스가 고개를 끄덕였다. "매우 인상적이더군. 아주, 아주 강한 마귀가 분명해."

"물론이지, 맛있는 인간아. 그나저나 내가 간간이 우리 형 스크루테이프*처럼 말하는 게 마음에 드나?" 거슬리는 고음으로 왁자하게 웃음을 터뜨렸다. 캐러스는 잠자코 웃음이 가라앉기를 기다렸다. "그래, 꽤 흥미로워. 아무튼 서랍 트릭은?"

"그게 어떻다고?"

"대단하던데! 다시 할 수도 있나?"

"언젠가 다시 보여주겠다."

"지금 보여줘봐."

"왜, 자네한테도 의심할 만한 근거를 조금은 남겨줘야지! 그래, 딱 최종 결과를 얻기 직전에." 마귀의 인격이 사악하게 껄껄 웃었다. "진실을 무기 삼아 공격하는 게 이렇게 새로울 줄이야! 이, 참으로 '즐거운지고'!"

---

* 영국 작가 C. S. 루이스의 소설에 등장하는 악마.

캐러스가 빤히 바라보았다. 또다시 얼음장 같은 손가락이 목덜미를 스쳤다. 왜 또 두려운 거지? 그는 놀라웠다. 왜지?

기분 나쁘게 씩 웃으며 리건이 말했다. "나 때문이지."

캐러스가 바라보았다. 다시 놀라움을 느끼다가 즉시 걷어냈다. 이런 상태에서 리건이 텔레파시를 쓰는 걸지도 몰라.

"내가 무슨 생각을 하는지 말해보겠나, 악마?"

"캐러스, 자네 생각은 너무 고루해서 재미가 없어."

"아, 내 마음을 읽지 못한다고. 지금 그 얘기지?"

리건을 눈길을 돌리고 건성으로 침대 시트를 쥐었다. 쓸데없이 시트를 들어올렸다가 내려놓았다. "좋을 대로 생각해." 그러고는 멍하니 말했다. "마음대로."

그리고 침묵이 흘렀다. 녹음기가 돌아가는 끽끽 소리가 들렸다. 리건의 헐떡이고 쌕쌕거리는 거친 숨소리도. 리건이 이 상태일 때의 언어 패턴이 좀더 필요하다고 생각한 캐러스는 지대한 관심을 보이듯 몸을 앞으로 구부렸다. "아주 흥미로운 인물이군." 캐러스가 따스하게 말해주었다.

리건이 고개를 돌려 그를 보며 코웃음쳤다. "놀리지 마!"

"오, 사실이야! 실은 네 배경에 대해 더 많이 알고 싶어. 예를 들어 네가 누구인지 아직 말하지 않았잖아."

"귀가 먹었나? 이미 말했다! 나는 악마다."

"그래, 그건 알아. 하지만 어떤 악마지? 이름이 뭐야?"

"아, 캐러스, 이름이 무슨 대수라고? 하지만 좋아, 원한다면 하우디라고 부르든지."

"아, 알았어! 하우디 선장, 리건의 친구!"

"아주아주 가까운 친구지."

"오, 그래? 그럼 왜 리건을 고문하는 거지?"

"왜냐하면 친구니까! 이 돼지년이 좋아하거든."

"하우디 선장, 그건 말이 안 되지. 리건이 대체 왜 고문을 즐기겠어?"

"이년한테 물어봐."

"리건한테 대답할 기회를 줄 거야?"

"싫어!"

"음, 내가 물어본들 무슨 소용이 있지?"

"당연히 없지!" 악마의 눈이 조롱과 악의로 번득였다.

"아까 나랑 얘기한 건 누구였지?" 캐러스가 물었다.

"왜 이래, 아까 물어본 얘기잖아."

"알아. 하지만 대답을 못 들었어."

"이 꿀돼지년의 또다른 친구라고 해두지."

"그와 얘기할 수 있나?"

"안 돼. 지금, 네 어미하고 노느라 바쁘거든. 네 어미가 그 친구 좆을 음모까지 열심히 빨아대는 중이다, 캐러스. 뿌리끼지 말이야!" 중저음으로 낄낄거렸다. "혀 놀림이 기가 막혀. 입술은 보드랍고."

캐러스는 온몸을 휩쓰는 격분을 느꼈다. 그러다 분노가 리건이 아닌 마귀에게 향하고 있음을 깨닫고 흠칫 놀랐다. 마귀에게! 신부는 가까스로 냉정을 되찾고 심호흡을 한 다음 자리에서 일어나 주머니에서 가느다란 유리병을 꺼냈다. 그리고 코르크마개를 열었다.

리건이 경계의 눈초리로 그것을 쳐다보았다. "손안의 그건 뭐지?" 쉿소리로 물으면서 불안한 눈으로 뻣뻣한 몸을 뒤로 뺐다.

"몰라서 묻느냐? 이게 바로 성수다, 악마야!" 캐러스가 대답했고, 그 순간 리건이 훌쩍거리며 가죽끈을 당기자 유리병의 내용물을 뿌리기 시작했다. 그녀는 걸걸한 목소리로 비명을 지르며 두려움과 고통에 찬 몸을 뒤틀고 몸부림쳤다. "그만해, 그만, 개자식아!" 그녀가 울부짖었다. "그만!"

그 모습을 무표정하게 바라보면서 캐러스는 몸과 영혼이 축 처지는 듯했다. 뿌리기를 그친 그의 손이 천천히, 맥없이 옆으로 떨어졌다. 히스테리, 자기암시. 책을 읽은 게 분명해. 녹음기를 흘긋 본 그는 고개를 떨구고 머리를 내저었다. 부질없는 짓이었군. 하지만 불현듯 주위가 고요했다. 숨막히리만치 깊은 고요를 알아차린 그는 고개를 들어 리건을 보았다. 즉시 눈썹이 처지며 미간이 찌푸려졌다. 이번엔 뭐지? 그는 생각했다. 무슨 일이야? 마귀의 인격이 사라지고 대신 다른 얼굴이 나타났다. 비슷하면서도 달랐다. 눈동자가 뒤로 넘어가 불길하게 흰자위만 보였다. 달싹이는 입술. 중얼거리는 소리. 캐러스는 침대 옆으로 돌아가 귀기울였다. 아무것도 아니야, 무의미한 소리야, 그는 생각했다. 하지만 운율이 있어, 언어처럼. 언어인가? 캐러스는 궁금했다. 기대했다. 가슴속에서 퍼드덕거리는 날갯짓이 느껴졌다. 잽싸게 날개를 잡아 진정시켰다. 이런, 어리석은 짓 하지 마, 데이미언!

하지만⋯⋯

그는 녹음기의 볼륨 모니터를 확인했다. 다이얼을 돌려 볼륨을 키우고 리건의 입술 위로 귀를 가져가 집중해 들었다. 중얼거리는 소리가 뚝 그치고 굵고 탁한, 거친 숨소리만 들렸다. 새로운 것이었다. 아니다. 새로운 인격이었다. 캐러스가 몸을 일으키고 리건을 내려다보았다. 허연 눈. 떨리는 눈꺼풀. "넌 누구냐?" 그가 물었다.

"다니아도무아." 그것이 고통에 차 신음하며 속삭였다. "다니아도무아. 다니아도무아." 갈라지고, 숨소리 섞인 음성은 아득히 멀리서, 세상의 가장자리에 위치한 어둡고 고립된 공간에서 나오는 듯했다. 시간 너머, 희망 너머, 하물며 체념과 절망이라는 안락함 너머에서.

캐러스는 얼굴을 찌푸렸다. "그게 네 이름이냐?"

입술이 달싹거렸다. 들뜬 음절들. 느린. 이해불가의.

그리고 돌연 끝나버렸다.

"내 말을 알아들을 수 있나?" 캐러스가 물었다.

침묵. 길고 깊은, 숨소리뿐. 병원에서 인공호흡기를 끼고 잠든 소리. 캐러스는 기다렸다. 좀더 기대하면서.

아무 일도 일어나지 않았다.

캐러스는 녹음기를 챙기고 마지막으로 리건을 살피고는 방을 나와 아래층으로 내려갔다.

크리스는 식탁에 침울하게 앉아 샤론과 함께 커피를 마시고 있었다. 그가 다가가자 두 사람이 기대 반, 불안 반의 표정으로 올려다보았다. "가서 리건 좀 보고 올래?" 크리스가 샤론에게 조용히 말했다.

"그럴게요." 샤론은 남은 커피를 마신 후 엷은 미소로 캐러스에게 인사하고 부엌을 나갔다. 그녀가 시야에서 사라질 때까지 지켜보다가 그는 식탁 의자에 앉았다.

걱정스레 그의 눈빛을 살피며 크리스가 물었다. "어때요?" 캐러스는 대답하려다가 주저했다. 칼이 저장실에서 나오더니 개수대로 가 단지 몇 개를 닦기 시작했던 것이다.

"괜찮아요." 크리스가 나직이 말했다. "말씀하셔도 돼요, 캐러스 신부님. 무슨 일이 있었나요? 어떻게 보세요?"

캐러스가 식탁 위에 양손을 깍지 끼었다. "두 가지 인격이 있더군요. 하나는 전에 못 본 거고, 다른 하나는 얼핏 봤던 것 같기도 합니다. 성인 남자고 영국 말씨를 쓰던데. 아는 사람인가요?"

"그게 중요한가요?"

다시 한번 캐러스는 크리스의 얼굴에 갑자기 어린 긴장을 알아챘다. "네, 그런 것 같군요." 그가 말했다. "네, 중요합니다."

크리스가 식탁 위 파란 도자기 크림 그릇을 내려다보았다. 그러더니 입을 열었다. "네, 아는 사람이에요."

"누구죠?"

그녀가 고개를 들고 조용히 말했다. "버크 데닝스."

"감독 말입니까?"

"네."

"얼마 전에—"

"네."

그 대답을 곰곰이 생각해보면서 신부는 그녀의 손을 내려다보았다. 왼손 검지가 약간 움직거렸다.

"커피나 다른 마실 거라도 드릴까요, 신부님?"

캐러스가 고개를 들었다. "아니, 괜찮습니다." 팔짱 낀 양팔을 식탁에 올리고 상체를 앞으로 숙였다. "리건도 감독을 알았나요?"

"버크 말씀이신가요?"

"네, 데닝스 씨요."

"그게—"

갑작스러운 소리에 말이 끊겼다. 요란하게 쩽그랑거리는 소리. 크리스가 화들짝 놀라 고개를 돌리니 칼이 구이용 팬을 바닥에 떨어뜨리고는 허리를 굽혀 집어드는 참이었다. 팬을 들던 그가 다시 놓치고 말았다.

"맙소사, 칼!"

"죄송합니다, 사모님."

"부엌에서 나가요, 칼, 어서! 좀 쉬어요! 영화라도 보러 가든지."

"아뇨, 사모님, 그래도—"

"칼, 진담이에요!" 크리스가 앙칼지게 그의 말을 잘랐다. "나가요! 잠깐이라도 나갔다 오라고요! 다들 나가서 바람 좀 쐬어야죠!

어서요!"

"그래요, 나가요." 윌리도 부엌으로 들어와 칼의 손에서 팬을 빼앗아 들고 똑같이 말했다. 그리고 짜증스레 그를 저장고 쪽으로 떠밀었다.

칼은 캐러스와 크리스를 잠깐 바라보고는 밖으로 나갔다.

"죄송해요, 신부님. 요즘 칼이 너무 혹사당했답니다." 크리스가 중얼중얼 사과하고 담뱃갑을 집었다.

"잘하셨어요." 캐러스가 온화하게 말했다. 그가 성냥갑을 집었다. "다들 집 밖으로 나가서 바람을 쐬고 오는 게 좋습니다." 크리스의 담배에 불을 붙여준 다음 성냥을 흔들어 불을 끄고 재떨이에 버렸다. "당신도 마찬가지고요."

"네, 알았어요. 그래서 이 버크 같은 것 말이에요―그게 뭐든―제 말은, 그게 뭐라고 하던가요?" 크리스가 사제를 빤히 보았다.

캐러스가 어깨를 으쓱했다. "그냥 음란한 욕설이었습니다."

"그래요?"

그녀의 어조에 어렴풋이 실린 불안을 그는 놓치지 않았다. "네, 대략. 그런데 칼한테 딸이 있나요?" 그가 목소리를 낮춰 물었다.

"딸요? 아니요, 제가 아는 한은 없어요. 있다 해도 얘기한 적은 한 번도 없고요."

"확실합니까?"

크리스가 개수대에서 팬을 문질러 닦고 있는 윌리에게로 고개를 돌렸다. "윌리, 딸이 있어요?"

윌리는 일손을 멈추지 않은 채 무감하게 대답했다. "네, 사모님. 그런데 오래전에 죽었어요."

"오, 미안해요."

크리스가 다시 캐러스를 보았다. "딸 얘기는 처음 들었어요. 그런데 그건 왜요? 어떻게 아신 거죠?" 그녀가 속삭이듯 물었다.

"리건이 말해줬습니다."

크리스가 믿기지 않는다는 듯 그를 보더니 속삭였다. "뭐라고요?"

"리건이 알려줬어요. 전에도 이런 능력을 보인 적 있나요? 음, 초감각적 지각 말입니다."

"초감각적 지각요?"

"네."

대답을 망설이면서 크리스가 옆을 보며 인상을 찌푸렸다. "모르겠어요. 확실치 않아요. 그러니까, 나와 같은 생각을 하고 있다는 느낌을 받은 적은 많은데, 그런 일은 가까운 사이엔 종종 있지 않나요?"

캐러스가 고개를 끄덕였다. "네. 그렇죠. 이 다른 인격, 제가 말하는 제3의 존재가—리건이 마취되었을 때 나타났던 그 인격입니까?"

"이상한 말을 지껄이는?"

"이상한 말을 지껄인다. 그게 누구죠?"

"모르겠어요."

"짐작도 안 갑니까?"

"전혀."

"의료기록은 요청했나요?"

"오늘 오후에 올 거예요. 신부님 친전으로요. 달리 방도가 없었어요. 그나마 그것도 한바탕 난리를 쳐야 했지만."

"네, 쉽지 않았겠죠."

"그랬죠. 어쨌든 오긴 해요."

"잘됐네요."

팔짱을 낀 채 크리스가 의자에 뒤로 기대며 캐러스를 진지하게 바라보았다. "좋아요, 신부님. 그래서 우리가 어디까지 얘기했죠? 결론이 뭔가요?"

"음, 따님은—"

"아니, 제가 무슨 말을 하는지 아시잖아요." 크리스가 끼어들었다. "엑소시즘을 해도 된다는 허가를 받을 수 있을까요?"

캐러스가 시선을 떨구고 고개를 살살 흔들었다. "아무래도 주교님을 설득할 수 있을 것 같지 않습니다. 별로 희망적이지 않아요."

"별로 희망적이지 않다니요? 어떻게 그래요?"

캐러스가 주머니에서 성수병을 꺼내 크리스에게 내밀었다. "이게 뭔지 아시죠?" 그가 물었다.

"이게 어쨌다고요?"

"리건한테는 성수라고 얘기했습니다. 제가 뿌렸더니 아주 격렬하게 반응하더군요." 캐러스가 나직이 말했다.

"오, 잘됐네요. 아닌가요?"

"아니요. 이건 성수가 아니라 그냥 수돗물입니다."

"그래서요? 무슨 차이가 있나요?"

"성수는 축성을 한 겁니다."

"오, 잘됐네요, 신부님! 정말로요!" 크리스가 좌절감과 짜증이 치밀어 쏘아붙였다. "멍청한 마귀도 있나보죠!"

"리건의 몸 안에 정말로 마귀가 있다고 믿습니까?"

"제가 믿는 건, 리건 안에 무언가가 있고 그게 내 딸을 죽이려 한다는 거예요. 그리고 그게 오줌하고 탄산음료를 구분하든 못하든 상관없어요. 안 그런가요, 캐러스 신부님? 죄송해요. 하지만 제 생각을 물었잖아요!" 그녀가 신경질적으로 담배꽁초를 짓눌러 껐다. "그래서 하시고 싶은 말씀이 뭔가요? 엑소시즘은 없다?"

"부인, 저도 이제 막 조사를 시작했을 뿐이에요." 크리스가 열을 내자 캐러스도 덩달아 되받아쳤다. "하지만 교회로서도 충족해야 할 준거가 있고 거기엔 충분히 합당한 이유가 있어요. 이를테면 득보다 실이 많지는 않은지 따져야 하고, 게다가 해마다 우리를 물고 늘어지는 미신 나부랭이들도 피해야 하고요! 지금 당장이라도 공중부양하는 사제들이나 성금요일과 축일이면 피눈물을 흘리는 성모마리아 상을 사례로 들 수 있다고요! 그럼 난 평생 그런 일만 뒤치다꺼리하며 살게 될 거란 말입니다!"

"리브리엄이라도 드셔야겠네요, 신부님."

"죄송합니다. 하지만 제 의견을 물었잖습니까."

"잘 알겠어요."

그가 담뱃갑을 향해 손을 내밀었다.

"저도 한 대 주세요." 크리스가 말했다.

그가 담뱃갑을 내밀자 그녀가 한 개비를 꺼냈다. 그도 입에 담배를 문 다음 둘 다 불을 붙였다. 두 사람은 담배연기를 들이마셨다가 큰 한숨과 함께 내뱉었다. 분위기가 진정되면서 평화를 되찾은 데 안도하며.

"죄송합니다." 캐러스가 식탁을 내려다보며 입을 열었다.

"네, 필터 없는 담배는 몸에 해로워요."

그리고 침묵이 흘렀다. 크리스는 눈을 돌려 바닥부터 천장까지 이어지는 창을 통해 키 브리지를 오가는 차량을 바라보았다. 그때 간간이 탁탁 부딪치는 소리가 약하게 들렸다. 크리스가 고개를 돌리니 캐러스가 담뱃갑을 내려다보며 천천히 빙글빙글 돌리고 있었다. 문득 그가 시선을 들어 대답을 요구하는 크리스의 물기어린 눈을 마주보았다. "알겠어요." 그가 입을 열었다. "교회가 정식으로 엑소시즘을 허가해줄 법한, 인정되는 표징들을 말씀드리죠."

"네, 좋아요. 알고 싶네요."

"하나는 환자가 알지도 못하고 공부한 적도 없는 언어로 말하는 겁니다. 지금 제가 조사중이니 두고 봐야죠. 그다음에 투시력도 있는데, 요즘엔 텔레파시나 초감각적 지각 정도로 취급되니 배제될 겁니다."

"신부님은 그런 걸 믿으세요?"

캐러스가 그녀를 살펴보았다. 불신이 배어나는 찡그린 얼굴, 찌푸른 눈살. 진심으로 한 말이라고 그는 판단했다. "요즘엔 부정하기 어렵죠." 그가 그녀에게 말했다. "말했다시피 초자연현상은 전혀 아니지만."

"맙소사, 찰리 브라운!"

"오, 회의주의 성향이라면 부인도 만만치 않잖아요."

"다른 증상들은 뭐가 있죠?"

"음, 교회가 인정할 만한 마지막 증상으로—그대로 인용하자면—'나이와 능력을 뛰어넘는 힘'이 있습니다. 광범위하죠. 설명되기 어려운 초자연적 현상이나 주술 등 이것저것 다 해당될 수 있어요."

"오, 그래요? 그럼 벽에서 나는 쿵쿵 소리나 아이 몸이 침대 위로 펄쩍 튀어올랐다가 떨어지는 건요?

"그 자체로는 아무 의미 없습니다."

"피부에 보이는 것들은 어떨까요?"

"피부라니요?"

"말씀 안 드렸나요?"

"무슨 얘기죠?"

"아, 그게, 배링거 클리닉에서 있었던 일이에요." 크리스가 설명했다. "그러니까—음……" 손가락을 가슴에 대고 그렸다. "마치 글을 쓰는 것처럼. 글자 같았어요. 그게 가슴께 나타났다 사라졌다고요. 순식간에요."

캐러스가 인상을 찌푸렸다. "'글자'라고요? 단어가 아니고?"

"아뇨, 단어는 아니었어요. 그냥 M이 한두 번. 그리고 L 한 번."

"직접 보셨나요?" 그가 물었다.

"그건 아니에요. 그 사람들이 말해줬죠."

"그 사람들이라니 누구요?"

"망할 클리닉 의사들요!" 크리스가 짜증을 내며 말했다. "죄송해요. 그 의료기록에 있을 거예요. 진짜니까."

"하지만 그것도 자연적인 현상일 수 있습니다."

"어디서요? 트란실바니아?" 크리스가 말도 안 된다는 듯 또다시 열을 냈다.

캐러스가 고개를 저었다. "학술지에서 그런 사례들을 접하곤 합니다. 주교도 반대 근거로 가져올 수 있어요. 기억나는 사례로 교도소 정신과의사가 보고한 건데, 환자인 수감자 하나가 저절로 가수면 상태에 빠지더니 피부에 황도십이궁이 나타났다고 합니다." 그가 가슴을 가리키며 몸짓했다. "살가죽이 오돌토돌 들떠서."

"맙소사, 신부님들은 기적이란 걸 순순히 받아들이긴 하나요, 네?"

"저한테 무슨 말을 바라세요? 이런 실험도 있었습니다. 최면을 통해 피험자를 가수면 상태에 빠지게 한 후 양팔을 칼로 베죠. 피험자에게는 왼팔은 피를 흘리겠지만 오른팔은 괜찮을 거라고 말합니다. 실제로 왼팔에선 피가 나지만 오른팔은 아닙니다."

"우아!"

"네, 놀랍죠! 마음의 힘이 혈류를 통제한 거죠. 어떻게 그럴 수 있느냐고요? 아무도 모릅니다. 하지만 실제로 일어난 일입니다. 마찬가지로 성흔의 경우도 방금 말한 수감자나 어쩌면 리건의 경우처럼 무의식이 혈류를 달리 조절해서 피부가 들떴으면 하는 곳으로 피를 더 많이 보내는 겁니다. 그런 식으로 하면 글자나 그림, 하물며 단어를 만들어내는 것도 가능하죠. 설명하기 어렵지만 기적과는 거리가 먼 현상입니다."

"그거 아세요, 신부님? 정말 고집불통이시라는 거?"

"제가 정한 규칙이 아닙니다."

"확실히 교회가 정한 규칙을 엄격히 따르는 분이긴 하네요."

골똘히 생각에 잠긴 사제가 고개를 떨구고 엄지 끝을 입술에 갖다댔다. 그러다 손을 내리고 고개를 들어 크리스를 보았다. "자, 이 얘기가 이해를 도울 수도 있겠네요." 그가 천천히 부드럽게 말했다. "교회가 그런 겁니다. 제가 아니라. 교회에서 엑소시즘을 행하려는 사람들을 상대로 주의서를 발간한 적이 있었죠. 저도 어젯밤에 읽었습니다. 이렇게 적혀 있더군요. 스스로 빙의되었다고 생각하거나, 혹은 남들에게 빙의되었다고 생각되는 사람이 있다면, 문구를 직접 인용하자면 "구마사가 아니라 의사가 훨씬 필요하다". 그 책자가 언제 발간된 줄 알아요?"

"아니요, 언제인데요?"

"1583년."

크리스가 처음엔 놀라 쳐다보더니 이내 시선을 떨구며 중얼거렸다. "네, 어마어마한 해였죠." 신부가 의자에서 일어나는 소리가 들렸다. "클리닉 의료기록이 도착하는 대로 확인해보겠습니다. 그 사이 리건이 아빠에게 보내려 녹음한 테이프와 방금 녹음한 테이프를 조지타운대학교 어학연구소에 가져갈 생각입니다. 이 이상한 말이 일종의 언어일 수도 있으니까요. 제가 보기엔 아닌 것 같지만 어쨌든 두고 봐야죠. 평소 리건의 언어 패턴과 제가 녹음한 것의 비교에 많은 것이 달렸다고 볼 수 있어요. 두 패턴이 동일하다면, 부인도 리건이 빙의된 게 아니라는 사실을 확실히 알게 되겠죠."

"그럼 어떻게 되는 거죠?" 그녀가 물었다.

신부가 그녀의 눈을 들여다보았다. 감정이 요동치고 있었다. 맙소사, 딸이 빙의가 아닐까봐 걱정하다니! 더 큰 문제가 있다는, 감춰진 뭔가가 있다는 의심이 또다시 들었다. "당분간 부인의 차를 빌려 쓸 수 있을까요?" 그가 물었다.

그녀가 옆을 보며 암울하게 말했다. "제 목숨이라도 빌려드릴 수 있는걸요. 목요일까지만 돌려주시면 돼요. 그때쯤 쓸 일이 있을지도 몰라서요."

마음 아파하며 캐러스는 아래로 숙인, 무방비한 머리를 바라보았다. 그녀의 손을 잡고 모든 게 잘될 거라고 말해주고 싶었지만 그럴 수는 없었다. 그는 그런 말을 믿지 않았다.

크리스가 일어섰다. "열쇠 가져올게요."

그녀는 상심한 구도자처럼 멀어져갔다.

캐러스는 기숙사로 걸어가 녹음기를 두고 리건의 목소리가 담긴 테이프만 챙긴 다음 다시 길을 건너 주차된 크리스의 차로 돌아왔다. 운전석에 오르는데 크리스의 집 문간에서 칼 엥스트롬이 불렀다. "캐러스 신부님!" 캐러스가 그쪽을 보았다. 칼이 현관계단을 달려내려오고 있었다. 검은 가죽 재킷을 걸치며 손을 흔들었다. "캐러스 신부님! 잠깐만요!" 그가 크리스의 차로 종종걸음치며 불렀다.

캐러스가 상체를 기울여 조수석 창문을 내렸다. 칼이 그 안으로 고개를 디밀고 캐러스에게 물었다. "어느 쪽으로 가십니까, 신부님?"

"듀폰 서클요."

"아, 그래요? 잘됐네요. 신부님, 괜찮으면 가는 길에 태워주시겠습니까?"

"얼마든지요. 타세요."

"감사합니다, 신부님!"

칼이 차에 올라타 문을 닫았다. 캐러스가 시동을 걸었다. "맥닐 부인 말이 백번 옳아요, 칼. 차라리 외출하는 게 좋습니다."

"네, 그래서 영화를 볼 생각입니다."

"좋네요."

캐러스가 기어를 넣고 차를 뺐다.

한동안 두 사람은 말이 없었다. 캐러스도 해답을 찾느라 골몰한 터였다. 빙의? 불가능해. 성수 때문이라도.

하지만 그렇다 해도……

"칼, 데닝스 씨를 잘 압니까?"

꼿꼿이 앉아 앞유리창 너머 전방만 줄곧 바라보면서 칼이 대답했다. "네. 네, 압니다."

"리건이—그러니까 데닝스 씨가 된 것 같았을 때 칼이 보기에도 정말로 데닝스 씨의 것처럼 느껴지던가요?"

무거운 침묵.

그리고 감정이 배제된 단호한 대답. "네."

캐러스가 고개를 끄덕이며 중얼거렸다. "그래요."

그후 듀폰 서클에 다다를 때까지 두 사람은 아무 말도 하지 않았다. 차가 신호등에 걸려 멈춰 섰을 때 칼이 문을 열었다. "여기서 내리겠습니다, 캐러스 신부님."

"정말요? 여기서?"

"네, 버스를 타야 하거든요." 차에서 내린 칼은 문 가장자리를 잡고 몸을 숙여 안을 들여다보면서 말했다. "감사합니다, 캐러스 신부님. 정말로요."

"더 타고 가지 않아도 괜찮겠어요? 저도 시간 여유가 있는데."

"아뇨, 아뇨, 신부님! 괜찮습니다. 여기까지 태워주신 것만으로도 충분합니다."

"그래요, 그럼. 영화 잘 보시고요."

"네, 신부님. 고맙습니다!"

칼은 차문을 닫고 안전지대로 올라가 신호가 바뀌길 기다렸다. 캐러스가 차를 출발하자 그는 새빨간 재규어 쿠페가 매사추세츠 애비뉴로 들어서는 굽이를 돌아 시야에서 사라질 때까지 지그시 지켜보았다. 칼이 신호등을 보았다. 신호가 바뀌어 있었다. 정류장에 들어선 버스를 향해 달려갔다. 버스를 갈아타가며 마침내 그가 내린 곳은 도시의 북동쪽 공동주택 단지였다. 거기서도 세 블록을 걸어가 다 허물어져가는 건물 안으로 들어갔다. 어둑어둑한 계단 아래에서 멈춰 선 그는 간이부엌에서 새어나오는 시큼한 향내를 맡았다. 위층 어딘가에서 아기 울음소리가 어렴풋이 들리고 발밑의 굽노리널에서 바퀴벌레 한 마리가 빠져나와 지그재그로 쏜살같이 지나갔다. 그 순간 건장하고 인내심 강한 관리인은 무너지고 축 처진 듯 보였다. 하지만 이내 기운을 차리고 계단을 올랐다. 난간에 한 손을 얹고 삐걱거리며 신음하는 낡은 나무 계단을 천천히 올라갔다. 한 발 한 발 내디디는 발소리가 그의 귀에는 힐난과 책망의 소리로 들렸다.

이층에서, 어두컴컴한 부속건물에 난 문으로 걸어갔다. 한 손을 문에 대고 잠시 그대로 서 있었다. 그는 벽을 흘끔 보았다. 페인트가 벗겨진 벽에 '피터와 샬럿'이라는 연필 낙서가 있었다. 그 아래 날짜와 하트 그림이 있었지만, 회반죽이 삐죽빼죽한 가는 선 모양으로 떨어져나가 하트는 이등분되어 있었다. 칼은 초인종을 누르고 고개를 숙인 채 기다렸다. 집안에서 침대 스프링이 삐걱거리는 소리가 흘러나왔다. 낮게 구시렁거리는 음성. 이어서 누군가 다가오는 발소리. 불규칙한 그것은 교정용 신발 한 짝이 끌리며 쿵쿵거리는 소리였다. 벌컥 문이 조금 열리고 걸쇠에 걸린 안전체인이 찰그랑거리며 팽팽히 당겨졌다. 그 틈새로 지저분한 페이즐리 무늬 속옷 차림에 입가에 담배를 꼬나문 여자가 인상을 쓰며 내다보았다.

"오, 난 또 누군가 했네." 그녀가 쉰 목소리로 말하며 걸쇠를 풀었다.

긴장이 풀리는 두 눈, 고통과 원망으로 가득한 핼쑥한 우물을 칼은 마주했다. 방종한 분위기를 풍기는 굴곡진 입매, 피폐한 얼굴을 흘끗 보았다. 그건 천 개의 모텔 방에서 생매장된, 사랑스러웠던 과거의 기억에 뒤척이다 가위눌려 천 번이고 비명을 지르며 깨어나는 젊은 미인의 얼굴이었다.

"씨팔, 얼른 꺼지라고 해!"

아파트 안에서 거친 사내 목소리가 들렸다.

혀가 살짝 꼬인. 남자친구다.

여자가 고개를 돌려 편잔주었다. "아가리 닥쳐, 새꺄! 아빠야!" 여자가 칼을 돌아보았다. "취해서 그래, 아빠. 그냥 가는 게 좋겠어."

칼이 고개를 끄덕였다.

여자의 공허한 눈이 그의 손을 지나 지갑이 든 바지 뒷주머니로 옮겨갔다. "엄마는?" 담배연기를 빨아들이며 그녀가 물었다. 눈은 주머니에서 지갑을 꺼내 10달러 지폐를 세는 그의 손에 못박혀 있었다.

"잘 있다. 걱정 안 해도 돼." 그가 간단히 고개를 끄덕였다.

그가 돈을 건네자 그녀가 발작적인 기침을 토해냈다. 급히 한 손으로 입을 가렸다. "망할 놈의 담배!" 그녀가 캑캑거리며 투덜거렸다. "이 시팔 걸 끊어야 할 텐데!" 칼은 딸의 팔에 난 자국들을 바라보았다. 손에서 10달러 지폐가 빠져나가는 게 느껴졌다.

"고마워, 아빠."

"안 오고 뭐해!" 남자친구가 으르렁거렸다.

"아빠, 아무래도 들어가야겠어, 응? 저 인간 열받으면 어떤지 알지?"

"엘비라……!" 칼이 황급히 문 앞으로 팔을 넣어 딸의 손목을 잡았다. "뉴욕에 클리닉이 있어." 그가 애원하듯 속삭였다. 그녀가 인상을 쓰며 손을 빼내려 했다. "아빠, 이거 놔!"

"내가 보내줄게! 그곳 사람들이 도와줄 거야. 감옥엔 안 가도 돼! 그건—"

"맙소사, 아빠, 제발!" 그녀가 새된 소리로 외치며 손을 빼냈다.

"아니, 잠깐! 제발!"

그녀가 문을 쾅 닫았다.

눅눅하고 낙서가 그려진 희망의 무덤에서 스위스인은 한참을 멍하니 꼼짝 않고 서 있다가 슬픔에 잠겨 고개를 떨어뜨렸다.

아파트 안에서 주고받는 말소리가 웅웅거리며 들려오더니 냉소적인 여자의 낭랑한 웃음소리로 끝났다. 그리고 잇따라 터지는 기침 소리가 이어졌다. 칼은 돌아섰다.

그리고 불시에 칼에 찔린 듯한 충격을 받았다.

"이제 얘기할 때가 된 것 같지 않나?" 코트 주머니에 양손을 찔러넁은 킨더먼이 씨근거리며 말했다. 슬픈 눈이었다. "그래, 이제 얘기할 때가 된 것 같군."

2장

　어학연구소 소장실에서 캐러스는 테이프를 빈 릴에 걸었다. 소장인 프랭크 미란다는 은발에 통실통실한 체격이었다. 두 개의 테이프에 녹음된 내용을 여러 개의 릴에 부분부분 나눠서 편집해둔 캐러스가 녹음기를 틀었고 두 남자는 열에 들뜬 목소리가 꺽꺽거리듯 중얼거리는 이상한 소리를 들었다. 재생이 끝나자 캐러스가 헤드폰을 벗어 목에 걸고 물었다. "어때요, 프랭크? 언어 같습니까?"

　귀에 대고 있던 수신기를 벗은 미란다는 책상 끄트머리에 걸터앉아 팔짱을 꼈다. 당혹스러워하며 이맛살을 찌푸린 채 바닥만 보고 있었다. "모르겠군요." 그가 고개를 저었다. "섬뜩한데요?" 그가 캐러스를 흘끗 올려다보았다. "어디서 난 거죠?"

　"연구중인 이중인격 사례입니다."

"농담 마요! 신부가?"

"말할 수 없어요."

"네, 물론 그렇겠죠. 이해합니다."

"자, 어때요, 프랭크? 알겠어요?"

생각에 잠겨 딴 곳을 보던 미란다가 얼룩덜룩한 테의 돋보기안경을 조심스레 벗어 무심코 접은 다음 시어서커 재킷 안쪽 얇은 주머니에 넣었다. "아니요, 처음 들어보는 언어예요. 하지만……" 미간을 살짝 찌푸리며 그가 캐러스를 올려다보았다. "다시 틀어볼래요?"

캐러스가 테이프를 되감아 다시 재생했다. 녹음기를 끄고 물었다. "어때요?"

"음, 언어적인 억양이 있긴 하네요."

예수회 신부는 희망이 샘솟으며 일순간 눈이 반짝였지만 이내 반사적으로 가라앉히려 애쓰자 어두워졌다.

"그래도 모르겠어요, 신부님, 이게 고대어인가요? 아니면 현대어인가요?"

"나도 모릅니다."

"이런, 여기 두고 가시죠? 애들하고 자세히 검토해볼 테니. 누군가는 이게 뭔지 알겠죠."

"복사를 하세요, 프랭크. 원본은 내가 보관해야 하니까."

"아, 네, 그러죠."

"하나 더 상의드릴 게 있는데, 시간 있습니까?"

"네, 물론이죠. 무슨 일인데요?"

"표면상 다른 두 사람의 일상적인 말씨를 들려주면, 의미론 분석을 통해 한 사람이 그 두 언어 양태를 모두 보이는 게 가능한지 판단해줄 수 있습니까?"

"오, 그럴 겁니다. 네. 가능하죠. 아무래도 '어휘다양도'가 가장 적절한 방법이겠네요. 천 개 남짓한 단어 샘플로 다양한 발화의 발생빈도를 비교할 수 있죠."

"그게 결정적인 판단 근거가 되나요?"

"거의 그렇다고 봐야겠죠. 그런 종류의 검사는 기본적인 어휘의 변화를 무시합니다. 중요한 건 말이 아니라 말이 표현하는 거니까요. 소위 '다양성지수'라는 것이죠. 보통 사람들한테야 물론 난해한 얘기겠지만 우리가 기대하는 게 바로 그 점이니까요." 소장이 쓴웃음을 지었다. 그러고는 캐러스의 손에 들린 테이프를 고갯짓으로 가리켰다. "그 테이프에는 다른 사람의 음성이 들어 있는 겁니까?"

"정확히는 아닙니다."

"정확히는 아니라니요?"

"두 테이프에 녹음된 음성과 말은 모두 동일인의 입에서 나온 겁니다."

소장이 눈썹을 치켜올렸다. "동일인?"

"네, 아까도 말했듯이, 이건 이중인격 사례입니다. 두 개를 비교해주겠습니까? 음성은 전혀 다르지만 그래도 비교 분석 결과를 알고 싶군요."

소장은 흥미진진하다 못해 기쁜 기색이었다. "아주 좋죠! 네. 우리가 분석하죠. 내 생각엔 아마 폴이 적임자일 것 같군요. 최고의 강사죠. 머리가 비상해요. 꿈도 인도어 암호로 꿀걸요."

"부탁이 더 있는데. 이게 어려운 부탁이라."

"뭔데요?"

"소장님이 직접 비교해줬으면 합니다."

"제가요?"

"네. 그리고 최대한 빨리요."

소장은 캐러스의 목소리와 눈에서 다급함을 읽어내고 고개를 끄덕였다. "알겠습니다. 직접 확인하죠."

예수회 기숙사로 돌아온 캐러스는 방문 밑으로 밀어넣은 쪽지를 발견했다. 배링거 클리닉의 의료기록이 도착했다는 내용이었다. 그는 부리나케 접수실로 가서 사인을 하고 소포를 찾아들고 방으로 돌아왔다. 책상에 앉아 의료기록을 탐독했으나 끝부분에서 클리닉 정신과 팀의 결론에 다다랐을 무렵에는 희망찬 기대가 실망과 좌절로 바뀌어 있었다. "……죄의식에 기인한 강박을 가리키는 징후와 그에 따른 히스테리-몽유병적……" 더 읽을 필요가 없었다. 캐러스는 책상에 팔꿈치를 괴고 한숨을 쉬며 천천히 손에 얼굴을 묻었다. 포기하지 마. 의문과 해석의 여지는 있어. 하지만 의료기록에 따르면, 리건의 피부에 나타난 성흔은 배링거에서 관찰되는 동안 반복적으로 나타났다. 클리닉의 요약 분석에는 리건의 피부가 과민성이라 본인이 직접 손가락을 살에 대고 그린 대로 글자들이 만들어지게 할 수도 있다고 쓰여 있었다. 피부 묘화증描畵症이라는 작용이었다. 리건의 손이 가죽끈에 묶이자 신비한 현상이 더는 나타나지 않았다는 사실이 이 가설을 뒷받침했다.

그는 고개를 들고 전화를 보았다. 프랭크. 테이프들에 녹음된 음성을 비교하는 게 과연 무슨 소용이 있을까? 전화를 걸어볼까? 암, 그래야지, 신부는 결론을 내렸다. 수화기를 들고 다이얼을 돌렸으나 받지 않았다. 전화를 부탁하는 메시지를 남겼다. 그러고 나니 맥이 탁 풀렸다. 그는 자리에서 일어나 느릿느릿 욕실로 가 얼굴에 찬물을 끼얹었다. "구마사는 마귀가 출현할 때 나타나는 현상들을 하나도 남김없이 설명할 수 있어야 한다." 그는 고개를 들고 거울에 비친 자신을 근심스레 보았다. 놓친 게 있었나? 뭘까? 사워크라우트 냄새? 그는 몸을 돌려 걸이에서 수건을 걷어 얼굴을 닦았다. 아니야, 자기암시로 설명이 가능하다. 보고에 따르면 특정 사례들에서 정신병 환자들은 무의식적으로 자신의 몸을 이용해 다양한 냄새를 발산할 수 있었던 듯하다.

캐러스는 손의 물기를 닦았다. 요동치는 침대. 열리고 닫히는 서랍. 그건 염력일까? 정말로? "신부님은 그런 걸 믿으세요?" 머리가 돌아가지 않는다는 것을 문득 깨달았다. 캐러스는 젖은 수건을 걸이에 걸었다. 피곤해. 너무 피곤해. 하지만 그라는 사람의 중심은 포기를 거부했다. 두루뭉술한 가설과 견해에, 인간 정신의 배반이라는 피로 물든 역사에 이 아이를 넘겨주기를 한사코 거부했다.

그는 기숙사를 나와 프로스펙트 스트리트를 빠르게 걸어가 조지타운대학교 캠퍼스 내 로잉어 도서관의 잿빛 석벽까지 갔다. 안으로 들어가 『정기간행물 일람』을 뒤졌다. 책장에 손가락을 대고 내려가며 P로 시작하는 주제들을 훑어보았다. 찾던 것을 발견하자 과학 학술지 한 권을 들고 열람용 기다란 참나무 탁자에 앉았다. 독일의 저명한 정신과의사인 한스 벤더가 폴터가이스트 현상에 관해 쓴 논문이었다. 의심의 여지가 없다. 논문을 다 읽고 내린 결론이었다. 오랫동안 정신병원들에서 철저히 기록되고 촬영되었으며 관찰된 바에 따르면, 염력은 실재했다. 하지만! 논문에 소개된 사례 중 마귀 들림과 관련된 것은 하나도 없었다. 그보다는 무의식적으로 발생하는, 일반적으로 "극도의 내적 긴장, 분노, 좌절의 단계에 있는 청소년에게서 나타나는"—캐러스는 의미심장하게 주목했다—"정신이 조종하는 에너지"가 현상을 설명하는 가설로 선호되고 있었다.

캐러스는 물기어리고 피곤한 눈 가장자리를 손마디로 살살 문질렀다. 여전히 미진한 기분이었다. 하얀 울타리를 따라 걸으면서 모든 말뚝을 빠짐없이 때리는 꼬마처럼 리건의 증상을 일일이 되짚어나갔다. 캐러스는 궁금했다. 도대체 놓친 게 뭘까?

녹초가 된 그가 결론적으로 다다른 답은, 없다는 것이었다.

그는 맥닐 부인의 집으로 갔다. 윌리가 그를 맞아 서재로 안내했다. 서재 문은 닫혀 있었다. 윌리가 노크했다. "캐러스 신부님이 오셨어요." 안에서 가라앉은 목소리가 들려왔다. "들어오세요."

캐러스가 안으로 들어가 문을 닫았다. 크리스는 그를 등지고 서 있었다. 바에 한 팔을 괴고 이마를 짚은 채였다. 돌아보지 않고 그녀가 인사했다. "어서 오세요, 신부님." 허스키하지만 체념어린 여린 목소리였다.

걱정된 신부가 그녀 옆으로 갔다. "괜찮아요?"

"네, 괜찮아요, 신부님. 정말로요."

되레 걱정이 깊어진 캐러스는 인상을 찌푸렸다. 크리스의 목소리는 긴장했고 얼굴을 가린 손은 떨고 있었다. 그녀가 팔을 내리고 몸을 돌려 캐러스를 보았다. 사나운 눈초리에 얼굴은 눈물로 얼룩져 있었다. "어떻게 됐어요?" 그녀가 물었다. "뭐 새로운 거라도 있나요?"

대답하기에 앞서 캐러스는 그녀를 자세히 살폈다. "음, 배링거 클리닉 기록을 봤는데—"

"그래요?" 크리스가 날카롭게 말을 끊었다.

"음, 제 판단엔……"

"신부님 판단은 뭐요? 뭔데요?"

"이 순간 제 솔직한 의견은 리건을 정신과의 집중치료에 맡기는 게 최선이라는 겁니다."

크리스는 눈이 약간 커지며 잠자코 캐러스를 쳐다보더니 아주 천천히 머리를 앞뒤로 흔들었다. "안 돼요!"

"리건의 아빠는 어디 있죠?" 그가 물었다.

"유럽에요."

"그분한테 상황을 말했습니까?"

"아니요."

"그분이 함께 있다면 도움이 될 겁니다."

"들어봐요, 지금 필요한 도움은 저 뭔가를 눈앞에서 치워버리는 거라고요!" 크리스가 크고 떨리는 목소리로 울분을 터뜨렸다.

"남편을 부르셔야 합니다."

"왜요?"

"그래야—"

"빌어먹을, 제가 신부님한테 마귀를 몰아내달라고 했지, 언제 다른 걸 불러들이라고 했냐고요!" 분노로 얼굴이 일그러진 크리스가 버럭버럭 소리쳤다. "갑자기 엑소시즘은 다 어쩌고요?"

"자—"

"하워드랑 뭘 하겠어요?"

"나중에 이 문제를 상의해보는 게—"

"지금 하면 되잖아요, 젠장! 이제 와서 하워드가 무슨 소용이죠?"

"리건의 질환이 죄의식에 근거할 개연성이—"

"뭐에 대한 죄의식요?" 그녀가 험한 눈초리로 울부짖었다.

"그러니까—"

"리건이 죄의식을 느끼는 건 버크 데닝스를 죽였기 때문이에요!" 크리스가 두 주먹을 관자놀이에 대고 누르며 비명을 질렀다. "그애가 죽였어요! 그애가 죽였고 이제 경찰이 잡아가겠죠. 데려갈 거라고요! 오, 맙소사, 세상에……"

흐느끼며 쓰러지려는 그녀를 캐러스가 부축해 소파로 이끌었다. "괜찮아요." 캐러스가 계속해서 그녀를 달랬다. "괜찮아요……"

"아뇨, 사람들이 딸아이를…… 데려갈 거예요." 흐느낌이 끊이지 않았다. "감옥에…… 감옥에……!"

"무사할 거예요."

캐러스는 크리스를 부축해 천천히 소파에 눕히고 자신도 끄트머리에 앉아 양손으로 그녀의 손을 잡아주었다. 생각이 꼬리를 물고 떠올랐다. 킨더먼. 데닝스. 흐느끼는 크리스. 비현실성. "괜찮아요…… 괜찮아…… 진정해요…… 다 잘될 겁니다……"

잠시 후 울음이 잦아들자 그는 그녀가 일어나 앉도록 거들었다. 물과, 바 안쪽 선반에서 찾은 티슈 상자를 가져다주고 그녀 옆에 앉았다.

"오, 기분이 나아졌어요." 크리스가 훌쩍거리며 말하고는 코를 풀었다.

"기분이 나아져요?"

"네, 털어놓으니 후련해요."

"오, 음, 네―네―네, 기분이 나아지죠."

그리고 이제 다시, 마음의 짐이 예수회 신부의 어깨를 무겁게 내리눌렀다. 그만! 그만 얘기해! 그는 그러지 말라고 스스로에게 경고하려 했지만 어느새 부드럽게 그녀에게 묻고 있었다. "더 하실 말씀이 있나요?"

크리스가 묵묵히 고개를 끄덕이고서 힘없이 말했다. "네. 네. 있어요." 한쪽 눈을 훔치고 이야기를 시작했다. 띄엄띄엄, 감정에 북받치기도 하면서 킨더먼의 방문과 주술 책 가장자리가 좁고 기다랗게 찢긴 것, 데닝스가 죽은 날 밤 그가 리건의 방에 올라간 게 확실하다는 것, 리건의 비정상적인 괴력, 리건에게 데닝스의 인격이 나타나 머리가 180도 돌아갔다는 이야기를 마치고 탈진해 캐러스의 반응을 기다렸다. 자신의 생각을 말하려던 그는 그녀의 눈을, 애원하는 표정을 보고 대신 이렇게 말했다. "아이가 했다고 확신할 순 없죠."

"하지만 버크의 머리가 돌아가 있었는데요? 그게 말해주지 않나요?"

"부인이야말로 벽에 머리를 세게 부딪힌 모양이네요. 충격이 크다보니 헛것을 봤겠죠." 캐러스가 대답했다.

초점 없는 눈으로 캐러스의 시선을 붙들며 크리스가 조용히 말했다. "아니요. 버크가 나한테 그랬어요. 리건이 했다고. 창밖으로 떠밀어 죽였다고."

순간적으로 아연해진 사제는 멍하니 그녀를 바라보았다. 하지만 이내 스스로를 다잡고 말했다. "따님의 정신은 정상이 아니에요. 다 헛소리예요."

크리스가 고개를 떨구고 가로저었다. "모르겠어요." 들릴락 말락 한 목소리였다. "제가 잘하고 있는지 모르겠어요. 저는 그애가 죽였다고 생각해요. 그러니 다른 사람도 죽일 수 있어요. 정말 모르겠어요." 그녀가 무기력하고 공허한 시선으로 캐러스를 돌아보았다. 목이 잠겨 허스키한 소리로 속삭였다. "제가 어쩌면 좋죠?"

캐러스는 속으로 낙심했다. 어깨를 짓누르는 중압감이 단단히 굳어 숫제 그의 등 쪽에서 구체적인 형상을 띄기 시작했다. "다른 사람에게 말한 것만으로도 이미 할 바를 다 했어요, 크리스. 내게 털어놨잖아요. 그러니 이제 어떻게 할지 고민하는 건 내게 맡기면 돼요. 아셨죠? 그냥 내게 맡기세요."

손등으로 한쪽 눈을 훔치며 크리스가 끄덕였다. "네, 네, 그렇죠. 그게 최선이겠죠." 미소 지으려 애쓰며 힘없이 덧붙였다. "감사해요, 신부님. 정말 감사해요."

"이제 좀 기분이 나아졌나요?"

"네."

"부탁 하나 들어줄 수 있겠어요?"

"그럼요. 뭔데요?"

"나가서 영화 한 편 보고 오세요."

순간 크리스가 멍하니 쳐다보더니 미소를 띠며 고개를 저었다. "저 영화 싫어해요."

"그럼 친구라도 만나요."

크리스가 따스한 시선으로 그를 보았다. "친구는 여기 있는걸요."

"그렇죠. 이제 좀 쉬도록 해봐요. 약속하죠?"

"네, 그럴게요."

캐러스는 한 가지 생각이 들었다. 또다른 의문점이었다. "책을 위층으로 가져간 게 데닝스였을까요? 아니면 이미 거기 있었을까요?"

"그전부터 있었을 거예요."

살짝 딴 곳을 보다가 캐러스가 고개를 끄덕였다. "알겠어요." 나직이 말하고 벌떡 일어섰다. "자, 됐습니다. 이래저래 차가 필요하겠군요?"

"아니요, 그냥 갖고 계세요."

"그럼, 그렇게 하죠. 조만간 또 오겠습니다."

고개를 숙인 크리스가 조용히 말했다. "알았어요."

거리로 나서는 캐러스의 머릿속에서는 갖은 생각이 폭주하고 곤두박질치고 있었다. 리건이 데닝스를 죽여? 정신 나갔군! 리건이 데닝스를 침실 창밖으로 밀치자 그가 길고 가파른 돌계단으로 날아가 데굴데굴 구르며 마구 내동댕이쳐지다가 돌연 그의 세계가 뚝 끝나는 장면이 머릿속에 그려졌다. 불가능해! 캐러스는 생각했다. 아니야! 하지만 크리스는 거의 확신했다. 히스테리야! 그래, 바로 그거야. 히스테리성 환각일 뿐이야! 사제는 되뇌었다. 하지만······

그가 좇는 확실성은 바람에 나뒹구는 낙엽처럼 잡힐 듯 잡히지 않았다.

집 옆의 깎아지른 계단을 지나가는데 아래쪽 강가에서 소리가 들려왔다. 걸음을 멈추고 C&O 운하 방향을 내려다보았다. 하모니카 소리. 누가 〈홍하의 골짜기〉를 연주하고 있었다. 예수회 사제가 어릴 적부터 좋아한 노래였다. 그가 귀를 기울이고 있는 가운데 아래쪽의 신호등이 바뀌자 M스트리트의 자동차들이 다시 시동을 걸면서 구슬픈 멜로디가 짓밟히고 뒤덮이고 말았다. 현재의, 이 순간의 세계에 의해 불쑥 산산조각나서, 고통에 차 도와달라고 소리치며 배기가스 위로 피를 뚝뚝 흘렸다. 초점 없는 눈으로 계단을 내려다보면서 캐러스는 양손을 주머니에 찔러넣고 다시 한번 머릿속을 혹사했다. 크리스를 생각하고 리건을 생각하고 죽은 트랑킬의 엉덩이를 걷어차던 뤼카를 생각했다. 무슨 수를 써야 하는데. 무엇을? 배링거의 의사들도 두 손 두 발 다 들지 않았던가. "정말 신부님 맞으세요? 아니면 배우 알선 업체에서 나온 분인가요?" 캐러스는 무심코 고개를 끄덕이며 아실이라는 프랑스인의 빙의 사례를 떠올렸다. 리건처럼 그도 자신을 악마라고 불렀다. 리건처럼 그의 질환 역시 죄의식에 근원을 두고 있었다. 아실의 경우엔 불륜에 대한 회한이었다. 위대한 심리학자 피에르 자네는 아내의 존재를 암시하는 최면으로 그의 병을 치료했다. 아실의 환각 속에 아내가 나타나 엄숙히 그를 용서해주는 것이다. 캐러스는 고개를 끄덕였다. 그렇다, 암시는 리건에게도 효과가 있을 수 있다. 하지만 최면은 소용없다. 배링거에서 이미 시도했었기 때문이다. 리건에게 적용할 만한 암시로는 그녀의 어머니가 한사코 고집하는 방법이 있긴 하다. 바로 엑소시즘 의식이다. 리건도 엑소시즘이 무엇인지, 또 어떤 효과를 외도하는지 알고 있다. 선수에 대한 반응. 그 책에서 읽은 거다. 그리고 그 책에는 성공적인 엑소시즘에 대한 설명도 쓰여 있다. 가능해! 충분히 가능해! 하지만 어떻게 상서국의 허락을 얻어내지? 데닝스를 언급하지 않고 사례를 구성할 수 있을까? 주교님께 거짓말을 할 수는 없다. 사실을 변조할 수도 없다. 주교님을 설득할 만한 사실들이 뭐가 있지? 두통으로 관자놀이가 욱신거려 한 손을 눈썹께에 올렸다. 잠을 자야 한다는 건 그도 알았다. 하지만 그럴 수 없었다. 지금은 아니었다. 무슨 사실? 연구소의 테이프들? 프랭크가 뭐든 찾아냈을까? 찾을 만한 게 있기는 할까? 아니, 그럴 리 없어. 하지만 또 모르지. 리건은 성수와 수돗물도 구분하지 못했다. 확실히 그랬다. 하지만 그 아이한테 내 마음을 읽는 능력이 있다고 치면, 그 차이를 몰랐을 리가 없지 않을까? 캐러스는 다시 한 손을 이마에 갖다댔다. 두통. 혼란. 어이, 이봐! 사람이 죽어가고 있어! 정신 차려!

캐러스는 방으로 돌아와 연구소에 전화를 걸었다. 프랭크는 없었다. 그는 수심에 잠겨 수화기를 내려놓았다. 성수. 수돗물. 뭔가 있어. 그는 『로마예식서』에서 "구마사 지침"을 펼쳤다. "……악령들은…… 가식적인 대답…… 따라서 피해자가 빙의와 무관한 것처럼 보일 수도 있다." 이건가? 캐러스는 곰곰이 생각해보았다. 망할, 도대체 뭔 소리야? "악령"이라니?

그는 책을 덮고 의료기록을 다시 읽었다. 엑소시즘에 해당하는 사건으로 만들어줄 뭔가를 찾아 빠르게, 정신없이 훑어나갔다. 여기 있다. 히스테리 병력이 없다. 의미 있는 단서야. 하지만 약해. 다른 게 있어야 해. 불일치하는 뭔가. 그런데, 그게 뭔데? 이윽고 그는 기억해냈다. 대단하진 않아. 그래도 의미 있는 단서야. 그는 수화기를 들고 크리스에게 전화했다. 그녀는 피곤해서 정신이 혼미한 목소리였다.

"신부님."

"주무시려던 참인가요? 미안합니다."

"괜찮아요. 정말로요. 무슨 일로 전화하셨죠?"

"크리스, 이 의사 병원이 어디죠? 그러니까……" 캐러스가 손가락으로 기록을 훑어내려가며 물었다. "클라인 박사? 새뮤얼 클라인요."

"클라인 박사요? 오, 강 건너예요. 로슬린."

"의료시설 건물 말입니까?"

"네, 맞아요. 왜 그러세요?"

"전화해서 캐러스 박사가 들를 거라고 해주세요. 리건의 뇌파를 확인하고 싶다고요. 반드시 캐러스 박사라고 해야 해요."

"알았어요."

그는 전화를 끊자마자 칼라를 떼어내고 사제복과 검은 바지를 벗은 다음 서둘러 카키색 바지와 스웨트셔츠로 갈아입었다. 그리고 그 위에 사제의 검은색 레인코트를 걸치고 거울을 들여다보고는 그만 인상을 찌푸리고 말았다. 사제와 경찰! 그들에게는 결코 숨길 수 없는 특유의 분위기가 있다. 캐러스는 레인코트를 벗었다. 신발도 벗고 유일하게 검은색이 아닌 신발을 신었다. 다 닳은 흰색 트레톤 테니스화.

그는 크리스의 차를 몰고 서둘러 로슬린으로 향했다. 키 브리지를 건너기 전, M스트리트에서 신호등에 걸려 멈춰 섰을 때 앞유리창 너머 왼쪽을 흘낏 보았다가 딕시 주류판매점 앞에 정차한 검은 세단에서 내리는 칼을 목격했다.

킨더먼이 운전하는 차량이었다.

신호가 바뀌었다. 캐러스는 쏜살같이 다리 위로 올라가서는 백미러를 살폈다. 그들도 그를 보았을까? 그랬을 것 같지는 않았다. 도대체 둘이서 뭘 하고 있던 거지? 리건과 관련있나? 그는 걱정되었다. 리건이랑 그리고……

그만두자! 한 번에 하나씩만!

그는 의료시설 건물에 차를 세우고 클라인 박사의 병원으로 올라갔다. 의사는 바빴지만 간호사가 캐러스에게 뇌파기록을 건넸다. 칸막이벽 사무실에서 선 채로 그는 곧장 그래프가 그려진 좁고 기다란 띠지를 손가락 사이로 천천히 넘겨보았다.

클라인이 황급히 들어왔다. 그러면서 캐러스의 차림새를 순간적으로 훑어보았다. "캐러스 박사님?"

"네."

"샘 클라인입니다. 만나서 반갑습니다."

두 사람이 악수를 하고 클라인이 물었다. "리건은 어떤가요?"

"좋아지고 있습니다."

"다행이군요." 캐러스가 다시 그래프를 보자 클라인이 함께 들여다보며 손가락으로 뇌파의 패턴을 가리켰다. "여기 보이죠? 아주 규칙적입니다. 변동이나 그런 것도 없어요." 클라인이 언급했다.

"네. 그렇군요. 기이하게도."

"기이하다니요? 어째서 그렇죠?"

"히스테리를 다루고 있다는 전제하에 드린 말씀입니다."

"이해가 잘 안 가는데요."

"잘 알려지진 않았지만," 캐러스는 대답하면서도 멈추지 않고 띠지를 계속 넘겼다. "이테카라는 벨기에 의사가 발견한 사실이 있죠. 히스테리의 경우 그래프에 다소 이상한 변동이 나타나는데, 아주 미미하지만 항상 동일한 패턴이라는 겁니다. 그런데 여기선 안 보이는군요."

클라인이 의미가 불분명한 신음을 흘렸다. "그래서요?"

캐러스가 띠지를 넘기던 손을 멈추고 시선을 들었다. "이 뇌파 그래프가 그려질 때 리건은 분명 이상 상태였겠죠?"

"네, 그랬죠. 물론입니다."

"그런데 이렇게 완벽한 결과가 나왔다는 게 이상하지 않습니까? 정상 상태의 피험자라 해도 정상 범위 내에서나마 뇌파가 흔들려야 정상이잖아요. 리건은 당시 혼란 상태였으니, 당연히 어떤 변동이 있어야—"

"선생님, 시몬스 부인이 성화가 이만저만이 아니에요." 간호사가 문을 빼꼼 열고 끼어들었다.

"알았어요, 곧 갑니다." 클라인이 대꾸했다. 간호사가 부리나케 자리를 떴다. 그도 복도 쪽으로 한 발짝 내디디다가 문을 잡은 채 캐러스를 돌아보았다. "히스테리에 관해서라면," 그가 건조하게 의견을 밝혔다. "죄송합니다. 빨리 가봐야 해서."

의사가 문을 닫았다. 복도 저쪽으로 멀어져가는 발소리와 문 여는 소리가 들렸다. "네, 오늘 기분은 어때요, 부인……" 문이 닫히고 캐러스는 다시 그래프를 연구했다. 다 마치자 띠지를 말아서 고무밴드로 묶은 뒤 접수대의 간호사에게 돌려주었다. 단서였다. 주교에게 리건이 히스테리가 아니며, 따라서 빙의 외에 답이 없다는 반증으로 들이밀 수 있을 것이다. 하지만 뇌파는 또다른 미스터리를 낳기도 했다. 왜 변동이 없는 거지? 그것도 전혀?

크리스의 집으로 돌아가는 길에 프로스펙트 스트리트와 35번가가 만나는 모퉁이에서 정지신호에 멈춘 그는 얼어붙고 말았다. 크리스의 차와 예수회 기숙사 중간쯤에 킨더먼의 차가 서 있었다. 반장은 운전석 창틀에 팔을 얹은 채 정면을 노려보고 있었다. 캐러스는 형사가 그를 알아채기 전에 얼른 차를 오른쪽으로 꺾었다. 금세 빈자리를 찾았다. 차를 세우고 잠근 뒤 기숙사를 향해 걸어가는 양 모퉁이를 돌아나왔다. 크리스의 집을 감시하는 중인가? 캐러스는 걱정되었다. 데닝스의 유령이 다시 떠올라 뇌리를 떠나지 않았다. 킨더먼도 리건을 의심하고 있는 걸까……?

천천히! 서두르지 말고! 차분하게!

그는 차 옆으로 다가가 조수석 창문 안으로 머리를 디밀었다. "안녕하세요, 반장님?" 명랑하게 말을 건넸다. "저 보러 오셨어요? 아님 잠깐 농땡이 치는 건가요?

형사가 놀란 얼굴로 화들짝 돌아보더니 금세 환하게 웃었다. "아이고, 캐러스 신부님! 여기서 이렇게 다 보네요."

역시 이상해, 캐러스는 생각했다. 무슨 일을 꾸미는 거지? 불안해한다는 걸 광고하지 말라고! 밝은 척해! "딱지 떼고 싶어요?" 캐러스가 표지판을 가리켰다. "주중 네시에서 여섯시까지 주차금지예요."

"신경쓸 필요가 뭐 있겠습니까?" 킨더먼이 투덜거렸다. "신부님과 담소중인데 무슨 일 있겠습니까? 조지타운의 주차위반단속 경관은 모두 가톨릭 신자일 텐데."

"잘 지내시죠?"

"솔직히 말씀드리자면 그저 그렇습니다. 신부님은요?"

"저야 불평할 처지도 못 되잖습니까? 사건은 해결됐나요?"

"사건이라니요?"

"그 영화감독요."

"아, 그거요." 반장이 뭘 그런 걸 묻느냐는 듯 손사래를 쳤다. "묻지 마세요! 그나저나 오늘밤 시간 있으세요? 바쁘신가요? 바이오그래프 극장 입장권이 있는데. 〈오셀로〉를 상영한다더군요."

"누가 나오느냐에 달렸죠."

"출연자요? 오셀로에 존 웨인, 데스데모나에 도리스 데이. 당기죠? 게다가 공짜 표에 윌리엄 셰익스피어잖습니까! 누가 출연하고 안 하고가 무슨 상관이겠어요? 가실 거죠?"

"이번엔 어렵겠는데요. 할일이 산적해서."

"네, 그런 것 같네요." 형사가 예수회 신부의 얼굴을 살피며 처량하게 말했다. "안색이 엉망입니다. 늦게까지 못 주무시는 모양이죠?"

"꼬락서니야 늘 이 모양인걸요."

"지금은 더 심해 보여요. 그래도, 신부님, 하룻밤 정도는 괜찮지 않습니까? 재미있을 거예요!"

캐러스는 반장을 시험해보기로 했다. 신경을 살살 건드리기로. "〈오셀로〉를 상영하는 게 맞나요? 제가 알기로 바이오그래프에는 크리스 맥닐 영화가 걸렸을 텐데요?" 그는 형사의 눈에서 시선을 떼지 않고 살폈다.

반장은 한 박자 놓쳤지만 재빨리 응수했다. "아니요, 잘못 아시네요. 〈오셀로〉가 분명합니다."

"그런데, 이 동네엔 웬일이죠?"

"신부님을 보러 왔죠! 함께 영화 보러 갈까 해서."

"네, 전화를 거는 것보다야 운전이 더 간단하긴 하죠."

형사가 얼토당토않게 순진한 표정을 꾸미며 눈썹을 치켜올렸다. "신부님이 통화중이더라고요."

예수회 신부가 심각한 얼굴로 잠자코 그를 바라보았다.

"왜 그러세요?" 킨더먼이 물었다. "왜요?"

캐러스는 차 안으로 한 손을 뻗어 킨더먼의 눈꺼풀을 뒤집고 눈을 들여다보았다. "반장님도 안색이 안 좋아서요. 잘은 모르겠지만 허언증에 걸렸을 수도 있습니다."

"그게 무슨 병이죠? 심각한 건가요?"

"네, 하지만 치명적인 병은 아닙니다."

"그럼 뭡니까? 그런 식으로 애매모호하게 대답하면 제 속이 터진다고요!"

"찾아봐요." 캐러스가 대답했다.

"그렇게 잘난 척하지 말고요. 아무리 신부라도 가끔은 자비를 베풀어야 하는 것 아닙니까? 난 경찰이라고요! 신부님을 국외로 추방할 수도 있다 이겁니다."

"무슨 혐의로요?"

"정신과의사가 애꿎은 사람을 돌아버리게 만든 죄죠. 신부님은 특히 비유대 국가로 보내드리죠. 그 친구들이야 좋아하겠죠. 그렇잖아도 미운털이었을 테니. 아, 그 반대려나? 얻다 쓰겠어요? 스웨트셔츠에 스니커 차림의 사제라니!"

캐러스가 희미하게 웃으며 고개를 끄덕였다. "가볼게요. 몸조심하세요." 그는 작별인사로 창틀을 두 번 툭툭 친 다음 몸을 돌려 천천히 기숙사 입구를 향해 걸어갔다.

"정신상담 좀 받아봐요!" 반장이 목쉰 소리로 외쳤다. 정감어린 표정은 이내 근심 가득한 표정으로 바뀌었다. 앞유리창 너머 집을 흘끗 올려다보고는 시동을 걸고 길을 따라 나아갔다. 캐러스를 지나치면서 경적을 울리며 손을 흔들었다. 캐러스도 손을 흔들어주었다. 킨더먼의 차가 36번가 모퉁이를 돌아가자 걸음을 멈추고 잠시 그대로 서 있었다. 떨리는 손으로 이마를 슬슬 문질렀다. 리건이 정말로 그랬을까? 그렇게 끔찍하게 버크 데닝스를 죽였다고? 그는 충혈된 눈으로 리건의 창을 올려다보았다. 도대체 지 방에 있는 게 뭐란 말인가? 킨더먼은 언제쯤 리건을 신문하려 들까? 그럼 그애한테서 데닝스의 인격을 목격하게 될까? 그의 목소리를 듣고? 리건이 정신병원에 수감되기까지 얼마나 시간이 남은 걸까? 또는 죽기까지는?

한시바삐 상서국에 제시할 엑소시즘 요건을 갖추어야 한다.

그는 빠르게 길을 건너가 크리스 맥닐의 집 초인종을 눌렀다. 윌리가 문을 열어주었다.

"사모님은 잠깐 눈을 붙이고 계세요." 그녀가 말했다.

캐러스가 고개를 끄덕였다. "그래요. 잘됐네요." 그는 그녀를 지나쳐 위층 리건의 침실로 올라갔다. 확고한 증거를 찾기 위해.

방안에 들어선 그의 눈에 창가 의자에 앉아 있는 칼이 들어왔다. 침묵 속에 어둡고 빽빽한 숲같이 자리한 그는 팔짱을 낀 채 리건에게 시선을 못박고 있었다.

캐러스는 침대로 다가가 리건을 내려다보았다. 우윳빛 안개 같은 흰자위. 중얼거림, 다른 세계에 속한 듯한 주문들. 캐러스는 천천히 상체를 기울여 리건의 가죽끈 하나를 풀기 시작했다.

"안 돼요, 신부님. 안 돼요!"

칼이 침대로 달려와 신부의 손을 낚아챘다. "위험해요. 힘이 세다고요! 아주 세요!"

칼의 눈에 어린 공포는 진심이었다. 그제야 캐러스는 리건의 비정상적인 괴력이 사실임을 깨달았다. 충분히 가능한 일이었다. 데닝스의 목을 잡고 옆으로 꺾는 정도는. 맙소사, 캐러스! 서둘러! 증거를 찾아내란 말이야! 머리를 써!

그때 그의 아래에서 들려오는 목소리. 침대에서.

"이히 뫼히테 지 에트바스 프라겐, 엥스트롬(엥스트롬, 물어볼

말이 있다)."

새로운 발견과 샘솟는 희망에 캐러스는 고개를 홱 돌려 침대를
내려다보았다. 마귀같이 변한 리건의 안면이 칼을 보며 히죽거리
고 있었다. "탄츠트 이레 토흐터 게른?" 독일어. 놈은 내반족인 칼
의 딸이 춤을 좋아하는지 물었다! 흥분한 캐러스가 고개를 돌려 칼
을 보았다. 손마디가 하얗게 질리도록 주먹을 꼭 쥔 그가 분노로
이글거리는 눈으로 리건을 노려보았다. 리건은 웃음을 그칠 줄 몰
랐다.

"칼, 나가 있는 게 좋겠어요." 캐러스가 칼에게 말했다.

스위스인이 고개를 저었다. "아니요, 여기 있겠습니다!"

"어서, 나가요. 제발!" 예수회 신부가 칼의 눈을 똑바로 보며 단
호히 말했다. 잠시 버텨보던 칼은 체념하고 몸을 돌려 황급히 방을
빠져나갔다. 방문이 닫히자 웃음소리가 뚝 그치고 숨막히리만치
깊은 고요가 흘렀다.

캐러스가 침대로 시선을 돌렸다. 마귀가 그를 지켜보고 있었다.
즐거워 보였다. "그래, 돌아왔군." 껄껄거리듯 말했다. "의외야. 성
수 때문에 실망해서 다시는 돌아오지 않을 줄 알았지. 하긴 신부들
은 수치심이 없다는 사실을 내 깜빡했지."

캐러스는 호흡을 고르며 집중하려고, 생각을 명료하게 하려고
했다. 빙의에 대한 언어 실험이 증거로서 효력을 가지려면 지적인
대화여야 하고, 그 내용이 과거의 무의식적 언어 기억에서 유래하
지 않아야 한다. 침착하게! 천천히! 그 소녀 기억하지? 파리에 살았던

십대 하녀가 마귀에 들려 환각 상태에서 어떤 언어를 나직이 중얼거렸는데, 나중에 밝혀진 바로는 시리아어였다. 캐러스는 당시의 야단법석을, 결국 드러난 사실을 상기했다. 언젠가 소녀가 하숙집에서 일했을 때 세입자 중 신학생이 있었고, 시험 전날이면 방안에서 왔다갔다하고 계단을 오르내리며 시리아어 강의를 암기했다. 그리고 그 말소리를 소녀가 엿들었던 것이다.

침착해. 흥분하지 말고.

"슈프레헨 지 도이치(독일어를 하나)?" 캐러스가 물었다.

"게임을 더 하자고?"

"슈프레헨 지 도이치?" 그가 거듭 물었다. 어렴풋한 희망으로 여전히 맥박이 쿵쿵 뛰었다.

"나튀를리히(당연히)," 마귀가 흘겨보며 대답했다. "미라빌레 딕투(잘하지), 왜 이 정도로는 부족한가?"

사제의 가슴이 울렁거렸다. 독일어뿐 아니라 라틴어까지! 게다가 문맥에 맞게! "쿠오드 노멘 미히 에스트?" 그가 얼른 물었다. 내이름이 뭐지?

"캐러스."

이제 사제도 흥분해서 질문을 쏟아냈다.

"우비 숨?" 여기가 어디지?

"인 쿠비쿨로." 방안.

"에트 우비 에스트 쿠비쿨룸?" 그럼 어디 있는 방인가?

"인 도모." 집안.

"우비 에스트 버크 데닝스?" 버크 데닝스는 어디에 있나?

"모르투우스." 죽었다.

"쿠오모도 모르투우스 에스트?" 어떻게 죽었지?

"인벤투스 에스트 카피테 레베르소." 목이 돌아간 채 발견되었다.

"퀴스 오키디트 에움?" 누가 죽였나?

"리건."

"쿠오모도 에아 오키디트 일리움? 디크 미히 엑삭테!" 그애가 어떻게 죽였는데? 구체적으로 말해!

"아, 이런, 노는 것도 지치는군그래." 마귀가 활짝 웃으며 말했다. "이제 그만. 이 정도면 충분하잖아? 자네가 라틴어로 질문하면서 머릿속에 대답까지 라틴어로 만들어내고 있었다는 것 정도는 알겠지?" 그것이 웃었다. "물론 다 무의식이지. 그래, 무의식 없이 우리가 하는 게 뭐가 있겠나? 내가 뭘 한 건지는 아나, 캐러스? 사실 난 라틴어를 전혀 몰라. 그저 자네 마음을 읽고 머릿속에서 대답을 쏙쏙 빼낸 데 불과해!"

확실성이 무너지자 캐러스는 순간 당황하고 말았다. 이제 머릿속에 새로 움튼 끈덕진 의심으로 인해 초조하고 낙담했다.

마귀가 낄낄거렸다. "그래, 캐러스, 자네 머릿속에 떠오르는 걸 내가 알고 있다니까." 껄껄거리는 소리로 말했다. "그래서 내가 자네를 좋아하지. 합리적인 사람들을 아끼는 이유이기도 하고."

마귀가 고개를 뒤로 젖혀 주체하지 못하고 웃음을 터뜨렸다.

예수회 신부는 절박한 심정으로 머리를 굴렸다. 하나가 아닌 복수의 대답을 요하는 질문을 만들었다. 하지만 그 대답도 모두 내 머릿 속에 있을 거 아냐! 그는 깨달았다. 그렇다면 나도 답을 모르는 질문을 해! 그가 추론했다. 대답이 맞는지는 나중에 확인해보면 된다.

그는 웃음소리가 잦아들기를 기다렸다가 곧바로 질문을 던졌다.

"쾀 프로푼두스 에스트 이무스 오케아누스 인디쿠스?" 인도양 에서 가장 깊은 곳은 수심이 얼마지?

마귀의 눈이 반짝였다. "라 플림 드 마 탕트(케케묵은 장난이로 군)."

"레스폰데 라티네(라틴어로 대답해)."

"봉주르! 본뉘!"

"쾀—"

캐러스의 말이 끊겼다. 눈동자가 뒤로 넘어가고 종잡을 수 없는 말을 중얼거리는 존재가 나타났기 때문이다. 조급하고 낙심한 채 로 캐러스가 명령했다. "다시 마귀를 불러와!"

묵묵부답. 오직 외계의 땅에서 들려오는 숨소리뿐.

"퀴 에스투(넌 누구냐)?" 캐러스의 목소리도 잔뜩 갈라졌다.

침묵만이 흘렀다. 숨소리.

"버크 데닝스와 얘기하겠다!"

딸꾹질. 후유 하고 숨을 내쉬고 또다시 딸꾹질.

"버크 데닝스와 얘기하겠다!"

몸이 들썩이고 딸꾹질이 일정하게 계속되었다. 캐러스는 고개를 떨구고 가로저었다. 그러고는 느릿느릿 푹신한 의자로 가 앉아서

등을 대고 눈을 감았다. 긴장되고 괴로운 상태로. 기다리면서……

시간이 흘렀다. 캐러스도 꾸벅꾸벅 졸았다. 그러다 고개를 홱 쳐들었다. 잠들면 안 돼! 천근같이 무거운 눈꺼풀을 감았다 떴다 하며 리건을 바라보았다. 이제 딸꾹질은 멎었다. 눈을 감고 있었다. 자는 건가?

그는 일어나서 침대로 다가가 리건의 맥박을 쟀다. 그리고 허리를 굽혀 입술을 살펴보았다. 버석하게 말라 갈라져 있었다. 그는 허리를 세우고 잠시 기다렸다. 그리고 방을 나섰다. 샤론을 찾아 아래층 부엌으로 향했다. 그녀는 식탁에서 수프와 샌드위치를 먹고 있었다. "뭐 좀 만들어드릴까요, 캐러스 신부님? 배고프시겠어요." 샤론이 물었다.

"괜찮아요." 그는 자리에 앉아 샤론의 타자기 옆에 있는 연필과 메모지를 집어들었다. "딸꾹질을 하던데, 콤파진 처방받은 게 있나요?"

"네, 조금 있을 거예요."

그가 메모지에 뭔가를 적었다. "그럼 오늘밤 25밀리그램 좌약의 절반을 투여해요."

"그럴게요."

"탈수 증상도 시작된 것 같던데, 경정맥 영양 주사로 바꿔줄게요. 아침에 일어나는 대로 의료용품점에 전화해서 이것들부터 배달해달라고 해요." 샤론 쪽으로 메모지를 밀었다. "마침 잠들었으니까 서스타겐 주입도 시도해보고요."

샤론이 고개를 끄덕였다. "네, 그럴게요." 수프를 떠먹으면서 샤론은 메모지를 돌려 목록을 확인했다. 캐러스가 그녀를 바라보다가 생각에 집중하느라 이맛살을 찌푸렸다. "리건의 가정교사라고 했죠?"

"네, 맞아요."

"라틴어를 가르친 적 있나요?"

"라틴어요? 아니요, 전 라틴어를 전혀 몰라요. 왜요?"

"독일어는?"

"불어는 가르쳐봤어요."

"어느 수준이죠? 라 플룀 드 마 탕트?"

"얼추."

"하지만 독일어나 라틴어는 아니다?"

"네, 전혀."

"하지만 엥스트롬 부부가 이따금 독일어를 하지 않나요?"

"아, 네."

"리건이 듣는 데서도?"

자리에서 일어서며 그녀가 어깨를 으쓱했다. "음, 가끔 그랬던 것 같아요." 그릇을 개수대로 옮기며 덧붙였다. "사실, 확실해요."

"라틴어를 배운 적은 있나요?" 캐러스가 물었다.

샤론이 킥킥거리며 대답했다. "제가 라틴어를요? 아뇨, 없어요."

"그래도 일반적으로 소리를 들으면 알죠?"

"네, 그 정도는."

그녀는 수프 그릇을 헹구어 건조대에 올려놓았다.

"샤론 앞에서 라틴어를 한 적이 있나요?"

"리건이요?"

"네, 저렇게 된 후로."

"아뇨, 없어요."

"다른 언어도?"

그녀가 수도꼭지를 잠그고 생각에 잠겼다. "제가 잘못 짐작한 걸 수도 있지만, 제 생각엔……"

"뭐가요?"

"그러니까……" 샤론이 얼굴을 찡그렸다. "한번은 러시아어로 말하는 걸 들은 적이 있어요."

캐러스가 빤히 보았다. 목이 바짝 말랐다. "샤론은 러시아어를 할 줄 아나요?"

"네, 조금. 대학에서 이 년 정도 배운 게 전부예요."

캐러스는 맥이 빠졌다. 그렇다면 리건은 내 머릿속에서 라틴어를 뽑아낸 거야. 암울한 눈빛의 그가 손으로 이마를 짚고 의혹 속으로 빠져들었다. 텔레파시는 긴장이 클수록 쉽게 통한다. 매번 방 안에 있는 사람이 아는 언어로 말한다. "……내가 생각하는 대로 똑같이 생각한다……" "……봉주르……" "라 플륌 드 마 탕트……" "본 뉘……" 이런 생각의 흐름 속에 캐러스는 슬프게도 피가 다시 포도주로 변하는 광경을 목도하고 있었다.

이제 뭘 하지? 잠을 좀 자. 그다음에 다시 와서 해봐…… 다시

해…… 그가 의자에서 일어나 게슴츠레한 눈으로 샤론을 보았다. 개수대에 기대어 팔짱을 낀 그녀는 생각 많고 궁금한 시선으로 그를 지켜보고 있었다. "기숙사에 가 있을 테니 리건이 깨는 대로 전화해줘요." 그가 말했다.

"네, 전화드릴게요."

"콤파진도. 알았죠? 잊지 말고요."

그녀가 고개를 끄덕였다. "네, 바로 할게요."

캐러스는 고개를 끄덕였다. 양손을 바지 뒷주머니에 넣고 아래를 보면서 혹시 샤론에게 당부할 것들 중 놓친 게 없는지 생각해보았다. 늘 뭔가 미진하다. 모든 일을 빠짐없이 한 뒤에도 항상 놓친 게 있다.

"신부님, 무슨 일이 벌어지고 있는 건가요?" 그의 귓가에 비서의 침울한 목소리가 들려왔다. "이게 다 뭐죠? 리건에게 무슨 일이 일어나고 있는 거죠?"

그가 시선을 들었다. 고뇌하는 메마른 눈. "나도 몰라요." 공허한 목소리로 대답했다. "정말 모르겠어요."

그가 돌아서서 부엌을 나왔다.

현관홀을 지나는데 뒤에서 다급한 발소리가 났다. "캐러스 신부님!"

돌아보니 칼이 그의 스웨터를 들고 쫓아왔다.

"죄송합니다. 진작 드렸어야 했는데 그만 깜빡했네요." 관리인이 스웨터를 건넸다 구토 자국은 지워지고 향긋한 냄새가 났다. "이렇게까지 배려해주시다니요, 칼." 사제가 온화하게 말했다. "고맙습니다."

"제가 고맙습니다, 캐러스 신부님." 칼의 목소리가 떨려나왔다. 눈에도 눈물이 그득했다. "리건을 도와주셔서 정말 고맙습니다." 겸연쩍어 시선을 피하던 그는 몸을 돌려 황급히 홀을 떠났다.

캐러스는 킨더먼의 차에 타고 있던 그를 떠올렸다. 왜? 이제 미스터리가 더 늘었다. 더불어 혼란도. 녹초가 된 캐러스는 현관문을 열었다. 밤이었다. 절망스러운 심정으로 그는 어둠 속을 걸어나와 어둠 속으로 들어갔다.

기숙사를 향해 길을 건널 때만 해도 무조건 잠을 청할 생각이었으나 마음을 바꿔 다이어의 방에 잠깐 들르기로 했다. 방문을 노크하자 안에서 "가서 개종당하라!"라고 대답했다. 들어가니 다이어가 IBM셀렉트릭 타자기를 두드리고 있었다. 캐러스는 다이어의 침대에 털썩 걸터앉았고 연하인 예수회 신부는 타이핑을 멈추지 않았다.

"안녕, 조!"

"네, 그러게요. 웬일이에요?"

"혹시 정식으로 엑소시즘을 했던 사람을 알아?"

"조 루이스와 막스 슈멜링, 1938년 6월 22일."*

---

* 전설적인 헤비급 챔피언전 날짜로, 미국 선수 조 루이스가 독일 선수 막스 슈멜링을 상대로 이겼다.

"조, 진지해져봐."

"아니죠, 진지해야 할 사람은 신부님 아닌가요? 엑소시즘? 장난이시죠?"

캐러스는 대답 없이 잠시 타이핑하는 다이어를 무표정하게 지켜보기만 했다. 그러다 일어나 문으로 갔다. "그래, 조. 농담이었어."

"그럴 줄 알았어요."

"나중에 캠퍼스에서 보자고."

"좀 재밌는 농담거리를 찾아보세요."

복도를 지나 방으로 들어가는 참에 문 밑으로 밀어넣은 분홍색 쪽지를 보았다. 쪽지를 주워들었다. 프랭크의 이름. 집 전화번호. 전화 요망⋯⋯

그는 수화기를 들고 소장의 전화번호로 연결해달라고 했다. 대기중에 비어 있는 오른손을 내려다보았다. 손이 떨리고 있었다. 간절한 희망으로.

"여보세요?" 높은 목소리. 어린 남자아이.

"아빠 좀 바꿔줄래?"

"네, 잠깐만요." 전화기가 달그락거리는 소리. 그러더니 얼른 받았다. 다시 남자아이 목소리. "그런데 누구세요?"

"캐러스 신부란다."

"카리츠 신부?"

"캐러스. 캐러스 신부⋯⋯"

캐러스는 떨리는 손을 들어 손끝으로 이마를 살살 문질렀다.

전화기 소음.

"캐러스 신부님?"

"네, 접니다, 프랭크. 하루종일 연락하려고 했어요."

"오, 죄송합니다. 집에서 신부님 테이프를 연구중이었죠."

"끝났나요?"

"네, 끝났습니다. 그런데 이거 아주 희한한 물건이네요."

"압니다." 캐러스는 목소리에 어린 긴장을 억누르려고 애썼다. "그래, 어떤가요, 프랭크? 뭐, 나온 게 있어요?"

"에, 우선 어휘다양도 말입니다……"

"네, 프랭크?"

"샘플이 충분하지 않은 탓에 백 퍼센트 단정하기는 어렵다는 점을 감안해서야 됩니다. 하지만 매우 근접한, 적어도 신부님이 이 물건으로 뭔가 증명할 수 있을 정도는 됩니다. 어쨌든 이 테이프들에 들어 있는 두 개의 목소리는 아마도 별개의 인격체라고 말할 수 있을 것 같군요."

"아마도?"

"음, 법정에서 증언하라면 사양할 겁니다. 사실, 그 차이가 아주 미세하거든요."

"미세하다……" 캐러스가 멍하니 따라 말했다. 음, 더 볼 것도 없군. "그럼 그 이상한 말은 어떻습니까? 언어이긴 한가요?"

프랭크가 낄낄거렸다.

"뭐가 우습죠?" 신부가 시무룩하니 물었다.

"이게 정말로 그 몰래 하는 심리검사 맞습니까, 신부님?"

"그게 무슨 뜻이죠?"

"에, 아무래도 테이프가 꼬이거나 그런 게 아닐까 싶은데—"

"프랭크, 그게 언어입니까, 아닙니까?" 캐러스가 말을 잘랐다.

"오, 언어라고 봅니다. 틀림없어요."

캐러스는 말문이 막힌 채 그대로 굳었다. "농담하는 겁니까?"

"아니, 진담입니다."

"어느 나라 말이죠?"

"영어요."

순간 캐러스는 얼이 빠졌다. 그가 다시 입을 열었을 때는 목소리에 불쾌감이 그대로 묻어났다. "프랭크, 아무래도 서로 의사 전달에 문제가 있는 것 같군요. 아니면 지금 나하고 농담 따먹기 하자는 겁니까?"

"거기 녹음기 있죠?"

책상 위에 녹음기가 있었다. "네, 있어요."

"역회전 재생이 가능한 겁니까?"

"왜요?"

"가능한가요?"

"잠깐만요." 짜증이 치민 캐러스는 수화기를 내려놓고 녹음기의 뚜껑을 열었다. "네, 가능해요. 프랭크, 도대체 뭘 어쩌자는 겁니까?"

"테이프를 넣고 거꾸로 재생해서 들어봐요."

"뭐요?"

"그렘린*이 있더군요." 프랭크가 온화한 웃음을 터뜨렸다. "그냥 틀어봐요. 얘기는 내일 하고. 잘 자요, 신부님."

"잘 자요, 프랭크."

"좋은 시간 되길."

"네, 그래요."

캐러스가 전화를 끊었다. 난감했다. 그는 외계어가 담긴 테이프를 찾아 녹음기에 걸었다. 우선 정회전으로 들어보고 고개를 끄덕였다. 틀림없이 뜻 모를 중얼거림이었다.

끝까지 돌린 다음 거꾸로 돌려보았다. 거꾸로 말하는 자신의 목소리가 들렸다. 그리고 리건의 마귀 목소리가 나왔다. 메린 메린 캐러스 우리가 되고 우리로 하여금……

영어였다! 의미는 통하지는 않았으나 영어는 영어였다!

도대체 이게 어떻게 가능하지? 캐러스는 경탄했다.

그는 전부 듣고 되감은 다음 다시 재생했다. 그리고 또다시. 언어의 순서가 역전되어 있음을 깨달았다. 그는 테이프를 멈추고 되감기를 했다. 그리고 연필과 종이를 가지고 책상에 앉아 테이프를 처음부터 틀고 단어를 한 자 한 자 받아적기 시작했다. 녹음기를 끊임없이 멈추고 되돌리기를 반복하는 길고도 고된 과정이었다. 그 작업을 끝낸 후에는 다른 종이에 단어의 순서를 거꾸로 적어나갔

---

* 항공기나 기계류에 고장을 일으키는 가상의 생명체.

다. 그러고는 의자에 기대어 원고를 읽어내려갔다.

……위험. 아직은 아니다. 〔해독불가〕는 죽는다. 시간이 없어. 이제 〔해독불가〕. 그년을 죽여라. 아니, 아냐, 얼마나 달콤한데! 몸 안에선 죽인다니까! 느껴져! 〔해독불가〕가 있어. 진공보다는 더 〔해독불가〕잖아. 그 신부는 무서워. 시간을 줘. 신부가 두려워! 그자는 〔해독불가〕야. 아니, 아니, 다른 자. 〔해독불가〕. 〔해독불가〕한 바로 그자 말이야. 그자는 아프다. 아, 피, 피를 느껴봐. 피의 〔노래?〕를 느껴보라고.

테이프에서 캐러스가 "넌 누구냐?"고 묻자 대답했다.

아무도 아니다. 아무도 아니다.

다시 캐러스. "그게 네 이름이냐?"라고 묻는다. 그러자 대답한다.

난 이름이 없다. 아무도 아니다. 우린 많다. 우리를 내버려둬라. 몸안은 따뜻하니까. 이곳에서 진공으로, 〔해독불가〕로 〔해독불가〕 하지 마라. 내버려둬. 내버려둬. 우리를 내버려둬. 캐러스. 메린. 메린.

캐러스는 원고를 읽고 또 읽었다. 말투에, 한 명 이상이 말하는 듯한 느낌에 홀린 채. 나중에는 거듭 읽다보니 내용에 무덤덤해졌다. 얼굴과 눈을 문지르며 머릿속도 비벼 떨어냈다. 미지의 언어는 아니다. 글자를 손쉽게 거꾸로 쓰는 건 딱히 초자연적이지도 않고 심지어 특이하지도 않다. 하지만 거꾸로 말하는 건? 말소리에 그것을 적용하고 바꿔서 거꾸로 들었을 때만 의미가 통하도록 만든다? 아무리 초감각 지성체라 할지라도 불가능한 능력이 아닌가? 융의 이른바 가속 무의식이라 해도. 아니야, 뭔가…… 기억날 듯 말 듯한 뭔가가 있었다. 이윽고 생각났다. 그는 책장으로 달려가 한 권을 뽑았다. 융의 「이른바 초자연현상의 심리학과 병리학」. 여기 비슷한 이야기가 있었어. 그는 책장을 휘리릭 넘기며 생각했다. 그게 뭐였더라?

그는 찾아냈다: 자동기술에 대한 실험으로, 피험자는 무의식 상태에서 그의 질문에 애너그램(철자 바꾸기)으로 답할 수 있는 것 같았다. 애너그램!

펼쳐진 책을 책상에 세우고는 그 위로 상체를 숙이고 실험에 대한 기술을 읽었다.

3일째

인생이란 무엇인가? 테피 하슬 에스블레 리스(Tefi hasl esble lies).

애너그램인가? 그렇다.

그 안에 몇 개의 단어가 들어 있나? 다섯.

첫번째 단어는? 보라.

두번째 단어는 뭐지? 이이이이.

보라고? 나더러 직접 해석해보라는 얘긴가? 해봐!

피험자는 답을 찾아냈다. "인생은 밥맛이다(The Life is less able)." 그는 피험자의 지적인 견해에 놀랐다. 그것은 자신과 무관한 또다른 지성체의 존재를 증명하는 것처럼 보였다. 그래서 질문을 좀더 해보기로 했다.

이름이 뭔가? 클렐리아.

여성인가? 그렇다.

지구에서 살았나? 아니다.

소생한 건가? 그렇다.

언제? 육 년 전.

왜 나와 대화하는 거지? 이 이프 클렐리아 엘(E if Clelia el).

피험자는 이 대답을 "나, 클렐리아가, 느낀다(I, Clelia, feel)"의 애너그램으로 해석했다.

4일째

질문에 대답하는 게 나인가? 그렇다.

클렐리아도 있나? 없다.

그럼 거기 있는 건 누구지? 아무도 아니다.

클렐리아가 실존인물인가? 아니다.

그럼 어제 내가 얘기한 존재는 누구지? 아무도 아니다.

캐러스는 읽다 말고 고개를 저었다. 초자연현상은 어디에도 없었다. 오직 무한한 정신능력의 증거뿐. 그는 담배를 찾아 앉아서 불을 붙였다. "아무도 아니다. 우린 많다." 이 말은 어디서 비롯된 걸까, 캐러스는 의아했다. 리건과의 대화에서 나온 이 섬뜩한 말은. 새로 발현된 인격체일까? 클렐리아와 같은 곳에서?

"메린…… 메린……" "아, 피……" "그자는 아프다……"

생각에 사로잡힌 캐러스의 시선이 『사탄』에 가닿았다. 침울하니 책장을 넘겨 제사題詞를 찾았다. "용이 내 지도자가 되지 말게 하라……" 캐러스는 눈을 감고 연기를 내뱉었다. 기침이 나 담배를 쥔 주먹을 들어 입을 막았다. 목구멍이 붓고 따갑기에 담배를 재떨이에 비벼 껐다. 기진맥진한 몸으로 느릿느릿 어기적거리며 일어나 불을 끄고 창문에 블라인드를 친 다음 신발을 벗어던지고 좁은 침대 위에 얼굴부터 쓰러졌다. 머릿속에서 열에 들뜬 편린들이 빙글빙글 돌고 굴러떨어졌다. 리건. 킨더먼. 데닝스. 이제 어쩌지? 도와야 해! 도와야만 해! 하지만 어떻게? 이 보잘것없는 증거를 갖고 주교를 찾아가? 그건 아니라고 생각했다. 이 정도로 주교를 설득할 자신이 없었다.

옷부터 벗어야 한다고, 이불 속으로 들어가야 한다고 생각만
했다.

너무 피곤했다. 이 짐. 그는 벗어나고 싶었다.

"……우리를 내버려둬!"

화강암과도 같은 잠 속으로 서서히 빠져들어갈 무렵 캐러스의
입술은 달싹거리며 희미한 소리를 내고 있었다. "날 좀 내버려둬."
그러다 어느 순간 머리를 휙 쳐들었다. 쌕쌕거리는 숨소리, 셀로판
이 구겨지는 부드러운 소리에 잠이 깨 눈을 번쩍 뜨고 방안의 낯선
이를 바라보았다. 살짝 과체중에 중년, 주근깨투성이 얼굴의 사제
는 벗어진 머리 위로 붉은색 성긴 머리카락을 단정하게 빗어넘긴
모습이었다. 속을 두툼하게 채운 팔걸이의자에 앉아 캐러스를 바
라보며 골루아즈 담뱃갑의 비닐을 벗겨내는 참이었다. 사제가 미
소 지었다. "아, 이런, 안녕하신가."

캐러스는 다리를 허우적거리며 일어나 앉았다.

"네, 안녕하세요, 그리고 안녕히 가시죠." 캐러스가 으르렁거렸
다. "누굽니까, 내 방에서 대체 뭐하는 거요?"

"이봐, 미안해, 노크했는데 대답이 없더라고. 문이 잠겨 있지 않
길래 들어가서 기다리자 싶었던 것뿐이야. 들어와보니 자네가 여
기 있었고!" 사제가 의자 근처 벽에 기대어 세워진 목발 한쌍을 가
리켰다. "보다시피 복도에서 오래 기다릴 수가 없어서 말이야. 한
참 서 있을 수는 있어도 어느 순간에는 앉아야 해. 부디 양해해주길

바라네. 어쨌거나 난 에드 뤼카라고 해. 총장님이 자네를 살펴보라 더군."

캐러스가 살짝 찡그린 얼굴로 고개를 갸웃거렸다.

"'뤼카'라고 했습니까?"

"그래, 언제나 뤼카였지." 사제가 말했다. 씩 웃자 니코틴으로 얼룩진 기다란 치아가 드러났다. 그는 담뱃갑에서 한 개비를 뽑더니 라이터를 꺼내려고 주머니에 손을 넣었다. "한 대 피워도 될까?"

"네, 그러시죠. 저도 피웁니다."

"아, 그래, 그러지." 뤼카가 말하며 의자 옆의 테이블 끄트머리에 놓인 재떨이에 짓이겨진 꽁초들을 흘끗 보았다. 사제는 담뱃갑을 내밀었다. "골루아즈 한 대 어떤가?"

"고맙지만 괜찮습니다. 이봐요, 톰 버밍햄 총장님이 보냈다고요?"

"친애하는 톰. 그렇네, 우린 '절친한 친구'야. 레지스에서 같은 고등학교, 같은 반이었지. 그뒤에는 허드슨의 세인트앤드루스에서 제3 수련기를 함께 보냈고. 그래, 톰이 자네를 살펴보라고 했네. 그래서 뉴욕에서 그레이하운드 버스를 타고 왔지. 지금 포덤대학교에 있거든."

캐러스는 귀가 번쩍 뜨였다. "아, 뉴욕에서요! 혹시 제 재배치 요청 때문인가요?"

"재배치? 아니, 그건 전혀 모르네. 개인적인 문제야." 사제가 말했다.

캐러스의 어깨가 그의 희망과 함께 툭 떨어졌다. "아, 그렇군요." 목소리가 한층 가라앉았다. 그는 자리에서 일어나 책상 뒤 등받이가 꼿꼿한 나무 의자로 갔다. 의자를 당겨 앉아 객관적인 평가의 눈으로 뤼카를 살펴보았다. 그곳에서 바라보니 사제의 검은 옷은 주름지고 축 늘어진데다 지저분해 보이기까지 했다. 어깨에는 비듬이 떨어져 있었다. 사제는 꺼내둔 담배에 튀어오르듯 길쭉한 지포 라이터 불꽃으로 불을 붙였다. 마치 마술사의 교묘한 손기술로 아무도 모르게 라이터를 주머니에서 만들어낸 듯했다. 그가 침울하고 푸르스름한 회색빛 연기 한줄기를 뿜어냈다. 그러고는 깊은 만족감을 띤 얼굴로 연기를 바라보며 느릿느릿 말했다. "아, 골루아즈는 긴장과는 아무 상관이 없네!"

"긴장하셨어요, 에드?"

"조금."

"좋아요. 그럼 본론으로 들어가죠. 계속 말해보세요. 제가 어떻게 도와드리면 되죠?"

뤼카는 걱정스러운 눈빛으로 캐러스를 찬찬히 살폈다. "지쳐 보이는군." 그가 말했다. "내일 만나는 게 가장 좋았을 걸세. 어떻게 생각하나?" 그러더니 재빠르게 덧붙였다. "그래! 그래, 확실히 내일이야! 손 좀 줘보겠나?"

그가 한 손을 이미 목발을 향해 뻗은 상태였다.

"아뇨, 아뇨!" 캐러스가 말했다. "저는 괜찮습니다, 에드! 괜찮아요!"

양손을 무릎 사이에서 맞잡고 몸을 구부린 채 캐러스는 사제의 얼굴을 살피며 말했다. "우린 꾸물거림을 종종 '저항'이라 말하기도 하죠."

뤼카가 눈썹을 치켜올렸다. 두 눈에 당황한 기색이 희미하게 드러났다. "아, 그런가?"

"네, 그렇습니다."

캐러스는 눈을 내리깔고 뤼카의 다리를 바라보았다.

"그것 때문에 우울하지는 않으세요?" 그가 물었다.

"무슨 소린가? 아, 내 다리! 아, 가끔은, 그런 것 같네."

"선천적인 건가요?"

"아니, 아닐세. 낙상을 당했어."

잠시 캐러스는 방문객의 얼굴을 찬찬히 살폈다. 저 희미하고 비밀스러운 미소. 전에도 본 적이 있던가? "안됐군요." 캐러스가 연민하듯 중얼거렸다.

"음. 우리가 물려받은 세상이 다 그렇지, 아닌가?" 뤼카가 대꾸했다. 여전히 입가에 물고 있는 골루아즈 담배를 두 손가락으로 입술에서 떼어내고 애통해하듯 연기를 내뿜었다. "그래, 그렇지."

"그럼 좋습니다, 에드. 시작해볼까요, 괜찮죠? 확신컨대 저랑 피구를 하려고 뉴욕에서 여기까지 오시진 않았을 테니까요. 이제 말씀해보시죠. 다 말씀해주세요. 알겠습니까? 털어놓으세요."

뤼카가 부드럽게 고개를 흔들며 옆을 보았다. "아, 그럼. 꽤 긴 이야기일세." 이야기를 시작하려는데 기침이 터지는 통에 그는 주먹을 입으로 가져가야 했다.

"뭐 좀 마시겠습니까?" 캐러스가 물었다.

눈이 촉촉해진 사제는 고개를 저었다. "아니, 아니, 괜찮네." 그가 숨이 막히는 듯이 말했다. "정말이야!" 기침은 이제 가신 듯했다. 그가 눈을 내리깔더니 재킷 앞섶의 재를 털어냈다. "지독한 버릇!" 그는 마치 재킷 안에 입은 검은색 사제복 셔츠에 묻은 반숙 달걀의 얼룩을 이제야 발견한 것처럼 투덜거렸다.

"좋습니다. 문제가 뭐죠?" 캐러스가 물었다.

뤼카는 시선을 들어 그를 바라보며 말했다. "자네일세."

캐러스가 눈을 깜박이고는 말했다. "저요?"

"그래, 데이미언, 자네. 톰 말이야, 자네 걱정이 이만저만이 아냐."

캐러스가 뤼카를 빤히 응시하다 그의 두 눈과 목소리에 깃든 깊은 동정심 때문에 뭔가 깨닫기 시작했다. "에드, 포덤대학교에서 무슨 일을 하시죠?"

"상담을 하네." 사제가 말했다.

"상담을 하시는군요."

"그래, 데이미언. 나는 정신과의사일세."

캐러스는 빤히 바라보았다. "정신과의사요." 그가 멍하니 되풀이했다.

뤼카가 시선을 돌렸다. "음, 그래, 이제 어디서 시작하면 되겠나?" 그가 어색하게 숨을 내쉰다. "확신은 못하네, 아주 까다로워.

몹시 까다롭지. 어쨌거나, 우리가 뭘 할 수 있는지 한번 보세." 그가 몸을 숙이고 골루아즈를 재떨이에 뭉개며 부드럽게 말했다. "하긴 자네는 프로니까." 그가 시선을 들고 말했다. "때로는 모든 걸테이블에 꺼내놓는 게 최선이기도 하고." 사제는 또다시 주먹으로 틀어막고 기침을 했다. "젠장! 정말 미안하네! 정말로!" 기침이 멎고 뤼카가 캐러스를 침울하게 바라보았다. "이보게, 이게 다 자네가 맥닐과 그 딸하고 벌이는 말도 안 되는 일 아닌가."

캐러스는 놀라움을 금치 못했다. "맥닐과 그 딸요?" 그가 혀를 내둘렀다. "보세요, 신부님, 그걸 어떻게 아셨죠? 총장님이 그 사실을 발설했을 리는 없을 텐데요. 절대, 절대로요. 그 가족에게 해가 될 수도 있어요."

"정보원이 있네."

"정보원요? 누구요? 뭐죠?"

"그게 무슨 상관인가?" 사제가 말했다. "전혀, 전혀 상관없지. 중요한 건 자네 건강과 정서적 안정일세. 이미 몸과 마음 모두 틀림없이 위험에 처해 있어. 맥닐과 그 딸 때문에 더더욱 악화되고 있고. 그래서 관구장께서 내게 그걸 멈추게 한 걸세. 자네의 안위를 위해서, 캐러스. 그리고 '질서'를 위해서!" 무성한 눈썹 끝이 거의 맞닿을 듯 미간을 찌푸린 채 고개를 숙이자 사제의 시선과 얼굴이 위협적으로 보였다. "그 일을 멈춰!" 그가 경고했다. "더 큰 재앙을 불러오기 전에. 상황이 더 악화되기 전에, 훨씬 더 악화되기 전에! 우린 더이상의 신성모독을 원치 않네, 데이미언, 그렇지 않나?"

캐러스가 방문객을 당황한 듯, 이내 충격받은 듯 바라보았다.

"신성모독요? 에드. 무슨 소릴 하시는 겁니까? 내 정신 건강이 그것과 무슨 상관이죠?"

뤼카가 의자에 몸을 기댔다. "아, 이보게!" 그가 냉소적으로 코웃음쳤다. "자네는 예수회 일원이 되기 위해 불쌍한 어머니를 떠났지. 어머니 홀로 극심한 가난 속에 죽게 내버려두고 말이야. 그러니 가톨릭교회 아니면 이 모든 걸 가장 은밀히 싫어할 이가 누구겠나?" 사제는 이제 다시 몸을 앞으로 기울였다. 쌕쌕거릴 때마다 몸은 더욱 기울어졌다. "둔한 척하지 말게! 맥닐과 그 딸에게서 떨어져!"

그의 눈은 엄격해지고 고개는 추측하듯 기울어졌다. 캐러스는 자리에서 일어나 사제를 향해 눈을 내리깔고 쉰 목소리로 물었다. "누구예요, 당신? 누굽니까?"

책상 위에 놓인 전화기가 약하게 울리고, 뤼카 신부가 전화기를 향해 재빨리 불안한 눈빛을 던졌다. "샤론을 조심하게!" 그가 캐러스에게 날카롭게 경고했다. 그러자 전화벨소리가 갑자기 커졌다. 그래서 캐러스는 깨어나 자신이 꿈을 꾸고 있었음을 깨달았다.

그는 비틀거리며 침대에서 일어나 조명을 더듬어 켰다. 그리고 책상으로 가 전화를 받았다. 샤론이었다. 지금 몇시죠? 그가 물었다. 세시가 조금 지났다. 당장 와보셔야 할 것 같아요. 아, 이런! 캐러스는 속으로 신음했지만 "그러죠"라고 대답했다. 그렇다, 그는 갈 것이다. 다시 한번 덫에 걸린 기분이었다. 질식할 것 같은, 말려드는.

그는 휘청거리며 흰 타일을 바른 욕실로 들어가 얼굴에 찬물을 끼얹고 수건으로 닦아냈다. 불현듯 뤼카 신부가 나온 꿈이 떠올랐다. 그 꿈은 무슨 의미일까? 아무 의미 없겠지. 나중에 생각하자. 방을 나서려던 그는 문가에서 멈칫하고는 검은 울스웨터를 가지러 도로 들어갔다. 스웨터를 머리부터 뒤집어쓰고 옷자락을 끌어당겨 내리다가 우뚝 멈추었다. 충격으로 멍하니 의자 옆 탁자를 응시했다. 숨을 들이쉬고 천천히 한 발짝 떼어 재떨이로 손을 뻗었다. 담배꽁초를 집어든 그는 사고가 마비된 채 잠시 꼼짝 않고 서 있었다. 골루아즈였다. 걷잡을 수 없이 흐르는 생각. 추정. 냉정. 그리고 다급함. "샤론을 조심해!" 캐러스는 골루아즈 꽁초를 재떨이에 다시 내려놓고 황급히 방을 나와서 복도를 지나 프로스펙트 스트리트로 나섰다. 거리의 희박한 공기는 정체되고 습했다. 계단을 지나 대각선 방향으로 차도를 건너는 그의 눈에 맥닐의 집 현관문에서 그를 기다리며 지켜보고 있는 샤론이 들어왔다. 잔뜩 겁에 질려 어쩔 줄 모르는 표정으로 한 손에는 손전등을 들고 다른 손으로는 어깨에 두른 담요 끝을 모아쥐고 있었다. "죄송해요, 신부님. 아무래도 신부님이 직접 보셔야 할 것 같아서요." 그녀가 그를 집안으로 들이며 소곤거렸다.

"무슨 일이죠?"

샤론이 소리 없이 문을 닫았다. "보여드릴게요." 그녀가 속삭였다. "소리 내시지 말고요. 크리스는 안 깨우려 해요. 보지 않는 게 좋을 것 같아요." 그녀가 손짓했다. 캐러스는 까치발로 조용히 리건의 침실로 올라갔다. 안으로 들어서자 냉기가 엄습했다. 방은 얼음장 같았다. 이맛살을 찌푸리며 그는 이게 어찌된 영문이냐는 표정으로 샤론을 보았다. 그녀는 고개를 끄덕이며 속삭였다. "그래요, 신부님. 난방은 켜져 있어요." 그들은 고개를 돌려 리건을 보았다. 리건의 눈 흰자위가 어스름한 가로등 불빛을 받아 섬뜩하게 빛났다. 코마 상태인 듯했다. 움직임 없이 거친 숨만 내쉬었다. 비위관은 그대로라 서스타젠이 그녀의 몸속으로 조금씩 흘러들고 있었다.

샤론이 조용히 침대로 다가갔다. 신부도 따라갔다. 냉기에 손발이 곱아 비칠비칠 걸었다. 두 사람이 침대 옆에 섰을 때 그는 리건의 이마에 맺힌 땀방울을 보았다. 시선을 내리니 가죽끈에 단단히 묶인 손목이 보였다. 샤론이 몸을 숙이고 리건의 분홍색과 흰색 파자마 상의 단추를 풀고 옷자락을 젖혔다. 그 처참한 흉곽에 캐러스는 가슴이 미어졌다. 툭 불거진 갈비뼈를 보고 누군가는 리건의 남은 목숨이 몇 주 혹은 며칠일지 가늠할 수도 있을 것만 같았다. 그를 올려다보는 샤론의 불안한 시선이 느껴졌다. "끝났는지도 몰라요. 그래도 한번 보세요. 그냥 가슴을 지켜보세요." 그녀가 속삭였다.

샤론이 손전등을 켜고 불빛을 리건의 맨가슴에 비추었다. 신부는 영문을 모른 채 그녀의 시선을 좇았다. 침묵. 리건의 가느다란 휘파람 같은 숨소리. 지켜보기. 냉기. 이윽고 리건의 피부에 변화가 일기 시작하자 신부가 미간을 찌푸렸다. 약한 붉은 기, 하지만 선명하게 드러나 있다. 그가 좀더 가까이 들여다보았다.

"보세요, 다시 나타나고 있어요." 샤론이 날카롭게 속삭였다.

순간 캐러스의 팔에 소름이 돋았다. 실내의 냉기 때문이 아니라, 리건의 가슴에 나타난 흔적 때문이었다. 핏빛으로 불거진 피부는 얕은 부조로 선명한 글자를 그리고 있었다. 단 한 단어.

살려줘

휘둥그레진 눈을 글자에 못박은 채 샤론이 하얀 입김을 내뿜으며 속삭였다. "리건의 필체예요."

그날 오전 아홉시, 캐러스는 조지타운대학교 총장을 찾아가 엑소시즘 의식의 허가를 요청했다. 허가가 떨어지자 곧바로 교구의 주교를 찾아갔고 주교는 캐러스의 보고를 심각하게 경청했다. "진짜라고 확신하나?" 보고를 모두 들은 후 주교가 물었다.

"『예식서』에 기록된 상황에 부합하는지 여부를 꼼꼼히 확인했습니다." 캐러스는 에둘러 대답했다. 아직도 믿을 엄두가 나지 않았다. 이 순간까지 그를 끌고 온 것도 결국 정신보다는 감성 쪽이 아니었던가. 동정, 그리고 자기암시를 통한 치유 가능성.

"직접 엑소시즘을 행할 생각인가?" 주교가 물었다.

캐러스는 환희를 느꼈다. 지금껏 닫혀 있던 문이 들판으로 열리고, 그를 짓누르던 돌봄의 부담으로부터, 허깨비만 남은 신앙을 간직한 채 매일 석양을 마주하던 일로부터 놓여났다. 그럼에도 그는 대답했다. "네, 그렇습니다."

"건강은 어떤가?"

"좋습니다."

"이런 종류의 일을 겪어본 적은 있나?"

"아니, 없습니다."

"어디 보자. 아무래도 경험 있는 사람이 함께 하는 게 좋을 거야. 요즘은 많지 않네만, 해외 파견에서 돌아온 사람이 있긴 할 걸세. 일단 누가 있는지 살펴보고 확인되는 대로 전화해주지."

캐러스가 떠난 후 주교는 조지타운대학교 총장에게 전화를 넣었다. 그날 그들이 캐러스에 대한 이야기를 나누는 것도 벌써 두번째였다.

"그래, 그도 배경지식은 가지고 있네. 돕는 데 문제는 없을 것으로 보이는군. 어차피 정신과의사도 한 명 배석해야 하잖나." 대화중에 총장이 말했다.

"구마사는 어떤가? 좋은 생각이라도 있나? 그쪽은 내가 문외한이라서."

"음, 지금은 랭케스터 메린이 가능하네."

"메린? 이라크에 있다고 알고 있었는데. 니네베 인근에서 발굴중이라는 뉴스를 읽었거든."

"그래, 모슬 아래쪽이지. 맞네. 하지만 일을 마치고 귀국한 지 삼사 개월 될 걸세, 마이크. 지금은 우드스톡에 있어."

"교직인가?"

"아니, 새 책을 쓰는 중이라더군."

"맙소사! 그런 일을 하기엔 너무 늙은 것 아냐? 그래, 건강은 어떤가?"

"글쎄, 괜찮겠지. 아니면 아직까지 무덤이나 파고 다닐 리가 없지 않겠어?"

"그래, 그렇겠군."

"게다가 마이크, 그 친구는 경험자야."

"그건 몰랐네."

"최소한 보고서에 쓰인 바로는 그래."

"그게 언제였나?"

"음, 십 년인가 십이 년 전쯤. 아프리카였지. 엑소시즘이 몇 달 동안 계속되었다더군. 그때 그 친구도 거의 죽을 뻔했지, 아마."

"이런, 그런데 또 하려 들겠나?"

"우리 같은 수사는 시키는 대로 따라야 하는 거야. 반역은 자네 같은 교구사제한테나 해당되는 얘기지."

"일깨워줘서 고맙군."

"그래, 자네 생각은 어떤가?"

"이보게, 나야 자네와 관구장을 믿을 도리밖에 더 있나?"

조용히 다가오는 그날 초저녁, 사제 수련중인 젊은 학자가 메릴랜드의 우드스톡 신학교 구내를 돌아다니고 있었다. 호리호리한 체구에 머리가 허옇게 센 늙은 예수회 사제를 찾아서. 작은 숲 사이로 난 오솔길에서 그를 발견했다. 젊은이가 전보를 건넸다. 평온한 상태의 늙은 사제는 고마움을 표하고 다시 몸을 돌려 사랑하는 자연 속에서 산책과 사색을 이어나갔다. 이따금 걸음을 멈추고 울새의 노랫소리를 듣고 나뭇가지 위로 날아다니는 밝은색의 나비를 구경하기도 했다. 전보를 펼쳐보지는 않았다. 내용을 알고 있었다. 니네베 사원의 먼지 속에서 이미 읽었다. 그는 준비가 되어 있었다.

그는 작별의 산책을 계속했다.

4부

"내 부르짖음이
주님께 이르게 하소서."

"사랑 안에 머무르는 사람은 하느님 안에 머무르고
하느님께서도 그 사람 안에 머무르십니다."*

사도 요한

1장

한숨 돌리게 하는 어둠 속 조용한 사무실에서 킨더먼은 책상 앞에 앉아 깊은 생각에 잠겨 있었다. 스탠드의 불빛을 미세하게 조절했다. 눈앞에 사건기록, 녹취록, 증거물, 경찰보고서, 과학수사연구소 보고서, 휘갈겨쓴 메모가 놓여 있었다. 수심에 잠긴 그가 세심하게 배열해둔 그것들은 장미 모양 콜라주를 이루고 있었다. 자료들이 지시하는 추악한 결론과 모순되는 형태였다. 그 자신도 받아들이기 어려운 진실.

엥스트롬은 무혐의였다. 데닝스가 사망한 시각, 그는 딸을 찾아가 마약 살 돈을 주었다. 그날 밤의 행적에 대해 거짓말을 한 것은 딸과 아내를 보호하기 위해서였다. 아내는 딸 엘비라가 죽었고, 수모와 위해의 시간도 모두 지나갔다고 알고 있었다.

이마저도 칼의 입을 통해 알아낸 게 아니었다. 그날 밤 엘비라의 집 앞 복도에서 맞닥뜨렸을 때 하인은 고집스럽게 입을 다물었다. 킨더먼이 그 딸을 찾아가 아버지가 데닝스 사건에 연루되었다고 알리자 그녀는 사실대로 털어놓았다. 확인해줄 목격자도 있었다. 고로 엥스트롬은 무혐의였다. 크리스 맥닐의 집에서 일어난 사건에 관한 한 무관하고 입이 무거웠다.

킨더먼은 얼굴을 찌푸리며 콜라주를 노려보았다. 모양이 약간 비뚤어진 것 같은데? 그는 끄트머리의 꽃잎 하나를—증언서 가장자리에서—우측 하단으로 살짝 옮겼다.

장미. 엘비라. 그녀에게는 이 주 내에 치료소에 들어가지 않으면 체포할 만한 증거를 잡을 때까지 영장을 들고 쫓아다니겠다고 험악하게 을러댔다. 그녀가 정말로 갈 거라는 생각은 하지 않는다. 하지만 그는 이따금 정오의 태양을 눈 한번 깜박이지 않고 쳐다보듯 법을 대할 때가 있었다. 일시적으로나마 자기 눈이 멀고 그 기회를 틈타 추격 대상이 달아났으면 해서. 엥스트롬은 무혐의. 그럼 뭐가 남지? 약하게 쌕쌕거리며 킨더먼은 자세를 바꾸었다. 눈을 감고 뜨거운 거품 욕조에 몸을 담그고 있는 상상을 했다. 머릿속 땡처리 세일! 그는 스스로에게 대대적인 광고를 했다. 새로운 결론으로 이전! 몽땅 처분! 그리고 단호하게 덧붙였다. 긍정적으로 보자! 그러면서 형사는 눈을 뜨고 어지럽기 짝이 없는 자료를 새로 검토했다.

항목1: 버크 데닝스 감독의 죽음은 홀리 트리니티 성당의 신성모독과 어떤 식으로든 연계된 것으로 보인다. 둘 다 주술과 관련이 있고 신성모독을 범한 자가 데닝스의 살인자일 가능성은 얼마든지 있다.

항목2: 주술 전문가인 예수회 신부가 맥닐의 집을 방문하는 것이 목격되었다.

항목3: 홀리 트리니티 성당에서 발견된 불경한 문구의 제대용 판지를 조사한 결과, 최근에 찍힌 지문이 검출되었다. 양면 모두에서. 일부는 데이미언 캐러스의 지문이었으나 다른 것도 있었는데, 크기로 보아 손이 아주 작은 성인이거나 어린아이의 것으로 판단된다.

항목4: 제대용 판지의 활자체를 분석하고, 샤론 스펜서가 타자기에서 뽑아 구겨서 쓰레기통에 던진 미완성 편지의 활자체와 비교했다. 크리스를 신문하는 동안 샤론이 타이핑하던 편지로, 킨더먼이 주워 몰래 집밖으로 빼돌렸다. 그 결과, 편지와 제대용 판지의 활자는 동일한 타자기로 쓰인 것이 판명되었다. 하지만 보고서에 따르면 타이핑한 사람의 손힘은 달랐다. 불경스러운 문구를 타이핑한 사람은 샤론 스펜서보다 훨씬 힘이 강했다. 게다가 전자의 타이핑은 '독수리타법'이 아니라 기술적으로 능숙한 편이었으므로, 제대용 판지를 타이핑한 미지의 사람은 엄청난 괴력의 소유자로 보인다.

항목5: 버크 데닝스가 사고사한 것이 아니라면 살인자는 엄청난 괴력의 소유자여야 한다.

항목6: 엥스트롬은 용의자 명단에서 제외되었다.

항목7: 국내항공 예약자 명단을 통해 크리스 맥닐이 딸을 오하이오주 데이턴으로 데려간 사실이 확인되었다. 킨더먼도 그 딸이 아파서 클리닉에 데려갈 예정이라는 사실을 알고 있었다. 데이턴의 클리닉은 배링거일 수밖에 없었다. 킨더먼의 문의에 배링거에서도 입원 사실을 확인해주었으나 병의 종류에 대해서는 끝내 함구했다. 심각한 정신질환인 것은 분명하다.

항목8: 심각한 정신질환은 때로 비정상적인 괴력을 유발한다.

킨더먼은 한숨을 내쉬었다. 눈을 감고 고개를 저었다. 다시 같은 결론에 도달하고 말았다. 그는 눈을 뜨고 종이 장미 가운데를 뚫어져라 보았다. 전국적인 뉴스잡지 과월호의 바랜 표지. 표지에 크리스와 리건의 사진이 실렸다. 반장은 딸을 자세히 살펴보았다. 예쁘장한 주근깨 얼굴. 리본으로 묶은 머리. 미소를 지으며 드러난 빠진 앞니. 그는 어두운 창밖을 내다보았다. 가랑비가 내리기 시작했다.

그는 차고로 내려가 검은색 사제 세단을 몰고 빗물에 빛이 반사되는 미끄러운 거리를 지나 조지타운 대학가로 향했다. 프로스펙트 스트리트 동편에 차를 세우고 몇 분간 가만히 앉아 리건의 창문만 올려다보았다. 문을 두드리고 아이를 만나보겠다고 할까? 그가 고개를 숙이고 이마를 문질렀다. 윌리엄 F. 킨더먼, 이 정신 나간 놈! 집에 가서 약이나 먹고 잠이나 퍼질러 자! 그게 낫겠다! 그가 다시 창문을 올려다보며 애처로이 고개를 저었다. 결국 이곳으로 그를 이끈 건 머릿속을 떠나지 않는 논리에 불과했다. 택시 한 대가 집 앞에 멈춰 서자 그의 시선이 옮겨갔다. 때맞춰 시동을 걸고 와이퍼를 작동시키는 바람에 키가 큰 노인이 택시에서 내리는 모습을 보았다. 노인은 요금을 지불하고 돌아서더니 뿌연 가로등 불빛 아래 꼼짝 않고 서서 집의 창문을 올려다보았다. 시간이 멈춰버린 애수에 젖은 여행자처럼. 택시가 떠나고 36번가로 돌아서 사라지자 킨더먼은 서둘러 차를 출발시켜 쫓아갔다. 모퉁이를 돌아서 헤드라이트를 깜빡여 택시에 멈추라고 신호했다. 그 시각, 맥닐의 집에서는 캐러스와 칼이 리건의 수척한 팔을 잡고 샤론이 리브리엄을 주사하고 있었다. 지난 두 시간 동안 총 400밀리그램을 투여했는데, 캐러스가 알기에도 가공할 양이었다. 하지만 한참을 잠잠하더니 마귀 인격이 깨어나 노기등등해서 미쳐 날뛰는 통에 리건의 쇠약해진 몸으로 감당하기가 어려운 지경에 이르렀었다.

캐러스도 기진맥진했다. 그날 아침 상서국을 방문한 후 집으로 돌아와 크리스에게 경과를 알렸다. 그후 리건에게 경정맥 영양주사를 놓고 기숙사 방으로 돌아가 침대에 쓰러졌다. 축 늘어져서는 곧장 깊디깊은 잠에 빠졌다. 하지만 두 시간이나 지났을까, 전화벨이 울리는 거슬리는 소리에 화들짝 놀라 깼다. 샤론이었다. 리건은 여전히 의식이 없지만 맥박이 점점 떨어지고 있다고 알렸다. 캐러스는 곧바로 진찰가방을 들고 집으로 달려가 리건의 아킬레스건을 꼬집어보았다. 통증에 대한 반응을 살폈지만 전혀 없었다. 리건의 손톱 하나를 꾹 눌러도 마찬가지였다. 캐러스는 가슴이 철렁했다. 히스테리와 트랜스 상태에서 때로 통증에 둔감해진다는 사실은 알고 있지만 행여 코마가 닥칠까봐 불안했다. 그렇게 되면 아주 쉽게 사망에 이를 수 있다. 혈압을 쟀다. 90에 60이고 맥박은 60회. 그는 방안에서 대기하며 한 시간 삼십 분 동안 십오 분 간격으로 그녀의 상태를 살폈다. 마침내 혈압과 맥박이 안정되었는데 그건 리건이 쇼크가 아니라 혼수상태임을 뜻했다. 샤론에게 한 시간마다 리건의 맥박을 확인하도록 지시한 다음 캐러스는 기숙사 방으로 돌아와 잠을 청했다. 하지만 이번에도 전화벨소리가 그를 깨웠다. 구마사는 랭케스터 메린이며 캐러스가 보조사제로 지정되었다는 상서국의 연락이었다.

그 소식에 그는 아연했다. 메린! 철학자이자 고생물학자! 우뚝 솟은, 경이로운 지성! 과거 그의 저서들은 교회를 한껏 들쑤셔놓았었다. 교회측은 그의 신앙을 물질의 견지로 해석했고, 물질이 진화를 통해 영혼이 되고 종국에는 그리스도와 함께한다는 주장, 일명 '오메가 포인트'로 보았기 때문이다.

캐러스는 즉시 크리스에게 전화했으나 주교가 직접 연락해 메린이 다음날 도착할 거라고 알린 터였다. "주교님께 그분이 우리집에 머무셔도 좋다고 했어요. 하루이틀이면 되지 않겠어요?" 캐러스는 머뭇거리다가 조용히 대답했다. "모르겠네요." 그리고 다시 머뭇거리다가 말했다. "너무 큰 기대는 하지 않는 게 좋습니다." "어디까지나 효과가 있다면, 그런 말인가요?" 그녀의 목소리는 감정을 억누르고 있었다. "효과가 없을 거라는 뜻이 아닙니다. 시간이 많이 걸릴 수도 있다는 뜻이에요." 캐러스가 그녀를 안심시켰다. "얼마나요?" "다 달라요." 캐러스가 알기로 엑소시즘은 몇 주도, 몇 달도 걸릴 수 있었다. 완전히 실패하는 경우도 비일비재했다. 그는 후자일 가능성이 크다고 예상했다. 그리고 자기암시를 통한 치료가 듣지 않는다면, 결국 그 짐은 또다시 그에게 지워질 것이다. "며칠, 아니면 몇 주가 걸릴 수 있어요" 그의 말에 그녀는 망연자실해서 답했다. "리건한테 남은 시간은요, 캐러스 신부님?"

전화를 끊고 나자 다시 온몸을 두들겨맞은 듯 기운이 없었다. 그는 침대에 뻗어 메린을 생각했다. 메린! 흥분과 기대가 천천히 퍼져나가는 가운데서도 침잠하는 동요가 잇따랐다. 그를 구마사로 임명하는 게 자연스럽건만 주교는 그를 제외했다. 왜지? 메린이 경험이 있기 때문에? 그는 눈을 감으며, 구마사를 선정하는 기준이 '신앙심'과 '높은 수준의 도덕성'이라는 사실을 떠올렸다. 마태오복음서에는 자신들의 엑소시즘이 왜 실패했는지 묻는 제자들의 질문에 예수가 "믿음이 부족했기 때문"이라고 대답하는 구절이 나온다. 관구장은 그의 문제를 알고 있었다. 조지타운대학교 총장인 톰 버밍햄도 마찬가지였다. 둘 중 한 사람이 주교에게 귀띔한 걸까?

캐러스는 침대에서 몸을 뒤집었다. 낙담하고, 스스로가 다소 무가치하게, 무능력하고 거부당했다고 느껴졌다. 이유 없이 속상했다. 그러다 마침내 잠이 공허감 속으로 흘러들어와 마음의 틈새와 균열을 메웠다.

이번에도 잠을 깨운 건 전화벨소리였다. 크리스가 전화해서 리건이 급작스럽게 발작을 일으켰다고 알렸다. 그는 집으로 가 리건의 맥박을 확인했다. 강했다. 그는 리브리엄을 주사했다. 그리고 다시, 또다시 주사했다. 마침내 부엌으로 와서 크리스가 있는 식탁에 털썩 앉았다. 그녀는 직접 주문해서 받은 메린의 저서를 읽고 있었다. "따라잡기 어렵네요." 그녀는 멋쩍게 웃었지만 크게 감동한 눈치였다. "그래도 너무 아름다운 문장도 있어요─정말 대단해요." 그녀는 책장을 휘리릭 넘겨 표시해둔 구절을 찾고는 식탁 너머 캐러스에게 책을 건넸다.

우리는 우리를 둘러싼 물질세계의 질서와 항구성과 영속적인 혁신을 일상적으로 경험한다. 비록 물질 하나하나는 약하고 무상하며, 또 물질을 구성하는 요소 역시 불안정하고 유동적이나, 그럼에도 결코 소멸되지 않고 존재한다. 물질은 영속성의 법칙으로 묶여 있으므로, 비록 죽어간다 해도 부단히 새 생명으로 돌아올 것이다. 소멸이 가져다주는 것은 새로운 유기체 양식의 재생에 다름 아니며, 그로써 하나의 죽음은 수천의 생명을 잉태하는 어버이가 된다. 매 순간이 그 자체로 거대한 전체가 얼마나 덧없으며 그와 동시에 얼마나 안전하고 확고한지 보여주는 증언이 될 것이다. 그것은 수면에 비친 상像과도 같다. 물은 쉬지 않고 흐르지만 수면에 맺힌 상은 그대로다. 태양이 지는 건 떠오르기 위해서다. 낮은 밤의 어둠에 삼켜지고 다시 태어날 땐 결코 꺼진 적 없는 듯 찬란하다. 봄은 여름에 자리를 내주고 여름과 가을을 거쳐 겨울이 그 자리를 차지한다. 하지만 궁극적으로 봄이 귀환함으로써 더욱더 확고해질 뿐이다. 봄이 당도한 첫 순간부터 동토의 무덤 위로 단호히 성큼성큼 나아오며 승리한다. 우리는 5월의 꽃을 애통해한다. 곧 시들 운명이기에. 하지만 결코 멈추지 않는 그 엄염한 계절의 순환을 통해 언젠가 5월이 11월에 복수할 것임을 안다. 이것은 최고조의 희망 속에서도 늘 침착할 것이며, 폐허의 나락 속에서도 결코 절망하지 말 것을 우리에게 가르쳐준다.

"네, 아름답군요." 캐러스가 조용히 말했다. 잔에 커피를 따르는데 위층 마귀의 발악은 더욱 커져만 갔다.

"개새끼…… 쓰레기 같은 놈…… 위선자 사제놈!"

"제 접시에 장미를 올려놓곤 했죠…… 아침에…… 제가 출근하기 전에." 크리스가 담담히 말했다.

캐러스가 누구 이야기냐는 눈빛으로 올려다보자 크리스가 대답했다. "리건 얘기예요."

그녀가 눈을 내리깔았다. "네, 그래요. 제가 깜빡했네요."

"뭘요?"

"신부님은 한 번도 아이를 보신 적이 없다는 걸요."

그녀가 코를 풀고 손수건으로 눈가를 훔쳤다.

"커피에 브랜디라도 조금 타드릴까요?"

"아니, 괜찮습니다."

"커피가 밍밍하네요. 저는 아무래도 브랜디 좀 타야겠어요. 잠깐만요." 그녀는 떨리는 목소리로 속삭이고는 자리에서 일어나 부엌을 나섰다.

캐러스는 혼자 멍하니 앉아 커피를 홀짝였다. 수단 안에 스웨터를 받쳐입은 덕에 춥지는 않았지만, 크리스를 위로하지 못했다는 생각에 맥이 빠졌다. 문득 어린 시절의 서글픈 기억이 떠올랐다. 다 쓰러져가는 공동주택에서 점점 야위고 멍한 상태로 상자 안에 있던 잡종 개 레지. 캐러스가 아무리 수건을 덮어주고 우유를 데워주어도 레지는 오들오들 떨고 토했다. 그러다 이웃사람이 집에 들러 개를 보고 고개를 저으며 말했다. "홍역에 걸렸네. 저 개는 당장 쏴 죽여야 해." 그리고 어느 날 방과후…… 길모퉁이에서 두세 건물 떨어진 곳에서…… 뜻밖에도…… 어머니가 그를 기다리고 있었다…… 슬픈 얼굴로…… 그리고 그의 손에 반짝이는 50센트 동전 하나를 쥐여주었다…… 신났다…… 이렇게 큰돈을!…… 그때 어머니가 부드럽고 다정한 목소리로 말했다. "레지가 죽었어……"

김이 오르는 잔 안의 쓰디쓴 검은 액체를 들여다보면서 그는 자신의 손에 위안도 치유도 남지 않았다고 느꼈다.

"……이 신부 개자식아!"

마귀. 여전히 노기등등하다.

"저 개는 당장 쏴 죽여야 해!"

캐러스는 벌떡 일어나 리건의 방으로 돌아갔다. 그녀를 붙들고 샤론에게 리브리엄을 주사하게 시켰다. 지금껏 주입한 양이 500밀리그램에 이르렀다. 샤론이 알코올 솜으로 바늘 자국을 문지른 다음 밴드를 붙이려고 준비하는 동안 캐러스는 리건을 내려다보았다. 당혹스러웠다. 리건의 입에서 쏟아져나오는 격앙된 욕설은 방안에 있는 사람이 아니라 보이지 않는 누군가—아직 오지 않은 누군가를 겨냥하고 있는 듯했다.

그는 그 생각을 떨쳐버렸다. "금방 돌아올게요." 그가 샤론에게 말했다.

크리스가 염려되어 그는 부엌으로 내려갔다. 이번에도 그녀는 식탁에 혼자 앉아 있었다. 커피에 브랜디를 따르면서. "정말 브랜디 필요 없어요, 신부님?" 그녀가 물었다.

고개를 가로저으며 그는 식탁으로 가서 털썩 앉아 팔을 괴고 손에 얼굴을 묻었다. 스푼으로 커피를 젓는 달그락 소리가 들렸다. "아이 아빠랑 통화는 해봤나요?" 그가 물었다.

"네, 그가 전화했어요. 리건하고 통화하고 싶어했어요."

"그래서 뭐라고 했습니까?"

"파티에 갔다고 했어요."

침묵. 스푼 소리도 들리지 않았다. 그가 고개를 드니 그녀는 천장을 올려다보고 있었다. 그리고 그도 알아차렸다. 마침내 위층의 고함소리가 멎었던 것이다.

"리브리엄이 효과가 있나보군요." 그가 다행이라는 듯 말했다.

초인종소리. 캐러스는 문 쪽을 보고 다시 크리스를 보았다. 걱정스레 한쪽 눈썹을 치켜올리며 누구냐고 묻는 듯한 그의 얼굴을 그녀는 마주했다. 킨더먼?

째깍째깍. 그들은 가만히 앉아 귀를 기울였다. 나가보는 사람이 없었다. 윌리는 방에서 쉬는 중이고 샤론과 칼은 아직 위층에 있었다. 긴장한 크리스가 벌떡 일어나 거실로 갔다. 소파에 무릎을 꿇고 커튼 사이로 슬쩍 밖을 내다보았다. 킨더먼이 아니었다. 정말 다행이야! 밖에 서 있는 사람은 키 큰 노인이었다. 남루한 검은 레인코트와 검은 펠트모자 차림의 그는 고개를 숙인 채 묵묵히 비를 맞고 있었다. 검은 여행가방을 옆에 들었는데 손잡이를 쥔 손이 살짝 움직이면서 은제 버클이 가로등 불빛에 반짝였다. 대체 누구지?

다시 초인종이 울렸다.

어리둥절한 크리스는 소파에서 내려와 현관홀로 갔다. 문을 빼꼼 열고는 안개비에 시야가 흐린 어둠 속을 눈을 가늘게 뜨고 내다보았다. 모자챙 아래로 그늘이 져 얼굴이 잘 보이지 않았다. "네, 무슨 일이시죠?"

"맥닐 부인?" 그늘 속에서 흘러나온 목소리는 부드럽고 교양 넘치면서도 성량이 웅장하고 풍부했다.

그가 모자를 벗어 인사하자 크리스도 고개를 끄덕였다. 그 순간 그녀는 그의 눈을 보고 압도되었다. 지식과 사려 깊은 분별로 형형한 눈에서 그녀에게로 평온이 쇄도해왔다. 따스한 치유의 강물처럼. 그 원천은 그의 내면이었지만 어쩐지 그 너머에서도 비롯된 듯했다. 물줄기는 유장하면서도 저돌적이고 무한했다.

"랭케스터 메린 신부입니다."

한순간 그녀는 얼이 빠져 쳐다보았다. 마르고 금욕적인 얼굴을, 동석凍石을 조각해놓은 듯 반질반질한 광대뼈를. 그러다 황급히 문을 활짝 열었다. "오, 맙소사, 어서 들어오세요. 어서요! 세상에, 제가…… 정신을 얻다 두고 있는 건지……"

그가 들어오고 그녀가 문을 닫았다.

"내일 오실 줄 알았는데요!"

"네, 압니다." 등뒤에서 그의 대답이 들렸다.

그녀가 몸을 돌리니 그는 고개를 비스듬히 들고 위를 올려다보고 있었다. 눈에 보이지 않는 누군가의 기척을 집중해 듣듯이—아니, 느끼듯이, 라고 그녀는 생각했다. 익히 알고 익숙한 진동을 멀리서 감지하듯이. 어리둥절한 채로 크리스는 그를 뜯어보았다. 그의 피부는 딴 세상의, 그녀가 속한 시공과는 동떨어진 어딘가의 태양에 풍화된 듯 보였다.

뭘 하는 걸까?

"가방 들어드릴까요?"

"괜찮아요." 그가 부드럽게 말했다. 여전히 느끼면서. 여전히 탐색하면서. "내 팔의 일부나 마찬가집니다. 아주 늙고…… 아주 낡았죠." 따스하고 지친 미소를 띤 눈으로 그가 그녀를 내려다보았다. "이 무게에 익숙하답니다. 캐러스 신부도 여기 있나요?"

"네, 부엌에 계세요. 식사는 하셨나요, 메린 신부님?"

메린은 대답하지 않았다. 대신 그는 문이 열리는 소리에 위쪽으로 시선을 획 던졌다. "네, 기차에서 먹었어요."

"정말 아무것도 안 드시겠어요?"

대답이 없었다. 그때 문 닫히는 소리가 났다. 메린이 따스한 시선으로 다시 크리스를 보았다. "아니, 괜찮아요."

크리스는 여전히 허둥거리면서 주절주절 말을 늘어놓았다. "아, 무슨 비가 이렇게 오나. 오시는 줄 알았으면 역으로 마중 나갔을 텐데요."

"괜찮습니다."

"택시 잡기 어렵지 않으셨어요?"

"몇 분 만에 잡혔어요."

"제가 들겠습니다, 신부님."

칼이었다. 후다닥 계단을 내려온 그가 신부의 손에서 가방을 빼앗아 현관홀 안쪽으로 가져갔다.

"서재에 잠자리를 봐뒀어요." 크리스는 안절부절못했다. "아주 안락하기도 하고, 신부님이 혼자 따로 머무시길 원할 것 같아서요. 안내해드릴게요." 그녀가 서재 쪽으로 가다가 멈춰 섰다. "그게 아니라 캐러스 신부님과 인사부터 하셔야죠?"

"먼저 따님부터 봐야겠군요."

"지금 당장 말씀인가요?" 크리스가 반신반의하며 말했다.

메린은 예의 다른 무언가에 주의를 기울이는 기색으로 다시 위를 흘긋 보았다. "네, 지금," 그가 말했다. "아무래도 그래야 할 것 같군요."

"어쩌나, 지금 자고 있을 텐데."

"아닐 겁니다."

"음, 만일—"

별안간 위층에서 갑작스레 터져나온 소리에 크리스는 움찔하고 말았다. 마귀의 목소리. 생매장된 자의 울부짖음을 증폭시킨 듯 쿵 울리는, 하지만 뭉개지고 꺽꺽거리는 소리였다. "메에에에에에 리이이이이이인!" 그리고 침실 벽을 한 차례 강타하는 굉음과 진동이 이어졌다.

"오, 맙소사!" 크리스는 숨을 헉 내뱉으며 창백한 손으로 가슴을 움켜잡았다. 기겁해 메린을 보았다. 사제는 꿈쩍도 않고 위쪽만 바라보았다. 강렬하면서도 차분한 표정이었다. 그 눈빛에는 놀란 흔적도 없었다. 문득 크리스는 신부가 마귀를 전부터 알고 있었다는 생각이 들었다.

또다시 충격이 벽을 뒤흔들었다.

"메에에에에에에에리이이이이이이인!"

예수회 신부가 느릿느릿 움직여 나아갔다. 놀라서 입을 다물지 못하는 크리스도, 서재에서 스르륵 빠져나온 회의적인 얼굴의 칼도, 부엌에서 황급히 달려나온 캐러스도 안중에 없었다. 악몽 같은 타격과 괴성은 계속 이어졌다. 메린은 침착하게 계단을 올라갔다. 난간을 따라 미끄러져올라가는 가느다란 손이 석고상 같았다. 캐러스는 크리스 옆으로 다가가 메린이 리건의 방으로 들어가 문을 닫는 모습을 뒤에서 함께 지켜보았다. 한동안 침묵이 이어졌다. 별안간 마귀가 끔찍한 웃음을 터뜨렸다. 그리고 메린이 신속히 방을 나와 문을 닫고 현관홀로 내려왔다. 문이 다시 열리더니 샤론이 고개를 삐죽 내밀고 그의 뒷모습을 바라보았다. 얼굴에 이상야릇한 표정이 떠올라 있었다.

메린은 빠르게 계단을 내려와 기다리고 있던 캐러스에게 손을 내밀었다.

"캐러스 신부."

"안녕하세요, 신부님."

메린은 양손으로 캐러스의 손을 덥석 잡았다. 손에 힘을 주면서 심각하고 염려스러운 얼굴로 자신보다 젊은 신부의 얼굴을 살폈다. 이층에서 들리는 끔찍한 웃음은 이제 메린을 향한 사악한 욕설로 바뀌어 있었다. "자네 몹시 지쳐 보이는군. 피곤한가?"

"아니요."

"좋아. 레인코트를 입고 왔나?"

"아니요."

"여기 내 걸 입게." 백발의 예수회 사제가 작은 빗방울이 매달린 코트의 단추를 끌렀다. "지금 당장 기숙사에 가서 내가 입을 수단 하나, 중백의 두 벌, 보라색 영대領帶, 성수, 그리고 『로마예식서』를 큰 걸로 두 권 가져다주게." 그가 얼떨떨해하는 캐러스에게 레인코트를 건넸다. "아무래도 당장 시작해야겠어."

캐러스는 얼굴을 찌푸렸다. "지금 당장 말입니까?"

"그래, 그래야겠어."

"우선 저간의 배경에 대해 듣지 않아도 되겠습니까, 신부님?"

"왜 그래야 하지?"

캐러스도 대답할 말이 없었다. 그가 노사제의 꿰뚫을 듯한 시선을 피하며 대답했다. "맞는 말씀입니다." 그러면서 레인코트를 걸쳤다. "가서 부탁하신 물건들을 챙겨 오겠습니다."

칼이 재빨리 홀을 가로질러가 캐러스를 위해 현관문을 열어주었다. 둘이 짧은 시선을 교환한 후 캐러스가 비 내리는 밤 속으로 걸어나갔다. 메린이 크리스를 돌아보았다. "먼저 이것부터 물어봐야겠군요. 지금 시작해도 괜찮겠습니까?"

그녀는 줄곧 그를 지켜보고 있었다. 햇빛 찬란한 낮처럼 집안으로 쏟아져들어오는 결단력과 지휘와 명령에 크게 마음이 놓였다. "네, 물론이죠." 그녀가 기꺼워하며 말했다. "많이 피곤할 텐데 괜찮으시겠어요?"

마귀가 울부짖는 위층을 흘깃 올려다보는 그녀의 불안한 시선을 늙은 신부는 놓치지 않았다. "커피라도 한잔 갖다드릴까요?" 끈덕지다 못해 약간 애원하는 투로 그녀가 물었다. "막 내린 따뜻한 커피인데. 드실래요?"

살짝 쥐었다 폈다 하는 손에 메린의 시선이 머물렀다. 깊은 동굴과도 같은 그녀의 눈에도. "그래요, 그럼." 그가 따스하게 말했다. "고맙습니다." 아무리 위중한 일이더라도 잠시 제쳐두고 기다릴 여유는 있었다. "폐가 안 된다면야."

크리스가 그를 부엌으로 안내했다. 잠시 후 그는 블랙커피가 든 머그잔을 들고 스토브에 기대서 있었다. "브랜디 조금 넣으실래요, 신부님?" 크리스가 물었다.

그가 고개를 숙이고 덤덤한 표정으로 머그잔을 보았다. "아, 의사들은 마시면 안 된다고 하는데, 의지가 약한 인간인지라……"

크리스는 눈을 깜박이며 우두커니 쳐다보기만 했다. 말뜻을 정확히 알 수 없던 그녀는 고개를 들고 머그잔을 내미는 그의 눈에서 미소를 보았다. "네, 따라주시면 고맙죠."

미소 지으며 그녀가 술을 따랐다. "멋진 이름이군요." 메린이 그녀에게 말했다. "크리스 맥닐. 예명인가요?"

자신의 커피에도 브랜디를 조금 따르며 크리스가 고개를 저었다. "아뇨. 세이디 글러츠보다는 낫죠."

"그 이름이 아니라 정말 다행이네요." 시선을 떨구며 메린이 중얼거렸다.

다정한 미소를 띤 크리스가 자리에 앉았다. "랭케스터는 어떤 이름이죠? 아주 특이한데. 다른 사람의 이름을 딴 건가요?"

"화물선 이름 아닐까요?" 메린이 멍하니 잔을 바라보며 중얼거렸다. 머그잔을 들어 입으로 가져가 마시더니 생각에 잠겼다. "아니면 다리 이름일 수도 있고. 그래요, 다리 이름이겠네요." 크리스에게로 시선을 돌린 그는 못내 유감스러우면서도 즐거운 얼굴이었다. "하지만 '데이미언'은 다르지." 그가 말했다. "나도 정말 그런 이름을 갖고 싶었답니다. 멋진 이름이죠."

"그건 유래가 어떻게 되나요? 이름 말이에요."

"일평생 몰로카이섬에서 나병 환자들을 돌본 신부 이름이랍니다. 결국 그도 병에 걸리고 말았지." 메린이 먼 곳을 보았다. "멋진 이름이죠." 그가 다시 한번 말했다. "데이미언 같은 이름을 가졌다면 아무리 성이 글러츠라도 감내할 텐데."

크리스가 낄낄거렸다. 긴장이 풀리고 마음도 한결 편해졌다. 몇 분간 그녀와 메린은 가벼운 잡담을 즐겼다. 말 그대로 담소였다. 이윽고 샤론이 부엌에 나타났고, 메린도 자리를 뜨려고 움직였다. 마치 샤론이 오기를 기다렸다는 듯이 곧장 머그잔을 싱크대로 가져가 헹구고 조심스럽게 건조대에 올려놓았다. "잘 마셨어요. 커피 한잔이 정말 절실했거든." 그가 말했다.

크리스도 따라 일어났다. "방으로 안내해드릴게요." 그는 고맙다고 인사하고 그녀를 따라 서재로 향했다. "필요한 게 있으면 뭐든 말씀하세요." 그녀가 말했다.

그가 그녀의 어깨에 손을 올리고 살짝, 안심시키듯 쥐었다. 크리스는 자신에게 흘러드는 온기와 힘을 느꼈다. 뿐만 아니라 평화와 뭔가 또다른 기묘한 감각도. 그것은 마치―뭐더라? 그녀는 궁금했다. 안전감? 그래, 그런 거야. "정말 친절하세요." 그녀가 말했다. 그의 눈은 미소 짓고 있었다. "고맙군요." 그는 그렇게 말하며 손을 내렸다. 그녀가 멀어져가는 모습을 지켜보던 그는 느닷없이 옥죄는 통증에 얼굴을 일그러뜨렸다. 그는 서재로 들어가 문을 닫았다. 바지 주머니에서 바이엘아스피린이라고 표시된 작은 통 하나를 꺼냈다. 그리고 니트로글리세린 한 알을 꺼내 혀 아래 조심스레 올려놓았다.

부엌으로 들어가던 크리스는 문가에 멈춰 서서 샤론을 살펴보았다. 스토브 옆에 서 있는 샤론은 커피메이커에 한쪽 손바닥을 대고 커피가 데워지기를 기다리고 있었다. 심란한 얼굴로 허공을 응시하고 있었다. 걱정이 된 크리스는 그녀에게 다가가 나직이 말했다. "샤론, 너도 좀 쉬지 그래?"

잠시 대답이 없었다. 그러다 샤론이 멍한 표정으로 크리스를 돌아보았다. "죄송해요. 뭐라고 하셨죠?"

크리스는 그녀의 긴장어린 얼굴을, 멍한 시선을 살폈다. "위에서 무슨 일이 있었던 거니, 샤론?" 그녀가 물었다.

"어디요?"

"메린 신부님이 리건의 침실에 들어갔을 때."

"아, 네……" 샤론이 얼굴을 살짝 찌푸렸다. 멀거니 바라보는 시선은 의심과 기억 사이 어딘가로 옮겨가고 있었다. "그게 웃겼어요."

"웃겨?"

"이상했어요. 두 사람은 그냥……" 그녀가 말을 흐렸다. "한동안 서로 노려보기만 하다가 리건이─그게─말을 하더라고요."

"뭐라고?"

"'이번엔 네놈이 질 거다'라고 했어요."

크리스는 다음 말을 기다리며 샤론을 바라보았다. "그다음엔?"

"그게 다예요. 메린 신부님이 곧장 방을 나갔거든요."

"그때 표정이 어땠는데?" 크리스가 물었다.

"웃겼어요."

"오, 맙소사, 샤론, 말을 그렇게밖에 못하겠니?" 크리스가 나무라고 다른 이야기를 하려는데, 샤론이 정신이 딴 데 팔려 고개를 약간 모로 쳐들고 있었다. 귀를 기울이듯이. 그녀의 시선을 좇아 올려다보는 크리스도 들었다. 정적. 마귀의 괴성이 뚝 그쳤다. 하지만 그게 다가 아니었다…… 무언가 다른 것이…… 팽창하고 있었다.

두 여자는 곁눈으로 서로를 흘깃 보았다.

"크리스도 느꼈어요?" 샤론이 물었다.

크리스가 고개를 끄덕였다. 집안에 무언가 있었다. 팽창력. 공기가 점점 탁해지고 진동하는 게 마치 상극인 힘들이 천천히 모여들어 쌓이는 듯했다. 경쾌한 초인종소리가 비현실적으로 들렸다.

샤론이 돌아섰다. "제가 나갈게요."

그녀는 현관홀로 나가 문을 열었다. 캐러스였다. 마분지로 된 세탁물 상자를 들고 있었다.

"메린 신부님은 서재에 계세요." 샤론이 말했다.

"고마워요."

캐러스는 서둘러 서재로 가서 형식적으로 살짝 노크하고 상자를 들고 안으로 들어갔다. "죄송합니다, 신부님. 조금—"

그는 말을 딱 멈추었다. 바지와 티셔츠 차림의 메린이 침대 옆에서 무릎을 꿇고 기도중이었다. 고개를 깊이 숙여 굳게 맞잡은 손에 이마가 닿아 있었다. 잠시 캐러스는 발이 떨어지지 않았다. 모퉁이를 돌았다가 느닷없이 어린 시절의 자신과 맞닥뜨린 기분이었다. 한 팔에 복사용 수단을 걸친 소년은 눈길 한번 주지 않고 후다닥 지나가버렸다.

캐러스는 뚜껑 없는 세탁물 상자로 시선을 옮겼다. 풀 먹인 옷

여기저기에 빗물 자국이 남아 있었다. 그는 소파로 가서 상자의 내용물을 소리 없이 꺼내 늘어놓았다. 다 마치자 레인코트를 벗어 의자에 조심스레 걸쳐두었다. 메린 쪽을 흘긋 보니 사제는 이제 성호를 긋는 참이었다. 캐러스는 얼른 시선을 돌렸다. 흰 면으로 된 중백의 두 벌 중 치수가 큰 것을 집어 수단 위에 덧입는데 등뒤에서 메린이 일어나 다가오는 기척이 들렸다. 중백의를 여미며 캐러스가 돌아보니 늙은 신부는 소파 앞에 서서 내용물을 잔잔한 눈빛으로 훑어보았다.

캐러스가 스웨터를 집어 건넸다. "수단 안에 이걸 입으시는 게 좋습니다. 가끔 방이 무척 추워지거든요."

스웨터를 내려다보면서 메린이 손끝으로 만졌다. "챙겨줘서 고맙네, 데이미언."

캐러스는 소파에서 메린의 수단을 집어들고는 그가 스웨터를 머리부터 입는 모습을 지켜보았다. 바로 그 순간, 불현듯, 이 소박하고 단조로운 행동을 지켜보는 동안, 그는 늙은 신부가, 그 순간이, 집안을 가득 메운 짙은 정적이 끼치는 아찔한 영향력을 온전히 느꼈다. 그를 짓누르고, 질식시키고, 단단하고 실재하는 세상에 대한 감각을 틀어막아버렸다. 양손에 든 수단이 당겨지는 느낌에 정신이 퍼뜩 들었다. 메린. 그가 수단을 입고 있었다. "엑소시즘과 관련된 규칙은 잘 알고 있나, 데이미언?"

"네."

메린이 수단의 단추를 채우기 시작했다. "무엇보다도 마귀와의 대화를 피해야 하네."

마귀라니! 캐러스는 생각했다.

그는 그 단어를 지극히 사무적으로 내뱉었다. 캐러스는 그게 거슬렸다.

"필요한 걸 묻긴 하겠지만 그 이상은 위험해. 대단히." 그가 캐러스의 손에서 중백의를 들어 수단 위에 걸치기 시작했다. "특히 놈이 무슨 말을 하든 절대 듣지 말게. 마귀는 거짓말쟁이야. 온갖 거짓말로 우리를 혼란에 빠뜨리면서도, 효과적으로 공격하기 위해 사실과 거짓을 교묘히 뒤섞지. 심리적으로 공격해오네, 데이미언. 그리고 강력하지. 절대 듣지 말게나. 잊지 말라고, 절대 귀기울이면 안 돼."

캐러스가 영대를 내밀자 구마사는 덧붙였다. "나한테 묻고 싶은 게 있나, 데이미언?"

캐러스가 고개를 저었다. "없습니다. 다만 리건한테 나타난 서로 다른 인격들에 대해 말씀드려야 할 것 같은데요. 지금까지는 모두 셋이었습니다."

어깨에 영대를 걸치면서 메린이 조용히 말했다. "놈은 하나야." 『로마예식서』두 권을 집어 그중 하나를 캐러스에게 건넸다. "성인의 연송 호칭기도는 생략할 거야. 성수는 가져왔나?"

캐러스가 주머니에서 코르크마개가 딸린 가느다란 유리병을 꺼냈다. 메린이 유리병을 가져가고 문을 향해 담담히 고갯짓을 했다. "앞서게나, 데이미언."

위층 리건의 침실 문 옆에서 샤론과 크리스가 기다리고 있었다. 잔뜩 긴장한 채로. 두꺼운 스웨터와 겉옷을 껴입은 그들은 문 열리는 소리에 고개를 돌려 아래를 내려다보았다. 계단을 향해 나아오는 메린과 그 뒤에 선 데이미언의 엄숙한 행렬이 눈에 들어왔다. 어쩌면 저렇게 당당한가, 크리스는 생각했다. 장신의 메린 그리고 순수한 복사 소년이 입는 흰색 중백의 위로 특유의 풍화된 바위 같은 어두운 얼굴이 대비를 이루는 캐러스. 흔들림 없이 계단을 오르는 두 사람을 지켜보면서 크리스는 머리로는 그들에게 초자연적인 힘이 없다는 것을 알고 있었지만, 뭔가가 자신의 영혼에 대고 어쩌면 진짜로 있을지도 모른다고 속삭이기라도 하듯 이상하게도 깊이 감동했다. 심장이 빠르게 뛰었다.

예수회 신부들이 방문 앞에서 멈춰 섰다. 캐러스가 크리스의 스웨터와 재킷을 보고 인상을 찌푸렸다. "크리스도 들어가게요?"

"그래야 하지 않을까요?"

"안 돼요." 캐러스가 강하게 말했다. "안 돼. 자칫 실수를 범할 수 있어요."

크리스가 미심쩍은 얼굴로 메린을 보았다.

"캐러스 신부 말이 옳아요." 구마사가 조용히 말했다.

크리스가 다시 캐러스를 보더니 고개를 떨구었다. "알았어요. 여기서 기다리죠." 크리스는 낙담해 말하고는 벽에 등을 기댔다.

"따님의 중간이름이 뭐죠?" 메린이 물었다.

"테레사예요."

"예쁜 이름이군요." 메린이 따뜻한 말을 건네면서 크리스의 시선을 잠시 붙들었다. 안심시키듯. 그러고서 고개를 돌려 리건의 침실 문을 보았다. 크리스는 다시 그 팽창력을 느꼈다. 문 뒤에서 똬리를 틀며 점점 두텁게 쌓이고 있었다. 방안에서.

메린이 고개를 끄덕이며 부드럽게 말했다. "자, 들어가지."

캐러스는 문을 열다가 훅 끼치는 악취와 얼음장 같은 냉기에 하마터면 뒷걸음칠 뻔했다. 방구석 의자에 빛바랜 초록색 양가죽 사냥재킷에 감싸인 칼이 몸을 옹송그리고 앉아 있었다. 그가 기대에 찬 눈으로 캐러스를 돌아보았고 캐러스는 침대의 마귀에게 눈초리를 던졌다. 그것의 번득이는 눈은 그의 등뒤 복도를 쳐다보고 있었다. 메린에게 붙박여 있었다.

캐러스가 침대 발치로 나아가자 키가 크고 꼿꼿한 메린도 천천히 침대 옆으로 다가갔다. 그리고 멈춰 서서 증오의 대상을 내려다보았다. 숨막히는 정적이 방안에 무겁게 내려앉았다. 리건이 시커먼 야수의 혀로 퉁퉁 붓고 갈라진 입술을 핥았다. 그러자 구겨진 양피지를 펴는 듯한 소리가 났다. "그래, 거만한 쓰레기 새끼. 드디어! 드디어 나타나셨군." 마귀는 껄껄거리는 목소리를 냈다.

늙은 사제는 한 손을 들어 침대 위에 성호를 긋고 방안 전체를 향해 동작을 반복했다. 그러고는 돌아서서 성수병의 뚜껑을 땄다.

"아, 그래! 성스러운 오줌물! 성인들의 정액이로군!" 마귀가 잔뜩 목쉰 소리로 말했다.

메린이 병을 들자 마귀의 얼굴이 노기를 띠며 일그러졌다. "개자식! 정말 할 거냐? 정말로 할 거야?"

메린이 성수를 뿌리기 시작했다. 마귀가 고개를 홱 젖혔고 입과 목의 근육이 분노로 경련했다. "그래, 뿌려! 뿌려라, 메린! 우릴 말려 죽여! 네놈 땀에 익사시켜봐! 그 축성받은 땀으로 말이야, 메린 성인! 허리를 숙이고 향기로운 방귀를 뿜어대라고! 허리를 숙이고 성스러운 엉덩이를 까면 우리가 경배하고 찬양해줄게, 메린! 기꺼이 키스해주마, 이 개—"

"조용히 해!"

벼락같은 호령이 내리꽂혔다. 캐러스도 움찔하며 고개를 홱 돌려 메린을 보았다. 이어 위엄에 차서 리건을 바라보았다. 마귀도 입을 다물었다. 그의 시선을 되받아 쏘아보면서.

하지만 이제 그 눈은 주저하고 있었다. 끔뻑거리고, 눈치를 보고.

메린은 일상적으로 하듯 성수병의 마개를 끼워 캐러스한테 돌려주었다. 캐러스가 병을 주머니에 넣는 동안, 메린은 침대 옆에 무릎을 꿇고서 눈을 감고 주기도문을 암송했다. "하늘에 계신 우리 아버지……"

리건이 침을 뱉자 누런 점액이 메린의 얼굴을 때리더니 뺨을 타고 천천히 흘러내렸다.

"……아버지의 나라가 오시며……" 메린은 그대로 고개를 숙인 채 기도문을 읊었다. 그러면서 주머니에서 손수건을 꺼내 태연하게 침을 닦아냈다. "……저희를 유혹에 빠지지 않게 하시고," 그가 온화하게 맺었다.

"악에서 구하소서." 캐러스가 화답했다.

그가 잠시 올려다보니 리건의 눈동자가 뒤로 돌아가며 하얀 공막이 드러났다. 캐러스는 동요를 느꼈다. 방안에서 무언가가 응결되는 게 느껴졌다. 그는 다시 책으로 돌아가 메린의 기도를 따라 읊었다.

"우리 주 예수그리스도의 아버지 하느님, 아버지의 성스러운 이름과 자비에 대고 간구하오니, 부디 아버지의 영혼을 괴롭히고 있는 이 더러운 악령을 이길 수 있도록 저를 도우소서."

"아멘." 캐러스가 응답했다.

이제 메린이 일어서서 경건히 기도를 이어갔다. "인류의 창조주이며 보호자이신 주님께서, 인류의 가장 오랜 적에게 갇힌 이 불쌍한 종복 리건 테레사 맥닐을 굽어살피소서. 이자는……"

리건이 쉭쉭거리는 소리에 캐러스는 시선을 들었다. 흰자위만 드러난 리건이 똑바로 앉아 코브라처럼 머리를 앞뒤로 천천히 흔들며 혀를 날름거렸다. 그는 아까의 동요를 느꼈다. 책으로 시선을 내렸다.

"주님을 믿사오니," 메린은 서서 『예식서』를 읽어내려갔다.

"부디 주님의 종복을 구하소서!" 캐러스가 화답했다.

"주여, 주님 안에서 난공불락의 성을 찾아……"

"적과 싸우게 하소서."

메린이 다음 줄을 읽어내려가는데—적이 그녀를 지배하지 못하게 하소서—등뒤에서 샤론이 내는 헉 소리가 들렸다. 캐러스가 돌아보니 그녀가 얼이 빠져서 침대를 보고 있었다. 어리둥절한 그도 돌아보았다. 그리고 아연해졌다.

침대 앞쪽이 바닥에서 떨어져 공중으로 뜨고 있었다!

캐러스는 믿기지 않아 눈을 떼지 못했다. 10센티미터. 15센티미터. 30센티미터. 이윽고 뒷다리도 들리기 시작했다.

"고트 인 히멜(맙소사)!" 칼이 두려움에 차 속삭였다. 그러나 캐러스는 그의 목소리를 듣지도, 그가 성호를 긋는 모습도 보지 못했다. 침대 뒤쪽이 떠올라 마침내 앞쪽과 수평을 이루었다.

이건 실제가 아니야! 그는 생각했다.

침대는 30센티미터쯤 더 떠오르더니 그 상태에 머물며 잔잔한 호수에 떠 있는 듯 살살 흔들렸다.

"캐러스 신부?"

리건이 이리저리 몸을 흔들며 쉭쉭거렸다.

"캐러스 신부?"

캐러스가 고개를 돌렸다. 구마사가 평온한 얼굴로 그를 바라보고 있었다. 그가 캐러스의 손에 들린 『예식서』를 향해 고갯짓을 했다. "어서 화답하게나, 데이미언."

캐러스는 말을 알아듣지 못한 채 멍하니 바라보기만 했다. 샤론이 방에서 뛰쳐나간 것도 몰랐다.

"적이 그녀를 지배하지 못하게 하소서." 메린이 부드러운 목소리로 반복했다.

그제야 캐러스도 황급히 책을 보며 쿵쿵 뛰는 가슴으로 화답을 읊조렸다. "그리고 죄악의 자식으로부터 그녀를 해할 힘을 빼앗아가소서."

"주여, 제 기도를 들으소서." 메린이 계속 이어나갔다.

"내 부르짖음이 주님께 이르게 하소서."

"주께서 그대와 함께."

"그리고 그대의 영혼과 함께."

메린이 긴 기도문을 읊어갔고 캐러스는 다시 시선을 돌렸다. 침대로, 하느님에 대한, 공중에 낮게 떠 있는 초자연현상에 대한 희망으로. 환희가 그의 온몸을 타고 올라오며 관통했다. 그래, 있어! 분명히! 바로 내 눈앞에! 그때 문이 열리는 소리에 그가 얼른 고개를 돌렸다. 샤론이 크리스와 함께 달려들어왔다. 믿기지 않는 광경에 크리스가 우뚝 서서 말을 잇지 못했다. "하느님 맙소사!"

"전능하신 아버지, 영원의 하느님⋯⋯"

구마사는 『예식서』를 끊임없이 읽어가면서 한 손을 들어 리건의 이마 위에 성호를 세 번 그었다. 차분하기 그지없었다. "⋯⋯독생자 예수를 세상에 보내시어 울부짖는 사자를 무찌르시고⋯⋯"

쉭쉭거리던 소리가 그치고, 힘껏 동그랗게 벌린 리건의 입에서 거세한 수소의 신경을 갉아먹는 음메 소리가 나왔다.

"⋯⋯악마의 지배와 파괴로부터 주님의 모습을 따라 지은 이 인간을 구하소서. 그리하여⋯⋯"

울음소리가 점점 커지며 살갗을 찢고 뼈를 저리게 만들었다.

"만물의 주인이신 하느님⋯⋯" 메린이 관례대로 한 손을 들어 영대의 일부를 리건의 목에 대고 기도를 이어갔다. "주님의 힘에 번개처럼 천국에서 쫓겨난 사탄이 이제 겁에 질린 야수가 되어 주님의 포도원을 어지럽히나이다……"

우렁찬 울음소리가 그쳤다. 천지를 진동하는 침묵이 잇따랐다. 그러더니 리건의 입에서 썩은 내가 진동하는 걸쭉한 녹색 토사물이 천천히, 규칙적으로 쿨럭거리며 뿜어져나왔다. 입술 위로 흘러내려 가느다란 물결들을 그리며 메린의 손을 덮었다. 하지만 그는 꿈쩍도 하지 않았다. "주님의 강력한 손으로 리건 테레사 맥닐의 가혹한 마귀를 쫓아내소서. 그녀는……"

캐러스는 문 열리는 소리를 어렴풋이 들었다. 크리스가 방에서 달아나는 소리였다.

"무고한 소녀의 학대자를 몰아내소서……"

침대가 느리게 흔들리기 시작하더니 위아래로 요동쳤고 갑자기 좌우로 격렬하게 기울며 흔들렸다. 그 와중에도 리건의 입에서는 토사물이 뿜어져나왔고 메린은 차분하게 영대가 그녀의 목에서 떨어지지 않게 꼭 대고 있었다.

"주님의 종들에게 용기를 주어 사악한 용과 당당히 맞서게 하시고 악귀로 하여금 주님을 신봉하는 이들을 경멸하지 못하게 하소서. 또한……"

돌연 움직임이 그쳤고, 캐러스가 넋을 잃고 지켜보는 가운데 침대가 깃털처럼 가볍게 그리고 천천히 바닥으로 내려왔다. 양탄자에 착지하면서 둔한 쿵 소리를 냈다.

"주여, 제게 힘을 주소서……"

망연자실한 캐러스는 시선을 옮겼다. 메린의 손으로. 김이 모락 거리는 토사물에 묻혀 아예 손이 보이지도 않았다.

"데이미언?"

캐러스가 시선을 들었다.

"주여, 제 기도를 들으소서." 구마사가 온화하게 말했다.

캐러스는 시선을 돌렸다. "내 부르짖음이 주님께 이르게 하소서."

메린은 영대를 들어올리고 한 발짝 뒤로 물러나더니 방안이 쩌 렁쩌렁 울리도록 호령했다. "추악한 악령이여, 내가 너를 내치노 라! 적의 권능과, 지옥에서 올라온 귀신들과, 야만적인 잡귀들과 더불어 썩 물러가라!" 옆으로 내린 손에서 양탄자로 토사물이 뚝뚝 떨어져내렸다. "네게 명령하는 이는, 바로 한때 바람과 바다와 폭 우를 잠재우신 그리스도이시다! 또한……"

리건은 토악질을 멈추고 조용히 꼼짝하지 않고 앉아 있었다. 사 악한 흰자위가 메린을 향해 어슴푸레 빛났다. 침대 발치에서 리건 을 골똘히 지켜보던 캐러스도 충격과 흥분이 차츰 잦아들었다. 이 제 이성이 돌아와 미친듯이 검토하고, 손가락으로 찔러보기 시작 했다. 논리적 의구심의 구석구석을 자발적으로, 강박적으로, 깊숙 이. 폴터가이스트. 염력. 청소년기의 긴장과 정신이 조종하는 에너 지. 뭔가가 떠올라 그는 얼굴을 찌푸렸다. 침대 옆으로 가 허리를 숙이고 리건의 팔목을 잡았다. 염려했던 대로였다. 시베리아 무당 처럼 가공할 속도로 맥박이 치솟고 있었다. 얼굴이 흙빛이 된 캐러스는 손목시계를 보며 심박수를 셌다. 이제는 그의 목숨을 위협하는 열띤 논쟁 같았다.

"그대에게 명령하는 이는, 너를 천국에서 내쫓은 주님이시니라!"

메린의 강력한 엄명은 공명을 일으키며 무자비한 철퇴처럼 캐러스의 의식 가장자리를 두들겨댔다. 맥박은 더욱 빨라졌다. 점점 더. 캐러스는 리건을 보았다. 여전히 조용했다. 꼼짝도 하지 않았다. 토사물에서 올라오는 김이 얼음처럼 차가운 공기 중에 뿌옇게 어렸다. 구린내나는 제물처럼. 그 순간 캐러스는 팔의 털이 곤두서는 것 같았다. 리건의 머리가 악몽과도 같이 서서히, 한 번에 조금씩 돌아가고 있었다. 마네킹 머리라도 되듯 계속 돌아가며 녹슨 기계의 삐걱거리는 소리까지 났다. 마침내 무시무시하게 형형한, 흰자위만 보이는 그 섬뜩한 눈이 그의 눈을 마주했다.

"그러니, 이제, 두려움으로 떨라, 사탄이여⋯⋯"

고개가 천천히 메린 쪽으로 되돌아갔다.

"⋯⋯너 정의를 더럽힌 자여! 죽음의 잉태자여! 이교도의 배반자여! 생명의 강탈자여! 너⋯⋯"

방안의 조명들이 깜박깜박하고 어두워지더니 으스스한 등색(橙色)으로 어른거렸다. 캐러스는 경계의 눈초리로 주변을 둘러보았다. 몸이 떨렸다. 방이 점점 더 추워지고 있었다.

"⋯⋯살인자들의 왕자여! 온갖 욕설의 주인이여! 인간의 적이여! 너⋯⋯"

둔한 충격이 방을 뒤흔들었다. 그리고 다시 한번. 사방 벽과 마루와 천장이 진동으로 끊임없이 덜컹거렸다. 거대하고 병든 심장처럼 육중하게 뛰며 우지끈 소리를 냈다.

"떠나라, 괴물이여! 네 자리는 황야이며, 네 집은 뱀들의 둥지이노라! 땅속으로 내려가 그들과 함께 기어다니라! 네게 명령하는 이는 하느님이시다! 피로……"

충격은 점점 더 커졌고 또 불길하리만치 빨리 더 빨리 두드려대기 시작했다.

"네게 엄명하노라, 고대의 뱀이여……"

더 빠르게……

"……산 자와 죽은 자의 판관이시며, 네 창조주이시며, 온 만물의 주인이신 하느님께서……"

샤론이 주먹으로 귀를 막고 비명을 질렀다. 귀가 먹먹할 정도로 충격이 커졌고 급작스럽게 빨라져 무시무시한 속도로 때려댔다.

리건의 맥박도 놀랄 만큼 빨랐다. 측정이 불가능한 수준이었다. 침대 맞은편에서 메린이 침착하게 손을 내밀어 토사물로 덮인 리건의 가슴에 성호를 그렸다. 기도 소리는 굉음에 묻혀 아예 들리지 않았다.

맥박수가 뚝 떨어졌다. 메린이 기도를 하며 리건의 이마에 성호를 긋자 악몽 같던 충격도 그쳤다.

"오, 천국과 지상의 하느님, 천사들과 대천사들의 하느님……'"

맥박이 차츰 느려지며 메린의 기도 소리도 다시 들리기 시작했다.

"메린, 오만한 개자식! 더러운 놈! 네놈은 진다! 이년은 죽을 거야! 이 돼지년은 죽는다!"

깜박거리며 어른거리던 연무가 점점 개고 마귀도 돌아와 메린에게 저주를 퍼붓기 시작했다. "더러운 난봉꾼! 감히 우주 만물이 예수의 것이 될 거라 믿는 늙어빠진 이단자놈! 내가 명령하겠다! 돌아서서 나를 봐라! 그래, 날 똑바로 보란 말이야, 개자식아!" 마귀가 상체를 내밀며 메린의 얼굴에 침을 뱉고 꺽꺽거리는 소리로 말했다. "네 주인이 이런 식으로 장님을 고쳐줬다!"

"만물의 주인이신 주님이시여······" 메린은 기도하면서 덤덤히 손수건을 꺼내 침을 닦았다.

"메린, 이제 주인의 가르침을 따라야지. 어서! 네 신성한 자지를 이년 아가리에 처넣고 정화시켜주란 말이다. 주름진 성물로 문질러주면 이년도 치유되겠지, 메린 성인아! 바로 그런 게 기적이다! 기적—!"

"······주님의 종으로 하여금······"

"위선자! 이년 생각은 눈곱만큼도 안 하면서. 넌 아무것도 개의치 않아. 그래서 이년을 우리 대결의 전쟁터로 만든 거 아냐!"

"······내가 겸허히······"

"거짓말쟁이! 거짓말쟁이 개새끼! 그래, 네 겸손은 어디 갔더냐, 메린? 사막에? 폐허에? 네놈이 정신이 혜까닥해서 동료들, 너보다 못난 작자들을 피해 달아난 그 무덤 속에 있는 거냐? 그런 네가 겸손을 말해, 이 쓰레기 신부놈······"

"……구원을……"

"네가 있을 곳은 위선자들의 둥지이며 네 고향은 네 뱃속이다, 메린! 어서 산상에 올라 네 유일한 상대한테 말해보지 그래!"

메린은 밀물처럼 쇄도하는 악담에 아랑곳 않고 묵묵히 기도를 이어나갔다. "배고프냐, 메린 성자? 여기, 넥타르와 암브로시아*를 주마. 네 주인의 음식을 주겠다!" 마귀가 껄껄거리며 비웃더니 리건이 설사를 쏟아냈다. "이는 내 몸이다! 그러니 어서 축성해라, 메린 성자!"

역겨움을 느낀 캐러스는 말씀에 주의를 집중했다. 메린은 루가복음 구절을 읽어내려갔다.

"……그는 "군대입니다" 하고 대답하였다. 그에게 많은 마귀가 들어가 있었기 때문이다. 마귀들은 예수님께 지하로 물러가라는 명령을 내리지 말아달라고 청하였다. 마침 그 산에는 놓아기르는 많은 돼지 떼가 있었다. 그래서 마귀들이 예수님께 그 속으로 들어가도록 허락해달라고 청하였다. 예수님께서 허락하시니, 마귀들이 그 사람에게서 나와 돼지들 속으로 들어갔다. 그러자 돼지떼가 호수를 향해 비탈을 내리달려 물에 빠져 죽고 말았다."**

---

* 그리스신화 속 신들의 음료와 음식.
** 루가복음서 8장 30~33절.

"윌리, 좋은 소식이 있다!" 악귀가 외쳤다. 캐러스가 눈을 드니 윌리가 수건과 시트를 한아름 들고 문가에 멈춰 서 있었다. "기가 막힌 구원의 소식이지. 엘비라가 살아 있다! 살아 있어! 네 딸년은 지금······"

윌리가 충격에 빠져 쳐다보는데 칼이 돌아서서 그녀에게 소리쳤다. "안 돼, 윌리! 안 돼!"

"······마약중독자다, 윌리, 완전히 맛이 간—"

"윌리, 듣지 마!" 칼이 외쳤다.

"네 딸년이 어디 있는지 말해주랴?"

"듣지 마! 들으면 안 돼!" 칼이 윌리를 방밖으로 몰아냈다.

"어머니날에 찾아가봐라, 윌리! 깜짝 놀래줘! 가서—"

돌연 마귀가 말을 끊더니 캐러스를 주시했다. 리건의 맥박을 재고 리브리엄을 더 주사해도 괜찮겠다고 판단해 샤론에게 가서 주사를 준비하라고 지시하려던 참이었다. "캐러스, 그년을 갖고 싶냐?" 마귀가 흘겨보았다. "그년은 네 거야! 그래, 그 마구간 창녀는 네놈 거다! 꼴리는 대로 타고 놀면 되는 거야! 왜냐고, 캐러스? 그년이 밤마다 널 생각하면서 딸딸이를 치거든! 네 성스럽고 거대한 좆대가리를 생각한다고!"

얼굴이 벌게진 샤론은 캐러스가 리브리엄 처방을 내리는 내내 시선을 피했다. "한번 더 토하면 콤파진 좌약이 도움이 될 거야."

샤론은 바닥만 보며 고개를 끄덕이고는 거북살스러워하며 방밖으로 나가려고 걸음을 뗐다. 침대 옆을 지나칠 때 리건이 꺽꺽대는 목소리로 욕을 했다. "걸레 같은 년!" 그러면서 상체를 앞으로 내밀어 샤론의 얼굴에 토사물을 내뱉었다. 샤론은 충격으로 그 자리에 얼어붙고 말았다. 그때 데닝스의 인격이 나타나 지저분한 말을 쏟아냈다. "마구간 창녀! 씨팔년!"

샤론이 황급히 방을 빠져나갔다.

데닝스의 인격이 역겹기 짝이 없다는 표정으로 주변을 둘러보았다. "누가 창문 좀 열어주겠어? 이 방은 악취가 장난이 아니군그래! 이러다가— 아니, 아냐, 안 돼! 맙소사, 절대로 안 되지. 그랬다가는 씨팔, 또 송장 하나 치워야 할 텐데!" 그러더니 낄낄거리면서 캐러스에게 흉측하게 한쪽 눈을 찡긋하고는 곧바로 사라졌다.

"그분께서 너를 몰아내고⋯⋯"

"그래, 메린? 그게 정말이냐?"

마귀가 다시 돌아왔고, 메린은 계속해서 엄명을 내리고, 영대를 갖다대고, 성호를 거듭 그었다. 그동안에도 마귀는 더러운 욕설을 쏟아냈다.

너무 오래 걸려, 캐러스는 걱정이 되었다. 리건의 발작 상태가 너무 오래 지속되었다.

"드디어 암돼지년이 납시었군. 새끼돼지 어미가 나타났어!"

캐러스가 돌아보니 크리스가 탈지면과 일회용 주사기를 들고 나타났다. 마귀가 욕설을 퍼붓는 내내 그녀는 고개를 푹 숙이고 있었다. 캐러스가 인상을 찌푸리며 그녀에게 다가갔다.

"샤론은 옷을 갈아입고 있어요. 그리고 칼은―"

"괜찮아요." 캐러스가 무뚝뚝하게 말을 끊고 그녀를 데리고 침대로 다가갔다.

"아, 그래, 네년 딸 꼬락서니를 봐라, 이 돼지년아! 어서!"

크리스는 어떻게든 보지도 듣지도 않으려 했다. 캐러스가 리건의 축 늘어진 팔을 붙들었다.

"이 오물을 봐! 이 살인마년을 보라고!" 마귀가 흉포하게 호통쳤다. "맘에 들어? 이게 다 네년이 한 짓이다! 그래, 네년이 그 잘난 딴따라 짓 한답시고 전부 다 팽개쳐서 이렇게 된 거다! 남편을 버리고 딸년까지 버렸어……"

캐러스가 흘깃 보니 크리스는 몸이 뻣뻣하게 굳은 채 서 있었다. "어서 해요!" 그가 단호히 말했다. "듣지 말고! 어서!"

"……그래서 이혼한 거잖아! 그런데 사제놈들을 불러들여? 사제들이 도움이 될 거 같냐! 이년은 미쳤어! 네년이 딸을 미치게 만들고 살인까지 저지르게……"

"못하겠어요!" 얼굴이 일그러진 크리스가 손을 달달 떨며 흔들리는 주사기를 내려다보기만 했다. "정말 못해요!"

캐러스가 그녀의 손에서 주사기를 빼앗았다. "됐으니 팔이나 탈지면으로 닦아요! 팔을 닦으라고요! 그쪽!"

"……네 딸년 관에, 망할 년, 바로……"

"듣지 마요." 캐러스가 다시 경고했다. 그러자 악령이 고개를 홱 돌리고 핏발이 선 눈을 부라렸다. "그래, 너, 캐러스! 그래! 너 말이야!"

크리스가 리건의 팔을 문질렀다. "이제 나가요!" 캐러스가 피하 주사기 바늘을 뼈만 남은 팔에 찌르며 명령했다.

그녀가 방밖으로 달아났다.

"그래, 우린 네놈이 네 어미한테 한 짓을 알고 있다, 캐러스!" 악 령이 껄껄거렸다. 예수회 신부는 흠칫하며 잠시 가만있었다. 이윽 고 천천히 주삿바늘을 뽑고 리건의 눈 흰자위를 들여다보았다. 리건 의 입에서 경쾌한 노랫소리가 천천히 흘러나왔다. 소년합창단의 청 량한 목소리로 부르는 성가 같은. "탄툼 에르고 사크라멘툼 베네레 무르 케르누이(지존하신 성체 앞에 무릎 꿇고 경배 드리세)……"

가톨릭 축도에서 부르는 성가였다. 캐러스는 핏기 없는 얼굴로 서서 노래를 들었다. 기묘하고 섬뜩한 노랫소리. 그 진공이 이 밤의 공포를 빨아들이는 것을 캐러스는 소름끼치리만치 생생하게 느꼈 다. 고개를 드니 메린이 양손에 수건을 들고 있었다. 그가 리건의 얼굴과 목에 묻은 토사물을 힘없이 살살 닦아냈다.

"……에트 안티쿠움 도쿠멘툼(묵은 계약 완성하는)……"

노랫소리. 누구의 목소리지? 캐러스는 의아했다. 그리고 문득 단 편적인 기억들이 머릿속을 스쳐갔다. 데닝스…… 창문…… 녹초가 된 그는 샤론이 돌아와 메린한테서 수건을 빼앗는 모습을 보았다. "제가 마저 할게요, 신부님." 그녀가 말했다. "이제 괜찮아요. 제가 옷을 갈아입히고 씻긴 다음 콤파진을 투약할게요. 두 분은 잠시 밖 에 나가 기다려주시겠어요?"

사제들은 어둑하고 따뜻한 복도로 나가 맥없이 벽에 기댔다. 고개를 숙이고 팔짱을 낀 채 방에서 둔하게 흘러나오는 기이한 노랫소리에 귀기울였다. 결국 침묵을 깬 건 캐러스였다. "신부님께서 그러셨죠? 우리가 상대하는 인격은 단 하나라고."

"그랬지."

소곤거리는 목소리, 고개 숙인 모습이 고해성사 같았다.

"다른 건 모두 공격 양태에 지나지 않아." 메린이 말을 이었다. "단 하나…… 하나뿐이라네. 마귀 말일세." 침묵이 흘렀다. 이윽고 메린이 간단히 말했다. "자넨 믿기 어렵겠지. 하지만 난 전에도 이 마귀를 만난 적이 있다네. 놈은 강력해, 데이미언. 아주 강력해."

침묵. 캐러스가 다시 입을 열었다.

"마귀는 희생자의 의지를 건드릴 수 없다고 하지 않습니까?"

"그래, 그렇지. 거기엔 아무 죄도 없지."

"그럼 도대체 빙의의 목적이 뭡니까? 왜 저러는 거죠?"

"누가 알겠나? 정말로 알고 싶은 사람이 있을까? 하지만 내가 보기에 마귀의 목표는 빙의자가 아니라네. 그건 바로 우리야…… 관찰자들…… 이 집에 있는 모든 사람. 그리고 목표라면 우리를 절망으로 몰아넣는 거겠지. 우리 자신의 인간성을 부정하도록. 궁극적으로 스스로를 짐승으로 인식하게 하려는 거야. 사악하고 부패하고 추악하고 무가치하며 존엄이라고는 없는 존재로 말이지. 그래, 어쩌면 그게 핵심일 걸세. 무가치한 존재. 난 하느님에 대한 믿음이 이성과 무관한 문제라고 믿는다네. 믿음은 본질적으로 사랑의 문제야. 하느님이 우리를 사랑하실 가능성을 인정하는 문제라고."

메린이 입을 다물었다. 다시 말을 이어갈 때는 느린 말투에 회환이 묻어났다. "다시 한번 말하지만, 정말로 누가 알겠나? 하지만 이건 분명해―적어도 나한테는―마귀는 어디를 공격해야 할지 잘 알아. 오래전 나는 내 이웃을 사랑하기를 단념했다네. 어떤 사람들이…… 나를 내쫓았지. 그러니 어찌 그들을 사랑할 수 있었겠나. 그리고, 데이미언, 난 그 때문에 괴로웠다네. 그 고통은 나 자신을 외면하고, 곧이어 나의 하느님을 외면하게 만들었지. 신앙심은 산산조각나버렸고."

놀란 캐러스가 고개를 돌려 관심어린 눈으로 메린을 보았다. "그래서 어떻게 됐습니까?"

"아, 글쎄…… 결국엔 내가 심리적으로 받아들일 수 없는 일이라면, 하느님도 절대 요구하지 않는다는 사실을 깨달았지. 그분이 요구하는 사랑은 내 의지에 관한 것이지, 감정으로 느끼는 그런 게 아니었어. 절대로. 하느님이 요구하는 건, 내가 사랑으로 행하고, 남을 대접하고, 또 나를 몰아낸 사람들조차 사랑해야 한다는 것이었네. 물론 지금은 그것이야말로 그 무엇보다 위대한 사랑의 실천임을 알고 있지." 메린이 고개를 떨구고 한층 소곤소곤 말했다. "데이미언, 자네에겐 이 모든 게 지극히 자명한 이치겠지만, 그 당시 난 아무것도 안 보였어. 이상하게 눈먼 상태였던 거야. 세상에 얼마나 많은 부부가 더이상 상대를 봐도 가슴이 뛰지 않는다는 이

유만으로 애정이 식었다고 생각하는 줄 아나?" 메린이 서글프게
말했다. "오, 주여!" 그가 고개를 저었다. 그러고는 고개를 끄덕였
다. "빙의란…… 바로 그런 거야. 어떤 사람들이 믿듯이 전쟁과 관
련있지도 않고, 여기…… 이 여자아이…… 이 가련한 아이 같은
기이한 개입도 매우 드물다네. 아니, 내가 빙의를 목도하는 경우란
대개 아주 하찮은 일들일세, 데이미언. 무의미하고 좀스러운 앙심
과 오해, 친구들, 연인들, 부부 간에 무심코 튀어나오는 잔인하고
신랄한 언사들. 이런 것들이 흔하다보니 우리의 전쟁을 일으켜줄
사탄이 하등 필요 없을 정도야. 우리 자력으로도 가능해…… 충분
하지……"

　　침실 안에서 여전히 경쾌한 노랫소리가 들려왔다. 고개를 들어
문을 바라보는 메린의 눈은 다른 생각에 빠져 있었다. "하물며 이
것—악조차 어떤 방식으로든 결국은 선으로 이어지게 되어 있네.
우리가 결코 이해하지 못하거나 알 수 없는 방식일지라도." 메린이
잠시 말을 멈추었다. "어쩌면 악이라는 게 선을 벼리는 도가니 아
니겠나. 그리고 자신의 뜻은 아니겠지만, 아무리 사탄이라 해도 어
떻게든 하느님의 의지를 실현하는 도구에 불과하다네."

　　메린의 말은 그것으로 끝났고 잠시 두 사람은 조용히 서 있었다.
상념에 잠긴 캐러스는 문득 마음에 걸리는 게 떠올랐다. "일단 마
귀를 몰아내면, 놈이 돌아오지 못하게 할 방법은 있습니까?" 그가
물었다.

　　"그건 모르겠네. 하지만 그런 일은 일어나지 않는 것 같더군. 절

대로." 메린이 한 손을 얼굴로 가져가 눈꼬리를 힘껏 꼬집었다. "데이미언이라…… 정말 멋진 이름이야." 그가 중얼거렸다. 캐러스는 그 목소리에서 피로를 읽었다. 그리고 또다른 것도. 불안이랄까. 고통의 억누름 같은.

불현듯 메린이 벽에서 몸을 떼더니 여전히 한 손으로 얼굴을 가린 채 양해를 구하며 황급히 아래층 화장실로 내려갔다. 무슨 일일까? 캐러스는 의아했다. 불현듯 구마사의 굳건하고 단순한 신앙심이 부럽고 존경스러웠다. 그는 문 쪽을 돌아보았다. 노랫소리. 진즉에 그쳐 있었다. 결국 오늘밤은 이대로 끝나는 건가?

몇 분 후 샤론이 악취를 풍기는 침대보와 옷을 들고 방에서 나왔다. "지금은 잠들었어요." 그렇게 말하고는 시선을 피하며 아래층으로 가버렸다.

캐러스는 숨을 깊이 들이마시고 침실로 돌아갔다. 추웠다. 악취가 풍겼다. 천천히 침대로 다가갔다. 리건은 잠들어 있었다. 마침내. 그리고 마침내 그도 쉴 수 있을 것이다. 그는 손을 내밀어 리건의 가느다란 팔목을 잡고 다른 팔을 들어 시계의 초침을 보았다.

"나한테 왜 이러는 거니, 디미."

예수회 신부는 심장이 얼어붙는 것만 같았다.

"왜 이러는 거야?"

캐러스는 꼼짝하지 않았다. 숨도 쉬어지지 않고, 저 처량한 목소리 쪽으로 시선을 돌려 정말로 그 눈이 거기 있는지 확인할 엄두도 나지 않았다. 비난하는 눈. 쓸쓸한 눈. 어머니의 눈. 어머니의 눈을!

"신부가 되겠다며 날 떠났지, 디미. 시설에 보내버리고……"

보지 마!

"또 쫓아내려는 거야?"

어머니가 아니야!

"도대체 왜 이러는 거니?"

머리가 지끈거리고 심장이 목구멍에서 쿵쿵거렸다. 눈을 질끈 감았지만 목소리는 점점 더 애원하고, 겁먹어 울먹였다. "넌 늘 착한 아이였잖니, 디미. 제발! 무서워! 제발 날 쫓아내지 마, 디미! 제발!"

넌 내 어머니가 아니야!

"밖엔 아무것도 없어! 어둠뿐이야, 디미! 외로워!"

"넌 내 어머니가 아냐!" 캐러스가 격한 어조로 속삭였다.

"디미, 제발!"

"넌 내 어머니가 아냐!" 캐러스가 괴로워하며 소리쳤다.

"오, 맙소사, 캐러스!"

데닝스의 인격이 나타났다.

"이봐, 우리를 내쫓는 건 너무 부당하잖아!" 그것이 살살 구슬렸다. "나만 해도 여기 있는 게 당연한 거 아니냐고. 그래 인정해. 하지만 이년이 내 몸을 빼앗아갔으니 이년 몸을 차지하는 게 정당하다 이 말이지, 안 그런가? 오, 맙소사, 캐러스, 날 보라고! 어서! 내가 이렇게 나와서 의견을 말하는 것도 흔치 않잖아. 고개를 돌려서 보라니까. 안 물어. 토하지도 않고 다른 상스러운 짓도 안 할게. 이게 나라고."

캐러스가 눈을 뜨고 데닝스의 인격을 보았다.

"그래, 좀 낫군. 이봐, 이년이 날 죽였어. 이 집 주인이 아니라 그 딸년이! 오, 그래, 그렇다니까!" 그것이 긍정의 뜻으로 고개를 끄덕였다. "바로 이년이! 알다시피, 나야 바에 가서 내 할일을 하고 있었지. 그런데 그때 위층에서 신음소리가 들리는 거 같은 거야. 이런 이런, 애가 어디가 아픈 건지 알아봐야겠더라고. 어쨌든 그래서 위로 올라갔는데 망할 이년이 내 목을 조르는 거야! 이 개 같은 년이!" 데니스의 목소리가 이제 찡얼거렸다. 애처롭게. "맙소사, 내 평생 그런 괴력은 처음이었다고! 내가 제 어미한테 사기를 쳤다나 뭐라나 그래서 이혼하게 만들었다고 비명을 질러댔어. 제대로 알아먹을 수가 있어야지. 하지만 내 분명히 말하는데, 그년이 날 빌어먹을 창밖으로 밀어버렸어!" 이제 목소리가 갈라지며 새된 소리로 외쳤다. "이년이 날 죽였어! 알겠어? 그런 마당에 나를 내쫓는 게 니미럴 정당하다고 생각해? 정말 그렇게 생각하는 거야, 캐러스! 그래?"

캐러스가 마른침을 삼켰다. 그러고는 잠긴 목소리로 말했다. "음, 네가 정말로 버크 데닝스라면—"

"나라고 계속 말하고 있잖아! 씨팔 귀가 먹은 거야?"

"그렇다면 머리는 어떻게 뒤로 돌아간 거지?"

"망할 예수회!" 그것이 나직하게 욕을 내뱉었다.

"어떻게 된 거야?"

그것이 어물쩍 시선을 피했다. "오, 음, 그 머리 말이지. 별나긴 하지. 그래, 아주 별나."

"무슨 일이 있었지?"

그것이 고개를 돌려 외면했다. "음, 그게 솔직히 누가 그런 요망한 짓을 했느냐는 거지? 앞일까 뒤일까? 완전 뒤죽박죽이지. 이리 비틀리고 저리 꺾이고."

캐러스는 리건의 손목을 다시 잡고 손목시계를 보며 맥박수를 쟀다.

"디미, 제발! 날 혼자 두지 마!"

어머니.

"네가 신부가 아니라 의사만 되었어도, 내가 바퀴벌레 기어다니는 허름한 아파트가 아니라 으리으리한 집에서 살았을 거다!"

손목시계에 시선을 고정한 채 캐러스는 일절 듣지 않으려 했으나 목소리는 또다시 울먹이고 있었다. "디미, 제발!"

"넌 내 어머니가 아냐!"

"오, 끝까지 진실을 외면하겠다 이거지?" 마귀였다. 화가 부글부글 끓어오르고 있었다. "메린의 말을 믿는 거냐? 그가 경건하고 선하다고 믿는 거냐고? 어림없는 소리! 놈은 오만하고 비열해! 네놈한테 증명해주마, 캐러스! 이 돼지년을 죽여서 증명하고 말 테다! 이년은 죽는다! 네놈도 메린의 주님이라는 자도 못 구해! 이년은 메린의 오만과 네 무능 때문에 죽고 말 거다! 띨띨한 놈, 이년한테 리브리엄을 주지 말았어야 했어!"

대경실색한 캐러스가 고개를 들어 눈을 들여다보았다. 승리감으로, 날카로운 악의로 빛나고 있었다. 그는 다시 손목시계를 내려다보았다. "맥박이 느껴져, 캐러스? 느껴지냐고?"

캐러스는 염려로 얼굴을 찌푸렸다. 맥박이 빠르고 또……

"약하지? 아, 그래. 잠시 약할 거다. 조금이야 조금." 마귀가 껵껵거렸다.

캐러스가 리건의 손목을 놓고 황급히 진찰가방을 가져와 청진기를 꺼냈다. 청진판을 가슴에 갖다대는 동안에도 마귀가 목쉰 소리로 말했다. "들어봐, 캐러스! 들어보라니까! 잘 들어봐!"

캐러스는 귀를 기울였고 염려가 커져만 갔다. 심장박동이 가물가물하니 희미했다.

"이년을 재우지 않겠다!"

소름이 끼친 캐러스는 마귀 쪽을 힐끗 올려다보았다.

"그래, 캐러스! 이년은 잠 못 자! 듣고 있어? 내가 영원히 잠재우지 않을 테니까!"

고개를 젖히고 의기양양하게 웃는 마귀를 캐러스는 멍하니 바라보았다. 메린이 들어오는 기척도 듣지 못했다. 그가 옆에 서서 걱정스레 리건의 얼굴을 세심히 살폈다. "무슨 일인가?" 그가 물었다.

"마귀가," 캐러스가 굼뜨게 대답했다. "리건을 재우지 않겠다는군요." 그가 패배감에 젖은 눈을 돌려 메린을 보았다. "벌써 심장박동이 위험수준으로 떨어졌습니다, 신부님. 당장 휴식을 취하지 못하면 심장이 탈진해 죽고 말 겁니다."

얼굴을 찌푸린 메린도 심각한 표정이었다. "약은 줄 수 있나? 잠을 자게 만드는 약 말일세."

"아니요, 위험합니다. 코마에 빠질 수도 있어요." 캐러스가 리건에게로 시선을 돌렸다. 리건이 마당의 암탉처럼 꼬꼬댁거렸다. "혈압이 조금이라도 더 떨어졌다간……"

그가 말꼬리를 흐렸다.

"그럼 할 수 있는 조치는?" 메린이 물었다.

"아무것도 없습니다." 캐러스가 대답했다. "아무것도." 그가 불안한 눈으로 메린을 보았다. "하지만 모르죠. 저도 확신은 없습니다. 제 말은, 최근에 새로운 발전이 있었을지도 모른다는 겁니다. 일단 심장전문의를 부르겠습니다!"

메린이 고개를 끄덕이며 말했다. "그래. 그게 좋겠네."

캐러스가 방문을 닫고 나가는 모습을 지켜보고는 그가 아주 작게 덧붙였다. "나는 기도를 하겠네."

캐러스는 부엌에서 밤새 자리를 지키고 앉아 있는 크리스를 발견했다. 저장실에 딸린 방에서 윌리가 흐느끼는 소리와 칼이 달래는 목소리가 들려왔다. 그는 크리스에게 자문의사가 급히 필요하다고 설명했다. 그러면서도 리건이 얼마나 위중한 상태인지 있는 그대로 알려주지는 않았다. 크리스가 동의하자 캐러스는 조지타운 의대의 저명한 전문의인 친구에게 전화를 걸었다. 잠자리에 든 친구를 깨워 간단히 상황을 설명했다.

"곧바로 가겠네." 전문의가 말했다.

삼십 분도 채 안 되어 그가 도착했다. 일단 리건의 침실에서 그는 추위와 악취와 아이의 상태에 당황하고 경악하고 연민을 느꼈다. 그가 방에 들어설 때만 해도 거친 목소리로 외계어를 중얼거리고 있던 리건은 검사하는 동안엔 노래를 하고 동물 울음소리를 냈다. 그리고 데닝스가 나타났다.

"오, 끔찍하군." 그것이 전문의에게 칭얼거렸다. "정말로 끔찍해! 자네가 어떻게 좀 해봐! 무슨 수 없나? 자네도 알겠지만, 안 그러면 우리가 갈 데가 없어진다고. 순전히…… 오, 망할 고집불통 악마 같으니!" 리건의 혈압을 재던 전문의의 눈이 휘둥그레졌고, 데닝스는 캐러스를 보며 투덜댔다. "대체 뭘 하는 거야! 이 꼬마를 병원으로 데려가야 할 거 아냐? 이년은 정신병원에 가야 해! 캐러스, 당신도 그 정도는 알고 있잖나! 이런 개똥같은 귀신 쇼는 집어치우자고. 이러다가 이애가 죽으면 당신 책임이야! 그래, 모두 당신 탓이라고! 하느님의 둘째아들로 스스로 기름 부음을 받은 자가 고집불통이라고 해서 당신까지 재수없게 굴 필요는 없잖아! 당신은 의사잖아! 그러니까 더 잘 알 거 아냐! 자, 이봐, 우리 사정도 좀 봐줘. 가뜩이나 요즘 주택난도 심각하다고!"

그리고 다시 마귀가 돌아와 늑대처럼 울부짖었다. 전문의는 무표정하게 혈압계를 풀었고, 약간 휘둥그레진 눈에 당황한 기색이 여전한 모습으로 캐러스에게 고개를 끄덕였다. 진료를 마친 것이다.

두 사람은 함께 복도로 나갔다. 의사가 침실 문을 돌아보고는 캐러스를 보며 물었다. "이게 다 무슨 일인가, 데이미언?"

신부가 시선을 피하며 조용히 대답했다. "말할 수 없네."

"할 수 없는 거야, 아니면 안 하겠다는 거야?"

캐러스는 시선을 돌려 그를 마주했다.

"아마 둘 다겠지. 그래서 아이의 심장은 어떤가?"

의사는 암담한 분위기였다. "더이상 저런 식으로 움직이면 안 돼. 잠을 자야 해…… 이러다가 혈압이 더 떨어졌다간……"

"내가 할 수 있는 게 있을까, 마이크?"

"기도."

의사는 떠났다. 캐러스는 그의 뒷모습을 지켜보았다. 동맥과 신경 하나하나가 피로를 호소했다. 희망을, 기적을 호소했다. 하지만 아무것도 일어나지 않으리라는 확신이 들었다. "이년한테 리브리엄을 주지 말았어야 했어!" 주먹 쥔 손을 들어 입을 틀어막았다. 후회와 가슴을 후벼파는 자기비난으로 인해 발작적으로 목구멍에서 희미한 소리가 새어나오려 했다. 심호흡을 했다. 다시 그리고 또다시. 그러고는 눈을 뜨고 앞으로 나아가 그의 영혼보다도 무거운 손을 들어 리건의 방문을 밀었다.

메린은 침대 옆에 서서 리건이 말처럼 히이잉 우는 모습을 지켜보고 있었다. 캐러스가 들어오는 기척을 들은 그가 묻는 시선으로 돌아보자 캐러스는 침울하게 고개를 저었다. 메린이 고개를 끄덕였다. 얼굴에 슬픔이 어렸다. 이어서 수용도. 그리고 리건에게로 돌아설 땐 비장한 결의가.

그가 침대 옆에 무릎을 꿇고 기도를 시작했다. "우리 아버지……"

리건이 시커멓고 고약한 냄새가 나는 담즙을 튀기면서 꺽꺽 말했다. "네놈이 진다! 이년은 죽어! 죽는단 말이야!"

캐러스가 『로마예식서』를 집어들었다. 책장을 펼치고 고개를 들어 리건을 바라보았다.

"'주님의 종을 구하소서,'" 메린이 기도를 이어갔다.

"적의 면전에서."

잠들어, 리건! 잠들어! 캐러스의 의지가 외쳤다.

하지만 리건은 잠들지 않았다.

새벽.

정오.

해질녘.

일요일까지도 잠들지 않았다. 맥박수는 140이었고 심지어 더 약해진 반면, 발광은 누그러질 기미가 없었다. 캐러스와 메린은 눈도 못 붙이고 계속 의식을 반복했다. 캐러스는 절박한 심정으로 치유책을 강구해보았다. 구속시트로 온몸을 고정해 리건의 움직임을 최소화하기도 했고, 자극을 줄이면 발광도 멈추지 않을까 싶어서 사람들을 모두 방에서 내보내기도 했으나 소용이 없었다. 리건의 고함 또한 움직임만큼이나 쇠잔해져갔다. 그래도 혈압은 버텨주었다. 하지만 얼마나 더 그럴까? 캐러스는 몹시 괴로웠다. 아, 주여, 저아이를 구하소서! 가슴 저린 기도가 머릿속에서 어찌나 자주 반복되었는지 흡사 호칭기도 같았다.

저 아이를 죽지 않게 하시고 잠들게 하소서! 제발 잠들게 하소서!

일요일 저녁 일곱시경, 캐러스는 침실의 메린 옆에 말없이 앉아 있었다. 마귀의 가차없는 공격에 지칠 대로 지쳤다. 신앙심의 부족, 의사로서의 무능, 지위를 위해 어미한테서 도망친 패륜아. 그리고 리건! 리건도! 그의 잘못이었다!

"이년한테 리브리엄을 주지 말았어야 했어!"

두 사제는 이제 막 의식을 한 차례 마치고, 지금은 잠시 휴식을 취하며 리건의 노랫소리를 듣고 있었다. 소년합창단의 청량한 목소리로 부르는 〈파니스 앙겔리쿠스(생명의 양식)〉를. 둘은 거의 방을 떠나지 않았다. 캐러스도 샤워하고 옷을 갈아입은 게 고작이었다. 하지만 방의 냉기에, 새벽 이후로는 그에 어울리는 살 썩는 냄새까지 메스꺼우리만치 진동하는 바람에 깨어 있기가 어렵지는 않았다.

잔뜩 충혈된 눈으로 리건을 바라보던 캐러스는 문득 무슨 소리를 들은 것 같았다. 삐걱거리는 소리. 그가 눈을 깜빡일 때마다 그 소리가 들렸다. 이윽고 그는 살얼음 낀 눈꺼풀에서 나는 소리임을 알아차렸다. 메린을 돌아보았다. 지난 몇 시간 동안, 연로한 구마사는 말수가 확연히 줄었다. 이따금 들려주는 어린 시절의 소소한 이야기나 회상, 잡담이 고작이었다. 클랜시라고 이름 붙인 오리 이야기 같은. 캐러스는 그도 진심으로 염려되었다. 그의 나이로 보나 수면 부족, 마귀의 언어폭력 등으로 보나. 지금 메린은 눈을 감고 턱을 가슴에 괴고 있었다. 캐러스는 리건을 힐끗 보고는 힘겹게 몸을 일으켜 침대로 터덜터덜 다가갔다. 맥박을 잰 다음 혈압을 측정하려고 했다. 혈압계의 검은색 커프를 팔에 감으면서도 흐릿한 시야를 틔우기 위해 눈을 슴벅여야 했다.

"오늘이 어머니날이란다, 디미."

한순간 사제는 몸이 굳었다. 심장이 오그라드는 듯했다. 천천히, 아주 천천히 그는 눈을 들여다보았다. 그것은 더이상 리건의 눈이 아니라 힐난하는 슬픈 눈이었다. 어머니의 눈이었다.

"내가 뭘 잘못했니? 왜 날 혼자 죽게 내버려두는 거야, 디미? 왜? 도대체 왜ㅡ"

"데이미언!"

메린의 손이 그의 팔을 꽉 움켜잡았다. "가서 좀 쉬게, 데이미언."

"디미, 제발!"

"듣지 말게, 데이미언! 가! 어서 가게!"

목이 꽉 멘 캐러스는 몸을 돌려 방을 나섰다. 잠시 복도에 힘없이 서 있었다. 어찌할지 몰랐다. 커피? 커피도 간절했지만 샤워가 더 시급했다. 하지만 맥닐의 집을 나와서 기숙사 방으로 돌아와 침대가 눈에 들어오자마자 단박에 우선순위가 바뀌었다. 샤워 따위 잊어버려! 자자! 삼십 분만! 접수실에 전화해 시간에 맞춰 깨워달라고 부탁하려는데 때마침 전화벨이 울렸다.

"여보세요." 그가 쉰 목소리로 받았다.

"손님이 찾아오셨어요, 캐러스 신부님. 킨더먼 씨라는데요."

순간 캐러스는 숨이 턱 막혔다. 그러다 체념의 한숨을 내뱉었다.

"금방 나가겠다고 말씀드려요." 맥없이 말하며 전화를 끊는데 책상에 놓인 필터 없는 카멜 담배 한 갑이 눈에 띄었다. 다이어의 쪽지가 붙어 있었다.

성당 봉헌소 무릎방석에 놓인 플레이보이 클럽 열쇠를 발견했답니다. 신부님 건가요? 접수실에 맡겨놨으니 찾아가요.

조

정겨운 얼굴로 캐러스는 쪽지를 내려놓고 후딱 옷을 갈아입은 후 방을 나와 접수실로 갔다.

킨더먼은 접수실 전화교환대 카운터에서 꽃병의 꽃을 고쳐 꽂고 있었다. 캐러스를 돌아볼 때도 손에 분홍색 동백 꽃대가 들려 있었다.

"아, 신부님! 캐러스 신부님!" 쾌활하게 반기던 그는 예수회 신부의 지친 얼굴을 보자마자 금세 근심어린 표정을 지었다. 동백꽃을 꽂아놓고 캐러스에게로 왔다. "몰골이 말이 아니네요. 이게 무슨 일입니까? 트랙을 얼마나 죽자사자 돌았길래? 때려치워요, 신부님. 그러다 사람 잡겠어요. 잠깐 저쪽으로 가실까요?" 그가 캐러스의 팔꿈치와 위팔을 잡고 거리 쪽으로 이끌었다. "시간 좀 있습니까?" 현관문을 통과하자 그가 물었다.

"아니, 별로요. 무슨 일입니까?" 캐러스가 중얼거렸다.

"별일 아닙니다. 그냥 조언이 필요해서요. 정말입니다. 조언, 그게 다예요."

"어떤?"

"서두르시긴. 우선 산책하면서 바람 좀 쐬죠." 그는 신부의 팔을 끼고 거리를 대각선으로 가로질렀다. "오, 저걸 보세요! 아름답지 않습니까? 기가 막히네요!" 그가 포토맥강에 낮게 걸린 태양을 가리켰다. 한산한 풍경 속에 별안간 36번가 모퉁이 근처 술집 앞에서 조지타운대 학부생들이 웃음을 터뜨리더니 이내 와자하게 고함을 질러댔다. 한 명이 다른 한 명의 팔을 세게 때리고 둘이 엉겨붙어 싸우기 시작했다. "아, 대학생이란……" 킨더먼이 혈기왕성한 젊은이들이 와글와글 모여 있는 쪽을 흘긋 보더니 애석하다는 듯 한숨을 내쉬었다. "대학은 안 나왔지만…… 후회가 되긴 한답니다……" 고개를 돌려 캐러스를 본 그가 걱정으로 얼굴을 찌푸렸다. "진심으로 하는 말인데, 안색이 너무 안 좋아요. 무슨 일이에요? 어디 아픕니까?"

킨더먼은 언제쯤 본론을 꺼내려는 걸까? 캐러스는 궁금했다.

"아니에요, 그냥 바빠서요." 예수회 신부가 대답했다.

"이런, 쉬엄쉬엄하셔야죠." 킨더먼이 쌕쌕거리며 말했다. "쉬엄쉬엄. 그나저나 워터게이트에서 하는 볼쇼이 발레는 봤습니까?"

"아니요."

"저도 못 봤지만 보고 싶군요. 아주 우아하고…… 아주 사랑스럽잖습니까!"

그들은 카 반의 낮은 담벼락에 이르렀다. 막힘없이 탁 트인 그곳의 해질녘 풍광에 발걸음을 멈추었다. 캐러스는 담벼락에 한 팔을 얹고 석양에서 킨더먼에게로 시선을 돌렸다.

"자, 이제 속내를 말씀해보시죠." 캐러스가 그에게 물었다.

"아, 네, 신부님." 킨더먼이 한숨을 쉬며 말했다. 그러고는 몸을 돌려 손을 맞잡아 담벼락에 올리고 등을 구부렸다. "문제가 좀 있어서요."

"직업적인 겁니까?"

"음, 부분적으로요. 어디까지나 부분적으로."

"어떤 문제죠?"

"음, 대체로 그건―" 킨더먼이 주저하더니 말을 계속 이었다. "대체로 윤리적인 문제라고 할 수 있겠네요, 캐러스 신부님. 궁금한 게―" 형사가 말을 흐리며 돌아서서 벽에 기대고는 찡그린 얼굴로 보도를 내려다보았다. "이 문제를 얘기할 사람이 아무도 없지 뭡니까. 서장한테는 언감생심 말도 못 꺼내요. 안 될 말이죠. 서장한텐 말 못하죠. 그래서 말인데요⋯⋯" 여기서, 돌연, 형사가 눈을 빛냈다. "제가 이모가 한 분 있는데―이 얘긴 꼭 들어야 합니다. 재밌다고요. 수년간 이모부한테 눌려 살았죠. 이모부 앞에선 찍소리도 못하고 하물며 언성을 높이지도 못했답니다. 그러다보니 어쩌다 열불나는 일이 생기면 곧장 침실 벽장 안으로 달려갔죠. 그 어두컴컴한 데서―이건 안 믿길걸요!―그 어두컴컴한 데서 혼자 옷가지들이랑 곰팡이에 둘러싸여 욕을 한바탕 퍼붓는답니다―이모가 욕을 하다니! 한 이십 분은 이모부 욕을, 이모부를 어떻게 생각하는지 속마음을 주절주절 쏟아낸다니까요! 진짜예요! 그것도 목청껏 말이에요! 그리고 밖으로 나오면 기분이 후련해져서 남편 뺨에 뽀뽀까지 한다더군요. 세상에, 그게 뭐죠, 캐러스 신부님? 그건 좋은 치료법이 아니잖습니까?"

"아주 좋은 방법입니다. 그래서 제가 반장님의 벽장인 겁니까? 그 말을 하는 거죠?" 캐러스가 힘없이 씁쓸한 미소를 지었다.

"어떤 점에서는요." 킨더먼이 진지한 얼굴로 대답했다. "하지만 문제가 더 심각합니다. 게다가 벽장이 말을 해야 하고요."

"담배 있습니까?"

킨더먼이 얼빠진 표정으로 캐러스를 바라보았다.

"저 같은 사람이 담배를 피우겠습니까?"

"아뇨, 안 피우시겠죠." 캐러스가 중얼거리며 고개를 돌려 강을 바라보았다. 그리고 담벼락 위에서 손을 맞잡았다. 그렇게라도 해서 손떨림을 멈춰야 했다.

"대단한 의사시네요! 제가 밀림에서 병에 걸렸을 때 알베르트 슈바이처 대신 신부님만 곁에 있을까봐 무섭군요! 아직도 개구리로 사마귀를 치료합니까, 캐러스 박사님?"

"개구리가 아니라 두꺼비죠." 캐러스가 침울하게 대답했다.

킨더먼이 얼굴을 찌푸렸다. "오늘은 통 웃지 않는군요, 신부님. 이상한데. 도대체 무슨 일입니까? 말해봐요."

캐러스는 고개를 떨군 채 말이 없었다. "좋아요." 그가 조용히 말했다. "벽장한테 뭐든 물어봐요."

한숨을 내쉬며 반장이 강을 바라보았다. "그러니까……" 그가 말문을 열었다. 엄지손톱으로 이마를 긁더니 계속 말했다. "그러니까―음, 제가 사건을 조사중이라고 치죠, 캐러스 신부님. 살인사건이고요."

"데닝스?"

"아니, 신부님이 알 리가 없죠. 이건 단순히 가설이거든요."

"알았어요."

"이 사건은 제의적 주술 살인으로 보입니다." 형사는 의미를 곱씹으며 천천히 말을 한 마디 한 마디 골랐다. "우선 이 집에―그러니까 이 가상의 집에 모두 다섯이 사는데, 그중 한 명이 살인자라는 겁니다." 한 손으로 단호히 내리찍는 동작으로 자신의 말을 강조했다. "이제 저는 압니다. 저는 알아요―사실이니까." 잠시 말을 끊더니 천천히 숨을 내쉬었다. "하지만 문제는―모든 증거가―음, 아이를 가리키고 있다는 겁니다, 신부님. 열 살, 열두 살쯤 된 어린 여자아이니…… 그냥 아기죠. 아마 제 딸 또래일 겁니다. 네, 압니다. 허무맹랑한 소리라는 거…… 말도 안 되지만…… 사실이랍니다. 그런데 이 집에 아주 유명한 가톨릭 사제가 찾아갑니다, 캐러스 신부님. 그리고 순전히 가상인 이 사건에서, 가상의 제 천재성은 그 성직자가 예전에 매우 특별한 병을 고친 이력이 있다는 사실을 알아냅니다. 정신적인 병이죠. 아, 그건 신부님이 흥미 있어하실까봐 그냥 드리는 말씀입니다."

캐러스는 슬프게 고개를 떨군 채 끄덕였다. "계속하세요. 그리고 또 뭐가 있는데요?" 그가 암울하게 말했다.

"또 뭐가 있더라? 아주 많죠. 이 병엔…… 악마교도 연관되어 있는 듯합니다. 게다가…… 가공할 힘도 문제죠. 이…… 가상의 소녀는, 말하자면 성인 남자의 목을 손쉽게 꺾어버릴 수 있거든요." 형사는 고개를 숙여 끄덕이고 있었다. "네…… 네, 그렇고말고요. 그래서 문제는……" 말을 멈춘 형사가 생각에 잠겨 낯을 찡그리더니 말을 계속 이었다. "있잖아요…… 그 소녀한텐 책임이 없어요, 신부님. 정신이상이고, 신부님, 완전히 발광했고 게다가 고작 어린아이 아닙니까! 어린애라고요! 그런데 그애의 병이…… 위험한 종류라 또 사람을 죽일 수도 있다는군요. 그야 누가 알겠습니까?" 또다시 형사가 몸을 돌려 눈을 가늘게 뜨고 강 건너편을 바라보았다. "그게 문제입니다." 조용히, 시무룩하게 말했다. "어떻게 해야 하죠? 비록 가상이지만, 그냥 못 본 척하나요? 툴툴 털어버리고 아이가," 킨더먼이 잠시 말을 멈추었다. "낫기만 빕니까?" 그가 손수건을 꺼내 코를 풀었다. "오, 음, 모르겠습니다. 정말로 모르겠어요. 그건 끔찍한 결정이에요." 그렇게 말하는 와중에도 손수건의 깨끗한 부분을 찾고 있었다. "네, 지독하죠. 지독하기 짝이 없죠. 무서운 일이에요. 그리고 저는 그런 결정을 내리는 상황에 처하는 건 딱 질색이거든요." 그가 다시 코를 풀고 손수건으로 콧구멍을 톡톡 찍은 다음 축축한 손수건을 도로 주머니에 넣었다. "신부님, 그런 경우엔 어떻게 해야 하는 겁니까?" 그가 캐러스를 돌아보며 물었다. "가상이긴 하지만요. 그래도 신부님이시니 옳다고 믿는 바가 있겠죠?"

한순간 캐러스는 반발심이 욱하고 치밀어 가슴이 벌렁거렸다. 마음의 짐을 계속 얹는 상황에 진력이 나면서 무지근하게 울화가 터졌다. 그는 그 감정이 사그라지고 차분해지기를 기다렸다가 반장의 눈을 단호히 마주했다. "저라면 더 높은 분의 결정에 맡길 겁니다."

"지금쯤이면 그럴 겁니다."

"네. 그리고 저는 관여하지 않겠죠, 반장님."

잠시 두 사람의 시선이 얽혔다. 킨더먼이 고개를 끄덕이며 말했다. "네, 신부님. 네. 그렇게 말씀하실 줄 알았습니다." 그가 고개를 돌려 다시 석양을 바라보았다. "참 아름답군요. 장관이네요. 무엇이 저런 건 아름답고 피사의 사탑은 그렇지 않다고 생각하게 만드는 걸까요? 도마뱀과 아르마딜로도 그렇고. 또다른 미스터리죠." 그는 소매를 걷어 손목시계를 확인했다. "아, 이런, 가봐야겠네요. 조금이라도 늦었다간 킨더먼 부인이 저녁식사가 다 식었다고 소리칠 테니까요." 그가 다시 캐러스를 돌아보았다. "감사합니다, 신부님. 기분이 좋아졌어요…… 한결. 아, 그건 그렇고 부탁 좀 해도 될까요? 말을 전해주시면 됩니다. 혹시 엥스트롬이라는 남자를 만나게 되면 말해주세요—음, 이렇게만 말하시면 됩니다. '엘비라는 클리닉에 들어갔다. 무사하다.' 그럼 알아들을 거예요. 전해주실 거죠? 아, 물론 아주 어쩌다가 그 사람을 만나신다면 말이죠."

살짝 어리둥절한 채로 캐러스는 대답했다. "그러죠."

"참, 언제 영화 한번 같이 보러 가시죠, 신부님?"

캐러스가 시선을 떨구고 고개를 끄덕이며 웅얼거렸다. "조만간
그러죠."

"'조만간'이라. 메시아를 언급하는 랍비 같군요. 늘 '조만간'이
죠. 부탁하는 김에 하나 더 할게요." 시선을 든 캐러스는 무척 근심
어린 형사의 얼굴을 마주했다. "당분간 저놈의 트랙 뛰는 건 포기
하세요. 그냥 걸으시라고요. 아셨죠, 신부님? 천천히. 그러실 거
죠?"

캐러스는 희미한 미소를 지으며 말했다. "그럴게요."

양손을 코트 주머니에 넣은 형사가 체념한 듯 보도를 내려다보
았다. "네, 압니다." 그가 고개를 끄덕이며 말했다. "조만간. 항상
조만간이죠." 발걸음을 떼던 그가 멈춰 서서 한 손을 들어 예수회
신부의 어깨를 움켜잡았다. "엘리아 카잔*이 안부 전하라더군요."

잠시 캐러스는 비척비척 길을 걸어내려가는 그를 바라보았다.
호감과 경이가 교차하는 눈빛으로. 지금껏 미로 같은 마음 어느 구
석에서도 가능하리라 생각지 못했던 구원이었다. 그는 강 위에 분
홍색으로 물든 구름을 올려다보고 그 너머 서쪽 강변으로 시선을
던졌다. 세상의 가장자리를 떠다니는 구름이 불현듯 기억해낸 약
속처럼 발갛게 빛났다. 이런 풍경에서 신을 보고, 옅은 색조로 물든

---

* 〈워터프런트〉 〈에덴의 동쪽〉 등을 연출한 영화감독.

구름에서 신의 숨결을 느끼던 때도 있었다. 지금 그의 뇌리에 떠오른, 예전에 사랑했던 시구처럼.

> 알록달록 만물을 지으신 하느님께 영광—
> 얼룩소 같은 여러 색을 지닌 하늘이며,
> 헤엄치는 송어떼의 등에 박힌 빼곡한 장미 반점들,
> 땅에 떨어져 벌건 속을 드러내는 밤, 핀치의 날개들,
> (……)
> 이는 변치 않는 아름다움을 지닌 그분이 낳으시는 것이니,
> 그분을 찬미할지어다.*

캐러스는 주먹 쥔 손으로 입을 틀어막고, 목에서 울컥 치밀어 눈가까지 차오른 슬픔과 상실의 고통에 눈을 내리떴다. 한때 그를 기쁨으로 충만하게 했던 시편의 한 구절이 생각났다. "주님, 저는 당신께서 계시는 집을 사랑합니다." 기억을 떠올리자 가슴이 저몄다.

캐러스는 잠자코 기다렸다. 석양을 다시 바라볼 엄두가 나지 않았다.

대신 리건의 창을 올려다보았다.

샤론이 문을 열어주며 그사이 별다른 일은 없었다고 말했다. 악

---

* 「알록달록한 아름다움」, 『홉킨스 시선』, 제러드 맨리 홉킨스, 김영남 옮김, 지만지, 2014.

취가 진동하는 세탁물이 손에 들려 있었다. "이걸 세탁기에 넣어야 해요." 그녀가 양해를 구하고 얼른 자리를 떴다.

캐러스는 그녀를 바라보며 커피 생각을 했다. 하지만 그때 마귀가 메린에게 내뱉는 욕설이 들려왔다. 계단으로 향하던 그는 칼에게 전할 말이 퍼뜩 떠올라 발걸음을 멈추었다. 칼은 어디 있지? 샤론에게 물어보려 했으나 그녀는 벌써 지하실 계단으로 내려가버렸다. 하인을 찾아 부엌으로 가봤다. 칼은 없고 크리스 혼자였다. 식탁에 앉아 양팔을 괴고 손을 오므려 정수리 근처에 대고 있었다. 내려다보고 있는데…… 저게 뭐지? 캐러스는 조용히 다가갔다. 멈춰섰다. 앨범이었다. 기사 스크랩. 풀로 붙인 사진. 크리스는 그의 존재를 알아차리지 못했다.

"방해해서 미안해요. 칼은 자기 방에 있습니까?" 캐러스가 아주 작은 목소리로 물었다.

크리스가 힘없이 그를 올려다보고 고개를 저었다. "심부름 갔어요." 갈라지고 무방비한 목소리로 대답했다. 캐러스는 훌쩍거리는 소리도 들었다. "커피는 저쪽에 있어요, 신부님." 크리스가 중얼거렸다. "거의 다 내렸어요."

캐러스가 여과기 불빛을 보는데 등뒤에서 크리스가 일어나는 기척이 났다. 돌아보니 그녀가 얼굴을 돌린 채 서둘러 그를 지나쳐갔다. 떨리는 목소리로 "죄송해요"라고 내뱉고는 부엌을 빠져나갔다. 그는 앨범을 내려다보았다. 자연스러운 사진들. 어린 여자아이. 아주 예뻤다. 갑작스러운 고통 속에 캐러스는 사진 속 아이가 리건이라는 사실을 깨달았다. 휘핑크림을 얹은 생일 케이크의 촛불을 불어 끄는 리건. 반바지와 티셔츠 차림으로 호숫가 부두에 걸터앉아 카메라를 향해 명랑하게 손을 흔드는 리건. 티셔츠 앞면에 글자가 인쇄되어 있었다. 캠프…… 나머지는 알아볼 수 없었다. 뒷면엔 어린아이의 손글씨가 담긴 쾌지가 들어 있었다.

그냥 찰흙 말고,
무지개나
구름, 아니면 새가 노래하는 소리처럼
제일 예쁜 재료들이 있으면
그럼, 세상에서 제일 사랑하는 엄마를,
그것들을 몽땅 넣고 합쳐서
엄마를 정말로 조각할 수 있을 텐데.

시 아래 '사랑해 엄마! 행복한 어머니날!', 그리고 연필로 쓴 서명, 리건.

캐러스는 눈을 질끈 감았다. 이런 식으로 우연히 맞닥뜨리면 정말이지 견디기 힘들었다. 그는 지친 기색으로 고개를 돌리고 커피가 내려지길 기다렸다. 고개를 숙인 채 손으로 카운터를 잡고 다시 눈을 감았다. 무시해! 다 떨쳐버려! 하지만 그건 불가능했다. 여과기에서 커피가 똑똑 떨어지다가 마지막에 부글부글하는 소리에 신경을 집중했으나 손이 다시 떨리기 시작했다. 동정심이 급격히 차올라 맹목적인 분노로 들끓었다. 질병에 대한 분노, 고통에 대한 분노, 어린아이의 고통과 그 연약하기 짝이 없는 육신, 죽음이라는 이름의 난폭하고 가공할 부패에 대한 분노로.

"그냥 찰흙 말고……"

분노는 슬픔과 무력하기 짝이 없는 좌절로 사그라들었다.

"……제일 예쁜 재료들이 있으면……"

커피나 기다리고 있을 때가 아니었다. 올라가야 한다. 가서 뭐든 해야 한다. 도우라고. 어떻게든. 그는 부엌을 나왔다. 거실을 지나는데 열린 문틈으로 소파에 앉은 크리스가 보였다. 어깨를 들먹이며 울고 있었고 곁에서 샤론이 달랬다. 그는 시선을 거두고 계단을 올라갔다. 마귀가 메린에게 미친듯이 외치는 소리가 들렸다. "……질 거였어! 어차피 질 거였고 너도 알았잖아! 이 쓰레기야! 개자식! 돌아와! 돌아오란 말……"

캐러스는 귀를 막았다.

"……아니면 새가 노래하는 소리처럼……"

침실로 들어서면서 그는 깜빡하고 스웨터를 입지 않았다는 사실을 깨달았다. 냉기에 살짝 떨며 리건을 보았다. 그에게서 약간 반대쪽으로 고개를 돌린 마귀는 쉴새없이 고함을 질러댔다.

그는 천천히 의자로 가서 담요를 집어들었다. 기진맥진한 상태에서 그제야 메린이 보이지 않는다는 사실을 알아차렸다. 잠시 후 리건의 혈압을 확인해야 한다는 걸 떠올리고 힘겹게 의자에서 일어나 비틀거리며 다가갔다. 그러다 충격으로 우뚝 멈춰 섰다. 침대 옆에 관절이 빠진 듯 사지를 축 늘어뜨린 메린이 바닥을 보고 뻗어 있었다. 캐러스는 무릎을 꿇고 그의 몸을 뒤집었다. 푸르스름한 혈색을 보고 황급히 맥을 짚었다. 순식간에 애끓는 비통함에 휩싸인 캐러스는 깨달았다. 메린이 죽었다.

"오만하기 짝이 없는 사제놈! 네가 죽어? 감히 내 앞에서 죽어? 캐러스, 저 새끼 살려놔! 다시 데려오란 말이야! 아직 끝나지 않았으니까! 아직 할말이……" 마귀가 노발대발했다.

심장마비. 관상동맥. "아, 하느님! 안 돼! 안 돼!" 캐러스가 속삭이듯 나직이 신음했다. 도저히 믿기지 않아 절망 속에 눈을 감고 고개를 저었다. 그러다 비통한 마음을 가누지 못해 돌연 메린의 창백한 팔목을 엄지손톱으로 힘껏 찌르기 시작했다. 그의 힘줄에서 잃어버린 생명의 진동을 짜내기라도 하려는 듯.

"……경건한……"

캐러스는 털썩 주저앉아 숨을 크게 들이쉬었다. 그때 바닥에 흩어진 작은 알약들이 눈에 들어왔다. 한 알을 집어들자 무지근한 통증이 일며 깨닫게 되었다. 메린은 알고 있었던 것이다. 니트로글리세린. 그는 알고 있었다. 눈물이 차오른 벌건 눈으로 캐러스는 메린의 얼굴을 보았다. "……좀 쉬게, 데이미언."

"구더기도 네 시체는 안 뜯어먹을 거다, 이……"

마귀의 악담을 듣던 캐러스가 고개를 들어 바라보았다. 걷잡을 수 없는, 살기등등한 분노로 몸이 부들부들 떨리기 시작했다.

듣지 마!

"……호모 새끼……"

듣지 마! 듣지 마!

분노로 이마의 핏줄이 펄떡펄떡 뛰면서 불거졌다. 캐러스는 메린의 양손을 잡고 조심스럽게 가슴에 십자가 형상으로 포개었다. 그러는 동안에도 마귀는 꺽꺽대는 목소리로 지껄였다. "그 새끼 손으로 딸딸이나 시켜줘라!" 더러운 가래침을 고인의 눈에 뱉었다. "그게 마지막 의식이니까!" 마귀가 조롱해대며 고개를 젖히고 미친듯이 웃었다.

캐러스는 망연히 그 가래침을 바라보았다. 꼼짝하지 않았다. 피가 들끓는 소리 외에는 들리지 않았다. 그리고 천천히, 전율이 이는 몸으로 고개를 비스듬히 휙 들어 얼굴을 보았다. 자줏빛으로 물들어 으르렁거리고, 증오와 분노로 씰룩씰룩 경련하기만 하는 얼굴을. "이 개자식!" 그가 끓어오르는 목소리로 속삭였다. 꼼짝 않고 있는데도 서서히 똬리를 풀고 있는 듯했다. 목 근육이 케이블처럼 팽팽히 긴장되었다. 마귀가 웃음을 멈추고 악의로 가득찬 눈으로 그를 지켜보았다. "너는 지고 있었어!" 캐러스가 비아냥거렸다. "너는 패자다! 언제나 패자였어!" 리건이 그에게 토사물을 뿜었다. 그는 아랑곳하지 않았다. "그래, 이렇게 어린애들이나 괴롭히고!" 이를 악물고 말했다. "어린 여자애를! 나와봐! 어디 더 큰 상대랑 붙어보지 그래? 어서!" 크고 두툼한 양손을 갈고리처럼 내밀고 어디 덤벼보라고 천천히 손짓했다. "어서! 어서, 이 패자야! 나한테도 해봐! 여자애일랑 놔두고 나를 가져! 나한테 들어와!"

그다음 순간, 캐러스의 상체가 홱 곧추세워지며 뒤로 젖혀진 머리가 천장을 향했다. 발작적으로 내려와 다시 앞을 향한 예수회 사제의 얼굴은 가공할 증오와 분노로 씰룩거리며 일그러졌다. 어떤 보이지 않는 저항에 부딪히듯 간간이 거세게 몸이 뒤로 젖혀지는 가운데 예수회 신부는 크고 억센 손을 뻗어 비명을 지르는 리건 맥닐의 목을 움켜쥐려 했다.

크리스와 샤론에게도 그 소리가 들렸다. 두 사람은 서재에 있었다. 크리스는 바 앞에 앉고 샤론은 그 안쪽에서 칵테일을 만들고 있었다. 리건의 침실에서 나는 소란스러운 소리에 둘은 천장을 올려다보았다. 겁에 질린 리건의 비명에 뒤이은 캐러스의 사나운 고함소리. "안 돼!" 그리고 우당탕 소리. 가구에 부딪히는 날카로운 소리. 벽에 박는 소리. 우지끈 박살나는 소리, 유리 깨지는 소리에 크리스는 움찔하다가 칵테일 잔을 넘어뜨렸다. 곧바로 두 사람은 리건의 침실로 달려올라갔다. 방으로 뛰어들어간 그들의 눈에 가장 먼저 들어온 것은 경첩이 뜯긴 채 바닥에 내동댕이쳐진 덧창이었다. 그리고 창문! 유리가 산산이 박살나 있었다!

깜짝 놀란 그들은 창가로 달려갔고 도중에 크리스는 침대 옆 바닥에 쓰러진 메린을 발견했다. 그녀는 헉하고 숨을 삼키며 그 자리에 우뚝 멈춰 섰다. 곧이어 그에게 달려가 무릎을 꿇고 들여다보았다. "오, 맙소사!" 그녀가 훌쩍였다. "샤론! 이리 와봐! 어서―!"

샤론이 기겁해 지르는 비명이 그녀의 말을 끊었다. 크리스가 핏기 없는 얼굴로 입이 떡 벌어져 올려다보니 창가에서 샤론이 양손을 뺨에 댄 채 계단을 내려다보고 있었다.

"샤론, 무슨 일이야?"

"신부님! 캐러스 신부님이!" 샤론이 히스테릭하게 비명을 지르며 방을 뛰쳐나갔다. 얼굴이 잿빛이었다. 크리스도 몸을 일으켜 황급히 창가로 갔다. 아래를 내려다보았다. 심장이 떨어져나갈 것만 같았다. 계단 아래 M스트리트에 캐러스가 피투성이가 되어 쓰러져 있고 주변으로 사람들이 모여들고 있었다.

크리스는 공포에 질려 한 손을 뺨에 대고 내려다보았다. 입술을 달싹이려 했다. 말을 하려고. 하지만 말이 나오지 않았다.

"엄마?"

등뒤에서 가냘픈 목소리가 울먹이며 불렀다. 휘둥그레진 눈으로 크리스가 고개를 조금 돌렸다. 방금 들은 소리를 믿을 엄두가 나지 않았다. 그리고 그 목소리가 다시 들렸다. 리건의 목소리였다. "엄마, 무슨 일이야? 이리 와봐! 무서워 죽겠어, 엄마! 오, 제발, 엄마! 제발! 이리 와!"

고개를 돌린 크리스는 혼란스러워하며 흘리는 눈물을 보았다. 그녀는 침대로 와락 달려들며 울먹였다. "리건! 오, 우리 아가, 우리 아가! 오, 리건! 정말 너구나! 정말 너야!"

아래층. 집에서 튀어나온 샤론은 정신없이 예수회 기숙사로 달려가 급히 다이어 신부를 찾았다. 그리고 곧바로 접수실로 달려온 신부에게 소식을 전했다. 그가 충격에 빠져 그녀를 응시했다. "구급차는 불렀습니까?"

"오, 맙소사! 아니요! 깜빡했어요!"

다이어는 재빨리 교환원에게 지시를 내리고 샤론과 함께 기숙사를 달려나갔다. 길을 건너고 계단을 내려갔다.

"지나갑시다! 비켜요!" 다이어가 구경꾼들을 헤치고 나아가는데 여기저기서 무심한 사람들의 웅성거림이 들렸다. "무슨 일이야?" "어떤 남자가 계단에서 굴러떨어졌어요." "네, 술에 취한 모양입니다. 저기 토한 거 보이죠?" "자자, 가자고. 이러다 늦겠어."

다이어는 간신히 사람들을 뚫고 들어갔다. 심장이 멎는 것만 같은 일순간, 그는 시간이 멈춘 슬픔의 차원 안에 자신이 얼어붙은 듯 느껴졌다. 공기조차 너무 고통스러워 숨쉬기 힘든 곳에. 캐러스는 몸이 뒤틀린 채 하늘을 보고 누워 있었다. 점점 커져가는 피웅덩이 한가운데 머리가 놓인 채. 입은 헤벌어지고, 기묘한 빛을 띤 눈은 위쪽을 향해 붙박여 있었다. 멀리서 손짓하는, 신비로운 지평선에 뜬 별들을 묵묵히 기다리기라도 하듯. 하지만 그때 그의 눈이 다이어 쪽으로 움직였다. 환희로 빛나는 듯했다. 달성이랄지 승리 비슷한 것에서 오는 환희.

그러더니 어딘가 호소하는 빛을 띠었다. 다급히 무언가를.

"자, 물러나요! 뒤로 가요!" 경찰이 도착했다. 다이어는 무릎을 꿇고 그 멍들고 베인 얼굴 위로 어루만지듯 살포시 한 손을 올렸다. 무수히 상처가 나 있었다. 입에서 붉은 리본 같은 피가 흘러내렸다. "신부님……" 다이어는 떨리는 목소리를 진정시키느라 잠시 말을 멈추었다. 캐러스의 눈 속에서 희미한, 간절한 빛을 보았다. 따스한 호소.

다이어가 상체를 숙였다. "말할 수 있겠어요?"

캐러스가 천천히 손을 내밀어 다이어의 손목을 잡고 한 번 힘을 주었다.

눈물을 꾹 눌러 참으면서 다이어가 몸을 더 숙여 캐러스의 귓가에 입을 갖다대고 소곤소곤 말했다. "고해성사를 하겠습니까, 데이미언?"

손힘.

"살아생전 지은 모든 죄와 전능하신 하느님의 마음을 아프게 한 것을 뉘우칩니까?

손힘이 서서히 풀어지다가 다시 꽉 쥐었다.

다이어는 몸을 곧추세운 다음, 캐러스의 몸 위로 성호를 긋고 사죄경을 암송했다. "에고 테 압솔보(너의 죄를 사하노라)……"

캐러스의 눈가로 눈물이 봇물처럼 흘러내렸다. 다이어는 손목에 좀더 세게, 계속 쥐는 손길을 느끼고 얼른 사죄경을 마쳤다. "……노미네 파트리스 에트 필리이, 에트 스피리투스 상크티, 아멘(성부와 성자와 성령의 이름으로, 아멘)."

다이어는 다시 캐러스의 귓가에 입을 가져갔다. 기다렸다. 복받치는 울음을 억눌렀다. 그리고 중얼거렸다. "그대는……?" 그는 도중에 말을 그쳤다. 손목에 가해지던 힘이 풀려버렸다. 고개를 든 그는 평온한 눈과 마주했다. 그리고 또하나…… 온 마음으로 열망한 끝에 얻은 기쁨 같은 것이 깃들어 있었다. 눈은 여전히 뜬 채였으나, 이미 그 안엔 이 세상 어느 것도 담겨 있지 않았다. 아무것도.

다이어가 조심스럽게 눈을 감겨주었다. 멀리서 구급차 소리가 들렸다. 그가 작별인사를 시작했다. "잘 가요." 하지만 끝내 마치지 못하고 고개를 숙인 채 흐느꼈다.

구급차가 도착했다. 캐러스는 들것에 실려 구급차에 태워졌다. 다이어도 올라타 인턴 옆에 앉았다. 그는 손을 내밀어 캐러스의 손을 잡았다.

"더 하실 수 있는 게 없습니다. 신부님. 그래봐야 마음만 괴로우니 따라오지 않는 게 좋습니다." 인턴이 다정한 목소리로 충고했다.

그 깨지고 찢긴 얼굴에 시선이 머문 채 다이어가 천천히 고개를 지으며 조용히 말했다. "아니요. 나도 가겠습니다."

인턴이 고개를 들어 구급차 뒷문을 보았다. 그쪽에서 운전사가 참을성 있게 기다리고 있었다. 무슨 일인지 묻는 듯 눈썹을 치켜세우고 안을 들여다보면서. 인턴이 잠자코 고개를 끄덕이자 뒷문이 올라가 잠겼다.

인도에서는 샤론이 천천히 떠나는 구급차를 망연히 지켜보았다. 구경꾼들이 중얼거리는 소리가 들렸다.

"무슨 일이야?"

"누가 알겠어?"

구급차의 사이렌 소리가 강 위의 밤하늘을 찢는 듯 드높았다. 그러다 뚝 그쳤다.

시간을 다툴 필요가 없음을 운전사가 새삼 깨달았던 것이다.

에필로그

6월의 가는 햇살이 크리스의 침실 창으로 비쳐들었다. 그녀는 침대에 올려놓은 여행가방에 마지막으로 블라우스를 개어넣고 뚜껑을 닫았다. 그리고 서둘러 문으로 걸어갔다. "오케이, 다 됐어요." 그녀가 말하자 칼이 다가와 가방을 잠갔다. 그녀는 복도로 나가 리건의 침실로 향했다. "얘, 리건, 어떻게 됐니?" 그녀가 큰 소리로 물었다.

신부들이 죽고 육 주가 흘렀다. 충격이 사그라들었고, 킨더먼은 사건 수사를 종결했다. 하지만 진상은 아무것도 밝혀지지 않았다. 기껏해야 마음을 어지럽히는 추측이나, 자주 잠결에 울다가 깨는 일 정도였다. 메린의 사인은 관상동맥질환으로 밝혀졌다. 하지만 캐러스는…… "불가사의하군." 킨더먼 반장이 쌕쌕거리며 숨을 내쉬었다. "아냐. 여자애는 아냐." 그는 판단했다. 아이의 짓이 아니었다. 가죽끈으로 단단히 묶여 있었기 때문이다. 따라서 캐러스가 덧문을 뜯어내고 창문으로 뛰어내려 목숨을 끊었다는 소리가 된다. 하지만 왜? 무서운 것으로부터 달아나기 위해? 킨더먼은 금세 그 가능성을 배제했다. 도망치려고 했다면 차라리 문으로 나갔을 것이다. 더욱이 캐러스는 어떤 경우에도 달아날 사람이 아니었다. 그럼 왜 뛰어내린 거지?

킨더먼은 해답의 실마리를 다이어가 언급한 캐러스의 정서적 갈등에서 찾았다. 어머니에 대한 죄의식, 어머니의 죽음, 신앙 문제, 여기에 며칠간 지속된 불면, 리건의 위독한 상태에 기인한 걱정과 죄의식, 어머니의 탈을 쓴 마귀의 공격, 그리고 마지막으로 메린의 충격적 죽음까지 더해져, 더는 감당할 수 없는 죄의식으로 산산조각나고 만 예수회 정신과의사의 정신이 한순간 무너져내린 것이었다. 유감스럽게도 킨더먼은 그렇게 결론내렸다. 버크 데닝스의 기이한 죽음을 조사하는 과정에서 읽은 주술 책을 통해 구마사들이 때로 마귀에 들린다는 사실은 알고 있었다. 여러모로 정황이 비슷했다. 강한 죄의식과 징벌에 대한 욕구, 이것들이 자기암시의 힘에 더해졌다. 캐러스는 그야말로 조건이 무르익은 상태였다. 하지만 다이어는 그럴 리 없다며 한사코 부인했다. 리건의 회복 기간 동안 킨더먼은 그 집을 찾아가고 또 찾아갔다. 그날 밤 침실에서 무슨 일이 있었는지에 대해 이제는 리건에게 기억을 상기시켜도 좋을지 묻기 위해서였지만 번번이 돌아오는 대답은 고개를 가로젓거나 "아니요"라는 대답뿐이었다. 그리고 결국 사건은 종결되었다.

리건의 침실에 크리스가 고개를 삐죽 디밀었다. 봉제 동물인형을 두 개 끌어안은 딸은 어린아이다운 뾰로통한 표정으로 침대에 놓인 여행가방을 내려다보고 있었다. 짐을 싸는 중이라 가방이 열려 있었다. 그들은 로스앤젤레스행 오후 비행기를 탈 예정이었다. 샤론과 엥스트롬 부부가 집을 문단속하고, 그다음 칼이 크리스의 빨간 재규어를 몰고 대륙을 횡단하기로 했다. "짐 싸는 건 어떻게 돼가니, 애야?" 크리스가 물었다. 리건이 얼굴을 들었다. 약간 창백하고 수척했다. 눈 밑이 살짝 거뭇거뭇했다. "얘들을 넣을 자리가 없어!" 아이가 얼굴을 찡그리며 입을 내밀었다.

"이런, 그걸 다 가져가진 못해. 그냥 두면 윌리가 나머지를 챙겨올 거야. 어서, 아가, 그렇게 꼼지락거리다간 비행기 놓치겠다."

"알았어."

"그래야 우리 아기지."

크리스는 리건을 내버려두고 서둘러 계단을 내려갔다. 아래층에 다다랐을 때 초인종이 울렸다. 그녀가 문을 열었다.

"안녕하세요, 크리스. 작별인사를 하러 들렀습니다." 침울한 얼굴의 다이어 신부였다.

"어서 들어오세요. 안 그래도 전화드릴까 했어요."

"아니, 괜찮습니다. 시간 여유가 없으실 텐데요."

그녀가 그의 손을 잡고 안으로 들였다. "오, 어서요! 마침 커피한잔 하려던 참이었어요."

"뭐, 그렇다면야……"

그녀는 진심이라고 말했다. 그들은 부엌으로 가서 식탁에 앉아 커피를 마시며 사교성 대화를 나누었다. 그동안 샤론과 엥스트롬 부부가 분주히 왔다갔다했다. 크리스는 메린에 대한 이야기를 꺼냈다. 장례식에 참석한 명사와 외국 고위인사들을 보고 얼마나 놀랐고 또 감탄했는지를. 그러고서 잠시 둘 다 침묵에 빠졌다. 다이어는 슬픈 얼굴로 찻잔을 들여다보았다. 크리스가 그의 생각을 읽었다. "아이는 아직도 기억 못해요." 그녀가 부드럽게 말했다. "죄송해요."

여전히 눈을 내리뜬 채 예수회 신부가 고개를 끄덕였다. 크리스는 자신의 아침식사 접시를 흘깃 보았다. 초조하고 흥분되어서 식사를 할 수 없었다. 장미는 아직 그대로 있었다. 장미를 집어든 그녀는 생각에 잠겨 가지를 앞뒤로 돌리며 비틀었다. "캐러스 신부님도 리건을 알지 못했죠." 그녀가 중얼거렸다. 그러고는 장미를 가만히 든 채 눈을 깜빡이며 다이어를 올려다보았다. 그도 그녀를 골똘히 바라보고 있었다. "정말로 무슨 일이 있었다고 생각합니까?" 그가 크리스에게 조용히 물었다. "제 말은, 무신론자로서 따님이 정말로 마귀에 들렸다고 생각하나요?"

크리스는 곰곰이 생각했다. 고개를 숙이고 다시 멍하니 장미를 만지작거렸다. "모르겠어요, 다이어 신부님. 그냥 모르겠어요. 신부님은 하느님을 찾고 또 하느님이 있다고 생각하시겠지만, 정작 신은 매일 밤 백만 년짜리 잠에 빠져 있거나, 아니면 툭하면 성마른 상태인걸요. 무슨 말인지 아시죠? 신은 결코 응답하지 않아요. 하지만 악마의 경우는……" 그녀가 시선을 들어 다이어를 바라보았다. "음, 그건 다른 얘기예요. 그건 저도 받아들일 수 있어요. 사실, 믿는 것 같아요. 왜인 줄 아세요? 악마는 끊임없이 광고하거든요."

잠시 다이어는 상냥하게 그녀를 바라보다가 조용히 입을 열었다. "하지만 이 세상에 악이 존재한다는 이유로 악마의 존재를 믿는다면 세상의 모든 선은 어떻게 설명할 겁니까?"

크리스는 다이어의 흔들림 없는 시선을 맞받았다. 그 말을 곰곰이 생각하느라 눈을 가늘게 뜨고 이맛살을 찌푸렸다. 그러다 결국 시선을 피하고 고개를 살짝 끄덕였다. "그런 생각은 못해봤어요." 그녀가 중얼거렸다. "옳은 지적이네요." 캐러스의 죽음으로 인한 슬픔과 충격이 우울한 안개처럼 그녀의 기분을 좌우해왔지만, 이제는 이 희망으로의 초대, 빛으로의 초대에 집중해보려 했다. 캠퍼스 내 예수회 묘지에서 캐러스의 장례식을 치른 후 다이어가 그녀를 자동차까지 배웅해주며 했던 말을 떠올리면서. "집에 잠깐 들르시겠어요?" "오, 그러고 싶지만 축연을 빼먹을 순 없답니다." 그녀가 어리둥절한 표정을 짓자 그가 설명했다. "예수회 사제가 죽으면 우린 늘 축연을 열죠. 그에겐 첫출발이니까요."

"캐러스 신부님이 신앙 때문에 괴로워하셨다고 말씀하셨죠?"

다이어가 고개를 끄덕였다.

크리스가 고개를 약간 떨구고 가로저었다. "믿을 수가 없어요." 그녀가 골똘히 생각에 잠겨 말했다. "제 평생 그렇게 신앙심이 강한 분은 처음 봤는걸요."

"차가 왔습니다, 사모님!"

퍼뜩 정신이 든 크리스가 외쳤다. "알았어요, 칼! 금방 갈게요!" 그녀와 다이어가 일어났다. "아뇨, 그냥 앉아 계세요. 저는 위층에서 리건을 데리고 내려와야 하니까."

다이어는 멍하니 고개를 끄덕였다. "알겠습니다." 그는 캐러스를 떠올리고 있었다. 그가 창문으로 뛰어내리기 전 아래층에서 들었다는 "안 돼!"라는 영문을 알 수 없는 외침과 뒤이어 달려가는 발소리를. 거기에 무언가 있었다, 다이어는 생각했다. 그게 뭐지? 크리스와 샤론의 기억은 모호하기만 했다. 하지만 이제 다이어는 캐러스의 눈에 깃든 그 신비한 기쁨을 다시 생각해보았다. 그리고 또하나, 그는 기억해냈다. 강렬하게 빛나는 번득임…… 무엇의? 그는 알지 못했다. 하지만 그것은 승리 같은 것이었다. 의기양양한. 그 생각을 하자 묘하게 기운이 났다. 마음이 가벼워졌다. 그는 현관홀로 걸어가, 양손을 주머니에 넣고 열린 문가에 기대섰다. 리무진 트렁크에 짐을 싣는 운전기사 칼이 거들고 있었다. 다이어는 이마를 닦았다—습하고 더운 날씨였다. 계단을 내려오는 발소리에 시선을 돌리니 크리스와 리건이 손을 잡고 그에게 다가왔다. 크리스가 그의 뺨에 입을 맞추더니 한 손을 댄 채 신부의 슬픈 눈을 다정하게 살폈다.

"괜찮아요, 크리스. 지금 막 괜찮다는 느낌이 들었어요."

크리스가 말했다. "잘됐네요." 그녀가 리건을 내려다보았다. "아가, 다이어 신부님이란다. 인사해야지."

"안녕하세요, 다이어 신부님."

"나도 만나서 반갑구나."

크리스가 시간을 확인했다.

"이제 가봐야겠어요."

"그동안 즐거웠어요. 오, 아니, 잠시만! 깜빡했어요!" 신부가 외투 주머니에 손을 넣어 뭔가를 꺼냈다. "그의 물건이에요."

다이어가 들어올린 손에 담긴 성스러운 메달 목걸이를 크리스가 내려다보았다. "성 크리스토퍼예요. 크리스가 간직하는 게 좋을 것 같아서요."

크리스는 생각에 잠겨 한참을 말없이 메달을 바라보았다. 결정을 숙고하듯 이마에 주름이 살짝 잡혔다. 그러더니 천천히 손을 뻗어 메달을 집어 외투 주머니에 넣고 다이어에게 말했다. "고마워요, 신부님. 네, 제가 간직할게요." 그리고는 리건에게 말했다. "자, 가자." 하지만 딸의 손을 잡으려던 크리스는, 인상을 찡그리고 눈을 가늘게 뜬 채 예수회 신부의 둥근 로만 칼라에 시선이 못박힌 리건을 보았다. 잊고 있던 관심거리를 불현듯 떠올리기라도 한 듯했다. 그러더니 갑자기 양팔을 신부에게 내밀었다. 깜짝 놀란 젊은 신부도 허리를 숙였고 리건이 그의 어깨에 손을 올리고 뺨에 입을 맞추었다. 팔을 내린 리건은 시선을 떼더니 어리둥절해 얼굴을 찡그렸다. 스스로도 왜 그런 행동을 했는지 의아한 모양이었다.

돌연 눈가가 젖어 크리스는 잠시 시선을 돌렸다. 그러고는 리건의 손을 잡고 허스키한 목소리로 부드럽게 말했다. "이런, 이제 정말로 가야겠다. 어서, 아가. 다이어 신부님에게 인사드리고."

"안녕히 계세요, 신부님."

다이어는 미소 띤 얼굴로 한 손을 들어 손가락을 앞뒤로 옴질옴질 움직여 인사했다. "안녕히. 집까지 조심히 가세요."

"LA에 가서 연락할게요." 크리스가 어깨 너머로 말했다. 뒤늦게 그녀는 그가 말한 '집'이 실제로 무엇을 뜻하는지 궁금해졌다.

"건강하세요."

"크리스도요."

다이어는 떠나는 두 사람을 지켜보았다. 운전기사가 차문을 열어주자 크리스가 몸을 돌려 손을 흔들고 키스를 날려주었다. 다이어도 손을 흔들었고 그녀가 리무진에 올라 리건 옆에 앉는 모습을 보았다. 차가 출발했다. 길모퉁이를 돌아 시야에서 사라질 때까지 리건이 뒷유리창 너머로 다이어를 잊지 않으려고 바라보았다.

다이어는 돌아섰다가 길 건너편에서 자동차가 급정차하는 끼익 소리에 왼쪽을 돌아보았다. 차에서 내리고 있는 사람은 킨더먼이었다. 그가 차 앞쪽으로 돌아 다이어에게 손을 흔들며 헐레벌떡 다가왔다. "작별인사 하려고 왔는데."

"지금 막 떠났답니다."

낙담한 형사가 걸음을 우뚝 멈추었다.

"정말요? 갔다고요?"

다이어가 고개를 끄덕였다.

킨더먼이 몸을 돌려 유감스럽다는 듯 프로스펙트 스트리트를 보왔다. 그리고 다시 몸을 돌려 고개를 떨구고 가로저었다. "아이고!" 그가 중얼거렸다. 그러더니 다이어에게로 시선을 들었다. 그가 다가와 심각하게 물었다. "아이는 어떻던가요?"

"좋아 보였습니다. 정말로요."

"아, 잘됐네요. 제일 중요한 건 그거 아닙니까?" 형사가 한 손을 들어 손목시계를 흘깃 보았다. "자, 제자리로 돌아가야죠." 그가 말했다. "일하러 가야겠군요. 또 뵙죠, 신부님." 그가 몸을 돌려 순찰차를 향해 한 발짝 내디디더니 멈춰 섰다. 고개를 돌려 물끄러미 다이어를 바라보았다. "영화 보러 다니나요, 다이어 신부님? 영화 좋아합니까?"

"오, 물론이죠."

킨더먼이 다시 다이어에게로 왔다. "공짜 표가 있는데," 그가 무게를 잡고 물었다. "내일 밤 바이오그래프 극장 공짜 표가 있어요. 함께 가실래요?"

"상영작이 뭐죠?"

"〈폭풍의 언덕〉."

"출연 배우가 누군데요?"

"누가 출연하느냐고요?" 눈썹이 맞닿도록 얼굴을 찡그린 형사가 무뚝뚝하게 대답했다. "히스클리프에 소니 보노, 캐서린 언쇼에 셰어. 갈래요, 말래요?"

"본 영화군요."

킨더먼은 축 처져 예수회 신부를 바라보다가 시선을 돌리고 애

에필로그 501

처로이 중얼거렸다. "또 차였군." 그러더니 미소 띤 얼굴로 돌아보며 연석까지 다가와 다이어의 팔짱을 끼고 길 아래쪽으로 이끌기 시작했다. "〈카사블랑카〉의 대사가 생각나네요." 그가 다정하게 말했다. "마지막에 험프리 보가트가 클로드 레인스한테 이렇게 말하죠. '루이—내 생각엔 이게 멋진 우정의 시작인 것 같군그래.'"

"그거 아세요? 반장님이 어딘가 보가트 닮았다는 거?"

"눈썰미가 좋으시네."

망각 속에서도, 그들은 친구를 잊지 않으려 했다.

작가의 말

　어학연구소의 위치 묘사는 조지타운대학교의 현재 지형도와 다르다. 또한 프로스펙트 스트리트의 집은 실제로 존재하지 않으며, 작품에서 묘사한 예수회 생활관도 마찬가지다. 마지막으로, 랭케스터 메린의 저서에서 인용한 부분은 나의 창작물이 아니라 존 헨리 뉴먼 추기경의 설교문 「두번째 봄」에서 가져온 것이다.

옮긴이 **조영학**

전문 번역가이자 저술가. 『더 폴』 『리틀 드러머 걸』 『링컨 차를 타는 변호사』 『가라, 아이야, 가라』 『사악한 식물들』 등 100여 권의 소설과 인문서를 우리말로 옮겼으며, 지은 책으로 『딸에게 들려주는 영어수업』 『여백을 번역하라』 등이 있다.

문학동네 세계문학

엑소시스트

초판 인쇄 2023년 9월 20일 | 초판 발행 2023년 9월 27일

지은이 윌리엄 피터 블래티 | 옮긴이 조영학
책임편집 양수현 | **편집** 정혜림 홍지은 황문정
디자인 윤종윤 최미영 | **저작권** 박지영 형소진 최은진 서연주 오서영
마케팅 정민호 서지화 한민아 이민경 안남영 왕지경 황승현 김혜원 김하연
브랜딩 함유지 함근아 고보미 박민재 김희숙 정승민 배진성
제작 강신은 김동욱 이순호 | **제작처** 한영문화사

펴낸곳 (주)문학동네 | **펴낸이** 김소영
출판등록 1993년 10월 22일 제2003-000045호
주소 10881 경기도 파주시 회동길 210
전자우편 editor@munhak.com | 대표전화 031)955-8888 | 팩스 031)955-8855
문의전화 031)955-1927(마케팅), 031)955-2684(편집)
문학동네카페 http://cafe.naver.com/mhdn
인스타그램 @munhakdongne | 트위터 @munhakdongne
북클럽문학동네 http://bookclubmunhak.com

ISBN 978-89-546-9558-9 03840

www.munhak.com